MEU ROMEU

Leisa Rayven

MEU ROMEU

Leisa Rayven

Tradução
Santiago Nazarian

Alt

Copyright © 2014 by Leisa Rayven
Copyright da tradução © 2015 by Editora Globo S.A.

Todos os trechos de *Romeu e Julieta* foram retirados da edição da Nova Fronteira, 1997, tradução de Barbara Heliodora.

Todos os direitos reservados. Nenhuma parte desta obra pode ser apropriada e estocada em sistema de banco de dados ou processo similar, em qualquer forma ou meio, seja eletrônico, de fotocópia, gravação etc., sem a permissão dos detentores dos *copyrights*.

Título original: *Bad Romeo*

Editora responsável **Eugenia Ribas-Vieira**
Editora assistente **Sarah Czapski Simoni**
Assistente editorial **Veronica Armiliato Gonzalez**
Capa **Renata Zucchini Reschiliani**
Imagens da capa: **Artem Furman / SS / Glow Images (frente);**
Kotin / SS / Glow Images (atrás)
Diagramação **Eduardo Amaral**
Projeto gráfico original **Laboratório Secreto**
Preparação **A Florista Editorial**
Revisão **Huendel Viana, Erika Nakahata e Vanessa Carneiro Rodrigues**

Texto fixado conforme as regras do Acordo Ortográfico da Língua Portuguesa (Decreto Legislativo nº 54, de 1995).

CIP-BRASIL. CATALOGAÇÃO NA FONTE
SINDICATO NACIONAL DOS EDITORES DE LIVROS, RJ

R217m

Rayven, Leisa
    Meu Romeu / Leisa Rayven; tradução Santiago Nazarian. - 1. ed.
São Paulo : Globo Livros, 2015.
    408 p. ; 23 cm.
    Tradução de: Bad Romeo

    ISBN 978-85-250-5862-1
    1. Ficção infantojuvenil australiana. I. Nazarian, Santiago. II. Título.

14-17138
                    CDD: 028.5
                    CDU: 087.5

1ª edição, 2015
13ª reimpressão, 2020

Direitos de edição em língua portuguesa para o Brasil
adquiridos por Editora Globo S.A.
R. Marquês de Pombal, 25 – 20.230-240 – Rio de Janeiro – RJ – Brasil
www.globolivros.com.br

Para todos que me disseram que eu poderia fazer isso,
enquanto eu pensava que nunca poderia.
Aparentemente, vocês estavam certos e eu, errada.
Só não fiquem convencidos.

Oh, natureza, o que houve no inferno,
Se ao coroar a fronte de um demônio,
Usaste carne tão celestial!
Que livro assim tão sórdido já teve
Capa tão linda?

— Julieta descrevendo Romeu
Romeu e Julieta, de William Shakespeare

capítulo um
JUNTOS DE NOVO, CEDO DEMAIS

Hoje
Nova York
Teatro Graumann
Primeiro dia de ensaio

Corro pela calçada movimentada e um suor nervoso surge nos meus lugares menos glamorosos.

Escuto a voz da minha mãe na minha cabeça: "Uma dama não transpira, Cassie. Ela brilha".

Nesse caso, mãe, estou brilhando como uma porca.

Enfim, nunca me considerei uma dama.

Digo a mim mesma que estou "brilhando" porque estou atrasada. Não por causa dele.

Tristan, meu colega de apartamento/conselheiro, está convencido de que nunca deixei de gostar dele, mas isso é besteira.

Deixei totalmente.

Deixei há muito tempo.

Atravesso a rua com pressa, desviando do trânsito frenético de Nova York. Vários motoristas de táxi me xingam em diversas línguas. Saio mostrando o dedo do meio alegremente, porque estou bem certa de que isso significa "vai se foder" no mundo todo.

Olho para o relógio quando entro no teatro e sigo para a sala de ensaios.

Droga.

Cinco minutos atrasada.

Quase posso ver o olhar de prazer na cara do canalha, e fico aterrorizada por estar com uma vontade avassaladora de dar uns tapas nele antes mesmo de colocar os pés na sala.

Paro do outro lado da porta.

Consigo fazer isso. Consigo vê-lo e não desmoronar.

Sei que consigo.

Suspiro e pressiono a testa contra a parede.

Quem diabos estou enganando?

Sim, claro, posso fazer uma peça romântica com o ex-namorado que partiu meu coração não uma, mas duas vezes. Sem problemas.

Bato a cabeça contra a parede.

Se houvesse um Reino de Gente Idiota, eu seria a rainha.

Respiro fundo e solto o ar lentamente.

Quando minha agente ligou com as novidades dessa grande chance na Broadway, eu devia ter imaginado que não seria tão simples assim. Ela vibrou comigo por causa do ator que também havia sido escolhido. Ethan Holt: o atual "It Boy" do mundo do teatro. Tão talentoso. Vencedor de prêmios. Adorado por fãs histéricas. Insuportavelmente lindo.

Claro que ela não sabia sobre nossa história. Por que saberia? Nunca falei sobre ele. Na verdade, eu me afastava quando outras pessoas mencionavam o nome dele. Era mais fácil de lidar quando ele estava do outro lado do mundo, mas agora ele está de volta e ameaçando o trabalho dos meus sonhos com sua presença.

Típico.

Canalha.

Jogar esse jogo não vai ser fácil, mas é preciso.

Tiro meu pó compacto e confiro meu reflexo.

Droga, estou brilhando mais do que o edifício Chrysler.

Passo mais pó e retoco o gloss enquanto me pergunto se ele vai achar que estou diferente depois de todos esses anos. Meu cabelo castanho, que na faculdade costumava chegar até o meio das costas, agora está na altura do pescoço, com camadas irregulares e desfiadas. Meu rosto está um pouco mais magro, mas acho que sou basicamente a mesma. Lábios decentes. Estrutura óssea razoável. Olhos que não são nem castanhos nem verdes, mas uma estranha combinação dos dois. Mais oliva que castanho.

Fecho o pó e o jogo de volta na bolsa, irritada de chegar a cogitar ficar bonita para ele. Será que não aprendi nada?

De olhos fechados, penso em todas as formas como ele me magoou. Suas razões idiotas. Suas desculpas esfarrapadas.

A amargura toma conta de mim, e suspiro, aliviada. É desse isolamento que preciso. Traz à tona minha raiva. Me envolvo com ela como ferro e me consolo com o fervor da agressividade.

Vou aguentar.

Abro a porta e entro. Antes mesmo de vê-lo, posso senti-lo me observando. Resisto em olhar para ele porque é o que quero, e uma coisa que aprendi com Ethan Holt é afastar meus instintos naturais. Seguir minha intuição estragou as coisas entre nós. O instinto dizia que eu podia ter algo dele, quando, na verdade, ele não me oferecia nada. Eu me direciono à mesa de produção onde nosso diretor, Marco Fiori, está tendo uma discussão com os produtores, Ava e Saul Weinstein. Ao lado deles, há um rosto familiar: a diretora de palco, irmã de Ethan, Elissa.

Ethan e Elissa são um pacote fechado. Está em seu contrato que ela cuida de todos os espetáculos em que ele trabalha; o que é estranho, considerando que eles brigam feito cão e gato.

Eu diria que Elissa é seu cobertor de segurança, mas, imagine!, por que ele precisaria de um? Ele não precisa de nada ou ninguém, certo? Ele é intocável. É uma porcaria de um Teflon.

Elissa aponta para um modelo em escala do cenário que vamos usar, enquanto fala da mecânica do palco.

Os produtores escutam e concordam.

Não tenho problemas com Elissa. Ela é uma diretora de palco fantástica, e trabalhamos juntas antes. Na verdade, há um milhão de anos costumávamos ser boas amigas. Na época em que eu ainda achava que o irmão dela era nascido de uma mãe humana e não diretamente do cu de Satã.

Eles levantam o olhar quando eu me aproximo.

— Eu sei, eu sei. Sinto muito — digo, soltando minha sacola na cadeira.

— Tudo bem, minha cara — Marco responde. — Ainda estamos cuidando dos detalhes da produção. Relaxe, tome um café. Vamos começar daqui a pouco.

— Bacana. — Reviro a mochila atrás do material de ensaio.

— Ei, oi. — Elissa sorri calorosamente.

— Oi, Lissa.

Por um momento minha raiva é aplacada por uma onda de nostalgia, e percebo o quanto senti saudade dela. Ela é tão diferente do irmão. Ela baixa e ele alto. Curvilínea e anguloso. Até as cores são diferentes. Loira e lisa contra moreno e caótico. E, ainda assim, vê-la novamente me lembra de por que não nos falamos há anos. Sempre vou associá-la a ele. Muitas lembranças ruins.

Quando tiro a garrafinha d'água, minha bolsa escorrega do banco e cai com um estrondo no chão. Todo mundo para e olha. Ranjo os dentes quando escuto uma risadinha.

Vai se foder, Ethan. Não vou nem olhar para você.

Pego a bolsa e jogo de volta na cadeira.

A risadinha vem de novo e eu juro ao todo-poderoso Deus do Homicídio Justificado que vou matá-lo com as próprias mãos.

Apesar de estar do outro lado da sala, ele poderia estar bem ao meu lado, porque sua voz vibra pelos meus ossos.

Preciso de um cigarro.

Lanço um olhar para Marco, resplandecente em sua echarpe enquanto ele descreve a peça, espalhafatoso. É tudo culpa dele. Foi ele que quis Holt e a mim nesse projeto. Eu me convenci de que esse seria um grande passo para minha carreira, mas no fim será o último show que vou fazer, porque, se o idiota no canto não parar de rir, vou ter um ataque assassino a qualquer segundo e vou passar o resto da vida presa.

Felizmente, a risadinha para, mas ainda posso sentir seu olhar perfurando minha pele.

Eu o ignoro e reviro a bolsa. Encontrei o cigarro, mas meu isqueiro sumiu. Preciso seriamente esquecer esse otário. Jesus, existe alguma coisa que eu não tenha aqui? Chiclete, lencinhos, maquiagem, analgésicos, ingressos velhos de cinema, frasquinho de perfume, absorvente íntimo, chaves, um bonequinho em forma de panda da WWF de uma perna só... Que diabos?

— Com licença, srta. Taylor?

Eu levanto para ver um garoto negro bonitinho estendendo o que se parece demais com meu *macchiato* favorito.

— Uau, você parece estressada — ele comenta com a quantidade certa de preocupação para evitar que eu arranque suas orelhas com meus dentes. — Sou Cody. O estagiário da produção. Café?

— Oi, Cody. — Olho o copo de papelão. — O que tem aí, campeão?

— Um *macchiato* duplo com creme extra.

Balanço a cabeça em sinal positivo, impressionada.

— Foi o que imaginei. É meu favorito.

— Eu sei. Procuro me familiarizar com o que você e o sr. Holt gostam e não gostam, para poder antecipar suas necessidades e proporcionar um ambiente agradável de ensaio.

Um ambiente agradável de ensaio? Comigo e Holt? Ah, pobre criança iludida. Pego o café dele e sinto o aroma enquanto continuo escavando os Recônditos de Merda.

— Isso é sério?

Que porra aconteceu com meu isqueiro?

— Sim, senhorita. — Ele tira um isqueiro do bolso e passa para mim com um lindo sorrisinho de louco.

Jogo a cabeça para trás com um suspiro.

Jesus, o garoto foi enviado pelo próprio Deus.

Eu pego o isqueiro e resisto à vontade de abraçá-lo. Tristan diz que sou um pouco grudenta demais. Na verdade, o termo dele é pegajosa, mas modifiquei para eu me sentir um pouco melhor.

Em vez de abraçá-lo sorrio para o moleque.

— Cody, espero que você não entenda errado, porque sei que acabamos de nos conhecer, mas... acho que estou apaixonada por você.

Ele ri e abaixa a cabeça.

— Se quiser dar uma saidinha, eu vou te buscar quando eles estiverem prontos para começar.

Se ele não parecesse ter dezesseis anos, provavelmente lhe daria um beijo. De língua.

— Você arrasa, Cody.

Vejo uma forma escura na minha visão periférica, esparramando-se numa cadeira do lado oposto da sala, então ajeito os ombros e me empino como se não desse a mínima.

O calor do seu olhar me segue até eu chegar à escadaria, aí esmoreço. Digo a mim mesma que não sinto falta desse calor.

A escadaria é íngreme e mal iluminada, e leva a um beco atrás do teatro. Antes mesmo de a porta se fechar atrás de mim, acendo um cigarro. Eu me recosto nos tijolos frios, inspiro e levanto o olhar para a linha fina de céu entre os prédios. A nicotina faz pouco para acalmar meus nervos. Tenho certeza de que nada menos do que sedativos cirúrgicos vai me ajudar hoje.

Termino o cigarro e me encaminho de volta para a entrada do palco, mas, antes de poder segurar a maçaneta, a porta se abre, e o gatilho de todas as minhas raivas é apertado. O jeans escuro modela seu corpo de uma forma que eu realmente não devia sequer notar.

Os olhos são como os que eu lembrava. Azul-pálidos, hipnotizantes. Cílios escuros espessos. Ardentemente intensos.

Mas o resto...

Ai, Deus, esqueci.

Eu me forcei a esquecer.

Até hoje ele é o cara mais bonito que já vi. Não, bonito não é suficiente. Atores de novela são bonitos, mas de uma forma completamente previsível, sem graça. Holt é... cativante. Como uma rara pantera exótica. Beleza e poder em partes iguais. Enigmático sem nem mesmo tentar.

Odeio como ele é bonito.

Sobrancelhas arqueadas e marcantes. Queixo definido. Lábios carnudos na medida certa para serem lindos, que no contexto de seus outros traços parecem poderosamente masculinos.

Seu cabelo escuro está mais curto do que na última vez que o vi, e o faz parecer mais maduro. E mais alto, se é que é possível.

Sempre fui muito menor que ele. Um e sessenta e sete meu contra um e noventa e dois dele. E pela largura dos ombros, ele está malhando desde a faculdade. Não em excesso, mas o suficiente para o desenho dos músculos saltar sob a camiseta escura.

O sangue sobe para minhas bochechas e quero me dar um tapa por essa reação.

Confie nele para parecer mais atraente do que nunca. Idiota.

— Oi. — Ele me cumprimenta como se eu não tivesse passado os últimos três anos sonhando em socar a linda cara de canalha dele.

— Olá, Ethan.

Ele me encara, e, como de costume, sinto o calor dele no fundo dos meus ossos.

— Você está bonita, Cassie.

— Você também.

— Seu cabelo está mais curto.

— O seu também.

Ele dá um passo à frente. Odeio a forma como olha para mim. Elogiando e aprovando. Faminto. Essa atitude me atrai contra minha própria vontade, como se ele fosse um papel pega-mosca. E tudo dentro de mim está zumbindo e tentando se soltar.

— Faz muito tempo.

— Sério? Nem notei. — Estou tentando soar entediada por fora. Não quero que saiba o que está fazendo comigo. Ele não merece essa reação. Mais importante: eu também não.

— Como você está? — ele pergunta.

— Estou bem. — Resposta automática. Não significa nada. Tenho estado tudo, menos bem. Seu olhar permanece em mim, e eu realmente sinto vontade de estar em outro lugar. Porque agora ele parece com o que costumava parecer, e dói lembrar.

— E você? — pergunto com uma polidez exagerada. — Como está?

— Estou... bem. — Há algo em seu tom de voz. Algo enterrado. Ele deixou uma pontinha de fora para atrair minha curiosidade, mas não quero escavar isso para descobrir mais porque sei que é o que ele quer.

— Uau, que ótimo, Ethan — respondo, controlando a animação para apenas irritá-lo. — Bom saber.

Ele olha para o chão e passa a mão pelo cabelo. Sua postura fica tensa com a forma familiar do babaca que conheço tão bem.

— É isso, então. Três anos e é tudo o que você tem a me dizer. É claro.

Meu estômago revira.

Não, seu merda, não é tudo o que tenho a dizer, mas qual é a questão? Tudo já foi dito, e fazer rodeios não é minha ideia de diversão.

— É, é isso — confirmo com a voz leve e passo por ele. Abro a porta e desço as escadas batendo os pés, ignorando a comichão na pele, onde nos tocamos. Há um "porra" abafado antes de eu escutá-lo correr atrás de mim. Tento ser mais rápida, mas ele pega meu braço antes de chegarmos lá embaixo.

— Cassie, espere.

Ele me puxa e acabo me virando para encará-lo, e espero que ele pressione o corpo contra mim. Para me destruir com sua pele e cheiro como fez tantas vezes antes.

Mas ele não se move.

Apenas fica ali parado, e todo o ar da estreita escadaria fica espesso como algodão. Sinto claustrofobia, mas não vou demonstrar.

Sem fraquezas.

Ele me ensinou isso.

— Escute, Cassie. — Odeio sentir tanta saudade de ouvi-lo dizendo meu nome. — Você acha que a gente consegue colocar toda aquela merda para trás e começar de novo? Eu realmente quero voltar. E achei que você iria querer também.

A expressão dele é cheia de sinceridade, mas já vi isso antes. Toda vez que confiei nele, terminei com o coração destroçado.

— Quer começar de novo? Ah, claro. Sem problema. Por que não pensei nisso?

— Não precisa ser assim.

A questão é que não estou sendo sensata. Se eu não estivesse com tanta raiva, eu riria.

— Então, como seria isso, hein? — As palavras saem como ácido.

— Por favor, Holt, me diga. Afinal, era você quem tomava as decisões sobre nosso relacionamento. Como quer brincar desta vez? Amiguinhos? Parceiros de sexo? Inimigos? Ah, espera, já sei! Por que você não banca o merda que partiu meu coração e eu faço a mulher que não quer mais nada com você fora dessa sala de ensaios? Que tal?

Seu queixo trava.

Está bravo. Bom.

Disso eu entendo.

Ele esfrega os olhos e expira. Espero que ele grite, mas ele não grita.

— Nada do que eu disse nos meus e-mails significou alguma coisa para você, né? Achei que podíamos ao menos ser capazes de conversar sobre o que aconteceu. Você ao menos leu? — Seu tom de voz é baixo.

— Eu li. Só não acreditei. Tudo tem limite. Quer dizer, eu tenho um limite para a quantidade de vezes que posso engolir suas baboseiras sem vomitar. Como é a frase? Me engane uma vez, a vergonha é sua. Me engane duas...

— Não estou enganando você desta vez. Nem a mim. No passado, fiz o que precisava ser feito, por nós dois.

— Está brincando comigo? Você precisa mesmo que eu lembre a você o que você fez comigo? Isso foi minha culpa?

— Não. — Sua voz está repleta de frustração. — Claro que não. Eu só queria...

— Quer que eu dê outra chance para você acabar comigo? Quão idiota você acha que eu sou?

Ele balança a cabeça.

— Quero que as coisas sejam diferentes. Se quer que eu me desculpe, eu me desculpo até perder a porra da voz. Só quero que as coisas fiquem bem entre nós. Fale comigo. Me ajude a consertar isso.

— Não dá.

— Cassie...

— Não, Ethan! Desta vez, não. Nunca mais.

Ele se inclina para a frente. Está muito próximo. Próximo demais. Tem o cheiro que costumava ter, e eu não consigo raciocinar. Quero empurrá-lo para longe para eu poder esfriar a cabeça. Ou bater nele até que ele entenda que não sou realmente feliz há anos, e é tudo culpa dele. Quero fazer tantas coisas, mas tudo o que faço é ficar parada ali, odiando o quanto ele ainda suga minhas forças.

Sua respiração está tão ofegante quanto a minha. Seu corpo, tão tenso quanto. Mesmo depois de tudo o que passamos, a atração que sentimos um pelo outro ainda nos tortura. Como nos velhos tempos.

Graças a Deus a porta no fim das escadas se abre e avisto Cody nos encarando com uma expressão confusa.

— Sr. Holt? Srta. Taylor? Está tudo certo? — Holt se afasta de mim e passa os dedos no cabelo.

Minha respiração está entrecortada, superficial.

— Está tudo bem, Cody. Tudo bem.

— Tudo bem, então. — Ele se anima. — Só para dizer que estamos prestes a começar.

Ele desaparece e de novo somos apenas nós. Nós e o monte de merda que podemos carregar.

— Estamos aqui para um trabalho — começo, com a voz firme. — Vamos apenas trabalhar.

A sobrancelha dele se franze e a sua mandíbula enrijece, e por um segundo penso que ele não vai deixar por menos, mas ele diz:

— Se é o que você quer.

Eu afasto uma vaga sensação de decepção.

— É, sim.

Ele assente e, sem dizer outra palavra, desce as escadas e entra pela porta. Levo um momento para me recompor. Meu rosto está quente, o coração, acelerado; eu quase rio quando penso como já estou envolvida por ele, e nem começamos ainda os ensaios. As próximas quatro semanas vão me sugar mais energia que um buraco negro.

Eu me endireito e sigo para a sala de ensaios.

Quando chego para pegar o roteiro e água, há apenas uma cadeira sobrando na mesa de produção, e naturalmente é ao lado de Holt. Eu a puxo para o mais longe dele que posso e me afundo no plástico desconfortável.

— Está tudo bem? — Marco pergunta e levanta a sobrancelha.

— Sim. Ótimo — respondo com um sorriso, e é como se eu estivesse de volta ao primeiro ano da escola de teatro, dizendo o que os outros querem ouvir para que fiquem felizes mesmo quando eu não estou. Interpretando o papel.

— Então vamos começar, né? — Marco anuncia, e há outro farfalhar de papel quando todos abrem os roteiros.

Que grande ideia. Todas as boas histórias precisam começar em algum ponto.

Por que esta deveria ser diferente?

capítulo dois
NO COMEÇO

Hoje
Nova York
Diário de Cassandra Taylor

Querido diário,

Tristan sugeriu que eu use você para ajudar a analisar os aconteci-mentos da minha vida que me levaram a ser o indivíduo desajustado que sou hoje. Ele quer que eu olhe para os relacionamentos insalubres que me tornaram ranzinza e emocionalmente indisponível. Então acho que vou começar com a estrela de todos os meus arrependimentos.

Ethan Holt.

Na primeira vez que o vi, eu estava simulando sexo anal com alguém que tinha acabado de conhecer.

Ui. Isso ficou estranho.

Me deixa explicar.

Estava fazendo teste para uma vaga na Academia Grove de Artes Dramá-ticas, uma faculdade particular que oferece cursos de dança, música e artes visuais e também abriga uma das escolas de teatro mais prestigiadas do país.

Fica numa propriedade em Westchester, Nova York, e na história recente formou alguns dos mais talentosos astros de teatro e televisão.

Eu sonhava em estudar lá desde sempre, então, no meu último ano, quando todos os meus amigos estavam se inscrevendo em faculdades para serem médicos, advogados, engenheiros e jornalistas, eu me inscrevi para ser atriz.

Grove foi minha primeira escolha por vários motivos, e não foi o menos importante deles ficar a um país inteiro de distância dos meus pais.

Não que eu não os amasse, porque amava. Mas Judy e Leo têm ideias bem específicas sobre como devo viver minha vida. Por ser filha única e, como tal, programada para fazer tudo e mais um pouco para ganhar sua aprovação, eu basicamente vivia para satisfazer os ideais não realistas deles.

Quando cheguei ao último ano, eu nunca havia experimentado álcool, fumado cigarro, comido nada além daquelas saudáveis merdas vegetarianas sem gosto, nem tinha dormido com nenhum garoto. Eu estava sempre em casa na hora certa, mesmo que eles me ignorassem completamente ou discutissem entre eles ou nem estivessem lá.

Minha mãe resolvia problemas. Ela sempre sentia que deveria melhorar a si mesma, ou a mim. Eu era desajeitada, então ela me matriculou em aulas de balé. Era gorducha, então ela observava cada garfada que eu dava. Era tímida, então ela me fez frequentar aulas de teatro.

Odiava tudo que ela me forçava a fazer, exceto teatro. Isso ficou. Por acaso eu era bem boa nisso. Fingir ser outra pessoa por algumas horas? É, isso era o máximo.

As principais contribuições de Leo para minha criação consistiam em instruções estritas sobre aonde ir, quem ver e o que fazer. Tirando isso, ele me ignorava. A não ser que eu fizesse algo muito certo ou muito errado. Rapidamente aprendi que haveria menos gritaria e menos castigo se eu fizesse a coisa certa. Tirar boas notas o fazia feliz. Assim como ganhar prêmios de interpretação e oratória.

Eu me esforçava. Mais que todos os meus amigos e mais do que uma filha deveria se esforçar para atrair a atenção do pai. É certo dizer que todos os meus bloqueios quanto a agradar pessoas vieram dele.

Meus pais não ficaram felizes com meu plano de ir para a escola de teatro, claro. Creio que as palavras exatas do Leo foram: "Uma ova". Ele e minha mãe aceitavam o teatro como um passatempo, mas, com minhas notas, eu podia escolher profissões bem pagas. Eles não entendiam por que eu jogaria isso fora por uma profissão em que noventa por cento dos formados ficavam sem emprego para sempre.

Convenci os dois a me deixar fazer o teste negociando sobre me inscrever também no programa de direito da Washington State. Isso me comprou um bilhete de ida e volta para Nova York e a leve esperança de deixar para trás meu costume de buscar aprovação.

Quando comecei o processo de inscrição, sabia que as chances eram pequenas, mas eu tinha de tentar. Havia outras escolas que eu ficaria feliz de frequentar, mas eu queria a melhor, e essa era a Grove.

Seis anos antes
Westchester, Nova York
Os testes para Grove

Minha perna está tremendo.

Não de leve.

Está chacoalhando.

Descontroladamente.

Meu estômago está revirando, dando nós e quero vomitar. De novo.

Estou sentada no chão com as costas para uma parede. Invisível.

Não pertenço a este lugar. Não sou como eles.

Eles são ousados, abusados, e parecem confortáveis falando a palavra com "P". Fumam sem parar e tocam nas partes íntimas uns dos outros, mesmo que a maioria deles tenha acabado de se conhecer. Eles se vangloriam das peças que fizeram ou dos filmes em que estiveram ou das pessoas famosas que conheceram. E eu permaneço sentada, menor a cada segundo, sabendo que a única coisa que vou conquistar hoje é a prova do quão inadequada eu sou.

— Daí o diretor diz: "Zoe, a plateia precisa ver seus peitos. Você diz que é dedicada à sua arte, e ainda assim seu senso errado de pudor dita suas escolhas".

Uma loira desinibida está monopolizando as atenções, contando histórias de guerra teatrais. As pessoas ao redor parecem cativadas.

Não quero ouvir, na verdade, mas ela fala alto demais e não consigo evitar.

— Ai, Deus, Zoe, o que você fez?! — Uma bela ruiva quer saber, seu rosto se contorcendo com emoção exagerada.

— O que eu poderia ter feito? — Zoe pergunta com um suspiro. — Chupei o pau dele e disse que ia ficar de camiseta. Era a única forma de proteger minha integridade.

Houve risadas e uma salva de palmas. Mesmo antes de entrarmos, as apresentações já haviam começado.

Joguei a cabeça para trás e fechei os olhos, tentando me acalmar.

Repassei meus monólogos mentalmente. Eu os conhecia. Cada palavra. Dissecava cada sílaba. Analisava os personagens, subtexto, camadas de sutilezas emocionais. Ainda assim, me sentia despreparada.

— Então, de onde você é?

Zoe está falando novamente. Tento bloquear o som.

— Ei, você, menina da parede.

Abro os olhos. Ela está olhando para mim. Todo mundo está.

— Hum... quê? — Limpo a garganta e tento não parecer apavorada.

— De onde é você? — ela pergunta mais uma vez, como se eu fosse mentalmente limitada. — Dá para ver que você não é de Nova York.

Sei que o sorrisinho falso dela é dirigido ao jeans escuro e ao suéter cinza liso que estou usando, ao cabelo castanho sem graça e à falta de maquiagem. Não sou como a maioria das meninas aqui, em suas cores vibrantes, grandes joias e rostos pintados. Elas parecem pássaros tropicais exóticos, e eu pareço uma mancha de óleo.

— Hum... Sou de Aberdeen.

Seu rosto se retorce, de nojo.

— Onde fica essa porra?

— É em Washington. Meio pequeno.

— Nunca ouvi falar — ela informa com um aceno de desprezo com suas unhas pintadas. — Tem ao menos um teatro lá?

— Não.

— Então você não tem nenhuma experiência em atuar?

— Fiz algumas peças amadoras em Seattle.

Os olhos dela se iluminam. Ela fareja uma presa fácil.

— Amadora? Ah... entendi. — Ela sufoca uma risada.

Meu senso de autopreservação é acionado.

— Claro, não fiz todas as coisas incríveis que você fez. Quer dizer, um filme. Uau. Deve ter sido bem incrível. — Os olhos de Zoe se apagam um pouquinho. O cheiro de sangue é diluído pela puxação de saco.

— Foi bem incrível — ela comenta enquanto dá um largo sorriso como uma barracuda com batom. — Mas provavelmente eu estou perdendo tempo com este curso, porque não vou chegar até o final antes de fechar um grande contrato. Pelo menos é algo para me manter ocupada até lá.

Sorrio e concordo com ela. Massageio seu ego. É fácil. Sou boa nisso.

A conversa borbulha ao meu redor. E eu acrescento um comentário aqui e ali. Cada meia verdade que sai da minha boca me torna mais como eles. Mais provável de me encaixar.

Rapidamente, estou zurrando e relinchando como o resto das mulas, e um dos meninos gays me puxa e finge que estamos numa rave.

Ele fica atrás de mim enquanto bate na minha bunda. Entro na brincadeira, mesmo horrorizada. Faço barulhos vulgares e balanço a cabeça. Todo mundo acha hilário, então eu ignoro a vergonha e continuo. Aqui posso escolher ser desinibida e popular. A aprovação deles é como uma droga. E quero mais.

Ainda estou fingindo apanhar na bunda quando levanto o olhar e o vejo. Está a alguns metros de distância, alto e de ombros largos. Seu cabelo escuro é ondulado e rebelde, e, apesar da expressão impassiva, seus olhos mostram claro desdém. Afiado e imperdoável.

Minha risada falha.

Ele parece um anjo vingativo com um olhar intenso e traços etéreos. Pele lisa e roupas escuras.

Tem um daqueles rostos que te fazem parar quando você folheia uma revista. Não um lindo do tipo padrão, mas um lindo do tipo hipnotizante. Como uma capa de livro que implora que você o abra e se perca na história.

Minha nova falsa ousadia pesa sob seu olhar. Ela me deixa, suja e tensa, e eu paro de rir.

O menino gay me empurra de lado e vira para outra pessoa. Perdi meu charme vulgar de popozuda.

O garoto alto também se vira e se senta com as costas para a parede. Tira um livro esfarrapado do bolso. Eu pesco o título: *Vidas sem rumo*. Um dos meus favoritos.

Eu me viro para o grupo barulhento, mas eles já estão em outra.

Estou dividida entre recuperar a posição e descobrir mais sobre o menino do livro.

A escolha é tirada de mim quando a porta à minha frente se abre, e uma mulher entra. Ela tem ares de estátua com cabelo preto curto e lábios vermelho-vivo, e nos avalia com o foco de um raio laser. Lembra a Betty Boop, se Betty Boop fosse intimidadora a ponto de te fazer mijar nas calças e tivesse uma prancheta de couro envernizado.

— Tudo bem, escutem.

Os cacarejos se silenciam.

— Se eu chamar seu nome vá para dentro.

Ela dispara os nomes, sua voz é clara e segura.

Quando ela grita "Holt, Ethan", o garoto alto sai da parede. Olha brevemente para mim quando passa, e me faz querer segui-lo. Eu me sinto falsa e desconfortável sem ele.

Nomes continuam vindo. Calculo que mais de sessenta pessoas passam pela porta, incluindo "Stevens, Zoe", que berra antes de entrar. Eu estremeço quando ela grita "Taylor, Cassandra".

Enquanto pego a bolsa, ela diz:

— É isso para esse grupo. Todos os outros aguardem aqui, vocês serão chamados por outros instrutores.

Ela me segue pela porta e a fecha atrás de si.

Estamos numa grande sala negra. Um espaço multiuso.

Na parede mais distante há uma longa arquibancada reversível. A maior parte do grupo está sentada lá, conversando baixinho.

A contagem final é oitenta e oito. Sessenta meninas e vinte e oito meninos. Nenhum deles parece tão nervoso quanto eu me sinto.

Eu me acomodo, perdida num mar de garotos da cidade mais experientes. Minhas pernas começam a tremer de novo.

A instrutora está à nossa frente.

— Meu nome é Erika Eden, e sou diretora do departamento de interpretação. Nesta manhã vamos trabalhar um pouco com personagens e improvisação. No final de cada cena, comunico a vocês quem vai ficar. Sei o que estou buscando, e se vocês não tiverem isso, vão embora. Não estou pegando pesado, é apenas como as coisas são. Não preciso dizer que a Academia Grove aceita apenas os trinta melhores candidatos dos dois mil que vão fazer os testes nos próximos dias, então deem o melhor de si. Não estou interessada em teatralidade banal e emoção falsa. Me deem algo que valha a pena ou vão embora.

Meu medo de falhar murmura que eu deveria ir embora. Mas não posso. Preciso disso.

Passamos a próxima meia hora fazendo exercícios focados. Todo mundo está tentando desesperadamente não parecer desesperado. Algumas pessoas são mais bem-sucedidas do que outras.

Zoe é barulhenta e confiante, como se sua aprovação já estivesse certa. Provavelmente está. Ethan Holt é intenso. De forma incrível. Suas interações disparam uma energia contida, ele é uma usina nuclear usada para acender uma única lâmpada.

Tento manter tudo real e natural, e na maior parte das vezes eu consigo. Estou indo bem.

Após cada cena, pessoas são cortadas. Algumas levam numa boa e outras despencam e se inflamam. É como uma zona de guerra.

O grupo diminui rapidamente. Erika é rápida e eficiente, e toda vez que ela chega perto de mim acho que vou embora. De alguma forma, consigo sobreviver.

Quando paramos para o almoço, estamos todos em silêncio. Até Zoe. Nos sentamos em círculos, as cabeças cambaleando com os monólogos. Tentamos ignorar que a maior parte de nós não vai chegar às chamadas amanhã. Algumas vezes meu rosto queima, e levanto o olhar para ver que *Holt, Ethan* está olhando para mim. Ele imediatamente desvia o olhar e fecha a cara. Eu me pergunto por que ele parece bravo.

De volta à sala, somos organizados em pares. Estou com um garoto chamado Jordan, que tem espinha e língua presa.

Cada dupla recebe um enredo, e o restante de nós observa. É como um esporte sangrento. Todos esperamos que os outros se ferrem, para que tenhamos mais chance.

Zoe e Holt são colocados juntos. Interpretam estranhos numa estação de trem. Conversam e flertam enquanto Zoe balança o cabelo. Obviamente ela tem talento para agir como uma puta desesperada.

Jordan e eu interpretamos irmãos. Não tenho irmãos, então é meio legal. Nós implicamos um com o outro e rimos, e tenho de admitir que somos bem bons. Erika nos elogia, e o resto do grupo aplaude sem muito ânimo.

No final da rodada, pessoas são cortadas e lágrimas rolam. Suspiro, aliviada, quando percebo que restam apenas trinta de nós. As chances estão melhorando.

Os parceiros são trocados. Fico com Holt, Ethan. Ele não parece feliz com isso. Senta-se ao meu lado com a mandíbula bem travada. Acho que nunca notei a mandíbula de um menino antes, mas a dele é impressionante.

Ele se vira e me pega olhando fixamente para ele, e sua expressão mistura cenho franzido com vou-te-matar-e-arrancar-toda-sua-pele.

Eu me viro. Vamos ser uma porcaria como parceiros.

Erika caminha na frente do grupo.

— Para esta última sessão, todo mundo vai receber a mesma tarefa. Seu enredo é "imagem no espelho".

Soa fácil.

— Não vai ser fácil.

Droga.

— Esse exercício se baseia em confiança, abertura e conexão com a outra pessoa. Nada de inibições. Sem artifícios. Apenas energia pura, bruta. Se não relaxarem nisso, vão falhar, e se não se conectarem com a outra pessoa, vou saber. Nenhum de vocês lidera nem segue. Precisam captar o sentimento um do outro, entenderam?

Nós todos assentimos.

Não tenho a mínima ideia do que ela está falando. Holt esfrega os olhos e faz um som baixo de grunhido. Imagino que ele também não saiba.

— Certo, vamos nessa.

A primeira dupla se levanta. É Zoe e Jordan. Levam alguns minutos para planejar, então assumem suas posições e começam a se mover. É óbvio que Zoe está liderando e Jordan está seguindo. São só mãos e nada mais. Num ponto, Jordan ri. Erika anota em sua prancheta. Imagino que ele tenha estragado a chance. Eu sorrio. Assim como Holt.

Mais um que cai.

Os outros grupos prosseguem, e Erika os circunda como um gavião, examinando cada movimento. Está decidindo os cortes finais. A maioria das pessoas está desmoronando com a pressão. Estou nervosa além da conta.

Finalmente é nossa vez, e ficamos na frente do grupo. Holt está balançando as pernas. Suas mãos estão dentro dos bolsos, os ombros, caídos. Não me inspira confiança. Meu estômago se revira como um ninho de víboras, e eu realmente gostaria de fazer xixi ou vomitar. Por não poder fazer nenhum dos dois, eu alterno o peso do corpo de um pé para o outro enquanto imploro que minha bexiga fique quietinha.

Erika nos estuda por alguns momentos.

Percebo que Holt e eu paramos de respirar.

— Tudo bem, vocês dois. Última chance de me impressionar.

Holt me olha e vejo desespero refletido nele. Ele quer isso. Talvez tanto quanto eu. Erika se inclina para mim e abaixa a voz.

— Ele se mexe, você se mexe, srta. Taylor. Entendeu? Respire o ar dele. Encontre uma conexão. — Ela lança um olhar para Holt. — Se não encontrarem o equilíbrio certo, isso não vai funcionar. Você tem de deixá-la entrar, Ethan. Não pense, apenas faça. Três strikes e está fora, lembra?

Ele assente e engole em seco.

— Vocês têm três minutos para se preparar. — Ela sai, e Holt e eu nos mudamos para os fundos da sala. Estamos mais perto um do outro e ele tem um cheiro bom. Não que eu devesse notar quão bom é o cheiro dele, mas meu cérebro está procurando uma distração para o nervosismo, e é o cheiro bom dele.

— Olha — ele diz quando se aproxima. — Preciso disso, tá? Não estraga tudo.

Eu coro de raiva.

— O quê? Você tem tanta chance de estragar tudo quanto eu. E o que Erika quis dizer com "três strikes e está fora"?

Ele se inclina para a frente, mas não olha para mim.

— É o terceiro ano que faço o teste. Se não entrar desta vez, é o fim. Eles não vão me deixar tentar de novo. Então meu pai vai dizer um belo "eu avisei" e vai querer que eu vá para a faculdade de medicina. Trabalhei duro para isso. Preciso disso, tá?

Estou confusa. Eu o observei o dia inteiro. Essa gente é cega?

— Por que não entrou antes? Você é bom mesmo. — De uma forma perturbadoramente intensa.

A expressão dele suaviza por um momento.

— Acho difícil... me misturar... com os outros atores. Aparentemente, Erika acredita que esse é um atributo importante que seus atores devem ter.

— Não pareceu que você tivesse problemas com Zoe.

Ele bufa.

— Não havia conexão lá. Não senti nada, como de costume. Erika consegue ver.

Olho para a moça de cabelo escuro que está nos estudando.

— Ela já testou você antes?

Ele assente.

— Todos os anos. Ela quer me oferecer um lugar, mas não vai me deixar passar facilmente. Se não conseguir provar a ela que posso fazer este exercício em particular, em que fui uma droga todas as vezes, acabou.

— Um minuto! — Erika grita.

Meu coração fica a mil.

— Escuta, Holt, faça o que for necessário para se "conectar" comigo, tá? Porque se eu não conseguir isso, vou ter de voltar aos meus pais hiperprotetores, e, sinceramente, não aguento mais essa punheta. Então você não é o único com algo a perder aqui.

Ele franze a testa.

— Você... você acabou de dizer "punheta"?

Sinto uma vergonha feroz tomar minha garganta. Ele está rindo de mim, só porque me recuso a punir meus impulsos como cada punheteiro deste lugar.

— Cala a boca.

O sorrisinho dele alcançou proporções enfurecedoras.

— Sério? "Punheta"?

— Para com isso! Está desperdiçando tempo!

Ele para de rir e suspira. Pelo menos agora parece mais relaxado. Acho que porque toda a ansiedade dele se transferiu para mim.

— Olha, Taylor...

— Meu nome é Cassie.

— Que seja. Só relaxa, tá? A gente consegue. Olha nos meus olhos e... Jesus, sei lá... me faz sentir alguma coisa. Qualquer coisa. Não perca a concentração. Foi o que fodeu com todo mundo até agora. Apenas foque em mim, e eu vou focar em você. Tá?

— Ótimo.

— E não diga mais "punheta", porque vai me dar vontade de rir. Você sabe que é meio pornográfico, né?

Não, eu não sabia que era meio pornográfico. Pareço uma pervertida que curte pornografia?

Solto o ar e tento focar. Meus pensamentos estão um caos. Preciso me acalmar.

— Ei — ele chama enquanto toca meu braço. Não ajuda nada na concentração. — A gente consegue. Olha para mim.

Levanto os olhos. Seus cílios são ridículos. Conforme ele me olha, algo revira dentro do meu estômago.

Ele deve ter sentido a mesma coisa, porque está boquiaberto e puxa o ar bruscamente.

— Puta merda. — Ele pisca, mas não afasta o olhar. A energia fluindo entre nós é intensa demais. Fecho meus olhos e solto o ar.

Leisa Rayven

— Taylor?

— Cassie.

— Cassie — ele sussurra, sua voz suave e cheia de desespero. — Concentre-se, por favor. Não vou conseguir sem você.

Engulo em seco e faço que sim com a cabeça. Então Erika grita com a gente, e caminhamos ao centro do salão. Viramos um para o outro, apenas a um passo de distância.

Ele é muito mais alto do que eu, então olho para seu peito, que sobe e desce conforme Holt tenta se acalmar.

— Pronta? — ele sussurra.

Quero gritar "Não, Deus, por favor, vou estragar tudo!", mas, em vez disso, respondo:

— É claro. — Como se isso não fosse vida ou morte, ou pelo menos algo muito importante.

Respiro fundo antes de levantar o olhar. Sua expressão está menos desesperada agora, e parece que eu o estou vendo... realmente o enxergando... pela primeira vez. Sinto a energia. É como uma onda de calor ao redor dele. Ficamos lá por alguns segundos, apenas respirando, e, conforme trocamos olhares, o ar entre nós se solidifica. Conectando--nos como duas partes da mesma pessoa.

Ele levanta sua mão e eu sigo, enquanto temos milhares de pequenas cordas entre nossos braços, nos alinhando. Acompanho sua velocidade com precisão, me movendo ao mesmo tempo que ele se move, respirando ao mesmo tempo que ele respira.

Mudamos de posição novamente, os corpos estão perfeitamente alinhados. Parece tão natural. Há muito tempo não sentia nada tão natural. Talvez nunca tenha sentido.

Nós nos aproximamos. Ele se inclina para a frente e eu me inclino para trás. Eu viro de lado e ele segue. As cordas invisíveis entre nós. Os movimentos ficam mais rápidos, mas cada um é perfeito e preciso. Coreografia complexa que nunca aprendemos, mas nossos músculos de alguma maneira se lembram.

É emocionante.

Estamos em êxtase. Aquele estado mágico em que os atores às vezes chegam, quando tudo está fluindo com entrega. Coração, mente, corpo. Já senti isso antes, mas nunca com outra pessoa.

Eu me sinto incrível.

Abrimos sorrisos. Holt fica bem bonito quando sorri.

Nossos braços estão sobre nossas cabeças. E nós lentamente descemos com eles, nossas palmas se juntam. Suas mãos são grandes e quentes, e minha pele coça onde nos tocamos. Nós nos encostamos um no outro com os nossos corpos pesando para a frente e nossas palmas pressionando mais firmemente. Então, estou encarando seus olhos. Estamos os dois sem respirar, e não sei por quê.

Num segundo, a expressão de Holt se enche de pânico, e ele fica tenso. Então pisca e baixa o olhar. E, de repente, é como se toda a leveza saísse do ar; nossa energia cai no chão e se esvai. As cordas que estavam nos mantendo juntos se desintegram.

Holt se afasta e solta o ar antes de olhar para Erika.

— Já deu? Ninguém mais ficou tanto tempo. Já deu, né?

Erika inclina a cabeça e o estuda. A postura dele é tensa e desafiadora.

Abaixo as mãos. Estão frias agora. Eu as aperto nas laterais enquanto meu coração bate rápido e irregular.

— Já deu ou não? — Holt questiona, e tudo de bom que senti por ele desapareceu. Ele é tão mal-educado.

— Sim, sr. Holt — Erika responde calmamente, olhando para mim. — Você e a srta. Taylor completaram o exercício. Muito bem. Vocês dois têm uma química interessante aí, não têm?

Ele engole em seco e fixa o olhar. Ela dá a ele um sorriso caloroso.

— Pode se sentar. Todo mundo, aplausos para eles.

O grupo todo irrompe em aplausos. Escuto murmúrios de surpresa por sermos tão bons.

Ninguém está mais surpreso do que eu.

Holt segue de volta à arquibancada e se senta. Zoe salta ao lado dele e toca seu bíceps, dizendo que ele foi incrível. Ela seria mais sutil se rasgasse a camiseta e implorasse para que ele a apalpasse. Ele a ignora e apoia os cotovelos nos joelhos.

O restante da tarde passa num piscar de olhos. Pessoas são cortadas, duplas são trocadas ao longo das diferentes interpretações.

No final do dia, Erika nos dispensa, e ficamos do lado de fora esperando que ela coloque a lista de quem vai retornar. Estamos no limite. Nenhum de nós sabe se fizemos o suficiente para seguir para a próxima etapa. Até Zoe está insegura. Ela morde o interior da bochecha e anda de um lado para o outro.

Eu mordisco minhas cutículas e repito "Ai, por favor, por favor, por favor", seguidamente, como se implorasse para que o universo me ajudasse agora.

Holt está sentado no final do corredor, as costas estão contra a parede e as pernas, puxadas ao peito. Ele parece estar com dor.

Apesar do comportamento de hoje, sinto pena dele. Todo mundo está nervoso, mas ele parece realmente doente.

Vou até ele, que está com a cabeça apoiada na parede e os olhos fechados. Quando toco seus ombros, ele dá um salto como se eu tivesse lhe dado um choque.

— Que porra? — Ele me olha feio, mas é difícil achá-lo intimidador quando ele está tão verde que poderia arrumar um emprego com os Muppets.

— Tudo bem com você?

Ele abaixa a cabeça e suspira.

— Estou bem. Vá embora.

Não sei nem por que me importei.

— Você é um panaca, sabia?

— Sei bem.

— Só para me certificar.

Começo a sair, mas ele se estica, sem me tocar, e me faz parar.

— Taylor, olha... eu...

— Meu nome é Cassie.

— Cassie.

A forma como ele diz meu nome é... Bem, provoca coisas estranhas em mim. Pode ser melhor se voltar a me chamar de Taylor.

Ele aponta o chão para eu me sentar, e me sento.

— A coisa é que... Não vamos ser amigos, então imaginei que não tinha sentido gastar energia um com o outro, certo?

Pisco algumas vezes.

— Hum, tá.

— É isso? Tá. — Ele parece decepcionado, mas eu não sei por quê.

— Bem, eu nunca tive essa conversa de "Você e Eu Não Vamos Ser Amigos" antes, então não estou certa do protocolo. Eu te agradeço por mostrar o óbvio ou...?

Ele esfrega a mão sobre o rosto e grunhe.

— O que é? — pergunto. — Não sei o que você espera que eu diga. Não estava planejando ser sua amiga.

— Isso é bom. — Ele ainda esfrega o rosto.

Eu inspiro e tento não perder a calma.

— Qual é o seu problema? Eu basicamente salvei sua pele aqui hoje, e você me trata feito lixo?

— Sim. — Seus ombros estão tensos e elevados. — Porque você é tão...

— O quê? Chata? Irritante?

— Bipolar.

Isso me faz parar na hora.

— Ah... eu... hã?

Ele suspira e balança a cabeça.

— Eu te vi mais cedo, fazendo o joguinho da popularidade. Dando aos moleques descolados o que eles queriam. O que é ridículo porque a maioria deles é de surtados desagradáveis que são tão verdadeiros como uma nota de três dólares. Mas, comigo? Você é toda irritadinha, impaciente e honesta como um trator. O que foi, você não gosta de mim o suficiente para fingir?

Não percebi isso até ele dizer, mas eu nunca, e digo nunca mesmo, falei com alguém da forma como falo com ele. Nunca deixei alguém saber que estava irritada ou impaciente. Não é assim que eu sou. Eu me dou bem com as pessoas. Fiz isso a vida toda. Se alguém não gosta de mim, eu faço gostar. Mas, com ele, tudo é diferente.

— Bom, e quanto a você? Qual é sua história?

— Sou uma pessoa fácil de entender — ele diz, com uma risada amarga. — Sou um merda.

— Disso eu sei.

— Não, não sabe.

— Hum, sim, sei. Você passou a tarde toda me tratando como se eu fosse te infectar com lepra. Então eu sei o que você é.

Ele assente.

— Ótimo. Então vai saber ficar longe de mim.

— Tenho certeza de que não vou ter muita escolha quanto a isso, porque depois que Erika colocar a lista de retorno, nós nunca mais vamos nos ver. Problema resolvido.

Ele fecha a cara.

— Por que acha isso?

— Porque você provavelmente vai ser chamado, e eu, não, então... é isso.

Ele baixa o olhar e remexe em seus cadarços.

— Não esteja tão certa. Você foi bem hoje. Mais do que bem.

Leva um momento para eu perceber que ele me fez um elogio.

— Uau... é... valeu. Você também foi bem.

Ele levanta o olhar e dá um quase sorriso.

— Fui?

Eu reviro os olhos.

— Ai, faça-me o favor. Você sabe que foi incrível.

— É, eu fui — ele concorda.

— Que humilde.

— E bonito. Deve ser um saco mesmo não ser eu.

Balanço a cabeça e digo:

— Então você está tentando entrar aqui há três anos. O que tem feito nesse meio-tempo?

Ele esfrega as mãos.

— Basicamente trabalhei com construção para uma empresa em Hoboken. Eles constroem cenários para peças da Broadway. Achei que, se eu não pudesse estar no palco, eu trabalharia nos bastidores.

— Por isso suas mãos são ásperas?

Ele franze a testa.

— Durante o exercício de espelho, quando nos tocamos, suas mãos tinham calos.

Ele olha para as mãos.

— Prefiro pensar que elas são reforçadas. Carregar toneladas de pedaços de cenário não é um trabalho delicado. É uma malhação infernal.

— Então é por isso que você tem todo esse... — eu aponto para seus ombros e braços — ... isso?

Ele sorri e balança a cabeça.

— É. Por isso que tenho tudo isso. E dinheiro o suficiente para pagar por pelo menos dois anos se entrar aqui.

— *Quando* você entrar aqui — eu o corrijo.

Ele me encara por um segundo, como se minha fé nele fosse incompreensível.

— Se você diz, Taylor.

Eu desisto de pedir a ele que use meu primeiro nome. Provavelmente é melhor mesmo que fiquemos na base do último nome, considerando que não vamos ser amigos nem nada assim.

Só que meio que parece que já somos.

Ficamos em silêncio lá por um tempo. Então a porta se abre e todo mundo salta e fica em pé quando Erika surge com um pedaço de papel.

Todos ficamos em silêncio com a expectativa ao nosso redor.

— Para os que estão nesta lista, parabéns. Vocês voltarão amanhã para a segunda etapa de testes. Aqueles que não estão, temo que não tenham tido sucesso. Podem se reinscrever ano que vem. Obrigada pela participação.

Ela se vira e afixa o papel atrás da porta antes de desaparecer lá dentro.

Há um grande movimento de corpos quando todos tentam ver a lista. Eu abro caminho, meu coração acelerado, preparado para a decepção.

Quando finalmente chego à frente, seguro a respiração.

Há apenas três nomes.

Ethan Holt.

Zoe Stevens.

E... Cassandra Taylor.

O restante do grupo foi cortado.

Estou em choque.

Eu consegui.

Vai, punheta!

Holt fica atrás de mim e solta o ar. Ele suspira aliviado.

— Porra, valeu.

Eu me viro quando ele abaixa a cabeça e solta o ar novamente. Parece um prisioneiro do corredor da morte que recebeu o perdão.

— Ah, que fofo que está tão feliz por mim. Você tinha realmente alguma dúvida?

— Sobre você? — ele pergunta. — Nenhuma. Parabéns.

— Parabéns para você também. Acho que o mundo médico está salvo de sua cintilante postura ao lado dos leitos, pelo menos por mais um dia.

— Acho que sim — ele concorda, e, quando olha para mim, a boca do meu estômago se aperta e revira. Sinto que tenho de dizer algo, mas meu cérebro está estranho e enevoado, então apenas permaneço lá. Ele também não fala. Apenas olha. Seu rosto está fascinante de uma forma irritantemente bonita.

— Bem... — começo —, acho que te vejo amanhã.

Ele assente.

— É. Claro. Até, Taylor.

Ele pega a mochila e sai. Eu faço o mesmo. Mas sei que vamos nos ver de manhã. Estou ansiosa e com medo ao mesmo tempo.

Nunca me senti assim em relação a um garoto.

Estou bem certa de que coisa boa não é.

capítulo três
ANTES

Hoje
Nova York
Diário de Cassandra Taylor

Querido diário,

A etapa final de testes para Grove foi esgotante. Holt foi mandado para um grupo diferente, então eu não o vi muito, mas quando estive com ele parecia estar sofrendo tanto quanto eu.

As entrevistas foram o pior. Um grupo de palestrantes de Grove sentados numa longa mesa nos sabatinava sobre vida, família, gostos e desgostos.

O grupo esperava que eu fosse apenas eu mesma. Isso foi duro.

No final, Erika se virou para mim e disse: "Cassandra, você é uma menina esperta. Podia ter escolhido sua escola e carreira. Por que quer ser atriz?".

Sei que eu devia ter dito algo sobre minha paixão por teatro ou meu amor por arte, ou sobre a importância de uma cultura vibrante e envolvente num mundo de ideias descartáveis e reality shows. Mas, enquanto ela me encarava, não fui capaz de pensar em nada esperto o suficiente para enganá-la, então respondi sem pensar.

"Quero atuar porque não sei realmente quem eu sou, então sinto alívio em ser outras pessoas."

Ela manteve o olhar por um momento, depois escreveu algo em suas anotações e assentiu. Com certeza: "adolescente maluca, emocionalmente disfuncional com questões de autoestima. Não façam movimentos bruscos".

Quando saí, parecia que eu havia deixado pedacinhos meus por todo o chão.

Ainda assim, devo ter feito algo certo, porque três meses depois recebi minha carta de admissão.

No dia em que a recebi, gritei tão alto que assustei o cachorro do vizinho.

Eu sabia que meus pais não estavam empolgados com essa escolha de carreira ou a ideia de eu me mudar para o outro lado do país, mas eles também sabiam que atuar era minha paixão, e ser aceita em Grove era uma coisa importante. Também ajudou o fato de eu ter recebido uma bolsa parcial que cobria metade da mensalidade e acomodação no campus. Considerando que não éramos os Rockefellers, esse foi um grande bônus.

Bem lá no fundo, eu tinha a vaga esperança de que Holt tivesse entrado. Se ele tivesse, pelo menos eu já conheceria uma pessoa. Uma levemente irritante e estranhamente misteriosa.

Seis anos antes
Westchester, Nova York
Grove
Primeira semana de aula

Caminho pelo apartamento com um grande sorriso no rosto.

Há dois quartos separados por um pequeno banheiro, uma sala conjugada de estar e jantar e uma pequena cozinha. A mobília está gasta e datada, o carpete é horrendo e tem manchas de coisas que não quero nem imaginar. E acho que o vizinho de cima dança pelado na luz da lua enquanto sacrifica animais, porque, sério, o cara é esquisito.

Mas, apesar de tudo isso, é perfeito e meu.

Bem, estou dividindo com uma aluna de técnica avançada de teatro chamada Ruby, mas ainda assim... Posso fazer o que quiser. Comer o que quiser. Ir para cama quando quiser. Sem pais catalogando cada movimento.

Estou quase tonta com as possibilidades.

— Você me deve trinta pilas das compras — Ruby informa quando estuda a notinha. — Ah, não, trinta e quatro. Os absorventes são seus.

É meio esquisito morar com uma estranha, mas, como nos conhecemos há poucos dias, Ruby e eu estamos nos dando bem, considerando que ela é exatamente meu oposto. Tenho cabelo castanho-acinzentado, ela, vermelho-vivo. Tenho uma aparência padrão, ela é espetacular. Gosto de agradar as pessoas, ela é brutalmente sincera.

Ela se joga no nosso feio sofá e acende um cigarro. Passa o maço para mim, eu pego um.

Ah, sim, sou fumante agora.

Bem, não sou, mas quando Ruby disse que era, eu apenas segui o fluxo. Era algo para nos unir. Além do mais, eu sabia que a maioria das pessoas nos testes fumava, então parecia a coisa certa a fazer. Além do mais, minha mãe teria odiado.

Todas boas razões para adotar o hábito.

Ela acende o meu cigarro, e eu trago lentamente. Depois, tusso. Ruby balança a cabeça.

Sou a pior aprendiz de fumante do mundo.

— Então — ela começa enquanto solta uma corrente de fumaça —, é sua vez de cozinhar, infelizmente.

— Ei, achei que o que preparei na outra noite tinha ficado bom, considerando que eu nunca havia cozinhado antes.

— Mulher — ela diz com um suspiro —, você conseguiu estragar o macarrão com queijo. Sério, se você vai mal cozinhando aquela porcaria, nunca vamos sobreviver à vida na faculdade.

— Então agradeça a Deus que está aqui para me ensinar — respondo, entrando na cozinha e tirando carne e legumes da geladeira. O negócio é o seguinte: Ruby não é exatamente uma chef, então terminamos com um bife duro, purê de batata pedregoso e vagens tão sem graça que eu poderia tricotá-las como um cachecol.

— Vou escrever para o canal de culinária para reclamar. — Ruby remexe a comida no prato. — Aqueles putos fazem cozinhar parecer fácil. Vou processá-los por propaganda enganosa.

Naquela noite, fizemos um pacto de comprar apenas comida congelada. É o modo mais seguro de evitar morrer de fome.

O dia seguinte é o primeiro dia de aula, e Ruby e eu caminhamos a curta distância do nosso apartamento até o campus principal.

Nos três dias desde que chegamos, passamos um tempo explorando a nova escola, e é bacana caminhar por um terreno tão bem cuidado.

O campus não é enorme, mas é bem distribuído, e os prédios são uma boa mistura entre tradicional e contemporâneo.

No meio de tudo está o prédio central: um grande edifício de quatro andares que abriga biblioteca, cafeteria, sala de estudantes e vários auditórios.

Ao redor, como pétalas de uma flor, estão os vários prédios de artes, um para cada disciplina: dança, teatro, música e artes visuais.

Nessa manhã, Ruby e eu seguimos juntas para o prédio central para ouvir o discurso de boas-vindas do reitor.

Caminhamos para o grande auditório lotado por cerca de duzentos calouros. Todo mundo está se apresentando e avaliando uns aos outros.

Odeio isso.

Tantos rostos novos. Novas expectativas para satisfazer.

É opressor.

Posso identificar várias rodinhas pela forma como estão vestidos. Os dançarinos estão de lycra e camadas de roupas por cima, os músicos têm um vago ar retrô geek, e os alunos de artes visuais parecem ladrões de loja de 1,99 no momento da explosão de uma bomba de tinta. Os mais barulhentos e antipáticos são os alunos de teatro.

Sinto um aperto no peito quando penso se vou me encaixar melhor aqui do que no colégio.

Não que eu não tivesse amigos no colégio. Eu tinha. Mas sempre tomava cuidado para ser a Cassie que achava que eles esperavam que eu fosse. Feliz, de fácil convivência, inofensiva. Esperta, mas não intimidadora. Bonita, mas não desejada. Aquela que agia como cupido quando alguém gostava de um garoto, mas nunca aquela de quem o garoto gostava.

Respiro fundo e solto o ar lentamente. Esta é uma escola nova, gente nova, novas regras. Talvez alguém aqui vá ver além dos meus muitos rostos falsos.

— Venha — Ruby chama. — Vamos nos sentar para não precisarmos falar com nenhum desses porras.

Naquele momento, eu a amo.

Caminhamos para o meio do auditório e tomamos nossos lugares. Poucos minutos depois, vejo um rosto familiar vindo até nós.

— Oi, Cassie.

— Connor! Oi.

Conheci Connor na segunda etapa. Fizemos dupla em alguma cena de trabalho e, mesmo sem a mesma intensidade que rolou com Holt, tivemos uma química decente. Ele também é bonitinho, e, até onde posso ver, é hétero, o que é raridade entre os meninos do teatro.

Ele faz sinal para o assento ao meu lado.

— Posso?

— Claro — confirmo e apresento Ruby, que já parece entediada.

Connor se joga na cadeira ao meu lado e sorrio para ele. Cabelo loiro-acinzentado, olhos castanhos, expressão aberta que ainda não vi se fechar. Definitivamente bonitinho.

— Estou tão feliz que você entrou — ele comenta. — Pelo menos vou conhecer uma pessoa da turma.

— Exato, ainda não vi mais ninguém que conheço.

— Notei alguns rostos familiares. — Ele olha ao redor. — Mas sou ruim com nomes. Lembro daquela loira que não parava de falar...

— Zoe?

— É. E o cara altão com cabelo maneiro.

— Holt?

— É. Ele está bem ali.

Ele aponta para o final do auditório, onde vejo a figura esguia de Holt jogada no assento, os pés estão apoiados em uma cadeira à frente e a cabeça, no mesmo livro que ele lia nos testes. Ele deve amar mesmo *Vidas sem rumo*.

Tenho a estranha sensação de que meu estômago flutua quando olho para ele, mas fico feliz que tenha conseguido. Entrar nesse lugar significava muito para ele, e, além do óbvio distúrbio de personalidade, é realmente talentoso.

— Ele parece um lobo solitário — Connor comenta, e não deixo de reparar que seu braço está sobre as costas da minha cadeira. — Mas, cara, ele sabe atuar. Eu o vi fazer Mercúcio ano passado no festival Tribeca Shakespeare. Ele foi impressionante.

— Aposto que sim. — Tenho uma imagem cristalina de Holt como um Mercúcio dos dias modernos. Todo de couro e brim e preto, olhos brilhando.

Enquanto eu o observo, ele levanta o olhar e me vê. O canto de sua boca se levanta e uma de suas mãos se afasta do livro como se ele fosse de fato sorrir e acenar. Então, ele avista Connor, e num segundo está de volta ao livro, como se não tivesse me visto.

Connor levanta a sobrancelha.

— Hum, será que eu fiz alguma coisa que chateou ele? Ele parecia querer me matar.

— Não se preocupe — suspiro. — Ele é assim com todo mundo.

Em pouco tempo, o reitor chega ao púlpito e nos dá as boas-vindas. Faz um discurso sobre o quão orgulhosos devemos estar de ter chegado à faculdade de artes mais prestigiada do país, e, embora ele provavelmente faça exatamente o mesmo discurso há anos, suas palavras me fazem estufar o peito como um pavão. Pela primeira vez na minha vida, sinto que de fato estou conquistando algo para mim mesma, não para os meus pais. Isso é bom.

Quando o reitor termina o discurso, o auditório esvazia rapidamente e nós seguimos para o primeiro dia de aula.

Ruby acena se despedindo de mim e Connor quando seguimos para o bloco de teatro e ela, para sua aula de direção de palco. Conforme andamos, Connor joga seu braço sobre meus ombros. Apesar de ser esquisito que ele esteja tão confortável invadindo meu espaço pessoal quando mal nos conhecemos, também é meio legal. Não estou acostumada com meninos colocando seus braços lindamente musculosos sobre meus ombros, mas posso me acostumar à ideia.

Andamos para uma grande sala vazia com paredes de tijolos e um carpete áspero. Seguindo o exemplo daqueles que já estão lá, jogamos nossas bolsas pela sala e nos sentamos no chão.

Olho ao redor do resto da nossa sala. Tanta gente nova para conhecer e agradar. Minha necessidade patética de fazê-los gostar de mim toma vida. Um suor tenso surge em minha testa.

— Tudo bem com você? — Connor pergunta, com a mão nas minhas costas.

— Sim, tudo bem. Só um pouquinho nervosa.

— Peraí. — Ele vai para trás de mim e massageia meus ombros. — Vou te ajudar a relaxar.

Ele aperta meus músculos tensos e eu quase gemo.

Já entendi qual é a do Connor. Ele quer ser o menino cuidadoso, que te apoia, e eu quero ser apoiada. Nós dois ganhamos.

Não atrapalha ele ter mãos realmente talentosas.

O restante da turma conversa e ri, mas só vejo alguns rostos que conheço. Ali perto está Zoe e a menina de cabelo laranja que vi no primeiro dia de testes. Acho que o nome dela é Phoebe. Como de costume, elas estão conversando em voz alta e dizendo um monte de "aimeudeus". No canto estão Troy e Mariska, dois irmãos que parecem bizarros e caladões.

Há uma menina de cabelo espetado chamada Miranda, que estou bem certa de que deu em cima de mim durante os testes, e um cara moreno numa jaqueta de couro chamado Lucas. Está sentado ao lado de um palhação de cabelo encaracolado chamado Jack, que fez todo mundo gargalhar na segunda etapa. Lucas está se mijando de rir com o beatbox de vozes de personagens da Disney que Jack está fazendo.

Enquanto examino o salão, Holt chega e para quando me vê com Connor massageando minhas costas. Ele revira os olhos antes de se colocar o mais longe de mim possível.

Não entendo Holt. Geralmente entendo o que as pessoas querem de mim em poucos minutos. Quer que eu ria de suas piadas? Tudo bem.

Ah, por favor, me conte sobre suas esperanças e sonhos! Isso seria ótimo! Um ombro para chorar? Sem problemas.

Mas com Holt... É como se ele quisesse que eu não existisse. Isso é algo que não sei como fazer.

Eu devia ficar magoada com o comportamento dele, mas não estou. Isso só o transforma em um enorme quebra-cabeça mal-humorado e bem perfumado que estou determinada a resolver.

Logo Erika entra na sala e todo mundo fica em silêncio.

— Tudo bem. Isso aqui é teatro avançado, também conhecido como deixe-a-baboseira-fora-da-sala-ou-vou-chutá-lo-para-fora-da-turma. Aqui eu não me importo se você está cansado ou assustado ou de ressaca ou chapado. Espero cem por cento de atenção e esforço cem por cento do tempo. Se é incapaz de corresponder a essa expectativa, então nem apareça. Não quero ter de lidar com isso.

Algumas pessoas olham ao redor, nervosas, inclusive eu.

— Estão todos aqui porque vimos algo em vocês que merecia ser desenvolvido, não paparicado ou mimado. Se pensam que esta aula vai ser fácil por poderem dizer algumas frases com um mínimo de emoção, pensem de novo. É aqui que vocês vão descobrir exatamente onde suas fraquezas estão. Vou despi-los até o osso e então recompor, camada por camada. Se soa doloroso, é porque vai ser. Mas, no final, vocês vão conhecer cada pessoa nesta sala melhor do que a sua própria família. E, acima de tudo, vão se conhecer de verdade.

Ela diz isso e olha para mim. Tenho uma vontade repentina e irracional de correr da sala e nunca mais voltar.

— Certo. Todo mundo de pé. É hora de conhecer uns aos outros.

Ela nos coloca em duas filas.

— As regras são simples. A fila perto da janela faz a seu parceiro uma pergunta, qualquer pergunta, e o parceiro deve responder honestamente. Então, vocês trocam. Vão continuar o padrão até o tempo acabar e seguir em frente. O desafio aqui é saber o máximo possível sobre o outro no devido tempo, e não estou falando sobre nome, idade e cor favorita. No final deste exercício, vocês devem ser capazes de me dizer um fato interessante sobre cada um nesta sala. O tempo começa agora.

Eu me viro para a pessoa à minha frente. É Mariska. Ela tem um cabelo preto liso escorrido caindo ao redor do rosto. Seus olhos são igualmente negros. Olha para mim em expectativa.

Ah, certo. Devo fazer uma pergunta. É difícil pensar em algo. Ela é meio intimidante.

— Hum... o que faz para se divertir?

— Eu me corto. Você?

Pisco por cinco segundos enquanto processo isso.

— Hum... eu leio. Por que se corta?

— Curto dor. Por que lê?

— Eu... hum... curto palavras.

Nos próximos dois minutos e meio falamos sobre livros e filmes, mas ainda estou parada no "eu me corto por diversão". Quando o tempo acaba, fico feliz em seguir para a próxima pessoa.

O ciclo continua, e aprendo um monte de coisas interessantes sobre meus novos colegas. Miranda sabe que é lésbica desde que tem oito anos e acha que tem belos seios. Lucas foi preso por roubo à mão armada quando tinha dezesseis anos porque era viciado em crack, mas agora está livre das drogas pesadas e só fuma maconha. Uma menina alta de pele escura chamada Aiyah imigrou para os Estados Unidos com a família quando tinha doze anos, depois que seus avós e dois tios foram massacrados em sua vila na Argélia. Zoe conheceu Robert De Niro numa deli há dois anos, e está certa de que ele a paquerou. E Connor tem dois irmãos mais velhos no Exército que pensam que ele é gay por querer ser ator. Eles metem porrada nele em todas as reuniões de família.

Eu me sinto uma idiota. Uma inútil sem sal desperdiçando espaço.

Antes de hoje, eu nunca tinha conhecido uma lésbica. Ou um viciado. Ou alguém que perdeu metade da família. Estava ocupada demais em me manter segura e confortável na minha cidadezinha minúscula, pensando que minha vida era dura porque meus pais esperavam muito de mim.

Deus, sou patética.

Quando fico na frente de Holt, minha mente começa a pulsar com meu novo complexo de inferioridade aguçado. Levanto o olhar e ele está franzindo a testa. Talvez a cabeça dele doa também.

— Sua cabeça dói? — pergunto suspirando.

— Não. A sua dói?

— Sim. Por que ao seu lado pareço não ter nenhum filtro verbal?

— Não faço ideia. Mas sinta-se livre para corrigir isso. Está surtando porque comparada à maioria dessas pessoas você parece uma mimada resmungona?

— Hum... sim. É exatamente como me sinto, e valeu por ter colocado a coisa de forma tão clara. É tão óbvio assim?

Ele dá um sorrisinho.

— Não. Mas é como me sinto. Só esperava que mais alguém também se sentisse assim.

Por um momento, estamos unidos na nossa bizarra normalidade. Nossa notável falta de significado.

— Então, nenhum segredo obscuro escondido para dividir comigo? — ele pergunta.

— Não. Tirando o fato de roubar acidentalmente um apontador do Ursinho Pooh quando eu tinha cinco anos, sou completamente normal em todos os sentidos. Não notou?

— Não, não notei. — Seus olhos estão fazendo aquela coisa intensa de novo. — Percebi uma coisa considerável em você.

Levanto uma sobrancelha.

— Sério? E o que seria?

Ele pega minha mão e junta nossas palmas enquanto alinha nossos dedos.

O mesmo calor que dividimos nos testes se espalha, e por um momento acho que ele vai dizer algo sobre nossa conexão incrível. Em vez disso, ele diz:

— Você tem mãos masculinas, bizarramente grandes.

Como?

— Não tenho mão *masculina*!

— Tem, tem sim. Notei quando fizemos o exercício de espelho. Olhe para elas.

Eu examino nossas mãos pressionadas uma contra a outra. Seus dedos são só levemente maiores que os meus, e isso quer dizer alguma

MEU ROMEU **47**

coisa, porque se ele cutuca o nariz com essas varas, poderia lobotomizar a si próprio.

— Talvez suas mãos é que sejam femininas.

— Taylor, tenho um metro e noventa e dois e calço quarenta e quatro, e sua mão é quase tão grande quanto a minha. Não me diga que não acha isso bizarro.

Puxo minha mão e lanço um olhar atravessado.

— Bem, obrigada por mostrar isso. Agora vou ficar ultradesconfortável com minhas mãos mutantes.

— Não fique. Alguns caras podem achar sexy. Na maioria os gays, claro, porque são mãos meio machonas...

— Cala a boca!

— Tá. Não vou mais falar disso. E vou tentar não ficar olhando. Mas não prometo. São como satélites que atraem a sua atenção.

Ele se acha engraçadinho, mas não é.

— Por que me odeia tanto? — pergunto.

Ele olha para mim por um momento, piscando aqueles olhos loucamente lindos e cílios ridiculamente longos.

— Não te odeio, Taylor. Por que acha isso?

— Ah, não sei. Talvez porque quando você não está empenhado em me irritar, você ou me ignora ou me olha feio. E nos testes você disse que não seríamos amigos. Por que diria isso?

Ele suspira e esfrega os olhos.

— Porque não seremos. Por quê, quer ser minha amiga?

— Não especialmente, o que é muito estranho, porque de modo geral estou desesperada para ser amiga de todo mundo.

— Já notei.

— O que isso quer dizer?

Ele acena, displicente. E concluo que esse gesto poderia me dar liberdade para socá-lo no estômago.

— Nada. Deixa pra lá. É hora de quem fazer a pergunta?

— Não, não vou deixar pra lá. O que quer dizer com isso?

— Acho que é minha vez. — Ele me ignora. — Então, está saindo com aquele Connor?

A pergunta me pega de surpresa.

— O quê?

— É uma pergunta bem simples. Está saindo com ele?

— Saindo tipo... — eu digo.

— Ai, Jesus, Taylor... saindo tipo namorando com ele. Vendo ele pelado. Trepando com ele.

— Quê?! — Fico tão brava que mal consigo respirar.

— O ponto do exercício é responder à pergunta — ele lembra calmamente. — Seja honesta, por favor.

— Não é da sua conta!

Ele se inclina e abaixa a voz para um cochicho.

— Preciso chamar Erika aqui e dizer que você não está completando o exercício que ela pediu? Ela quer que a gente compartilhe, lembra?

A ideia de Erika pensando mal de mim me faz querer vomitar. Em cima dele.

— Você é tão babaca.

— E você está sendo evasiva. Responda à pergunta.

— Por que se importa se eu... — quero chocá-lo dizendo que transo com ele, mas não consigo — ... namoro com ele?

— Não me importo. Só estou curioso. Vocês dois pareciam bem amiguinhos mais cedo. Na verdade, parecia que ele ia te agarrar na frente da turma toda.

— Deus, você é nojento.

— Apenas responda à pergunta.

— Não!

— "Não", você não está namorando ele, ou "não", você não vai responder à pergunta?

— Ambos.

— Bem, isso é impossível. Se é "não" para a primeira, você está automaticamente dizendo "sim" para a segunda.

— Pare de falar.

— Então sua resposta para minha pergunta original é "não" ou não?

— Não, minha resposta não é "não".

— Não?

— Não!

Droga, agora estou confusa para o que exatamente estou dizendo "não".

Sinto meu pescoço todo ficando vermelho. Quase quero rir da suposição dele de que eu poderia estar "namorando" alguém, quanto mais alguém tão charmoso e bonito quanto o Connor.

Já beijei alguns meninos em várias festas da escola, mas minha experiência foi só até aí. Suas bocas desajeitadas e línguas exploratórias nunca me incitaram a ir adiante. Se sexo fosse beisebol, eu ainda estaria no banco de reservas. A única ação que minhas bases viram foi cortesia de minhas próprias mãos curiosas, e, mesmo assim, nunca marquei um *home run*.

Claro, Holt não sabe disso.

Abro a boca para dizer a ele que estou cavalgando em Connor como num cavalo de rodeio, mas o olhar dele me faz parar. Entre a rigidez e o olhar de pedra, há algo frágil lá, e não posso mentir.

Olho para baixo e digo:

— Não estou saindo com ele.

Sua testa não está mais franzida.

— Bom. Fique longe dele. Não gosto de como ele olha para você.

Flashes do meu pai dizendo exatamente a mesma coisa sobre cada menino que dava uma olhada para mim passam pela minha cabeça, e, de repente, minha recém-descoberta liberdade não parece mais tão livre.

— Talvez eu goste da maneira como ele olha para mim — eu digo, levantando o queixo. — E se eu decidir namorar ele, certamente não vou precisar da sua permissão. Você não é meu irmão mais velho, não é meu pai, e já deixou bem claro que não é meu amigo, então me desculpe se não submeter minhas escolhas de namorado a você. Connor é um cara legal. Poderia ser pior.

A raiva se acende na expressão dele, mas ele se recompõe rápido.

— Ótimo. Por mim, pode namorar a escola toda.

— Talvez eu namore.

Ele suspira, mas antes de poder dizer mais alguma coisa Erika grita para seguirmos para a próxima pessoa. E ele se vai.

Quero brigar mais um pouco com ele, mas Phoebe está na minha frente, e a única coisa de que ela quer falar é Holt. Que lindo ele é. Como ele é alto. Como é intenso. Como ela quer "sair" com ele.

Eu a odeio imediatamente.

Depois da aula, todo mundo fica por lá conversando, e mesmo estando do outro lado da sala posso sentir Holt olhando para mim.

Acho que não conhecia realmente o significado da palavra "antagonizar" até conhecê-lo, mas estou bem certa de que conheço agora. Nunca ninguém me atiçou tanto e tão intensamente antes. Se é para ser honesta por completo, meio que gosto dessa faísca.

Lanço-lhe um olhar para me certificar de que ele está olhando antes de agarrar o braço de Connor e fazer minha melhor imitação de Zoe paquerando enquanto peço que ele me acompanhe até a próxima aula.

Holt não fala comigo pelo resto da semana.

capítulo quatro
TOMANDO A INICIATIVA

Hoje
Nova York
Diário de Cassandra Taylor

Querido diário,

Quanto mais tempo passo com ele, mais ele invade meus sonhos. Não quero me lembrar de nada, mas ele abre caminho.

Ele está aqui sob minhas mãos. Seus lábios na minha pele. São quentes, tudo é perfeito. Digo a mim mesma que ele não vai fugir desta vez.

Eu o abraço, afastando o medo, querendo que ele se perca em mim. Que fique. E mesmo que ele já tenha escrito uma tragédia, quero que ele mude de ideia.

Então ele está dentro de mim, e é a perfeição.

Dou a ele a parte de mim que não me imaginei dando a nenhum outro. Ele me diz que é uma preciosidade. Que ele não merece.

Depois que terminamos, ele me abraça como se nunca quisesse me deixar.

Acredito que vai ficar assim. Que as coisas não vão mudar.

Claro que mudam.

Ele se cobre novamente, tão disfarçado por camadas que eu nem o vejo mais, apenas a dor que ele deixa para trás.

Eu o culpo, mas a culpa é minha. Da idiota, romântica e ingênua que sou.

Vi o que queria ver. Senti o que queria sentir. Ele só fez a parte dele.

Às vezes consigo enxergá-lo, chorando e exposto, e é a coisa mais linda que vejo.

Mas é só uma encenação.

Ele é um ator.

E é muito, muito bom.

Seis anos antes
Westchester, Nova York
Grove
Segunda semana de aula

Eu saio da minha aula de história do teatro com o cérebro revirado de informações sobre anfiteatros romanos, quando bato de cara no peito de alguém alto que está parado.

Claro que minhas anotações voam para todos os lados.

— Cacete!

O cara alto ri, e me arrepia.

Levanto o olhar para o sorrisinho de Holt. Minha expressão deve gritar por uma violência iminente, porque seu sorriso se desfaz mais rápido do que as calcinhas da Zoe descem.

Quando me abaixo para pegar meus papéis, ele se abaixa ao meu lado. Quero bater na mão dele afastando-a, porque desde aquele exercício de "conhecer você" no nosso primeiro dia ele não falou uma palavra comigo. E estou bem com isso.

— Deixe aí. — E pego os papéis.

Ele os segura, e eu os arranco da mão dele sem levantar o olhar.

Engulo o instinto de dizer "obrigada", porque, depois do jeito com que me tratou, ele não merece.

— Obrigada — murmuro involuntariamente.

Droga, educação automática!

— Não tem de quê — ele responde numa voz idiotamente suave. Então, olha para mim como se fosse dizer algo, mas não diz. Passo por ele e avanço pela escada em direção ao prédio central. Em poucos segundos, ele está andando ao meu lado, como se fosse a coisa mais natural do mundo.

— Semana comprida, hein? — ele comenta. — Achei que a Erika ia expulsar o Lucas quando ele apareceu chapado, mas acho que ela percebeu que ele é um ator melhor quando está viajandão.

Eu paro e me viro para encará-lo.

— Holt, você não pode me ignorar por uma semana e depois começar a puxar papo como se nada tivesse acontecido.

— Não estava te ignorando.

— Ah, sim, estava sim.

— Não, ignorar você seria ignorar sua presença. Notei você. Só preferi não falar com você.

— Isso é melhor ou pior do que me ignorar completamente?

— Levemente melhor.

— Bem, graças a Deus. Então não vou me ofender.

— Bom para você.

— Eu estava sendo sarcástica.

— Taylor, por que você é sempre tão rabugenta? Está de TPM?

— Quê?! Estou de... quê?! TPM?! Você é tão... Céus! Cale a boca!

Eu me afasto, mas ele mantém o passo comigo, e minha TPM está me deixando louca de raiva e chorosa ao mesmo tempo.

— Por que está me seguindo?!

— Não estou te seguindo. Estou andando ao seu lado.

Jesus amado, me dê forças!

— O que você quer? — Me sinto como um cachorrinho barulhento ao lado dele. — Você acabou com seu embargo de não falar com a Cassie só para me encher o saco?

— Eu não tinha um embargo de não falar com você, eu só... — Ele solta um suspiro pesado e baixa o olhar para seus pés ridiculamente gigantes. — Deixa pra lá. Eu só queria saber se vai à festa do Jack hoje à noite.

— Por que quer saber?

Ele esfrega os olhos.

— Não faço ideia.

— Você vai?

— Provavelmente não.

— Então com certeza eu vou.

Ele olha para mim por mais alguns segundos antes de fechar a cara como se estivesse tentando calcular quantas melancias cabem numa caminhonete. Então, sem dizer outra palavra ele se vira e vai embora.

— Ah, tá, então terminamos aqui? — Falo com as costas dele. — Bem, valeu por se esforçar. Seu talento para conversa é realmente estimulante!

Graças a Deus que o fim de semana chegou, daí não tenho de olhar para ele por dois dias inteiros. Quando boto o pé de volta no apartamento, qualquer desejo de ir à festa já se desintegrou. Só quero me afundar na banheira por algumas horas, comer meu próprio peso em sorvete Häagen-Dazs e ir para a cama.

Ruby tem outras ideias.

— Levante-se.

— Não quero ir — aviso, soando como uma criança de dois anos.

— Você vai.

— Ruby...

— Nem começa, Cassie. É nossa primeira festa de faculdade, e você vai nem que eu tenha de te arrastar pelo cabelo. Julgando pela sua cara quando você entrou pela porta, você precisa seriamente trepar.

Eu reviro os olhos e desejo ser o tipo de menina que pudesse resolver os problemas com sexo selvagem. Mas considerando que meu cartão de virgem está válido, e paquerar não é exatamente meu forte, o melhor que posso esperar é não ter uma noite completamente chata.

— Acho que a única pessoa que vai transar esta noite é você.

Ela levanta as mãos.

— Cassie, você é linda. Você poderia ter qualquer cara que quisesse se mostrasse um pouquinho de confiança.

— Tá bom, sei.

— Prometa que vai tomar a iniciativa esta noite.

Eu rio.

— Acho que você não entende. Não tenho iniciativa. Sou sem iniciativa. Existo no vácuo das iniciativas.

Ela faz uma cara que anuncia que não vou ganhar nenhuma discussão com ela tão cedo.

— Preciso te lembrar de que você é uma atriz? Aja como se você soubesse que porra está fazendo. Agora, meta a bunda em alguma roupinha sexy e vamos nessa.

Não tenho realmente nada sexy, então, visto meu jeans mais apertado e um suéter com um decote grande em V que faz meus peitos ficarem ótimos. Até coloco um pouco de maquiagem e prendo o cabelo. Ruby mostra aprovação.

Meia hora depois, chegamos a uma enorme casa de uma rua larga.

— Uau, quem mora aqui? — Ruby pergunta quando bate a porta do táxi.

— Jack Avery divide com dois outros caras da minha turma. Lucas e Connor.

— Connor? — ela repete, levantando uma sobrancelha. — É aquele carinha que conheci no primeiro dia?

— É.

— Ele é fofo. Rola alguma química?

Sorrio quando penso em quão atencioso Connor foi.

— Ele me abraça pra caramba.

— Bom, é isso. — Ela fala como se todos os meus problemas estivessem resolvidos. — Tome a iniciativa com ele.

Dou de ombros, porque, mesmo que eu goste do Connor, não sei se *gosto* do Connor.

— Escute, não estou pedindo para você ir ao altar com ele e parir bebezinhos gorduchos e gritões. Só se divirta. Dá uns amassos. Isso não vai te matar.

— Não é o cara que deve tomar a iniciativa?

— Ai, puta merda, Cass, pare de ser bichinha. Ó, vou até melhorar a coisa. Se você tiver colhão de pegar um menino esta noite, eu lavo a roupa por um mês.

56   Leisa Rayven

Ela ganhou minha atenção. Nosso prédio tem uma máquina de lavar antiga que leva uma hora para fazer todo o ciclo, então o dia da limpeza pode ser um saco.

— Ótimo. Não posso prometer que vou agir naturalmente e me dar bem, mas vou tentar, tá?

Ela sorri. E me puxa em direção à casa barulhenta.

— Já é o suficiente.

Há gente conversando e rindo no gramado da frente. Parece que a maioria dos calouros apareceu. Eu me preparo para construir um personagem.

— Venha. — Ruby me puxa pela multidão. — Você precisa de uma bebida.

— Eu não bebo.

— Agora bebe. — Ela pega dois tubos de ensaio verdes da bandeja de uma menina. — Dois ou três desses e você vai estar parando os caras e arrancando a roupa deles.

Apesar de duvidar da previsão dela, quarenta e cinco minutos e três tubos de ensaio depois, estou apoiada numa parede me sentindo bem safadinha. Ruby dança com um grupo de meninos, todos desesperados para impressioná-la. Está paquerando alguns, mas um — alto e bem constituído que também está no curso de técnica de teatro dela — recebe uma atenção especial. Ele se inclina e cochicha algo para ela. Ela olha para mim e levanta a sobrancelha antes de pegar a mão dele e sair para o terraço.

Ela faz parecer tão fácil.

Tá, tudo bem. Eu consigo. Encontrar um cara bonitinho. Conversar com o bonitinho. Jogar charme. Dar uns amassos.

Pânico me percorre.

Droga.

Desço pelo corredor em busca do banheiro, o santuário seguro da festa onde é aceitável ficar sozinha.

Antes de achar o lugar, espio Holt parado na porta da cozinha.

Que diabos ele está fazendo aqui?

Ele se inclina e conversa com uma garota baixinha e linda ao seu lado.

Ele tem namorada?

Claro que tem.

Meu rosto está corando, e esquentando, rápido. E não gosto disso.

O álcool me deixa lerda, e não tenho tempo de fingir que não o vi. Ele caminha em minha direção com a mão nas costas da menina. Ela está sorrindo como se me conhecesse.

— Ei, Cassie — ela me cumprimenta. Ela parece familiar, sim, mas meu cérebro está turvo. — Sou Elissa, estou na técnica de teatro com Ruby.

—Ah, certo. Oi, Elissa. — Ela estava falando com Ruby dia desses na nossa aula de semiótica. Rosto bonito. Olhos grandes.

Lanço um olhar para Holt, e meu rosto queima quando percebo que ele está olhando para os meus peitos. Imediatamente ele volta a me encarar e pigarreia.

— Taylor — ele cumprimenta com um movimento de cabeça.

— Holt. — Tento não deixar meu cérebro reconhecer quão irritantemente bonito ele está de jeans escuro e camisa azul com as mangas enroladas. Antebraços. Ótimo. — Achei que você não vinha.

— Bem, ouvi que todos os caras descolados estariam aqui, então não pude faltar.

Elissa alterna o olhar entre mim e ele e me pergunto se ela percebe o quanto seu namorado me irrita.

— Então, Cassie, você e Ethan estão fazendo o curso de interpretação juntos?

— É, mas não atuamos muito ainda.

— Bem, só passou uma semana — ela comenta sorrindo. — Os testes para o projeto de teatro do primeiro semestre vão chegar logo. Ouvi boatos de que vão fazer *Romeu e Julieta*. Nunca se sabe. Vocês dois podem terminar interpretando namorados predestinados.

Holt e eu começamos a rir como se fosse a coisa mais hilária que já tivéssemos ouvido. Elissa olha para nós como se fôssemos dois malucos.

— O.k. — Ela bate as mãos. — Preciso beber agora. Vejo vocês depois.

Ela passa por mim e caminha pelo corredor.

— Vou embora em duas horas — Holts a chama. — Se quiser carona para casa, me encontre antes, ou então vai ter de caminhar pra caralho.

Uau. Quem dera ter um namorado tão encantador. Balanço a cabeça enojada.

— Que foi? — ele pergunta.

— Você.

— Que tem eu?

— Você fala sempre assim com ela?

— Sim.

— Por quê?

— Por que não?

— Porque é falta de educação.

Ele me dá um sorriso torto e balança a cabeça.

— Isso é ser educado. Falo bem pior em casa.

— Em casa?

— É.

— Você mora com ela?

— Bem, preferia que não, mas não consigo me livrar dela. Deixei-a trancada do lado de fora uma vez, mas ela é bem espertinha e conseguiu abrir a fechadura com uma folha de grama e um clipe.

— Deus, Holt, você é tão... eca! Por que ela aguenta você? Você é oficialmente o namorado mais babaca do mundo.

Os olhos dele se arregalam. Então ele ri.

— Elissa não é minha namorada. Jesus, que nojo. É minha irmã.

É minha vez de ficar surpresa.

— Sua irmã?

— Sim.

O alívio nunca foi tão odioso.

— Não se preocupe, Taylor — ele cochicha. — Sou solteiro. Não precisa ficar com ciuminho.

Eu rio.

— Não estou com ciúme. Só feliz de você não estar inflingindo sua personalidade tóxica a uma pobre coitada do sexo oposto.

MEU ROMEU **59**

Algo obscuro pisca nos olhos dele quando ele baixa o olhar, e tenho a impressão de que eu disse alguma coisa realmente errada. Estou prestes a tentar descobrir quando Connor aparece e joga o braço sobre meus ombros.

— Ei, Cassie, estava te procurando. Que bom que veio.

Ele me abraça e sinto Holt nos observando.

— Eu não perderia esta festa. — Abraço-o de volta.

— Ei, Ethan. — Ele cumprimenta Holt dando-lhe um soquinho no ombro. — Valeu por vir, cara.

Holt sorri. Mas é um sorriso firme e forçado.

— Eu não perderia esta festa.

— Então — Connor começa —, grande parte da turma está no porão fazendo desafios de bebida. Querem ir?

Eu sorrio.

— Claro.

Holt dá de ombros. Connor mostra o caminho. Quando descemos, cerca de vinte pessoas da turma estão sentadas num círculo com uma coleção de garrafas, latas de cerveja e pequenos copos espalhados pelo chão.

— Encontrei mais dois — Connor anuncia quando nos guia ao círculo. O grupo dá o que só pode ser descrito como um rugido bêbado.

Zoe imediatamente puxa Holt para o lado dela e lhe passa uma bebida. Connor se senta ao meu lado.

Jack dá a todos nós uma dose de um líquido marrom. Holt vira a dose e recusa uma segunda, murmurando algo sobre ter de dirigir. É irônico que ele seja um dos poucos na nossa turma que tenha vinte e um e ainda seja o único que não está bebendo.

Eu bebo meu shot e tusso como se tivesse engolido ácido.

Todo mundo ri e os desafios começam.

Eu tento me concentrar, mas não sei realmente as regras. Termino bebendo muito.

Demais.

Depois de um tempo, tudo está engraçado. Todos são lindos. Quero abraçar e beijar todo mundo porque eles são legais demais, lindos e engraçados.

60   Leisa Rayven

Há música. Alta e pulsante.

Alguém me põe de pé. Connor.

Ele passa os braços ao meu redor, então eu coloco os meus ao redor dele, e estou tentando dançar, mas só consigo arrastar os pés. Connor não se importa. Seu corpo é quente e ele roça o nariz pelo meu pescoço.

— Você cheira bem, Cassie.

Eu sorrio, porque o nariz dele faz cócegas. Porque ele é meigo. Porque gosto da forma como ele me abraça. Estou pendurada nele e sorrindo, mas meu corpo está pesado.

Então seus lábios estão onde o nariz estava, e me arrepio. Mas há algo errado.

A sala está girando. Eu me afasto. Digo a mim mesma que não estou procurando por Holt, mas estou.

Por todo lado, as pessoas estão dançando e rindo. Dando amassos.

Avisto Holt do outro lado da sala, sentado num sofá, bebericando uma coca. Zoe fala com ele e o toca de um jeito que diz: "vou deixar você fazer o que quiser comigo". Mas ele não está dando ouvidos a ela. Está olhando para mim, e agora estou muito mais arrepiada.

Não quero que ele me faça sentir nada, então me volto para Connor. Ele está acariciando minhas costas. É gostoso.

Seu rosto está próximo e ele tem aquele olhar. Aquele que diz que me quer.

Sempre desejei que um menino olhasse assim para mim. Agora um olha, mas só consigo pensar na cara amarrada do outro lado da sala.

— Cassie, quero te beijar.

Ele parece buscar meu olhar, procurando uma resposta. Quero ser beijada, mas acho que é o álcool.

A voz de Ruby toma minha cabeça me dizendo para deixar de ser fresca.

Connor está olhando para minha boca conforme seu rosto se aproxima cada vez mais. Está quente demais. Estou bêbada demais.

Então Connor me beija, e há uma parte de mim que quer beijá-lo, mas não pode. Eu me afasto.

— Connor...

Ele sorri e baixa a cabeça.

— Sinto muito. — Acho que devo ter problemas por não beijá-lo, porque ele é bem bonito e fofo.

Ele balança a cabeça.

— Não se preocupe.

— Eu quero, sério... — Enrolo a língua, mas sou sincera.

— Sim, mas tenho a impressão de que você também quer beijar outra pessoa. — Ele toca minha bochecha e não tenho chance de dizer que ele está errado antes de ele desaparecer nas escadas.

A música muda, e faz o chão vibrar tanto que preciso me sentar.

Eu cambaleio em direção aos sofás. Parecem distantes.

Alguém agarra meu braço e me guia. Sem olhar, sei que é Holt.

Jack aparece do outro lado e ri.

— Taylor, você está tãããããão estragada!

Hienas riem por todos os lados.

Mãos quentes estão tentando me empurrar para o sofá, mas Jack me dá a garrafa novamente e seria falta de educação não beber. Eu bato nas mãos prestativas e pego a garrafa.

Eu bebo e faço uma careta.

É nojento, mas incrível. Todo mundo ri e eu também. Alto demais. Agudo demais. A bêbada aqui ri como uma idiota.

— Tá, chega, ela já bebeu o bastante.

É a voz de Holt. Brusca. Ele soa como meu pai.

— Cara, ninguém está forçando na garganta dela. Ela já é crescida.

— Passa a garrafa para outra pessoa, Avery. Agora.

Eu cambaleio e todo mundo ri.

Obviamente a Cassie bêbada é hilária.

Estão todos turvos agora. Estou piscando devagar demais. Eu oscilo e mãos quentes estão sobre mim novamente.

— Jesus, Taylor, não quer sentar antes de cair?

Voz irritada. Não aprova a Cassie bêbada.

Cassie bêbada não liga para porra nenhuma.

Risos.

Acabei de mandar ele para aquele lugar, na minha cabeça.

Cassie bêbada safada.

Eu me jogo no sofá. É macio, e estou cansada. Seriamente cansada.

Eu me apoio contra seu corpo. Duro e quente. Tem um cheiro bom. Viro meu rosto para poder sentir melhor. Camisa de algodão. Ombro. Pego e farejo. Gostoso.

— Porra.

Voz de homem. Sexy.

Agarro mais ele. Puxo seu colarinho para poder me aproximar. Debaixo do colarinho há pele. Quente. Arrepiando sob meus dedos.

— Minha nossa, Taylor... — Sua voz não está mais brava. Diferente. Implorando. — Pare.

— Não. Cheirin... gotoso. É bom.

Quero mais calor então subo no colo dele. Pernas de cada lado dos quadris. Nariz no pescoço. Mãos no cabelo. Tão bom.

— Puta merda!

Ele me afasta e eu faço biquinho. Olho para o rosto dele. Tão lindo quando ele franze a testa.

— Taylor, para. Você está bêbada.

Caio para a frente.

— Por favor — peço, me encaixando contra o corpo dele. — Só quero dormir um pouquin...

Eu me aninho no pescoço dele novamente. Respiro a pele quente de menino. Ele está tenso embaixo de mim, mas eu estou confortável. Ele tem um cheiro ótimo.

— Ei, olha só isso! — *Psssiu, Jack. Muito alto.* — Taylor finalmente encontrou uma forma de sacudir o imperturbável Holt. Acho que ele está corando!

Mais risadas.

Eu cochicho "Psssiu", e meus lábios tocam seu pescoço. Ele grunhe, e quero fazer isso de novo.

— Avery, seu merda. — Ele está falando bem baixinho, mas ainda é muito alto. Tento cobrir sua boca com minha mão, mas ele se afasta.

— Ela está bêbada demais e vai vomitar.

— Ela está bem, cara. Olha o sorriso dela. Ela está louca por você. Eu não reclamaria se estivesse no seu lugar.

Quero que todo mundo pare de falar. Só quero dormir.

Eu murmuro e enterro minha cabeça mais fundo no pescoço de Holt. Ele se retorce embaixo de mim.

— Pega uma água para ela antes que eu te dê um chute na bunda.

Seu peito vibra contra o meu peito quando ele fala. É gostoso. Masculino.

— Tá, tá. Jesus, vai se tratar, porra.

Eu me ajeito no colo dele.

— Paredefalar. Psssiu. Preciso dormir.

— Taylor. — A voz dele está mais suave, menos ranzinza. — Você precisa sair de cima de mim, por favor.

— Não quero. Tá bom. — Coloco a mão dentro da camisa dele. Belos músculos. Tão bom.

— Porra, Taylor. Pelo amor de Deus, para antes de eu fazer algo realmente idiota.

Suas mãos estão na minha cintura, tentando me mover. Eu me movo, mas não saio de cima dele. Pressiono o corpo para baixo.

Sinto-o contra mim. Duro. Bom. Tão duro.

Ele grunhe novamente, seu rosto no meu pescoço.

— Jesus...

Meu corpo todo queima. Dói. Deseja.

Eu me movo contra ele.

Ele xinga e é sexy. Seus lábios estão perto da minha orelha.

— Cassie, assim não. — Ele agarra minha cintura e me para. — Não quando você estiver bêbada e não se lembrar de nada amanhã. Para.

Estou queimando, mas ele não deixa eu me mover.

Eu me afundo. Derrotada.

— Cassie, olhe para mim.

Olhos abertos.

Ops, não foi um bom passo.

Tudo está girando.

Estou enjoada.

— Cassie?

O mundo está girando. Ele está me observando. Preocupado.

— Cassie?

— Nãostoumessentindobem.

Fico de pé. Quase caio. Mãos sobre mim. Fortes. Queimando.

— Porra, garota. Vai com calma.

— Tôbem, tôbem.

Eu me afasto. Cambaleio pelo corredor.

O banheiro. Fecho a porta. A privada está muito longe. Rastejo até ela.

O estômago aperta, a boca abre.

Líquido marrom e salgadinhos explodem para fora. Queima saindo como queimou entrando. O estômago golfa até não sobrar nada. E estou cansada. Tão cansada.

Fecho os olhos. Há redemoinhos pretos e cinza, e estou num barco numa tempestade, balançando.

Quando abro os olhos, estou sendo levantada de um carro e ele me carrega. Está com minhas chaves, e assim que a porta da frente abre, faço um som de grunhido. Então estou na frente da privada, vomitando enquanto ele segura meu cabelo e esfrega minhas costas. Estou nojenta e chorando enquanto ele fala para eu fazer silêncio e limpa meu rosto com um pano frio.

Então ele me coloca na cama. Os redemoinhos me encobrem e eu desapareço.

Acordo e tudo dói. O sol está forte demais. Uma dor lancinante passa pelos meus olhos e cérebro. Meu estômago está dolorido e minha barriga parece ter feito mil abdominais.

Solto um gemido e coloco o travesseiro sobre a cabeça, mas há mãos puxando-o para longe. Eu abro um olho para ver Holt ao meu lado, segurando água e comprimidos.

— Tome isso. — Ele fala baixinho, mas mesmo assim é alto demais para minha cabeça pulsante.

Tento me sentar, mas dói demais. Eu me viro de lado e tomo as pílulas com um copo inteiro de água. Não ajuda para afastar o gosto terrível na boca. Eu me solto de volta no travesseiro.

Devo ter dormido novamente, porque, quando acordo, sinto cheiro de bacon frito e alguém se mexendo na cozinha.

Eu cambaleio até o banheiro e faço tanto xixi como nunca fiz antes. A atração de um banho quente é demais para resistir, então tiro as roupas e fico de pé debaixo do chuveiro até me sentir mais ou menos humana. Lavo o cabelo e esfrego o corpo. Eu me enrolo numa toalha antes de escovar os dentes e a língua. Duas vezes.

Quando termino, me sinto um pouquinho melhor. Minha cabeça ainda pulsa e meu estômago está instável, mas estou funcional.

Abro a porta do banheiro e encontro Holt parado lá. Ele olha para o meu cabelo molhado e meu corpo coberto pela toalha antes de voltar ao meu rosto.

Ele pigarreia.

— Hum, oi.

— Oi. — É tão bizarro vê-lo no meu apartamento, eu me pergunto se ainda estou incrivelmente bêbada.

— Eu... hum... fiz algo para comer. — Ele está enfiando as mãos nos bolsos.

Fecho a cara.

— Não temos comida.

— Saí para comprar. Você deve comer. Vai te fazer melhor.

— Tá.

Ele fica parado lá, alto na porta. Me encarando e mordendo o interior da bochecha.

— Hum, Holt?

— Hein?

— Você precisa sair daí para eu ir ao meu quarto e pôr uma roupa.

— Ah... claro. — Ele se vira e caminha de volta para a cozinha. Eu visto um moletom e passo uma escova no cabelo. Então me sento na nossa minúscula mesa de jantar com Holt. Ele fez ovos, bacon e batatas rústicas. Há uma xícara de café à minha frente, junto a um copo de suco de laranja. É uma situação bem bizarra.

— Hum... uau. Isso é... uau. Você... você fez batatas rústicas?

— Fiz. — Ele coloca um pouco de ovo na boca. — Não é difícil.

— Talvez não para você. Eu não consigo nem ferver água sem receita.

Ele me observa. E mesmo com meu estômago se recusando a se empolgar com comida, eu como.

— Hum... — murmuro com uma garfada de batatas e bacon. — Isso está bem bom.

— Minha mãe é chef. Ela me ensinou uns truques. — Ele dá de ombros e continua comendo.

De tempos em tempos ele olha para mim, seus olhos obscuros e indecifráveis.

Quando terminamos, ele limpa os pratos enquanto eu beberico o café.

Não queria, mas fico olhando a sua bunda quando ele limpa a louça. Eu não deveria olhar para a bunda dele. Nada de bom pode vir disso.

Ainda assim, ele está sendo legal comigo, então decido ser legal com a bunda dele e me permitir apreciar como ela fica bem no jeans.

Ele se vira para mim para se apoiar na pia e, sem eu planejar, foco no volume da frente na sua calça. Ele me pega encarando. Pego meu café e dou um gole grande, mas vai pelo caminho errado. Eu engasgo e tusso.

— Tudo bem com você?

— Sim.

Sutil.

Não é à toa que nunca tive um namorado.

— Então... — Ele aponta para meu telefone no banco da cozinha. — Sua colega de apartamento ligou para ver como você estava e dizer que vai chegar mais tarde.

— É?

— Ela perguntou se vai precisar lavar sua roupa pelo resto do mês.

Dou um sorriso.

Bem, eu ataquei sexualmente o Holt. Mesmo que não tenhamos nos beijado nem nada. Eu me pergunto se Ruby conta isso como ter ficado com ele.

Fico vermelha pensando nisso.

MEU ROMEU **67**

— Olha, Holt, sobre a noite passada...

— Sobre isso... — ele esfrega os olhos — ... que diabos você estava pensando ao beber daquele jeito? Podia ter tido um coma alcoólico.

— Eu estava... — tentando ser alguém que eu não sou — tentando me divertir.

— Você se divertiu vomitando? Foi legal?

Balanço a cabeça.

— Por um tempinho foi bom. As pessoas riam.

— Porque você estava toda fodida se esfregando em todos os homens da sala.

— Não todos os homens. — Estou na defensiva. — Só no Connor. E em... você.

— É, bem, já é o suficiente — ele murmura. — Que há com você e o Connor afinal? Num minuto você está beijando ele, depois está dando em cima de mim.

— Eu não beijei o Connor. Ele me beijou.

— Isso é só semântica.

— E mal foi um beijo.

— Então acho que você é daquelas bêbadas excitadas.

— Eu não estava excitada — devolvo, indignada.

Ai, Deus, eu estava tanto.

— Bem, com certeza pareceu que sim de onde eu estava.

— Eu... bem... você estava lá e eu estava...

— Excitada?

— Bêbada, e foi por isso que aconteceu. Não tem outro motivo. Normalmente eu não faria isso. Ainda mais com você.

— Porque você me odeia.

— Exatamente.

— Mas ainda assim me deseja.

— Quê? Não!

— Sim.

— Você está viajando.

— Ei, era você quem estava fungando em mim, beijando meu pescoço e se esfregando no meu... bem, em mim. Se eu não fosse um cavalheiro, nós provavelmente teríamos trepado lá mesmo, na frente de todos os nossos colegas.

As palavras dele são ridículas, mas meu corpo não sabe disso porque o frenesi que senti a noite passada está de volta como vingança.

— Holt, duas pessoas que se odeiam não...

— Trepam?

— Fazem sexo.

— Claro que fazem. Acontece o tempo todo.

— Para mim, não acontece, não.

— Que peninha.

Ficamos em silêncio.

Eu sorrio e balanço a cabeça.

Ele franze a testa.

— Que foi?

— Não consigo te enteder, só isso. Num minuto você fica bancando o *bad boy*, como se o mundo fosse acabar se você fosse legal comigo, e no instante seguinte é esse cara bem bacana que me leva para casa, compra comida e faz o café da manhã. Por que faria isso?

Ele rói as unhas.

— Tenho me feito essa pergunta a noite toda.

— E o que concluiu?

— Porra nenhuma.

— Um momento de fraqueza?

— Obviamente.

— Talvez você esteja mais para um cara bonzinho do que malvado...

Ele solta uma risadinha.

— Taylor, posso ser muita coisa, mas te garanto que a única coisa que não sou é bonzinho. Pergunte às minhas ex-namoradas.

O rosto dele se transforma. Como se tivesse dito algo que não quisesse.

Antes de eu poder dizer algo mais, ele fica de pé, se ajeita e dá um passo em direção à porta.

— Bem, tô indo nessa. Você provavelmente tem coisas a fazer.

— Não tenho nada planejado. — Ele para e olha para mim. — Você pode... hum, ficar por aqui se quiser.

Nunca pensei que ia querer a companhia do Holt, mas parte de mim quer. Muito.

— Eu.... é... — ele olha para os pés. — Nah, preciso ir.

Não gosto do fato de estar decepcionada.

—Ah, tá. Bem, valeu por... sabe, segurar meu cabelo e o café e tal.

— Tá, sem problemas.

Eu o acompanho até a porta. Ele sai e vira o rosto para mim.

— Então, te vejo segunda.

— Sim. Acho que sim. — Quando ele se vira para ir embora eu completo: — Então, você vai falar comigo semana que vem ou esse foi um lapso momentâneo em sua decisão de não ser meu amigo?

Ele se vira, quase sorrindo.

— Taylor, a gente ser amigo seria... complicado.

— Mais complicado do que qualquer droga que a gente seja agora?

— Sim.

— Por quê? O mundo vai terminar se a gente sair?

Ele se fixa em mim com uma expressão intensa.

— Sim. Os mares vão ferver, os céus vão escurecer e cada vulcão do mundo vai entrar em erupção, trazendo assim o fim da civilização como a conhecemos. Pelo bem da humanidade... na verdade, pelo bem de tudo que você preza... fique longe de mim.

Ele fala tão sério que me faz pensar que ele não está brincando.

— Ethan Holt, você é o cara mais estranho que já conheci.

Ele concorda.

— Vou tomar isso como um elogio.

— Claro que vai.

Ele me encara por um momento antes de balançar a cabeça e caminhar para o carro.

Eu o observo até as luzes traseiras desaparecerem na esquina.

Depois de fechar a porta, vou para o quarto e rastejo até a cama. Quando me aninho no travesseiro, eu me pergunto qual Holt vou ver semana que vem. O panaca irritadinho com qualquer coisa que ferve meu sangue ou o cara meigo que faz batatas do nada.

Parte de mim espera que eu veja os dois.

capítulo cinco
DESEJOS DE ANIVERSÁRIO

Westchester, Nova York
Diário de Cassandra Taylor
Quarta semana de aula

Querido diário,

Hoje é meu aniversário.

É. Dezenove anos tentando ser tudo para todos e terminando sem ser nada para mim mesma. Como essa droga foi acontecer?

Não sei se estou deprimida porque sinto que deveria ter conquistado mais da minha vida agora, ou porque sou uma virgem de dezenove anos que precisa desesperadamente de sexo.

Estou bem certa de que é a segunda coisa.

Nunca tive um namorado. Nunca tive um beijo de revirar nem os dedinhos do pé. Nenhum menino nunca tocou meus peitos ou nenhuma parte do meu corpo nu. E, Deus, estou desesperada por isso.

Na maioria das noites eu toco meu corpo, me acaricio, fingindo que minhas mãos não são minhas enquanto busco o prazer extremo sobre o qual sempre leio em romances açucarados. Mas toda noite eu desisto, porque mesmo que possa sentir algo crescente — algo iluminado, explosivo e fora do alcance — eu nunca consigo dominar isso. É como ficar na iminência de um espirro, e eu inspiro, inspiro e inspiro, mas a liberação orgástica nunca vem. Literalmente.

Claro que a pornografia de internet que descobri recentemente e com a qual fiquei obcecada não ajuda.

De início fiquei envergonhada enquanto via closes extremos de genitais masculinos e femininos uns contra os outros, mas a vergonha foi logo substituída por fascinação. Uma fascinação excitada, tesuda.

A maior parte com os pênis.

Ah, lindos pênis. Não os molengas, claro, porque são caídos, enrugados e nojentos. Mas os durinhos? Uau. Lindos. Magníficos. Incrivelmente irresistíveis.

Estou hipnotizada por eles.

Aposto que são incríveis. É por isso que os homens são tão obcecados por si próprios?

O mais próximo que cheguei de um foi na noite em que me esfreguei em Holt, bêbada. Apesar de ter sido gostoso, quero sentir um nas minhas mãos.

Talvez Holt me deixe tocar o dele. Aposto que ele tem um belo pênis. Aposto que é glorioso, como seu rosto ridiculamente perfeito, como os lindos olhos, o corpo musculoso. Aposto que se ele colocar seu pênis numa competição vai ganhar "Melhor em Exibição", e ia poder andar com uma fita azul gigante cobrindo o volume no seu jeans.

Se eu pedisse com jeitinho, me pergunto se ele usaria seu lindo pênis para acabar com a minha incômoda virgindade.

Estou prestes a apostar que sou a única virgem na turma. Eu tinha esperança de que Michelle Tye ainda estivesse na irmandade das "V", mas ela apareceu na aula outro dia se vangloriando sobre como ela finalmente encontrou outro dia um cara com quem vinha fazendo sexo virtual e eles se mataram de trepar no fim de semana. Ela cochichou para mim que gozou quatro vezes. Quatro!

Deus, eu já ficaria feliz só com uma vez, e ela consegue quatro? É muita ganância.

Fiquei alguns dias sem falar com ela. Minha vagina invejosa me proibiu.

Juro que estou tão desesperada que às vezes penso que vou agarrar o próximo cara que vier até mim, arrancar suas roupas e abusar dele lá mesmo. Que vou...

— Ei, Taylor. Escrevendo um livro?

Fecho o diário e minhas pernas com o mesmo pânico. Quando levanto o olhar, Holt está me encarando com seu sorrisinho marca registrada.

— O que você quer? — Enfio o diário no fundo da minha bolsa. Com muito esforço me impeço de espiar suas calças. Eu me abano porque — ai, Jesus — o rosto dele é gostoso demais.

— Que diabos há de errado com você, garota? Está doente?

Ele coloca os dedos na minha testa. Só consigo pensar nesses dedos tocando minhas partes íntimas. Sim, estou doente. Extremamente pervertida e sexualmente doente.

— Estou bem — respondo, e fico de pé para me afastar dele. Acabo me desequilibrando e oscilo em direção ao chão. Então os braços dele estão em volta de mim, e meu corpo depravado e no cio está contra o dele, e estou tentando desesperadamente não montar em sua coxa.

— Merda, você não consegue nem ficar em pé hoje — ele grunhe. — Que diabos!

Tenho um momento para saborear como os braços dele ficam sob minhas mãos antes de ele me empurrar para longe e fazer aquela coisa de soltar o ar enquanto passa os dedos pelo cabelo.

Preciso me afastar dele, porque se não me afastar, juro pelo minúsculo e docinho menino Jesus que vou derrubá-lo no chão e montar nele.

Eu me viro e me afasto.

— Para onde você está indo? — ele me chama.

— Para outro lugar.

— Taylor, a apresentação de Benzo Ra começa logo mais. No teatro. Que é na direção oposta à que você está indo.

Paro na mesma hora. Na minha obsessão por sexo me esqueci da mundialmente famosa trupe visitando nossa escola para uma apresentação exclusiva.

Dou meia-volta e passo por ele.

— Já sabia disso.

Ele caminha ao meu lado. Acelero para deixá-lo para trás, mas não tem como vencer as pernas estupidamente longas dele.

— Você vai fazer o teste para Julieta semana que vem?

Eu caçoo e balanço a cabeça.

— Não.

— Por que não?

— Porque não tem como eu ganhar o papel principal. Provavelmente vou terminar fazendo a "terceira convidada da festa à esquerda" e passar o espetáculo todo fazendo palavras cruzadas no camarim.

Ele para e me encara.

— Por que diabos não vai fazer o teste?

— Porque posso me sair mal.

— Por que vai se sair mal?

— Porque sim. Olha para a nossa turma, todo mundo, e falo sério, todo mundo tem noção do que diabos está fazendo. Quase todos vocês tiveram algum tipo de experiência profissional e treinamento, enquanto eu não tive nada. Sinto como se vocês todos dirigissem carros esportivos e eu ainda estivesse pedalando minha bicicletinha rosa com rodinhas de criança.

Ele fecha a cara.

— Isso é ridículo.

— É? Holt, eles nem tinham um curso de teatro no meu colégio. Fiz algumas aulas particulares de interpretação com um cara cuja maior conquista foi ter sido um figurante em *The Bold and Beautiful*. E no outro dia, quando entrei numa conversa com Zoe e Phoebe sobre Stanislavsky, juro por Deus, eu disse: "Ah, uau, adoro ele. Acho que o vi jogar nas finais do US Open".

Ele olha para mim por alguns segundos, sem piscar, seus olhos irritantemente azuis.

— Ah, ei, é um erro fácil de se cometer. O nome do pai da caracterização moderna soa, sim, como o de um jogador de tênis.

Ele mantém a compostura por um grande total de três segundos antes de seu rosto se abrir e ele se dobrar de tanto rir.

— Eu te odeio. — E saio.

— Ah, Taylor, deixa disso — ele me chama, vindo atrás de mim.

— Eu te digo que estou me sentindo insegura e inferior e é assim que você reage? Vê, é por isso que a gente não é amigo.

— Não pude evitar.

— Eu sei. Aparentemente minha ignorância é hilária.

Ele agarra meu braço e me para. Sua risada some.

— Cassie, você não é ignorante. Acha sinceramente que um diretor de elenco vai se importar se você sabe quem é Stanislavsky quando você fizer um teste?

— Não sei. Nunca fiz um teste com um diretor de elenco, porque tenho zero de experiência.

— Mas já fez peças...

— Estive no coro de dois musicais nos quais o único pré-requisito do teste era aparecer. Dificilmente eu creditaria isso à minha técnica estelar.

— Bem, você entrou neste lugar, pelo amor de Deus — ele diz, apontando ao redor. — Entre milhares de pessoas eles aceitaram você, e não foi por causa dos vários testes de elenco que fez ou de quantas peças cafonas ou filmes de que tenha participado. Eles a aceitaram porque você tem um puta talento, tá? Pare de ser tão insegura e faça por merecer.

Olho para ele.

— Você acha que... sou talentosa?

Ele suspira.

— Jesus, Taylor, sim. Muito talentosa. Você tem tanta chance quanto qualquer uma de conseguir o papel principal. Talvez mais porque você tem um tipo de vulnerabilidade intensa quando atua. É... meio impressionante.

Por um momento, a forma como ele olha para mim é quase afetuosa. Então, ele pigarreia e diz:

— Você seria louca de não fazer o teste para Julieta. Você seria perfeita.

A frase "você seria perfeita" vibra na minha cabeça como um doce eco sexy.

— Bem, talvez eu tente. — Estou praticamente flutuando. — Mesmo no meu pior dia sou melhor do que a Zoe.

Ele ri.

— Isso é verdade.

— Então, e quanto a você? — pergunto, andando lentamente quando ele vem caminhar ao meu lado. — Vai fazer o teste para Romeu?

Ele balança a cabeça.

— Sem chance. Eu teria de tirar as bolas para interpretar aquele bichinha.

— Ei, olha como fala de um dos maiores heróis românticos de todos os tempos.

— Ele não é um herói, Taylor, é um babaca frouxo e volúvel que confunde amor com tesão e se mata por uma menina que ele acabou de conhecer.

— Pegou pesado! — Estou rindo. — Você não acredita que ele amava a Julieta?

— Porra, não. Ele foi largado pela gata número um: Rosalina. Ele cai sobre ela como um moleque que perdeu o cachorrinho, ou a periquita, como pode ser o caso. Daí, por uma série de acontecimentos improváveis, ele encontra a gata número dois: Julieta. Ele imediatamente se esquece da gata número um e fica tão pateticamente desesperado em trepar com a gata número dois que propõe se casar com ela horas depois de conhecê-la. Menos, né?! A vagina dela podia oferecer massagem shiatsu e assobiar o hino nacional, que ainda assim não valeria a pena casar só para poder experimentar.

Eu balanço a cabeça para o enorme monte de cinismo em forma humana que caminha ao meu lado.

— Então você não acha que possa haver a mínima possibilidade de ele ter se apaixonado por ela à primeira vista?

— Amor à primeira vista é um mito inventado por autores de livros românticos e Hollywood. É baboseira.

— Minha nossa, como você acabou tão azedo?

— Não sou azedo. Só realista.

— Claro que é.

Ele para e se vira para mim. Seu rosto está sóbrio e sério.

— Pense assim: imagina que você viu um cara legal. Você tem uma poderosa reação imediata em relação a ele. Você o ama?

Não estou certa se estou totalmente confortável com essa linha de pensamento.

— Bem... eu... hum...

— Tá. Vamos inverter. Vejo uma menina. Por alguma razão olhar para ela é tipo... Deus, sei lá. Como encontrar algo precioso que nunca pensei ter perdido. Sinto algo por ela. Algo primitivo. Está tentando me dizer que isso é amor? Não tesão?

— Não. Essa menina hipotética é gostosa?

— Porra, sim. Gostosa de uma forma que nunca achei que gostosa pudesse ser. Só de olhar para ela já fico excitado. É irritante pra caralho.

Tá. Essa conversa deu uma virada seriamente estimulante. Bem o que eu precisava hoje.

— Eu... bem...

— Vai, Taylor. Estou apaixonado?

Eu olho para o pacote dele.

— Bem... hum... não sei. É duro. — Nossa, disse isso olhando para o saco dele. — ... é duro dizer. Quero dizer... hum... uau.

— Claro que não estou apaixonado. É uma reação química bizarra que vai passar. Não vou pedir ela em casamento só para trepar com ela.

Minha mente vai para situações bem pornográficas.

— Taylor! — Ele estala os dedos na frente da minha cara. — Foco.

— Então... hum... acha que uma forte reação por alguém do sexo oposto é puramente física?

— Sim. Depois de um tempo, ela provavelmente teria destruído ele trepando com a porra do Mercúcio.

Ele fala bem sério. É engraçado e trágico ao mesmo tempo.

— Pense nisso, Taylor — ele diz enquanto se inclina para a frente. — Se ele achava que amava Rosalina e ela acabou com ele, por que ele não *morreria de medo* da Julieta, considerando que a conexão com ela é cem vezes mais forte?

Eu levanto as sobrancelhas.

— Talvez ele seja corajoso o suficiente para pensar que ela vale o risco.

— É, e talvez ele esteja apenas com tesão e seja idiota.

— O argumento romântico seria não negar a... conexão... o amor... como quiser chamar, entre eles para que não fiquem de almas vazias. Não é esse o sentido da vida? Encontrar aquela pessoa no mundo que é seu par perfeito?

— Na verdade, Taylor, o sentido da vida é não morrer. Romeu e Julieta fracassaram nessa parte.

— O que você está me dizendo é que se você fosse Romeu você teria se afastado de Julieta.

— Sim — ele responde sem piscar.

— Hummm.

— O que isso quer dizer?

— Nada. É um som contemplativo.

— Está contemplando o quê?

— O quanto você está se iludindo.

Eu estreito meus olhos enquanto bato no queixo com o dedo.

— Humm...

Ele suspira e me olha feio.

— Não vem com essa porra de "hummm", Taylor, tá? Não preciso dos seus sonzinhos condescendentes.

— Hummm.

— Puta merda. — Ele olha para o pulso e diz. — Uau, olha a hora. Precisamos ir. A performance vai começar logo.

Certo. Benzo Ra.

Ele sai caminhando e eu o sigo.

— Hum... Holt? Você sabe que não está usando um relógio, certo?

— É, eu sei.

— Só para confirmar.

Quando Holt e eu saímos do teatro, meia hora depois, mal passamos pela porta antes de morrer de rir, soltando toda a crítica que foi crescendo durante a apresentação.

— Ai, cara — Holt começa a se acalmar —, foi a coisa mais engraçada que já vi desde que Keanu Reeves fez *Muito barulho por nada*.

Limpo minhas lágrimas enquanto andamos para a próxima aula.

— Sério — suspiro. — É uma companhia de teatro *profissional*. Esse pode ser nosso futuro.

Ele ri e grunhe ao mesmo tempo.

— Seria a tortura definitiva. Esses caras não podem nem se considerar atores, podem? Com certeza os currículos deles dizem: "Babaca pretensioso profissional".

Continuamos rindo enquanto seguimos para a aula de interpretação. Erika já está lá, sentada em sua mesa.

— Então, essa foi uma das mais respeitadas trupes de teatro *avant-garde* do mundo, senhoras e senhores. O que acharam?

A turma tagarela empolgadamente. Frases como "Ai, meu Deus, foi INCRÍVEL!" e "TÃO único! Poderoso de verdade!" e "A peça mais chocante que já vi!" flutuam pela sala, jorrando e se sobrepondo.

Estou boquiaberta. Eles amaram. *Todos* amaram. Viram a mesma coleção de cenas vergonhosamente obtusas que eu, e chegaram a uma conclusão completamente diferente. Deus, sou uma idiota tão sem cultura.

— O uso de movimento estilizado deles é tão preciso — Zoe comenta, empolgada. — Foi incrível!

Ao meu lado, Holt bufa e Erika se vira para ele.

— Sr. Holt? Tem algo a dizer?

— Nada de bom — ele responde e levanta o queixo, desafiador. — Achei que foi uma grande merda.

Erika vira a cabeça.

— Sério? E por que achou isso?

— Porque sim. — Ele está meio exasperado. — Deveria existir uma diferença entre ruídos e movimentos aleatórios e teatro. Mesmo o tipo experimental de teatro deve representar ideias e emoções. Não devia ser um bando de idiotas caminhando ao redor do palco como se eles tivessem um pau metido no cu.

— Não acha que a apresentação atingiu uma comunicação em nível emocional?

Ele ri.

— Não, a não ser que eles estivessem tentando comunicar que eram grandes imbecis.

Zoe revira os olhos e há murmúrios de desaprovação dos outros membros da classe.

Holt olha para eles com desdém.

— Não acredito que vocês não acharam uma merda. Viram uma apresentação completamente diferente? Ou estavam tão cegos pela "reputação" deles porque vocês são umas porras de maria vai com as outras?

Escuto vários murmúrios de "vai se foder, Holt", até que Erika pede silêncio para todo mundo e se vira para mim.

Meu estômago revira. Não, não, não, por favor, não me pergunte.

— Srta. Taylor? Ainda não ouvi sua opinião. O que achou?

Ai, Deus. Holt está olhando para mim. Não quero parecer ignorante. Quero ser aceita e dizer a coisa certa.

— Bem...

— Vamos, Taylor — Holt incentiva. — Diz o que você acha.

— Foi...

Estão todos olhando. Ele. Eles. Erika.

— Achei que foi... — Tantas expectativas. Minha cabeça dói.

— Sim, srta. Taylor?

O olhar de Holt é penetrante.

— Não é uma pergunta difícil. Apenas dê a eles sua opinião.

Não importa o que eu diga, estou ferrada.

— Achei incrível — por fim digo em voz baixa. — Realmente incrível. Amei.

O silêncio é quebrado enquanto todos murmuram demonstrando aprovação.

Todos menos ele.

Quase posso ver a raiva de Holt passando como uma corrente no ar.

— Bem, é muito interessante — Erika comenta. — Parece que vocês todos têm a mesma opinião sobre isso, exceto o sr. Holt, e preciso dizer... — ela dá um sorriso surpreso — ... que concordo com ele.

As pessoas perdem o ar, surpresas.

Eu me sinto uma merda.

Errada novamente. Claro.

— Só porque alguém tem a reputação de excelência, não significa que vocês devam ver tudo o que ele fez como tacitamente bom. Mesmo os melhores atores do mundo já tiveram desempenhos terríveis. É só ver Robert De Niro em *Máfia no divã*.

Todos riem.

Erika cruza os braços sobre o peito.

— Já vi Benzo Ra atuando muitas vezes no decorrer dos anos, e preciso dizer que essa apresentação foi decepcionante ao extremo. Foi uma apresentação teatral sem imaginação que, na minha opinião, perdeu a plateia em vez de puxá-la para a experiência.

Ela continua falando, mas estou em outra. Eu me sinto enjoada.

Depois de termos batido de frente há semanas, Holt e eu começamos a nos dar bem. Então, eu o jogo aos lobos porque queria que as pessoas gostassem de mim.

Idiota.

— Então, senhoras e senhores — Erika ainda está falando —, sua tarefa hoje é escrever um texto de mil palavras analisando a apresentação de Benzo Ra e por que você gostou ou não gostou, citando referências a outros profissionais de teatro experimental, incluindo pessoas como Brecht, Brock e Artaud. Estou ansiosa em ler suas reflexões.

Ela nos dispensa e antes que eu possa pensar em desculpas Holt está saindo da sala. Eu fico de pé para segui-lo, mas ele é rápido demais para eu alcançá-lo.

— Holt. — Ele me ignora. — Holt, para.

Ele continua andando. Eu vou para frente dele e coloco minha mão em seu peito para pará-lo. Seu rosto está revoltado.

— Quê?

— Você sabe o quê.

— Ah, aquilo de você me ferrar completamente? É, sei o que é. Tira a porra da mão de mim.

Ele caminha ao meu redor e continua andando enquanto eu cambaleio atrás dele.

— Desculpa! Eu não sabia o que dizer. Achei que eu tinha problemas porque não havia entendido. Todos acharam ótimo. Eu não queria parecer que era ignorante por ter a opinião errada.

Ele para e se vira para mim.

— Então você acha que *eu* sou muito ignorante pra ter a opinião certa?

A expressão dele é tão intensa que é quase assustadora.

— Não! Nossa, você disse exatamente o que pensava. E eu devia ter feito a mesma coisa. Eu só...

— Puta merda, Taylor — ele diz, jogando as mãos para o alto. — Uma opinião não é certa ou errada. É sua interpretação de um assunto ou situação. Não dá pra *ser* errada, porra!

— Então, se eu olhar para o céu e tiver a opinião de que as nuvens são rosa, estou certa?

— Sim! Porque é uma *opinião*, não um *fato*, e talvez para você as nuvens sejam rosa porque provavelmente você é maluca. Uma opinião não precisa ser verdade para mais ninguém no mundo além de você. Para de tentar agradar a porra de todo mundo e diga o que você pensa.

Sinto como se ele tivesse me dado um tapa.

— E sabe o que me deixa mais puto? — ele pergunta, apontando o dedo para mim. — Sempre que você está comigo, você é a pessoa com mais opinião na porra deste planeta, e me inferniza *toda hora* com essa opinião, queira eu escutá-la ou não. Mas, no momento em que fica perto daqueles babacas da nossa turma, você tem zero de atitude. É tão paranoica em ser aceita que vira um carneirinho, que fica seguindo o rebanho. Dá vontade de te dar um tapa, porque você esquece de tudo o que a faz legal e divertida e... Cassie, você se torna o tipo de robô que quer agradar a todos e tenta ser a merda que todo mundo espera em vez de ser você mesma.

Ele está tão irritado que está ofegante. Não tenho nada a dizer, ele falou tudo. Ninguém nunca me conheceu o bastante para apontar meus defeitos. E acho que ele estar tão chateado significa que ele de fato... se importa.

— Você está certo — murmuro.

— É, estou. Então me deixa, porra.

Eu arrasto os pés enquanto o pátio começa a se esvaziar de gente.

— E aí, o que você vai fazer agora?

— Acho que vou para casa escrever mil palavras sobre teatro experimental — ele responde enquanto joga a mochila no ombro.

— É... você podia vir para minha casa para escrever o trabalho. Eu podia pegar seu cérebro emprestado, para eu não terminar soando como uma idiota.

Ele pensa nisso por alguns segundos. Julgando pela expressão do rosto, ele está tomando uma decisão de vida ou morte.

— Minha nossa, Holt, não estou te pedindo em casamento. Só achei que você poderia me ajudar.

— Tá — ele responde, relutante. — Mas você me deve uma refeição.

— Posso fazer isso. — Tirando as comidas pré-preparadas enchendo meu congelador, a única coisa que tenho são salgadinhos. Minha mãe ficaria envergonhada. Nós desviamos para a biblioteca e pegamos alguns livros que podem ser úteis. Então seguimos de volta para meu apartamento. Entro no quarto e jogo minha mochila na cama antes de vê-lo parado na porta.

— Que diabos! — Estou rindo. — Você é tipo aqueles vampiros da tv? Precisa ser convidado para poder entrar?

Ele balança a cabeça e entra no quarto.

— Não, é só estranho estar aqui quando você não está nem vomitando nem desmaiada.

— Tenho "vômito e desmaio" marcados para as nove. Fica. Vai ser divertido.

Estou prestes a pegar os livros quando o telefone toca. Tiro o aparelho do bolso e vejo o número da minha mãe.

— Volto num segundo.

Vou para a sala, pois sei por que ela está ligando.

— Oi, mãe.

— Querida! Feliz aniversário!

Coloco a mão sobre o bocal e olho por cima do ombro.

— Valeu, mãe.

— Ah, docinho, eu queria estar com você. Está se divertindo? O que vai fazer de noite?

— Hum, nada de mais. Estudar.

Holt coloca a cabeça para fora do quarto e diz:

— Taylor, onde estão os livros da biblioteca? Vou começar a pesquisa.

Minha mãe está falando, mas eu cubro o telefone e sussurro.

— Na minha mochila, na cama.

Ele assente e desaparece. Minha mãe para.

— Quem foi esse?

— Só um menino da minha turma. Estamos estudando juntos.

Há um momento de silêncio antes de ela dizer:

— Está sozinha com um menino no apartamento?

Ai, Senhor. Lá vamos nós.

— Mãe, não é o que você está pensando. Estamos estudando.

Então, Holt grita:

— Jesus, Taylor, sua cama é desconfortável pra caralho! Como você dorme nesse troço? Ou é essa a questão? Você não quer que os caras tentem cochilar quando você já fez tudo que queria com eles?

Eu me contorço e minha mãe perde o ar.

— Mãe...

— Cassie! Eu não te criei para saltar na cama com o primeiro cara que encontra.

— Nós somos... amigos. — Meio que. — Não é assim. Sério.

— Por que eu não acredito em você?

— Corre, Taylor! Acho que sua cama deslocou minhas costas. Não consigo levantar!

Vou *matar* esse menino!

Minha mãe entra num surto tagarelando sobre quantos estupros acontecem em campus de faculdade, e quão irresponsável estou sendo, e que isso é o que acontece quando ela não está por perto para me supervisionar. Geralmente, deixo que ela fale tudo, para manter a paz, mas tenho um Holtzinho na minha cola fazendo com que eu me defenda.

— Mãe, pode parar. Eu ter ou não um homem aqui não é da sua conta. Sou adulta agora e não preciso da sua aprovação em cada decisão. Eu te amo, mas tem um homem bem bonito na minha cama e preciso ir.

Ela fica em silêncio por alguns segundos, e morro de medo da ideia de ter provocado um ataque cardíaco nela.

— Mãe?

Há mais silêncio. Visualizo minha mãe deitada com olhos vidrados na sala, o telefone ainda agarrado em sua mão.

— Mãe?!

— Bonito quanto? — ela finalmente pergunta.

Eu suspiro.

— Você não faz ideia.

Ela ri. É falso, mas pelo menos ela está tentando.

— Cuidado com esses bonitões, docinho. Vão partir seu coração.

— Mãe, o papai é bonitão.

Ela faz uma pausa.

— Sim, bem, seu pai te manda um beijo. Ele te liga mais tarde quando voltar do trabalho.

— Valeu, mãe.

Sinto uma pontada de saudade de casa. Apesar de reclamar deles, tenho saudade de verdade dos meus pais. Eu me despeço e sinto um enorme orgulho por falar o que eu penso. Nunca enfrentei minha mãe antes, e passei por isso sem chorar ou matá-la. Talvez Holt esteja provocando alguma mudança, afinal.

Sorrio enquanto caminho de volta ao quarto. Ele está sentado no canto da cama, debruçado sobre um livro, passando os dedos pelo cabelo.

— Uau, parece uma leitura empolgante.

Ele salta, surpreso.

— Taylor... eu não queria. Estava na sua mochila. Um dos outros livros o deixou aberto, vi meu nome e...

Uma onda de terror passa por mim quando me dou conta do que está na mão dele. Engulo a vergonha e a náusea enquanto meu rosto queima.

— Quanto você leu? — digo, minha voz rouca de vergonha.

— O suficiente.

— Tudo o que escrevi hoje?

— Sim. — Ele faz uma pausa. — É seu aniversário?

Vou ficar enjoada. Ele leu tudo. Eu surtando com minha virgindade. Sobre o tesão que sinto por ele. O quanto eu o quero e a seu pênis vencedor de prêmios.

Tudo.

— Holt, se disser "feliz aniversário" para mim agora vou acabar com a sua raça.

Cubro meu rosto e me recuso a chorar, mas ele não pode mais ficar aqui. Não posso ficar perto dele. Nunca mais. Talvez além de nunca mais.

— Cassie... — ele diz. — O que você escreveu sobre mim? Não posso saber disso. Puta merda, não posso mesmo...

— Vai embora.

Eu o escuto suspirar, mas não olho para ele.

— Cassie.

— Vai. Embora. Daqui. Agora.

Escuto um baque e vejo que ele jogou o diário na cama. Ele vem e pega a mochila do chão atrás de mim. Quando seu corpo passa pelo meu, ele faz um ruído e se afasta. Abro os olhos e ele está bem na minha frente, estudando meu rosto. Sinto que, se ele não parar, minha pele vai mesmo explodir em chamas.

— Como é possível? — ele pergunta baixinho.

— O quê? — Pressiono as costas na porta do armário enquanto ele se move à frente e continua a encarar.

— Como é possível que você nunca... Nenhum homem nunca?...

Quero que ele termine a frase, mas ele só fica olhando para mim com uma expressão incrédula.

— É um puta crime você nunca ter sido beijada direito.

Olho para seu peito. Está subindo e descendo rápido. Como o meu.

Fecho os olhos.

— Então beija você — escapa da minha boca antes que eu possa impedir, mas não retiro o que disse. — Me mostre como eu deveria ser beijada.

Abro os olhos e o vejo olhando para mim com tanta intensidade que perco o fôlego.

Ele se aproxima, tão lentamente que meu peito dói. Suas mãos vão para minha cintura e eu me inclino de volta contra a porta enquanto seus dedos me apertam e me soltam.

Seu hálito é quente e doce. Eu abro os lábios, quase chorando com a antecipação em ter sua boca na minha.

86 Leisa Rayven

— Você acha que depois de ler tudo aquilo há alguma chance de eu te dar a porra de um beijo? Não consigo nem ficar no mesmo quarto que você!

Quando abro os olhos ele colocou a mochila no ombro e está saindo pela porta.

Humilhação e vergonha tomam o espaço dos meus pulmões. Eu deslizo pela parede e cubro o rosto, querendo ficar invisível.

Só quando escuto a porta da frente se fechar é que consigo respirar novamente.

capítulo seis
ELENCO CORAJOSO

Hoje
Nova York
Quarto dia de ensaio

O café está barulhento, mas eles têm wi-fi de graça. Um lugar perfeito para pegar o iPad e me perder durante o horário de almoço. Tenho escrito no meu diário na maioria dos dias. Principalmente porque Tristan continua insistindo que vai me manter sã dentro da loucura da minha situação atual. Como de costume, ele está certo.

Claro, nesses dias eu uso um diário on-line com uma senha criptografada e mais segurança do que um comboio presidencial, mas não é bem o mesmo que escrever em papel de verdade. Todo dia, Elissa e Ethan pedem para eu me juntar a eles para o almoço, mas não tem como.

Vou para o trabalho, faço meu serviço e tento ficar o mais longe possível de Ethan no tempo em que estamos fora do palco. Ele continua tentando me pegar para uma conversa, mas aprendi a me abaixar e driblar melhor do que um boxeador campeão do mundo.

Conversar não vai levar a nada além de um passeio pela Via das Lembranças Dolorosas. Nenhum de nós precisa disso.

Estou no meio da minha entrada mais recente no diário quando uma salada Caesar gigante é colocada ao meu lado. Prestes a protestar que não pedi isso, levanto o olhar e dou de cara com Elissa.

— Você está ficando magrela demais — ela comenta, sentando-se ao meu lado com seu próprio almoço. — Uma mulher não pode sobreviver só de cafeína e nicotina, certo?

— Errado. — Sorrio para ela. — Sou um exemplo notável.

— Bem, sua diretora de palco acha que você está começando a parecer uma boneca cabeçuda, então coma isso. Por minha conta.

Olhando para a salada, eu percebo o quão faminta estou.

— Sim, senhora.

Enquanto guardo o tablet reparo em Holt do outro lado do café, sozinho numa mesa.

Droga. De todas as lanchonetes em todas as cidades do mundo, ele veio à minha. Isso deveria ser uma zona Holt-free.

Como se antecipasse minha próxima pergunta, Elissa anuncia:

— Vou almoçar com você porque estou cheia da companhia dele. Sempre que pergunto como as coisas estão indo entre vocês ele se fecha.

Dou de ombros e continuo comendo. Desisti há muito de tentar descobrir as motivações de Holt.

— Vocês mal trocam uma palavra nos ensaios. Você nem olha para ele, mas ele passa o tempo todo te olhando. Quer me dizer o que está rolando?

Dou uma olhadinha para Holt, que está em outro mundo, lendo e petiscando suas batatinhas.

— Não está rolando nada — respondo, tomando um gole da minha bebida. — Só estou trabalhando pesado.

Ela inclina a cabeça e me estuda por vários segundos.

— Está trepando com meu irmão?

Tusso e rio ao mesmo tempo. Um filete de coca escorre pelo meu queixo e cato um maço de guardanapos para me limpar.

Holt parece alheio à nossa conversa. Graças a Deus.

— Claro que não — cochicho. — Acha que eu tenho zero noção de autopreservação?

Ela lança um olhar para Holt antes de cochichar de volta.

— Acho que, quando se trata do meu irmão, não dá para raciocinar direito. Porque, se ele quisesse te levar para cama, você estaria com as pernas para o ar em menos de três segundos.

— Bobagem.

— Sério?! Porque eu poderia iluminar metade de Nova York com o calor que vocês dois geram nos ensaios. Os dois parecem culpados. Se não estão trepando, então o quê?

Essa não é mesmo uma conversa que eu queria ter hoje. Ou alguma vez na vida.

Suspiro e balanço a cabeça.

— Olha, eu estaria mentindo se dissesse que não me sinto mais atraída por ele. Mas, Deus, Elissa, é só isso. Não tenho intenção de voltar com ele. Nunca.

— Mas você ainda deve ter sentimentos por ele. Achei que você ia fugir milhões de quilômetros quando ficasse sabendo que ele seria o protagonista. Por que não fugiu?

Dou de ombros.

— Não faço ideia.

Isso não é totalmente verdade. Eu tinha de vê-lo. Precisava que ele me dissesse que cometeu um erro e que lamentava, mas estou começando a duvidar de que isso vai acontecer. Agora acho que só estou passando por isso para provar que posso seguir sem ele.

— Bom, você tem colhão, com certeza — Elissa comenta. — Amo meu irmão, mas se alguém tivesse feito comigo o que ele fez com você... — Ela limpa a boca com o guardanapo. — Vamos apenas dizer que entendo por que você parou de atender minhas ligações. Quando Ethan disse que você tinha sido escolhida, achei que essa era nossa chance de eu refazer nossos laços.

— Lissa, você nunca desfez nenhum laço. Seu irmão sim.

— Eu sei. Mas fico feliz de estarmos conversando de novo. Senti saudade.

Pego a mão dela e aperto.

— Eu também.

Eu não havia notado o quanto até agora.

— Então, Marco vai trabalhar no beijo depois do almoço, hein? — ela informa enquanto passa uma batatinha no ketchup. — Nervosa?

— Não. Essa não é a primeira vez que sou escalada para contracenar com seu irmão e não posso aguentar nem olhar para ele.

— É verdade. Mas da última havia rolado menos coisa entre vocês.

— E eu era bem mais nova e menos capaz de separar a realidade da fantasia. — Encho o garfo de salada, mesmo que eu não esteja mais com fome.

Elissa termina o resto do seu queijo quente.

— Então não vai ter problema em beijá-lo? Não vai trazer de volta antigos sentimentos?

Dou de ombros.

— Não há antigos sentimentos para trazer. Morreram há muito tempo.

Ela olha para mim por alguns segundos, então balança a cabeça.

— Claro que morreram.

Continuamos com o papo furado, sem nenhuma das duas mencionar Ethan novamente. Nossa amizade orbitou tempo demais em torno dele, quando deveria ser apenas nós duas.

Conforme conversamos, noto um trio de meninas reunido ao redor da mesa do Ethan. As fãs dele. Sempre há algumas delas esperando por ele do lado de fora do teatro. Elas parecem ter um sexto sentido sobre onde ele vai estar. É irritante.

Elas berram e pedem uma foto e autógrafo. Olham para ele como se ele fosse um presente dos deuses. Empinam seus peitos como se tivessem uma chance com ele.

Se ao menos elas soubessem a verdade. Apesar do rosto de anjo, ele é um canalha malvado que abandonou a Cassie.

Espeto o resto da minha salada com entusiasmo demais quando um bombardeio de risinhos toma o café.

Maldito rostinho de anjo dele.

Elissa se despede quando terminamos de comer:

— Te vejo lá de volta. Não se esqueça de passar um brilhinho nos lábios. Ethan não se barbeou. Não quero que você fique arranhada.

— Ela me dá um abraço rápido antes de levar a comanda para o caixa.

Quando ela se vai, eu solto um longo suspiro.

Tinha quase me esquecido do beijo. Bem, não tanto esquecido quanto bloqueado. Como Tristan pode atestar, meu talento para negação é impressionante.

Estou guardando as coisas quando sinto algo nas minhas costas. Não estou surpresa que meu corpo reaja antes de eu ver quem é.

— Então, você conversa com minha irmã, mas não comigo? — ele comenta quando me viro para encará-lo.

— É porque ainda gosto da sua irmã.

Ele está usando sua testa franzida marca registrada.

— Vamos ter de conversar alguma hora, Cassie.

— Não vamos mesmo. — Pego minhas coisas e passo por ele rumo à saída. Claro que ele me segue.

— Você acha que conseguiremos fazer essa peça da forma como estamos agora? Que não vai afetar nosso desempenho?

Eu saio na rua e os ruídos do trânsito me fazem elevar a voz.

— Não vou deixar isso afetar meu desempenho. É o emprego dos meus sonhos. E, apesar de o universo foder comigo colocando você no elenco, vou fazer dar certo. — Eu me viro para ele: — Se você não consegue, então faça um favor a nós dois e vá embora.

Ele se inclina, invadindo de propósito meu espaço só para ferrar comigo.

— Cassie, não se engane pensando que pode fazer justiça a esse papel contracenando com outra pessoa, porque sabemos que é bobagem.

— Estou disposta a tentar. — Dou a ele meu sorriso mais doce.

Ele está prestes a protestar quando mais fãs aparecem.

Estão todas prontas para me empurrar para longe e chegar mais perto dele.

Elas podem ficar com ele.

Quando me afasto, ele chama meu nome.

Eu não paro.

Seis anos antes
Westchester, Nova York
Grove
Sexta semana de aula

Ele está me encarando.

Mantenho o foco em Erika e tento me concentrar. É difícil. O olhar dele me dá um arrepio elétrico que começa na minha nuca e se espalha por todo meu corpo.

Eu diria a ele para parar com isso, mas seria como reconhecer a existência dele e não há a menor chance de *isso* acontecer num futuro próximo.

Desde que leu meu diário, uma semana atrás, o evitei a todo custo. Sempre que olho para ele, sou inundada por uma grande onda de humilhação, seguida rapidamente por uma raiva enorme, que acaba numa forte vontade de me esfregar nele. Achei que ele ia me beijar. Parecia que ia. Então ele foi embora, e não tenho ideia do que se passa na cabeça dele.

Só de pensar no nosso quase beijo minhas partes íntimas ficam todas excitadas. Não tenho coragem de dizer a elas que vamos morrer sem nunca experimentar um orgasmo. Ficariam muito deprimidas, e não posso me dar ao luxo de ter uma vagina triste.

— Srta. Taylor?

— Me desculpe, o quê?

Erika está olhando para mim. Assim como todo mundo. Exceto ele. Oh, a ironia.

— Eu te perguntei por que você acha que nos tornamos atores — Erika repete. — O que nos leva a buscar essa profissão?

Tá, fique fria. Responda à questão corretamente. Não dê a ela simplesmente a resposta que você acha que ela quer ouvir.

— Srta. Taylor, prometo que essa não é uma pegadinha. Por que acha que atuamos?

— Bem — começo, respirando fundo e tentando ignorar os olhos em mim —, acho que é uma forma de comunicar ideias e conceitos. Acho que somos como médiuns. Canalizando diferentes personas e personagens para dar vida ao trabalho dos outros.

Erika assente.

— Você não acha que é colaboradora nesse trabalho? Que as escolhas do seu personagem acrescentam algo à visão original?

— Bem, sim. Mas só se minhas escolhas não forem uma droga.

As pessoas riem.

Holt bufa.

— Sr. Holt? Suas reflexões.

Ele se inclina de volta em sua cadeira.

— Somos atores porque queremos atenção. Ficamos por aí dizendo palavras de outras pessoas e tentando não estragar tudo.

Erika sorri.

— Então você não acha que exista algo artístico no que faz?

Ele dá de ombros.

— Não particularmente.

— E quanto ao músico, interpretando a música de outro? Você o considera um artista?

— Bem, sim...

— E um artista visual? Um pintor que interpreta imagens através de suas pinceladas? É artístico?

— Claro.

— Mas atores, não.

— Não exatamente. Somos papagaios, não somos? Aprendemos frases e as repetimos.

— Então, se você não acha que interpretar é uma ocupação artística, por que interpreta, sr. Holt? Por que atua, se você é meramente um fantoche e não tem investimento pessoal no que está fazendo? Por que dedicar três anos de sua vida para aprender a fazer isso? Com certeza você pode encontrar algo pelo qual tenha mais *paixão*.

— Eu não disse que não tinha paixão. Só acho que estamos nos iludindo se achamos que é difícil.

— Talvez não seja difícil para você. Mas para a maioria subir no palco na frente de centenas ou milhares de pessoas seria impossível.

Ele ri.

— Sr. Holt — Erika diz pacientemente. — Sabia que, numa pesquisa recente, quase noventa por cento dos participantes disseram que prefeririam entrar num prédio em chamas a falar em público na frente de um grande grupo de pessoas?

— Quê? Isso é ridículo.

— Não quando você olha para os dez maiores medos das pessoas e "medo de falar em público" é o número dois. Outros itens da lista relevantes ao teatro são "medo de fracassar", "medo de rejeição", "medo de se comprometer" e "medo de intimidade".

— Coincidentemente — Jack intervém —, são as razões exatas pelas quais Holt não tem uma namorada.

Holt olha feio para ele.

— Correr para um prédio em chamas requer muito mais coragem do que ser rejeitado ou ter intimidade.

Erika o observa como uma aranha estuda uma mosca.

— Mais coragem, você diz?

Ele concorda, sem perceber que está prestes a ser devorado.

— Acho que é mais certo dizer que é um tipo diferente de coragem, e as escolhas que você faz decidem a profundidade dessa coragem.

Holt não parece convencido. Erika o estuda novamente.

— Humm.

Ele revira os olhos. Ele odeia esse som contemplativo.

Erika caminha para a frente da sala e escreve algumas palavras na lousa.

— Sr. Holt? — Ela o chama para que ele fique ao lado dela. Ele se levanta da cadeira e faz o que ela pede. — Você poderia ler essas duas palavras na lousa?

— "Me desculpe".

— Tá. Sou a dramaturga. Essas palavras são minhas. Qual é minha intenção?

Holt dá de ombros.

— Me diga você.

— Não, sr. Holt, não é meu trabalho. Como uma dramaturga meu trabalho é dar a você as palavras. Como ator, seu trabalho é interpretá--las. Então...

Ela indica que ele repita a frase.

Ele coloca a mão na orelha e finge que não a ouviu.

— Me desculpe?

Ela assente.

— Viu? Você fez uma escolha. Uma escolha bem segura e sem graça, mas mesmo assim foi uma escolha.

— Mas não é sempre papel do ator fazer a escolha — ele discute.

— Verdade — Erika concorda. — Diretores frequentemente pressionam os atores para fazer escolhas mais corajosas, arriscadas, então vamos explorar isso.

Ela caminha para o outro lado dele e cruza os braços.

— Desta vez quero que você fale como se estivesse falando com alguém importante para você. Alguém da família, ou namorada.

Uma sombra escura passa pelo rosto de Holt.

— Estou me desculpando pelo quê?

— Me diga você. — Erika sorri.

Ele solta o ar e esfrega as mãos no rosto.

— Apenas me diga o que fazer e eu faço.

— Não, não é assim que funciona. Seu trabalho é criar algo, uma ideia, uma emoção dentro dos parâmetros que te dou. Os parâmetros são aquelas duas palavras ditas para alguém que significa algo para você. Você tem suas instruções. O que vai fazer com elas?

Ele olha ao redor da sala, perdido e desconfortável.

— Sr. Holt?

— Estou pensando — ele retruca.

— Sobre o quê?

— Para quem estou me desculpando.

— Quem vai ser?

Ele olha brevemente para mim antes de dizer.

— Uma amiga.

— E pelo que está se desculpando?

Ele para de se remexer.

— Por que você precisa saber? Isso importa?

Ela balança a cabeça e aponta para ele começar.

— Não preciso. Quando estiver pronto.

Ele fecha os olhos e enche o pulmão de ar antes de soltar num longo e constante exalar. Há uma sensação de expectativa na sala.

Quando ele abre os olhos, ele aponta para um ponto no fundo da sala e foca nele. Seu rosto muda. Está mais suave. Arrependido.

— Me desculpe — ele diz, mas ainda não é sincero.

— Não é bom o bastante. Tente novamente.

Ele se mantém focado no mesmo ponto conforme seu rosto se retorce.

— Me desculpe — ele dá a fala de novo, mas está segurando a emoção.

— Vá mais fundo, sr. Holt — Erika pede. — Você é capaz de mais. Mostre para mim.

Ele pisca e balança a cabeça. Seus olhos cada vez mais vidrados.

— Me desculpe! — Sua voz fica mais alta, mas ele ainda se protege. Faísca sem chamas.

— Não é o suficiente, Ethan! — A voz de Erika se eleva com a dele. — Pare de lutar com a emoção. Revele a emoção. Toda. Não importa quão complicado seja.

Ele engole saliva e aperta a mandíbula. Suas mãos se fecham enquanto ele oscila de um pé para o outro.

Ele fica em silêncio.

— Sr. Holt?

Ele pisca algumas vezes e baixa o olhar para o chão.

— Não — ele sussurra. — Eu... não consigo.

— Pessoal demais?

Ele assente.

— Vulnerável demais?

Ele assente novamente.

— Muito... assustador?

Ele olha feio para ela. Não precisa responder.

— Sente-se, sr. Holt.

Ele segue para seu lugar e se senta pesadamente.

— Então, você gostaria de mudar sua opinião de que atuar é fácil e não requer coragem? — Erika pergunta suavemente.

Ele engole em seco.

— Obviamente.

Erika olha para o restante de nós.

— Atuar lida com emoções delicadas. Encontrá-las dentro de nós mesmos e expô-las para os outros verem. Mas, para fazer isso, o ator tem de estar disposto a mostrar partes de si mesmo das quais ele tem vergonha. Partes que não quer que mais ninguém observe. Ele deve ter a coragem de dar luz a cada insegurança aterrorizante e arrependimento vergonhoso. Nada deve ser escondido. Tudo deve ser exposto. Ao contrário do senso comum, a questão não é extrair uma resposta da plateia, é extrair algo de si mesmo e deixar a plateia testemunhar.

Ela aponta para Holt, que está olhando para o chão e mastigando a unha.

— O que aconteceu com o sr. Holt hoje vai acontecer com todos vocês em algum ponto. Vai haver momentos em que vocês vão achar que não podem interpretar um personagem ou emoção porque é assustador demais. Mas é trabalho de vocês encontrar a coragem para ser vulnerável e deixar os outros verem essa vulnerabilidade. É isso que faz um bom ator. Nas maravilhosas palavras de Kafka, você tem o poder de "derreter o gelo de dentro para fora, de despertar células dormentes, de nos fazer mais vivos, mais totalmente humanos, ao mesmo tempo mais individuais e mais conectados uns aos outros". É por isso que fazemos o que fazemos.

As palavras dela ressoam em mim. Olho para Holt. Ele está olhando para o chão, com os ombros caídos. Ele sabe que ela está certa, e isso o mata de medo.

— Agora — Erika muda de assunto e caminha para a mesa, pegando um pedaço de papel —, vocês todos fizeram teste para nossa primeira produção de teatro, uma peça pouco conhecida chamada *Romeu e Julieta*...

Todos riem.

— E fico feliz de dizer que o elenco foi completado.

Nós todos nos endireitamos na cadeira enquanto a empolgação corre pela sala. Achei que meu teste foi bom, e, apesar da minha falta de experiência, quero esse papel. Demais.

Erika começa lendo os papéis menores. Há murmúrios e xingamentos e alguns berros de prazer, mas quando chegamos aos papéis principais a sala toda fica em silêncio.

— O papel de Teobaldo vai para... Lucas.

Lucas grita alto e ergue o punho no ar. Posso vê-lo interpretanto um Teobaldo louco de pedra e levemente desajeitado.

— Benvólio será interpretado pelo... sr. Avery.

Jack assente, orgulhoso.

— Isso aí. Benvólio fodão está na área.

Há risos e comemorações.

— A ama será interpretada pela srta. Sediki.

Há uma salva de aplausos e Aiyah parece que vai chorar.

Ela anuncia Miranda, Troy, Mariska e Tyler como os pais Capuleto e Montecchio. Então é hora de revelar os protagonistas.

Minha boca fica seca e o ácido em meu estômago revira. Fecho os olhos enquanto entoo súplicas silenciosas.

Erika pigarreia.

— Nossa Julieta — Deus, por favor, por favor, por favor — é a srta. Taylor.

Meu estômago se aperta. Meu coração acelera. Acho que nunca fiquei tão feliz.

Todos aplaudem e meu peito parece que vai explodir de orgulho.

Sou Julieta.

Eu.

Aquela ninguém que veio do nada sem experiência nenhuma.

Diabos, sou eu!

Olho para Holt. Ele não está olhando para mim, mas está sorrindo. Deve estar pensando "eu te disse" e finalmente dando crédito a si por me fazer participar dos testes.

— Por fim — Erika está olhando para todos na sala —, a escolha dos dois papéis masculinos causou uma discussão acalorada na banca, mas acho que tomamos a decisão certa. Não é uma escolha óbvia de elenco, mas às vezes essas são as mais interessantes.

Holt se ajeita na cadeira. Sei que ele quer Mercúcio. Já fez o papel antes, e, pelo que ouvi, ele arrasou.

Connor seria perfeito para Romeu, e acho que nós dois trabalharíamos bem juntos. Ele olha para mim e mostra os dedos cruzados.

— Na produção deste ano, Mercúcio será interpretado pelo sr. Baine. O papel de Romeu vai para o sr. Holt.

A turma aplaude, mas eu não me junto a eles.

Parece que jogaram chumbo no meu estômago.

Pelo olhar no rosto deles, Holt e Connor pensam a mesma coisa.

Nós três nos olhamos, sem certeza do que acabou de acontecer.

Erika bate palma para marcar o final da aula.

— É isso, gente. Se não receberam papel, então vão estar no coro. Não se preocupem, ainda terão muito a fazer. Por favor, peguem o roteiro e um calendário de ensaios.

As pessoas me parabenizam na saída, mas nem as escuto direito. Connor vem me dar um abraço.

— Parabéns — ele diz, animado. — Você vai ser incrível, tenho certeza.

— Queria que você fosse o Romeu — eu respondo, sabendo que Holt não tinha saído da cadeira.

— Isso teria sido legal, mas, não vou mentir, Mercúcio é um papel foda. Que tal, "danem-se as suas casas"?! Não dá para ser melhor do que isso.

Ele sai, e eu caminho tonta até a mesa da Erika para pegar o roteiro. Tem meu nome ao lado do nome do personagem: Julieta. Vejo o único que sobrou. Romeu: Ethan Holt.

Não.

Não.

Não.

— Srta. Taylor? Está tudo bem?

Tento não demonstrar o quão tonta estou.

— Hum... sim, está.

Ela sorri.

— Achei que você ficaria mais feliz em ter seu primeiro papel principal. É um dos clássicos. Pouquíssimas atrizes vão interpretar Julieta na vida.

— Ah, eu sei. Céus, estou empolgada. Sério. Só que... — Erika olha para mim em expectativa.

— Ela não me quer como Romeu — Holt diz, se aproximando. Ele para ao meu lado. — E, bem honestamente, somos dois. Você *sabia* que eu queria Mercúcio. E sabia o quanto eu odiava a porra do Romeu. Que diabos é essa droga?

— Nas palavras imortais dos Rolling Stones, sr. Holt, você não pode ter sempre o que quer. Você queria Mercúcio porque já fez o papel antes, e ficaria confortável fazendo de novo. Ser um ator não é ficar confortável. É se desafiar. Sei que você odeia Romeu, mas é um dos motivos pelo qual você foi escolhido. Você não é o típico herói romântico. Você é insolente e cínico e, às vezes, completamente mal-educado. Você tem uma ousadia que acho que Romeu precisa. Da mesma forma, o sr. Baine tem uma sensibilidade que o tornará um Mercúcio muito cativante. Acredite em mim, não foi fácil tomar esta decisão. Eu sabia que você mostraria resistência, e, considerando que tenho de dirigi-lo, só tornei meu trabalho mais difícil. Acontece que, se puder extrair de você o desempenho de que o acho capaz, vai valer a pena.

Holt olha atravessado para ela e cruza os braços sobre o peito.

— E se eu me recusar a fazer? — ele pergunta. — Porque, mesmo que fosse possível para mim compreender e interpretar um merda desses, o que não consigo, duvido que a Taylor aqui ficaria empolgada de me ver nesse papel.

Erika olha para mim, questionando.

— É verdade. Ele é um cuzão.

Ela coloca a mão na mesa e abaixa a cabeça.

— Viu? — Holt diz. — Seria um puta desastre.

— E o que sugere? Que você interprete Mercúcio e o sr. Baine interprete Romeu?

— Sim! Ele seria ótimo naquele troço cafona de amorzinho. Eu poderia apenas morrer espalhafatosamente e dar o assunto por encerrado. Todo mundo sai ganhando.

— Não, não sai, sr. Holt, porque você não vai conquistar nada em seu desenvolvimento como ator, e vai deixar de explorar a incrível química que testemunhei entre você e a srta. Taylor nos testes.

Holt para na hora.

— Aquilo foi um puta acaso! Foi por isso que me escolheu para esse papel? Por causa daquela porcaria de exercício de espelho? Jesus, Erika!

— Não é a única razão, mas é parte disso. Acha que esse tipo de química aparece todo dia? Porque estou aqui para te dizer que não, não aparece.

— Mas isso não é algo que eu... não consigo apenas...

— Ethan — Erika diz. — Entendo que lidar com esse tipo de conexão é assustador, mas é exatamente o que você precisa para crescer. Você é tão talentoso de várias formas, mas qualquer coisa que demande de você abertura e vulnerabilidade em relação ao outro é seu calcanhar de aquiles. E acredite em mim quando digo que você não vai muito longe no trabalho ou neste curso ou na *vida* se isso continuar a ser um problema.

Ela respira fundo e solta o ar.

— Agora, vocês dois foram escolhidos para os papéis principais numa das maiores tragédias românticas da história do mundo, então parem de reclamar e sejam gratos. Vão interpretar os papéis que foram dados, ou ambos vão receber a pior nota no semestre e vão correr o risco de serem expulsos do curso. Não me importa como vão fazer, mas precisam encontrar uma forma de trabalhar juntos. Apareçam na segunda dispostos e com as falas decoradas, porque vou fazer com que pareçam que estão apaixonados nem que seja a última coisa que eu faça. Não vou tolerar nenhum tipo de baboseira. Estamos conversados?

Holt e eu murmuramos um "sim, Erika", e eu olho para o chão.

Erika suspira e pega suas coisas.

— Não se esqueçam dos roteiros — e sai.

Holt e eu permanecemos lá, simplesmente sem olhar um para o outro, sem falar.

Eu deveria ficar feliz em ser escolhida, mas não estou.

Holt pega o roteiro e o calendário de ensaios e enfia na mochila.

— Isso é uma merda — murmura para si mesmo.

— O que foi aquilo? — pergunto, esperando que ele me dê uma desculpa para gritar com ele.

Ele se vira.

— Isso. É. Uma. Merda. — Pronuncia cada palavra bem no meu rosto. — Este ano todo vai ser uma merda, e é tudo sua culpa.

— Minha culpa?! Como pode ser minha culpa que você foi escolhido como Romeu? Você não pode ficar sempre interpretando o rebelde carrancudo e intocável, sabia? Em algum ponto vai ter de interpretar um protagonista romântico.

— Nem todo ator precisa ser o protagonista. Samuel L. Jackson, Steve Buscemi, John Turturro, John Goodman. Todos têm carreiras *incríveis* e não fazem merdas românticas.

— Não leve pro lado errado, Holt, porque não quero mesmo te fazer um elogio, mas você *não parece nada com esses caras*. Você é alto, lindo e tem um cabelo irritantemente legal. As pessoas vão te escolher como protagonista, quer você queira ou não.

— Então, você quer que eu seja seu Romeu? É isso que está dizendo? Porque da última vez em que conferi você não suportava nem olhar para mim.

— Não. Você não seria minha primeira escolha para Romeu, basicamente porque você é um tremendo babaca que sai por aí lendo o diário dos outros!

— Que se foda. — Ele pega a mochila. Avança em direção à porta, mas eu o seguro pelo braço.

— Holt, que diabos há de errado com você? Faz duas semanas e você nem *tentou* melhorar as coisas entre nós. Peça desculpas de uma vez, seu imbecil invasor de diários!

Ele se volta para me encarar e seus olhos estão cheios de faíscas. Dou alguns passos para trás, mas ele me acompanha. Só quando minhas costas acertam a parede é que nós dois paramos.

— Foi um puta erro ler seu diário, admito. Queria poder desfazer isso, porque tornaria minha vida muito mais fácil não saber toda essa merda que você sente por mim. Mas, para começar, em que porra você estava pensando ao escrever tudo aquilo? Claro que a pessoa sobre quem você está escrevendo vai acabar lendo, e isso vai aterrorizar os dois e foder com *tudo*!

— Ah, não! — O sangue ferve no meu rosto. — Você *não* está me culpando por você ter lido meu diário!

— Estou, sim. Exatamente.

— Você é inacreditável! — Levo as mãos ao alto, exasperada. — Chega! Cansei de te dar chances. Nem quero mais suas desculpas. Apenas fique longe de mim.

Passo por ele, mas ele me segue.

— Como propõe que eu fique longe de você se teremos de fazer incontáveis cenas de amor nessa pecinha idiota, hein? Acredite, eu adoraria não passar por essa puta tortura, mas não tenho escolha.

Caminho mais rápido.

— Prefiro enfiar agulhas nos olhos a fingir estar apaixonada por você, mas vou fazer isso porque essa produção conta como *quarenta por cento* da nossa nota de atuação este semestre, e você *não* vai foder com o meu boletim!

— Eu não sonharia com isso, princesa. No fim das contas, você provavelmente acabaria reclamando disso no seu diariozinho.

— É! Acabaria sim!

— Sabe — ele avança facilmente a passos largos para ficar ao meu lado e das minhas pernas trêmulas —, milhões de pessoas sobrevivem sem escrever sobre suas fantasias sexuais e pensamentos mais íntimos num livro que qualquer um pode encontrar e ler. É incrível. Você deveria tentar!

— Logo que você viu o que era, deveria ter parado de ler! — Tento em vão caminhar para longe dele.

— Ah, certo, como se fosse possível pra caralho parar de ler quando vi que você estava escrevendo sobre o meu *pau*!

Eu paro na hora e dou um soco no braço dele.

— Ai, Taylor! Porra!

— Não é *minha* culpa! Vai se foder!

Ele agarra meu braço e me puxa para ele.

— Bem, de acordo com seu diário é exatamente disso que você precisa. É daí que vem sua agressividade? Precisa cavalgar no meu pau?

— Céus, você é um escroto!

— Acho que isso *não foi* um "não".

Instintivamente tento bater nele, mas ele agarra meu pulso e segura firme.

— Parte errada do corpo para colocar as mãos, docinho. Não quer aliviar a minha parte que está dura pra caralho desde que eu li o seu diário idiota? Não quer sentir o *inferno* que estou passando? Você quer pegar num pau tanto assim? Vá em frente. Coloca a mão em mim e me livra desse sofrimento.

Eu solto meu punho dele.

— Você é nojento. — E me afasto.

— Então é um não para a punhetinha?

Eu me afasto o mais rápido possível e, quando viro, ainda o vejo parado onde o deixei, a cabeça abaixada e as mãos no cabelo.

Ando para casa com as pernas ainda trêmulas, só quando eu entro no quarto e bato a porta é que percebo que meus olhos estão cheios d'água.

capítulo sete
PONTO SEM VOLTA

Hoje
Nova York
Sala de ensaios do Teatro Graumann
Quarto dia de ensaio

Estou roendo as unhas. Basicamente destruí todas elas e parti para a pele das cutículas. Não ajuda no nervosismo, mas me faz parar de andar de um lado para o outro.

Marco está conversando com Holt. Está passando *a* cena com ele.

Meu estômago se aperta. É uma combinação de náusea e antecipação irracional. Quero vomitar meu almoço.

Marco fala baixinho, mas posso ouvir cada palavra.

— Sarah está aqui para confrontá-lo sobre por que você a está afastando. A mãe dela revelou que ela não é a garotinha de cidade pequena que você achou que ela fosse, e isso o fez pensar que nunca será bom o bastante pra ela. No fundo, você sempre acreditou que aquilo era bom demais para ser verdade, e agora todas as suas dúvidas foram confirmadas.

Ethan assente enquanto franze a testa em sinal de concentração. Seus braços estão cruzados sobre o peito. Uma postura defensiva.

Ele olha para mim, então de volta para Marco. Seu rosto é uma pedra.

Não tenho mais cutículas.

Preciso de um cigarro, mas não tenho tempo.

— Quero sentir que você pensa que ela fica melhor sem você, mas isso o está matando. Entendeu?

Ele assente e sua perna vibra.

Ele está nervoso.

Bom.

— Cassie?

Minha vez. Marco vem e coloca o braço sobre mim.

— Você está confusa pelo comportamento de Sam. Você o ama, e não importa o quão diferentes sejam suas origens. Ele parece ter desistido, mas você quer que ele lute. Certo?

Faço que sim. O movimento me deixa enjoada. Quero me sentar.

— É aqui que sentimos seu desespero. Você não o vê há dias. Você só quer que ele fique, tá?

— Tá, certo. — Dou a entender que estou mais segura do que me sinto. Ele confia que eu faça meu trabalho. Não quero decepcioná-lo.

— Tire alguns minutos para se preparar, daí continuamos da entrada de Sarah.

Me preparar? Como eu me preparo para isso? Para sentir essas coisas incrivelmente pessoais e significativas? Para beijá-lo?

Ando de um lado para o outro. Quero encontrar meu personagem, porque ela é o isolamento entre fantasia e realidade. Mas só encontro a mim. Minha dor. Minha confusão.

Fecho os olhos e respiro. Longas respirações, ar entrando pelo nariz, saindo pela boca. Tento imaginar um lençol branco num varal, soprando ao vento. É meu foco.

Hoje não consigo. A imagem está borrada e inconstante, como um canal de TV que não consigo sintonizar.

Meus olhos ainda estão fechados quando escuto passos. Então o calor está na minha frente, e sei que ele está aqui.

— Que foi? — Meus olhos ainda estão fechados. Tento manter o foco. Ele oscila como uma miragem.

— Quer conversar sobre alguma coisa?

— Na verdade, sim. Estou com essa queimação esquisita sempre que faço xixi. O que significa? — Mantenho minha respiração constante.

Ele suspira.

— Estou falando da cena.

— Sei do que você está falando.

— Claro que sabe.

— Vamos apenas fazer e ver o que acontece. — Se eu correr gritando da sala, então eu me preocupo com isso.

— Tem certeza?

Nunca estive menos certa de nada na minha vida. Abro os olhos.

— Tudo bem. O que você quer conversar?

Ele enfia as mãos nos bolsos.

— Como começo essa porra?

Eu espero. Sei no que ele está pensando, porque ele parece estar com dor. Algumas coisas nunca mudam.

— Cassie, você não acha maluco que não falamos sobre nenhuma das merdas que aconteceram entre nós e, em poucos minutos, eu vou beijar você?

— Não, não vai.

— Sim, vou. Está no roteiro.

— O que estou falando, seu idiota, é que Sam vai beijar Sarah. Você e eu vamos estar em outro lugar, tá?

Ele dá um passo à frente e eu resisto em recuar. Não faço mais isso.

O corpo dele exala calor pelas minhas roupas. Por mais que eu não queira olhá-lo nos olhos, ele não me dá muita escolha.

— Nós dois sabemos que não funciona assim. — Ele fala tão baixinho que apenas eu posso ouvir. — Por mais que queiramos que sejam apenas emoções dos personagens, serão os meus braços ao redor de você, a minha boca na sua. Agora eu estou bem fodido, considerando que toda nossa bagagem poderia encher uma loja de departamentos. Mas, já que você parece tão tranquila em não discutir nada, vamos escancarar essa porra e ver o que sai.

A habilidade dele em me deixar morta de raiva em trinta segundos é extraordinária. Ele quer conversar agora porque é bom para ele?

A única coisa pior do que a habilidade de tomar decisões em relacionamentos é o senso de oportunidade dele.

— Você teve três anos para conversar. Mas a única vez que me procurou foi quando estava bêbado e ininteligível.

— Não é verdade. Os e-mails...

— Estavam cheios de joguinhos e tentativas patéticas de me fazer ir atrás de você... de novo. Eram vagos e autoindulgentes, e você não se desculpou nem uma vez, seu canalha arrogante.

— Está tudo bem? — Marco nos chama. Nós colamos sorrisos falsos no rosto e assentimos.

— Sim, tudo — Holt responde, com a voz embargada. — Só exercitando algumas ideias.

— Excelente. Vamos começar, então.

Holt se vira de volta, mas para mim essa conversa já deu.

— Vamos logo fazer a cena. — Não estou no clima para ficar na mesma sala que ele, quanto mais fazer uma cena de amor. — Pega o roteiro e vamos.

Ele ri, mas o som é surdo.

— Não preciso de um roteiro para esta cena.

— Não, acho que não precisa.

Tomamos nossas posições iniciais nos lados opostos do espaço. Marco bate palmas para silenciar a sala.

— Tá, quando estiver pronta, Cassie.

Entro em cena com mais raiva do que deveria estar nesse ponto da peça, mas que se foda. Vou usar a raiva.

Interpretamos a cena, palavras fortes e emoções amargas escapando entre nós. Eu dou a volta por ele. Ele mantém a distância. Ferido e evasivo.

Está arrasando.

— Acha mesmo que temos uma chance? — ele pergunta. Posso sentir sua intensidade do outro lado da sala. — Não temos. Você sabe. Eu sei. A vaca de country club da sua mãe sabe disso, e ela é a única com coragem para dizer em voz alta. Para de lutar com o inevitável. O inevitável sempre vence.

Minha voz está fraca, porém fervendo. A raiva se apodera de mim. Ele está errado. Como de costume.

Eu rastejo para a pele de Sarah e faço das suas reações as minhas.

— Quando você se tornou esse covarde?

— Na mesma hora em que descobri que não conhecia nada sobre você.

— Você me conhece! Conhece as coisas que são importantes.

— Porra nenhuma! Eu conhecia a pessoa que você fingia ser e, mocinha, você é uma atriz e tanto. Me enganou completamente.

A sala está zumbindo com tensão. Está buscando uma saída. Não vou dar isso a ele.

Eu me aproximo.

— Sam, eu sei que você me ama. Sei assim como sei que o céu é azul e a Terra é redonda. Se me deixar agora, vai acordar daqui a cinco anos e se perguntar que diabos você fez, porque as pessoas buscam a vida toda o que a gente tem, e você está jogando isso fora. Você não vê?

Minha raiva está tomando o ar, tornando-o denso e duro de respirar.

Ele não consegue nem olhar para mim. Um animal ferido prestes a desmoronar.

— Não posso ser seu projeto, Sarah. Um erro que você acha que pode corrigir.

Ele se vira para sair.

— Não! — O tormento na minha voz o faz parar. — Você nunca foi um projeto para mim, e você não vai embora até me dizer que não me ama.

Os ombros dele caem e ele murmura um xingamento.

— Diga!

Ele se vira. Sua expressão está tomada de conflito. Transbordando de dor.

— Se quer acabar com a gente, então pelo menos faça o trabalho direito.

Ele está resistindo, mas não vou recuar.

— Diga.

Ele respira fundo

— Eu não te amo.

Quase posso ouvir seu coração rachando com a dor em sua voz.

Eu ordeno que ele diga novamente. Ele diz, porém mais baixo. Estou acabando com ele, para ele não conseguir se afastar. Tem de ficar e se sentir destruído como eu.

Peço a ele para dizer mais uma vez, e ele mal consegue respirar com o esforço.

— Eu... não... te amo.

Sua atenção está focada no chão. Ele está despedaçado.

— Acredita nisso? — pergunto.

Quando ele olha para mim com olhos cheios de agonia e água salgada, eu me sinto como se estivesse me afogando.

— Não — ele responde. E, antes que eu tenha tempo de pensar ou me preparar ou correr, ele avança em minha direção. Suas mãos estão no meu rosto. Seu toque me faz ofegar. No momento em que tento levar ar para os pulmões, ele cobre minha boca com a dele.

Tudo explode. Meu corpo e minha mente se deleitam. Sentidos à flor da pele. E três anos desaparecem num milissegundo ofuscante.

Os lábios são exatamente como me lembro. Quentes e macios. Mais deliciosos do que consigo descrever. Ele respira com força, e suas mãos me apertam, uma a minha bochecha, a outra a minha nuca. Ele solta um leve som da garganta, e o calor me invade. Meu corpo está contra o dele, minhas mãos estão em seu cabelo. E cada motivo pelo qual eu deveria ficar longe dele perde o sentido quando nossas bocas se encontram.

O beijo é rude e desesperado e cheio de uma paixão que não quero sentir. Mas é aí... aí onde moram todas as melhores lembranças dele.

Era isso o que deveríamos ter sido. Sempre. Bocas e mãos umas nas outras, respirar o ar um do outro. Aproveitando nossa conexão de almas, não fugindo dela.

Suas mãos roçam sobre um corpo trêmulo que não se incendeia desse jeito há tempo demais.

É por isso que não tive um relacionamento longo nos últimos três anos. É por isso que eu dormia com os caras e nunca ligava de novo. Porque eles não eram assim.

Desejo desesperadamente que alguém me destrua do jeito que ele faz, mas eles nem chegam perto. Esta é a primeira vez que me sinto realmente excitada desde que ele partiu. E me odeio por isso.

Liberto minha boca e consigo suspirar um "Ethan" antes que ele murmure um "Deus... Cassie" e me beije novamente.

Meu corpo ainda não está satisfeito, mesmo que meu cérebro saiba que isso é errado. Cada parte de mim anseia por ele.

Os ruídos que ele faz são melancólicos e desesperados. Mãos me puxam mais para perto. Braços me envolvem.

Não consigo acreditar que no mundo de erros que criamos juntos isso ainda possa parecer tão certo.

— Tá, já deu — Marco solta um pigarro. — Vamos parar antes de precisarmos arrumar um quarto para vocês. Bom trabalho. Química excelente.

O feitiço foi quebrado. Os olhos de Holt se abrem quando me afasto.

— Cassie...

Eu o empurro para longe. Ele não pode me beijar assim e dizer meu nome nesse tom e me possuir desse jeito sem a porra da minha permissão. Ele dá um passo à frente, mas não consigo manter o controle. Antes que ele possa me tocar novamente, dou um tapa nele.

Ele recua um passo, sua expressão é tão confusa que, por alguns segundos, me sinto mal pelo tapa.

Eu não deveria. A culpa é dele. Ele sabe que tipo de poder tem sobre mim. Ele contou com isso, e tirou proveito. Agora meu corpo está pulsando e doendo. Precisando dele de uma forma que não consigo controlar.

Odeio que ele ainda possa me fazer sentir assim. Que com um beijo ele possa demolir cada mecanismo de defesa que já tive contra ele.

Eu o odeio por isso, mas me odeio ainda mais por querer tudo de novo.

Seis anos antes
Westchester, Nova York
Diário de Cassandra Taylor

Querido diário,

Depois de toda a merda que ele me fez passar nas últimas duas semanas, Holt admitiu que sente atração por mim.

Bem, ele disse que ler meu diário o deixou durinho, o que acredito que seja a mesma coisa.

Por que eu me importo? Ele é um grosso, egoísta e cuzão que não sabe pedir desculpas e nada de bom poderia vir de um possível namoro nosso. Exceto, talvez, um sexo de virar a cabeça.

Ai, o sexo. Posso bem imaginar.

Não posso mais negar. Quero ele, mesmo que ele me deixe maluca.

E agora que admiti isso para mim (e para você, querido diário), estou absolutamente aterrorizada com o fato de que ele vai ler isso, porque, de acordo com ele, isso é inevitável. Assim que eu escrever algo de fato arrasador, o universo vai encontrar uma forma de deixá-lo ver.

Bem, nesse caso: Ei, Holt! É, seu cretino leitor de diários! Quero pegar no seu pau. Quer fazer um sexo selvagem e enlouquecer minha mente safada e virginal?

Solto a caneta e rasgo a página do diário antes de amassá-la e jogá-la na lata de lixo. Ela bate no canto e se junta a outras sete bolas de papel espalhadas pelo chão.

— Cacete! — Grito quando lanço meu diário ao outro lado do quarto.

Ele acerta a porta com um estrondo. Eu me jogo de volta na cama e cubro os olhos com os braços.

Não adianta. Não posso mais escrever no meu diário. Ele estragou esse ritual porque não consigo superar o pânico de que ele o leia novamente. A única coisa que me ajudou a entender os sentimentos ridículos por ele agora não está mais disponível e não tenho nem palavras para dizer como isso é um saco.

— Cassie? — Há uma batida na porta e a cabeça de Ruby aparece. — Está tudo bem com você?

— Não. — Esfrego o rosto e suspiro.

— Holt?

— É.

— O que houve?

— Ele está interpretando o Romeu. Sou a Julieta. Tivemos uma briga.

— Sobre o diário?

— Entre outras coisas.

— Ainda sem pedir desculpas?

— Óbvio. Além do mais, ele praticamente exigiu que eu batesse uma para ele.

— Isso não é legal. Ele deveria ter ao menos pedido por favor.

Ela caminha e se senta no canto da cama.

— Você sabe que ele gosta de você, né?

— Não me importa.

— Sim, importa sim. Você também gosta dele.

— Não quero gostar.

— Às vezes, gostar de alguém não tem nada a ver com o que você quer e tudo a ver com o que você precisa.

— Ruby, ele é um babaca.

— Você está apaixonada por ele.

— Seríamos terríveis juntos.

— Ou maravilhosos.

Eu bufo e me sento.

— Tá, o que você quer dizer?

— Quero dizer que você deveria tomar a iniciativa.

Esfrego os olhos.

— Deus, Ruby, não. Nós não combinamos. É como azeite e vinagre. Não importa o quanto tentemos, nunca vamos nos misturar.

— Cassie — ela está com sua cara de atenção-para-minhas-pérolas-de-sabedoria —, você se esquece de que, mesmo que azeite e vinagre não se misturem, ainda fazem uma delícia de molho de salada.

Aperto os olhos.

— O.k., isso não faz nenhum sentido.

Ela suspira.

— Eu sei. Desculpe. Não tenho argumentos. Ainda assim, molho de salada é delicioso. Meu ponto é: você deveria transar com o Holt. Vai ser uma delícia.

Olho para ela, chocada.

— Quê?! Eu deveria... o quê? Hã... não consigo nem entender...

— Não *ouse* me dizer que você nunca pensou em dar uns pegas naquele garoto, porque sei que pensou.

Eu afundo e faço biquinho.

— Tá bom, pensei. O que não quer dizer que eu o faria.

— Preciso te lembrar de que você se esfregou nele sem o menor pudor quando estava bêbada? E, segundo as fontes, ele não estava reclamando.

— Isso não conta.

— Você esfregou sua periquita no pinto dele, Cass. Isso conta.

Eu jogo os cabelos sobre os olhos e solto um gemido.

— Ruby...

Ela tira meu cabelo do rosto e me olha feio.

— Cassie, você está obviamente caidinha por esse cara. Vai ter de lidar com o que quer que esteja fervilhando entre vocês antes que ambos tenham um colapso completo. Você não pode deixar toda essa tensão sexual mal resolvida. Não é saudável. Voto em trepar com ele até vocês dois não conseguirem ficar em pé, mas, olha, é só a minha opinião.

Solto um grunhido de frustração e me jogo de volta na cama. Ela fica de pé e caminha para a porta. Então, se vira de volta para mim.

— Sabe, um cara sábio certa vez disse: "O amor não pode ser encontrado onde ele não existe, nem pode ser escondido onde ele realmente está". Pense nisso.

— Que profundo, Rubes. Você tirou isso do seu livrinho de Citações Básicas da Filosofia?

— Não. — Ela sorri. — É David Schwimmer. *Namoro a três*. Filme horrível.

Eu rio.

— Boa noite, Cass.

Naquela noite, sonho com Holt e, graças a Ruby, a censura é definitivamente para maiores.

No dia seguinte, saio para o primeiro dia de ensaio, ainda sem saber ao certo como vou lidar com ele.

Viro a esquina do bloco de teatro e lá está ele, apoiado num corrimão do lado de fora, de óculos escuros, um copo de papel em cada mão. Quando me aproximo, ele me vê e ajeita a postura. Paro na frente dele.

— Oi.

— Oi. — Ele me olha e morde o interior da bochecha. Ficamos lá por alguns segundos até ele me passar um dos copos de papel. — Ai, merda. Isso é, hum... é pra você.

Eu cheiro o conteúdo.

— Que é isso?

— Sou-um-*babacaccino*.

Tento frear o sorriso que se levanta no canto da minha boca.

— Hum, para mim tem o cheiro de um bom e velho chocolate quente.

— Pois é, parece que eles estavam sem *babacaccinos*. Me ofereci para fazer, mas disseram que eu era mais qualificado que o necessário.

— Estavam certos.

Bebemos em silêncio, e percebo que um chocolate quente é o mais perto de um pedido de desculpas que vou conseguir dele. Por enquanto, estou bem com isso.

— Então — dou o segundo passo —, sabe suas falas?

Ele assente.

— Infelizmente. Shakespeare podia ter se beneficiado de um bom editor. O cara era verborrágico.

— Já desenvolveu algum amor pelo Romeu?

Ele olha para o copo e remexe na borda.

— Não. Quanto mais trabalho nas falas, mais claro fica o quão idiota é essa escolha de elenco. Não consigo fazer esse papel, Taylor. Não consigo mesmo.

— A Erika acha que você consegue.

— Sim, mas a Erika está se iludindo. Ela acha que sou alguém que não sou.

— Ou talvez ela tenha fé em quem você poderia ser.

Ele balança a cabeça.

— Ela pode ter toda a fé do mundo. Só sou capaz de dar a ela um mau Romeu.

— Talvez seja o que ela quer. Um Romeu perfeito é entediante. É mais interessante vê-lo lutando com suas emoções. Triunfando sobre suas inseguranças.

Ele estuda seu copo por alguns segundos.

— E se ele não triunfar e partir o coração da Julieta? O que acontece então?

Estou revirando meu cérebro para dar uma resposta encorajadora, quando Erika chega. Seguimos atrás dela e jogamos os copos vazios no lixo ao entrar no teatro pouco iluminado. Depois de deixar as mochilas na plateia, nos juntamos a Erika no palco.

— Como estão se sentindo hoje? — ela quer saber.

Holt e eu murmuramos algo vagamente positivo, e o papo furado acaba.

— Não quero assustá-los — Erika olha para cada um de nós —, mas o sucesso desta produção depende de vocês dois e da veracidade do relacionamento de vocês.

Holt bufa.

— Jesus, Erika. Sem pressão.

Erika dá a ele um sorriso solidário.

— A boa notícia é que eu sei que vocês dois são mais do que capazes de dar vida a esses personagens. — Holt revira os olhos. — Mas vão ter de confiar em mim e um no outro, e se entregar completamente à experiência. Entenderam?

Nós dois assentimos. Holt parece um cavalo assustado, alternando o peso nos cascos e pronto para correr.

— Esta é a cena da festa onde colocam os olhos um no outro pela primeira vez, e, por mais cafona que soe, vocês têm de nos convencer de que é amor à primeira vista.

— Holt não acredita em amor à primeira vista — informo.

— Ele não precisa acreditar — Erika responde sorrindo. — Só tem de fazer a plateia acreditar. Certo, sr. Holt?

Ele olha para o chão.

— O que você quiser.

Ela ri e nos posiciona em pontos opostos do palco.

— Tá, você tem de imaginar que o espaço está tomado pelos convidados. Romeu, você está morrendo de tédio. Seus amigos prometeram fazer você esquecer tudo sobre Rosalina ao apresentá-lo a outras mulheres bonitas, mas você não podia estar menos interessado. Até onde você sabe, Rosalina o fez perder o interesse por qualquer outra mulher. Então você está apenas contando os minutos para poder ir embora. Julieta, você está tentando desesperadamente evitar sua mãe e Páris. Quando vê Romeu pela primeira vez, é como se algo despertasse dentro de você. Tudo e todos se apagam e você só consegue vê-lo. Você está assustada com sua atração extrema.

Eu concordo com a cabeça enquanto o nervosismo borbulha dentro de mim. Olho para Holt. Está pálido como um lençol.

— Vocês têm alguma pergunta?

Holt engole saliva e balança a cabeça. Eu faço o mesmo.

— Tudo bem, então. Vamos para quando vocês veem um ao outro do lado oposto do salão. Quero ver a paixão. O senso de destino. Vamos começar e ver o que acontece.

Ela sai e se senta na fileira da frente da plateia com o texto e um caderno. Holt e eu ficamos sozinhos no palco. Ele parece tão nervoso quanto eu.

— Tá, quando estiverem prontos.

Eu respiro fundo e solto o ar lentamente. Olho para Holt. Seus olhos estão fechados e ele está com a testa franzida em sinal de concentração, como se estivesse escolhendo entre saltar de um avião e caminhar sobre carvão quente. Ele respira fundo várias vezes e balança as mãos. Posso ver seus lábios se movendo, mas não consigo ouvir o que ele diz.

Finalmente ele abre os olhos e olha na minha direção, começando com meus pés. Ele parece satisfeito com eles antes de avançar para meus joelhos. Uso uma saia hoje. Jeans. Meio curta. Seu olhar sobe para minhas coxas e continua até minha barriga, segue para meus seios e pescoço, e então para meu rosto.

Ele olha para minha boca por alguns segundos, então... ai, Deus... ele me olha nos olhos. Perco o ar quando sinto a energia, nossa conexão. É como se, ao mesmo tempo, eu o estivesse envolvendo e ele a mim.

Posso vê-lo tentando não se assustar, mas se assusta. Por um momento, acho que ele vai fugir. Seu corpo enrijece enquanto um flash de pânico ilumina seus olhos. Então ele expira, e vejo Romeu emergir, intenso e desesperado. Ele está canalizando suas emoções no personagem. Usando o medo. Transformando-o. Criando coragem.

Olho para ele através dos olhos de Julieta e ele é o homem mais bonito que já vi.

Ontem de tarde estávamos gritando um com o outro. Mas agora... Agora ele é tudo.

Nós nos movemos em direção ao outro. Minha pele está viva, pulsando de excitação. Meu corpo, tomado de expectativas. Seu olhar é ardente, profundo e intenso. Quando ele para na minha frente, mal consigo respirar.

Ele está olhando para mim como se eu fosse bonita. Algum milagre da natureza que foi feito só para ele.

Preciso tocá-lo, preciso sentir que ele é real, que está aqui e me quer, mas Julieta não faria isso. Então permaneço quieta e absorvo tudo sobre ele. Sua mandíbula forte e as maçãs do rosto protuberantes. Seus belos olhos e o cabelo rebelde.

Todas as partes dele têm sua própria beleza, mas, quando formam um corpo, ele é tão magnífico que não tenho habilidades para descrever.

O medo ainda está nos seus olhos, à espreita, mas ele o atravessa. Suas mãos vêm para meu rosto. Ele me toca gentilmente, mas minha reação é intensa. Ele pisca quando toca minha bochecha. Há calor sob minha pele, que aumenta com cada toque suave de seus dedos. Seu medo aumenta um pouco, vacilando atrás de sua decisão.

Sua atenção está fixa na minha boca e ele pigarreia antes de murmurar.

— Se a minha mão profana esse sacrário, pagarei docemente o meu pecado: meu lábio, peregrino temerário, o expiara com um beijo delicado.

As palavras são formais e arcaicas, ainda assim, a maneira como meu corpo reage a elas é atemporal.

Seus dedos ainda estão na minha bochecha quando ele se inclina, tão lentamente que mal reparo que ele está se movendo. Posso ver seus lábios, abertos e suaves. Sei que Julieta iria se afastar, mas eu não quero.

Lembro por que estou ali e tiro sua mão do meu rosto. Eu a seguro e acaricio suavemente seus dedos.

— Bom peregrino, a mão que acusas tanto revela-me um respeito delicado; juntas, a mão do fiel e a mão do santo palma com palma se terão beijado.

Pressiono nossas mãos uma contra a outra, e minha voz é etérea. Estou fora de compasso. Não consigo pensar direito. Ele está tão próximo de mim que posso sentir seu cheiro: sabonete e perfume. O doce aroma do chocolate em seu hálito.

Posso senti-lo em cada parte de mim, e minhas mãos tremem.

Ele traz a outra mão para cobrir a minha, acariciando-a. O suave silêncio de pele se movendo contra pele é a coisa mais íntima que já experimentei. A intensa corrente que passa entre nós vibra em meu sangue.

Deve afetá-lo também, porque ele baixa e acalma o tom da voz.

— Os santos não têm lábios, mãos, sentidos?

Sinto as ondas sonoras de sua voz contra meu rosto.

— Sim, peregrino — respondo enquanto ele acaricia e enrosca seus dedos nos meus, tocando a parte mais macia da pele e me fazendo estremecer — Ai, têm lábios apenas para a reza.

— Ó querida santa — ele foca na minha boca novamente —, fiquem os lábios, como as mãos, unidos; rezem também, que a fé não os despreza.

A energia intensa está tomando conta de mim. Eu mal tenho ar para falar.

— Imóveis — sussurro —, eles ouvem os que choram.

— Não se mova, então — ele murmura quando se aproxima —, que eu colha o que os meus ais imploram. Seus lábios meus pecados já purgaram.

Prendo a respiração enquanto seus lábios estão suspensos sobre os meus, tão longe de onde quero que estejam. Estou prestes a fechar os olhos e saborear o momento quando ele para bem antes de me tocar. Ele pisca e balança a cabeça. Segura minha mão com mais força.

Ethan, não.

Ele fecha e aperta os olhos, e solta um ruído frustrado, sufocado.

— Sr. Holt? — Erika chama da plateia. — É sua deixa para beijá-la. Algum problema?

Ele me solta e se afasta. O medo que ele se esforçava tanto para reprimir está livre. Toma seu rosto e contrai seus músculos.

— Eu disse que não ia conseguir. — Há pânico na sua voz. — Disse a vocês duas.

— Sr. Holt?

Ele balança a cabeça e enfia as mãos nos bolsos. Ombros caídos.

— Por que ninguém escuta porra nenhuma do que eu digo?

Ele avança para a coxia e, apesar de Erika chamá-lo, ele não para. Eu começo a segui-lo, mas Erika faz sinal para que eu espere.

— Cassie — ela começa quando vem ao palco se juntar a mim —, tome cuidado com ele. Ele acha intimidade emocional um confronto. Creio que seja um gatilho para questões muito mais profundas. Não tenho dúvida de que ele pode fazer esse papel, mas ele precisa ser convencido disso. Na realidade, você é a única que pode ajudá-lo.

— Não acho que possa. Nossa forma mais comum de comunicação é gritar um com o outro.

Ela sorri.

— Não notou que você é a única pessoa de toda a turma com quem ele se esforça? Ele mal conversa com os outros.

Eu me sinto mal por não ter registrado o quão sozinho Holt está. No almoço, ele desaparece enquanto me sento com Connor e Miranda. Quando uma aula termina e todo mundo está se levantando e conversando, ele é o primeiro a sair.

Sozinho.

Achei que ele estava só evitando a mim, mas talvez ele estivesse evitando todo mundo.

— Vou conversar com ele.

Ela sorri.

— Às vezes as pessoas constroem muros, não apenas para manter os outros fora, mas para ver quem se importaria o bastante para destruí-los. Entendeu?

Faço que sim e deixo o palco. Conforme sigo pela escuridão dos bastidores, escuto um ruído e sigo em direção a ele.

— Holt?

Ele está num dos camarins, largado numa cadeira com a cabeça nas mãos. As luzes ao redor do espelho brilham por trás dele como uma auréola.

Passo pela porta sem saber o que dizer.

— Só me deixe desistir — ele diz, sem levantar o olhar. — Você precisa de outra pessoa. Não de mim.

— Não quero outra pessoa — respondo, me movendo em direção a ele. — Só acho que, se você confiar em si e em mim, podemos criar algo realmente incrível.

— Taylor... — Ele sai da cadeira e vai para a janela. — Conheço meus limites e já cheguei até eles.

— Apenas tente. — E me coloco atrás dele. — É só o que estou pedindo. Sei que a coisa é pesada para você, mas não desista sem pelo menos tentar.

— Tem algum sentido tentar quando eu sei como vai terminar? Vou me sufocar e trazer você comigo. Melhor diminuir os danos enquanto ainda há tempo de ensaiar com outra pessoa no papel.

— Já é tarde demais para isso. — Observo como os músculos do seu ombro se comprimem contra a camisa e quero tocá-los. — Tem de ser você. Não consigo imaginar mais ninguém fazendo isso.

Ele coloca as mãos no peitoril da janela. Seus ombros caem quando do ele abaixa a cabeça.

— Por que você tem de dizer merdas assim?

— Assim como?

— Coisas que me fazem gostar de você. É irritante pra caralho.

Não consigo mais me controlar, então coloco a mão sobre suas costas e as massageio suavemente. Seus músculos tensionam sob meus dedos. Sua respiração sai alta e entrecortada.

— Vai e pega o Connor para isso. — Ele se vira para me encarar. — O cara provavelmente vai se melar todo assim que você o beijar, mas vai cumprir o papel.

— Não quero beijar o Connor. Quero beijar você.

Ele congela. Tenho a impressão de que parou de respirar.

Então me estuda por um momento antes de dar o menor passo para a frente. Mantenho o foco nele, apesar de cada instinto meu gritar para eu correr. Ele poderia muito bem me rejeitar novamente, mas eu cheguei longe demais. Não posso recuar agora.

— Por favor, Ethan, me beije.

— Você não sabe o que está pedindo.

Suas sobrancelhas se franzem.

— Sei sim. — Dou um passo à frente. — Se é disso que você precisa para interpretar esse papel, então vamos lá. É só um beijo.

Ele dá um passo atrás, com o pânico crescendo no rosto conforme eu me movimento para a frente.

— E se não for *só* um beijo? — ele pergunta quando suas costas atingem a parede. — O que faremos então?

Coloco minha mão em seu peito e sinto o quão rápido seu coração está batendo; há um ruído que vibra ali. Levanto o olhar e ele está me encarando. O desejo emanando dele deixa meu cérebro turvo e minhas pernas bambas.

— Para de ser tão dramático — cochicho conforme passo meus dedos pelo seu pescoço e mandíbula. — Provavelmente vamos descobrir que nossos corpos são tão terrivelmente incompatíveis quanto nossas personalidades.

Deus, como sou mentirosa. Já estou mais excitada do que jamais estive na minha vida toda. Cada parte minha está gritando para ele me tocar. Ele parece incrível debaixo de minhas mãos.

— Taylor — ele coloca os braços ao redor da minha cintura e me puxa para perto —, a única coisa que com toda a certeza não somos é fisicamente incompatíveis.

MEU ROMEU **123**

Ele me puxa mais e eu perco o ar. Posso senti-lo, grande e duro na minha barriga. Saber que eu provoquei isso me traz uma satisfação feroz.

Eu pressiono mais meu corpo. Ele fecha os olhos e geme.

— Esta é uma má ideia. Sério.

Enlaço minha mão no cabelo dele.

— Me beije.

Toco seus lábios com a ponta dos dedos e eles se abrem. Seu hálito está quente contra minha mão. Passo o dedo pelo lábio superior e então toco o de baixo.

Tão sedoso. Macio.

Ele parece confuso.

— Não fui nada além de um cuzão com você desde o dia em que nos conhecemos.

— Eu sei.

Ele descansa a testa contra a minha enquanto suas mãos se movem nas minhas costas.

— Fiz você se afastar de mim, várias vezes. Ainda assim você quer que eu te beije?

— Sim. Muito.

Ele toca levemente minhas costas e sua voz é suave e ofegante quando ele fala de novo.

— Você não vê que essa coisa toda é uma merda? O quanto eu seria ruim para você?

— Eu sei — respondo, incapaz de olhar para sua boca. — Mas você quer isso? Você... me quer?

Apenas diga. Por favor.

Ele engole saliva e sussurra.

— Quero, merda.

Fico na ponta dos pés e puxo sua cabeça para baixo. Quando sua boca está perto o bastante, eu aperto suavemente meus lábios nos dele.

Ai. Deus.

Nós dois respiramos alto, e nossos corpos tensionam irradiando energia. Minhas entranhas se contorcem e se atrapalham. Ele dá um grunhido que é uma mistura perfeita de prazer e dor.

Solto os lábios dos dele e me afasto. Sua boca está aberta e é macia, e eu o beijo novamente, com um pouco mais de força. Ele expira contra minha pele, e não sei que diabos estou fazendo, mas sugo suavemente seus lábios. O calor me percorre. Arde em minha barriga. Ele faz outro som atormentado, então está sugando meus lábios também. Cada centímetro de mim queima. O calor de sua boca desce para meus pulmões. Eu me xingo por não ter beijado este homem desde o primeiro dia em que o vi, porque o que ele está fazendo vai além do incrível.

— Não acredito que ninguém te beijou assim antes.

Ouço isso entre beijos cada vez mais desesperados. Então, ele empurra sua língua para minha boca e o céu desaba. Estou perdida no labirinto sensual que ele é. Feromônios vertiginosos me deixam ávida. Não há nada na sala além dele. Nenhum sentimento no meu corpo além do que ele provoca. Nenhuma sensação no mundo exceto sua pele abaixo de minhas mãos.

Nesse momento, sou *aquela* garota. Que é confiante, bonita e desejável. Sou todas essas coisas por causa dele. Pelo que ele está fazendo aflorar em mim.

Eu me afasto para olhar para ele, ofegante e estupefata. Seus olhos estão loucos, peito arfando. Estamos em sintonia. Em carne viva e insaciáveis.

— Ai, Deus. — Agora vou querê-lo sempre assim. Não há como voltar atrás. — Isso é ruim. Ruim. Ruim. Ruim.

— Eu te avisei. — Ele respira pesado. Está segurando meu rosto. — Por que diabos você não ouviu?

Então, está me beijando novamente, e tudo que achei que sabia sobre beijo é apagado por seus lábios. Sua língua. Seus pequenos grunhidos. Suas mãos e braços estão em todo canto e em canto nenhum. Passo meus dedos por seu cabelo enquanto gemo em sua boca, querendo me sentir saciada e fracassando terrivelmente.

— Ai, Deus — perco o ar quando ele avança para meu pescoço, sua boca aberta e sugando. Me enlouquecendo.

Ele me leva para trás até minha bunda acertar o banco na frente dos espelhos. Agora me levanta e encaixa o quadril entre minhas pernas. Minha saia sobe enquanto ele pressiona o corpo e o volume saliente na sua calça contra mim.

Nós nos beijamos, nos amassamos e nos emaranhamos, desesperados por mais. Há muito tecido e pouco ar. Seu corpo enrijecido pressiona meu corpo macio, e eu nunca soube de nada no mundo que podia ser tão bom.

— Jesus — ele geme, passando uma mão no meu cabelo enquanto usa a outra para achar meu seio.

— Isso é... Droga, Taylor. Sou burro pra caralho, porque sabia que você ia acabar comigo, e eu deixei isso acontecer mesmo assim. Tô muito fodido.

— Somos dois. — Agarro a cabeça dele e o faço me beijar mais, porque estou viciada no gosto desses lábios e língua. Mas minhas mãos precisam de mais, então elas vão para baixo da camisa dele e encontram seu abdômen, chapado e quente, tremendo sob meu toque.

Ele geme na minha boca e me beija com mais intensidade. Então suas mãos estão sob minha saia e sobre meu sutiã, me acariciando e me apalpando. E me deixando tão ávida que chega a doer.

Ele pressiona o corpo contra o meu com mais força, mas não é o bastante. Estou no limite, e nada do que ele faz é o suficiente. Preciso de mais. Tudo dele.

— Por favor.

Não sei nem o que estou pedindo. Que ele faça sexo comigo? Aqui? É isso que eu quero?

— Não podemos. — Ele arfa deixando meus lábios e me beija atrás da orelha, sua respiração é quente e fraca em minha pele. — Isso é uma puta loucura. Fala pra eu parar.

— Não posso.

Ele suga fundo onde meu ombro e pescoço se encontram. Sei que vai ficar marcado, mas a dor não vai importar tanto quando ele me possuir dessa forma.

Ele me levanta e me pressiona contra a parede. Quando ele se esfrega entre minhas pernas, eu grito de prazer.

Deus, ele está tão duro. Quero ele dentro de mim, silenciando minha ânsia. Saciando minha fome.

— Jesus. — Ele move o quadril mais rápido enquanto agarra minha bunda. — Cassie, se você não me disser para parar agora, juro por Deus que vou te foder contra essa parede. Você é tão gostosa. Eu sabia. Sabia que seria.

Eu me contorço contra ele. Não poderia dizer para ele parar agora nem que eu tivesse uma arma apontada para minha cabeça. Ele se esfrega em mim, e só posso me segurar e rezar para que ele continue se movendo. Estou transbordando, me contraindo, me revirando com um prazer inacreditável. É diferente de qualquer coisa que eu tenha sentido antes, e não quero que termine nunca. Sinto como se estivesse chegando ao topo de uma montanha. Se ele continuar se movendo, vou parar na lua.

— Cassie, não posso... não devo. — Ele está ofegando no mesmo ritmo dos movimentos do quadril. Ele tem que continuar. Tem que.

Enfio minha cabeça em seu pescoço e chupo a pele doce, deixando a mesma marca que ele deixou em mim. A essência do seu perfume atiça minha língua enquanto nós dois grunhimos e xingamos. Seguro a respiração, vou voar.

— Ethan...

— Jesus, Cassie...

— Sr. Holt? Srta. Taylor?

Ficamos paralisados ao ouvir a voz de Erika. Ele para de se mover. Para de respirar. A tensão dentro de mim se libera e se esvai.

Não, não, não, não, não!

Escuto passos, então sua voz.

— Aí estão vocês. Eu me perguntava se havia perdido meus protagonistas, mas parece que vocês já estão trabalhando os seus personagens. Que dedicação.

Ela está bem atrás de nós.

Dentro da sala.

Eu me solto do pescoço de Holt e ele olha para mim, com o pânico tomando conta dos olhos. Estamos ambos pulsando, ofegantes. Nossos lábios estão inchados e vermelhos.

Erika pigarreia e eu solto as pernas da cintura de Holt, para que ele possa me colocar no chão.

Ajeito minhas roupas e vejo Holt passar a mão no cabelo antes de enfiá-las nos bolsos e suspirar.

Olho para Erika. Ela está nos avaliando calmamente.

— Então, parece que vocês dois tiveram uma interessante... discussão. Posso supor que tenha trabalhado suas questões sobre beijar a srta. Taylor, sr. Holt?

Holt pigarreia.

— Bem, eu já estava chegando ao... cerne da questão quando você nos encontrou.

Erika faz uma careta.

— Foi o que pensei.

Uma risada nervosa escapa de mim e cubro minha boca porque acho que estou prestes a surtar feio. Meu corpo está pulsando e latejando, meu coração vai sair pela boca. E sentir Holt atrás de mim não ajuda em nada.

— Então posso supor que você não vai abandonar a peça, sr. Holt? — Erika pergunta.

Holt se remexe.

— Parece que não.

Erika assente e sorri.

— Excelente. Nesse caso temos muito trabalho a fazer. Vejo vocês no palco em cinco minutos.

Ela se vira e deixa a sala. Somos apenas Holt e eu novamente, envoltos em camadas de tensão sexual tão densas que seria possível usá-las para isolar uma casa.

Olho para ele. Parece um prisioneiro planejando uma fuga elaborada.

— Olha, Taylor... — Ele esfrega os olhos. — Aquele beijo foi...

Incrível? Estupendo? Avassalador? Porque sei que ele não vai usar nenhum dos meus adjetivos, eu completo a frase:

— Foi idiota, eu sei. Também sei que você vai querer fingir que nunca aconteceu, então, o.k., que seja. É um bom plano.

Não acredito que um beijo tenha virado o mundo de cabeça para baixo. Eu costumava pensar que o desejava. Percebo que o que estou sentindo agora não estava nem mesmo no universo do desejo. É compulsão. Poderosa e ávida. Queria poder voltar para a vaga ânsia que eu costumava sentir.

Ele sabia que isso ia acontecer. Eu devia ter escutado.

Ele se remexe, nervoso.

— Vou fazer a peça e o que quer que ela envolva, mas, fora do palco, somos apenas...

— Amigos. Tá. Entendi.

Mantenho distância e tento não ficar obcecada.

Só que eu já estou.

capítulo oito
E-MAILS E ZEN

Hoje
Nova York
Final do quarto dia de ensaio

Quando entro no meu apartamento encontro ruídos de florestas tropicais. Uma desgraça de som de água correndo e cantos de pássaro com alguma merda irritante melódica/eletrônica que me faz querer arrancar os cabelos.

— Porra.

— Ouvi isso — diz uma voz muito relaxada da sala. — Por favor, não polua nosso santuário com linguagem agressiva. Está cortando meu barato.

Minha exaustão emocional cai sobre mim como um cobertor de chumbo. Jogo a bolsa no corredor antes de andar como um zumbi até a sala e despencar no sofá.

— Por favor, desliga essa merda — suspiro quando viro minha cabeça e olho para o teto. — Não é relaxante. Me faz querer torturar cachorrinhos. E você.

Meu colega de quarto, Tristan, está sentado num tapete grande na minha frente, pernas cruzadas, mãos nos joelhos. Seus olhos estão fechados e sua respiração é regular e controlada. Está usando um minúsculo short. Nada mais. Levo um século para refletir sobre quantos anos de ioga esculpiram seu um metro e noventa no suprassumo da perfeição masculina. O longo cabelo preto está puxado para trás num rabo de cavalo, e o rosto está liso e livre de tensões. Ter uma mãe japonesa e um pai malásio deu a ele um tipo de beleza exótica que deveria ser imortalizada por um grande artista. Ele daria uma bela estátua.

Buda gostosão.

Diferentemente de mim, ele é o epítome de um desgraçado de um zen.

— Dia ruim? — ele pergunta.

Passei a maior parte do dia me esfregando com meu ex-namorado bem atraente de quem eu ainda não deixei de gostar nem remotamente. Ruim não é nem apelido.

— Você não faz ideia.

Tristan abre os olhos e me avalia com um olhar.

— Ai, Deus, Cass. Seus chacras estão uma bagunça. Que diabos aconteceu?

— Holt e eu nos beijamos.

Minha voz está cansada e grasnada. Meu cérebro está derretendo. Estou tão transtornada que mal consigo falar.

Tristan suspira e balança a cabeça.

— Cassie, depois de tudo o que conversamos. Depois que você jurou que não ia se enfiar em nada com ele de novo. Depois que você escreveu o Juramento da Autopreservação...

— Não foi espontâneo, Tris. Foi parte da cena.

Ele desliga o som. Graças a Deus.

— Ah. E?

— E...

Ele está esperando, mas não consigo falar. Se abrir a boca, um furacão de amargura vai passar por mim e arrancar minha carne.

— Cassie?

Balanço a cabeça. Ele sabe. Ele se senta ao meu lado e me envolve com seus braços gigantes.

— Minha querida. — Ele suspira quando eu o abraço como se ele fosse a única coisa me ancorando à realidade.

— Tris, estou tão fodida.

— Você sabia que isso ia ser difícil.

— Não tão difícil.

— E quanto a ele? Como ele está lidando com as coisas?

— Ele está sendo um babaca.

— Sério?

— Não, não exatamente. De modo geral ele está sendo semidecente e preocupado, mas é quase pior. Não sei como lidar com ele assim.

— Talvez ele tenha mudado.

— Duvido.

— Ele se desculpou?

— Claro que não.

— E se se desculpasse?

Pensei nisso. Eu aceitaria? Ele poderia se desculpar o suficiente para eu perdoá-lo?

— Cassie?

— Digamos que se ele se desculpasse, o que é tão provável quanto animaizinhos peludos saírem da sua bunda, nada mudaria. Ele ainda é ele, e eu ainda sou eu. Somos esses ímãs gigantes que continuam se revirando, atraindo um ao outro e então repelindo. E eu só... eu...

Solto o ar e paro.

Não consigo falar. Não consigo admitir que a primeira vez que me senti inteira em anos foi quando ele me beijou hoje. Perceber que ele é o único que pode me deixar assim me enlouquece.

Esfrego o rosto.

— Não sei o que fazer.

— Você precisa conversar com ele.

— E dizer o quê? "Ó Ethan, mesmo que você tenha acabado comigo quando foi embora, ainda quero você, porque sou a maior masoquista do mundo?" Não posso dar a ele esse tipo de munição.

— Vocês dois não estão em guerra.

— Estamos sim.

132 Leisa Rayven

— Ele sabe disso?

— Deveria. Ele começou.

Tristan me olha feio. Sei que ele está prestes a dizer algo profundo, iluminado e completamente irritante. O que quer que ele diga será certo. Ele está sempre certo. Odeio isso nele.

Também amo isso nele.

Desde que ele esperou por mim nos bastidores para me dizer quão incrível eu fui na versão off-Broadway de *Portrait*, senti uma ligação com ele. Parece destino ele estar na minha vida, e não tenho isso desde que Ruby mudou para outro país no nosso último ano.

Ele precisava de um lugar para ficar, assim, quando descobri que minha colega de apartamento era uma ladra de sapatos compulsiva que fugiu no meio da noite com toda a minha coleção de calçados, não pensei duas vezes em pedir para que ele se mudasse.

Somos melhores amigos desde então, e nos últimos três anos ele presenciou cada estágio da minha evolução em *Odeio o Holt*. Ele me ajudou a superar muitas das minhas tendências destrutivas, mas hoje foi um divisor de águas.

— Cassie, o que você quer?

Parece uma pergunta enganosamente fácil, mas sei que não é. Tristan não faz perguntas fáceis.

— Não quero mais que ele me faça sentir essas coisas.

— Não perguntei o que você não quer, perguntei o que *quer*. Se você pudesse ter tudo, independentemente do presente, passado e futuro, o que seria?

Penso profundamente. A resposta é simples. E impossível.

— Quero ser feliz de novo.

— E o que vai te fazer feliz?

Ethan.

Não.

Sim. Ethan me abraçando e me beijando.

Não. Você não consegue. Ele não vai te fazer feliz.

Ethan. Correndo as mãos pelo meu corpo conforme tira a roupa.

Deus, não.

Ethan grunhindo meu nome e dizendo que me ama.

Ai, Jesus.

Eu me levanto e sigo para a cozinha. Minhas mãos tremem quando sirvo uma enorme taça de vinho. Tristan me segue e se encosta no batente da porta. Sinto sua desaprovação enquanto bebo demais, rápido demais.

— Cassie...

— Não quero ouvir.

— Vou te levar para sair.

— Não.

— Sim. Você precisa espairecer e parar com essa obsessão pelo lindo sr. Holt.

— Por favor, não se refira a ele como "lindo" ou "sr. Holt". Na verdade, não se refira a ele de jeito nenhum. Seria ótimo.

— Deixa eu te levar para a Zoo. É noite hétero. Você pode paquerar o quanto quiser.

Eu viro o resto da taça.

— Tristan, o que preciso hoje é beber até ter um estupor semiconsciente em casa, sozinha. Se eu sair, você sabe que vou terminar trepando com um estranho que vai me fazer esquecer por algumas horinhas o merda-que-não-deve-ser-chamado-pelo-nome. Daí, você vai me dar um sermão de manhã sobre quão inúteis são casos de uma noite só e como eu os uso para me dessensibilizar da dor de rejeições passadas por Sua Canalhice Real, e como, por fim, eu vou ter de tratar da causa do buraco no meu coração, e não dos sintomas.

Ele suspira e pisca.

— Bem, você acabou de transmitir mais autoconhecimento nesse breve discurso do que no tempo todo em que te conheço. Estava começando a pensar que você não escutava quando eu falava.

— Eu escuto. E talvez esteja aprendendo. — Encho a taça de novo.

— Obrigado, sempre amado Deus do Sol. — Ele caminha para me abraçar. — Agora, quando vai conversar com ele?

Suspiro e balanço a cabeça.

— Não sei. Quando pude fazer isso sem desabar?

— Então a resposta é nunca.

— Tristan...

— Cass, pare de adiar. Quanto antes fizer isso, mais cedo pode começar a planejar como expurgar toda a energia negativa entre vocês dois.

— Nem sei se é isso o que ele quer.

Ele revira os olhos.

— Até eu sei que é o que ele quer. E nunca encontrei o homem. Eu li os e-mails dele, lembra? Quando vai parar de se esconder e deixá-lo falar? Se você puder perdoá-lo, então talvez, apenas talvez, você possa descobrir como ser feliz de novo. Com ou sem ele em sua vida.

Tristan está certo. Como de costume.

— Você sabe que te odeio, né?

— Não, não odeia.

— Deixa só eu passar pelos próximos dias, daí... eu converso com ele.

Ele me abraça novamente.

— Certo. Eu te amo.

— Também te amo. Divirta-se na boate.

— Você sabe que eu vou. Te vejo amanhã.

Dou-lhe um beijo na bochecha antes de levar o vinho para o quarto e fechar a porta. Depois de colocar um pouco de música, abro meu laptop e passo alguns minutos verificando e-mails.

Tem um da Ruby que me faz rir e vários me dizendo como aumentar o tamanho do meu pênis e dormir com mulheres fáceis. Eu deleto o lixo e coloco a tela na área de trabalho.

Lá está.

O pequeno ícone que me atiça eternamente. O nome é E-mails do babaca. Eu beberico meu vinho e olho para ele com meu dedo pairando sobre o botão do mouse.

Já li todos. Dúzias de vezes. Sempre com olhos anuviados pela amargura e dor.

Eu me pergunto o que veria se pudesse deixar tudo aquilo para trás. Eles mostrariam um Holt diferente daquele que passei tantas horas xingando?

— Puta porra de merda.

Abro o arquivo.

MEU ROMEU **135**

As palavras familiares tomam a tela e eu respiro fundo.
A primeira está datada de três meses depois que ele me deixou.

De: EthanHolt ‹ERHolt@gmail.com›
Para: CassandraTaylor ‹CTaylor18@gmail.com›
Assunto: ‹nenhum›
Data: Sexta-feira, 16 de julho de 2010 às 21:16

Cassie,

Estou sentado aqui olhado para minha tela há duas horas, tentando encontrar coragem para te mandar um e-mail e, agora que estou digitando, não tenho ideia do que dizer.

Devo pedir desculpas? Claro.

Devo implorar por perdão? Muito.

Você vai me perdoar? Duvido.

Mas, mesmo que te machuque, eu ainda acho que fiz a coisa certa ao partir. Eu precisava ir enquanto um de nós ainda tinha a chance de ficar inteiro.

Agora estou sorrindo, porque posso imaginá-la revirando os olhos e me xingando de tudo que puder. Você está certa. Eu te avisei no primeiro dia em que nos encontramos, lembra? Eu estava terrivelmente assustado por você, eu disse que não deveríamos ser amigos, mas você fez com que ficássemos amigos mesmo assim.

Você acabou se tornando a melhor amiga que já tive.

Sinto falta da nossa amizade.

Sinto sua falta.

Acho que isso é tudo o que quero dizer.

Ethan

O próximo é de um mês depois.

De: EthanHolt ‹ERHolt@gmail.com›
Para: CassandraTaylor ‹CTaylor18@gmail.com›
Assunto: ‹nenhum›
Data: Sexta-feira, 13 de agosto de 2010 às 19:46

Cassie,

Decidi continuar escrevendo, mesmo que você nunca responda, porque vou fingir que você lê isso e pensa em mim. Você sabe como sou bom em fingir.

A peça está indo bem. O elenco é bom, e estou feliz de voltar a interpretar Mercúcio em vez de Romeu. O protagonista romântico nunca foi meu forte, como você sabe.

Sempre tenho dores no peito quando penso em você. Não é divertido. Sou jovem demais para ter problemas de coração, mas tenho medo de procurar um médico para ele me dizer o que já sei: que meu coração é defeituoso e não tem cura.

Às vezes me pergunto o que você está fazendo e torço para que esteja seguindo em frente. É o que você merece. Mas há uma parte de mim que espera que você esteja péssima sem mim.

Saudade.

Ethan

E o próximo. Aquele que reli mais do que qualquer outro. Aquele que leio quando sinto tanta saudade dele que quase posso sentir suas mãos no meu corpo.

De: EthanHolt ‹ERHolt@gmail.com›
Para: CassandraTaylor ‹CTaylor18@gmail.com›
Assunto: ‹nenhum›
Data: Quarta-feira, 1 de setembro de 2010 às 2:09

Cassie,

Sao duas da manhã, e to bêbado. Muuuuito bêbado. Quero tanto voce. Quero voce pelada e ofegante. Quero ver seu rosto gozando e... nossa, quero voce.

Claro que nunca descobri como trepar com voce, ne? Não da para desencanar e ttratar como sexo, prque nunca foi. Nunca. Era muito mais.

Vim com uma garotahoje pr acá. Bonita. Linda ate.

Não que nem você, mas ninguem é.

Ela queria trepar comigo, mas nõ consegui. Mal consegui beija porque os lábios dela não tinham o gosto doseus e ela não tinha o cheirinho certo porque nõ era você.

Agora to com o pau duro pra caralho sentado aqui escrevendo pra voce e sei que nunca vou estar dentro de voce denovo e so consigo pensar nisso. Entao quando terminar de escrever isso provavelmente vou trepar com a minha mão enquanto penso em voce e me odeio um pouco mais.

Sou pa´tetico.

Vou num analista na sexta. Não quero mais ficar obcecado por voce. Dói demais.

Sinto muita saudade...

Ethan

E daí há este.

De: EthanHolt ‹ERHolt@gmail.com›
Para: CassandraTaylor ‹CTaylor18@gmail.com›
Assunto: Sem desculpas
Data: Quarta-feira, 1 de setembro de 2010 às 10:16

Cassie,

Estou tão envergonhado do e-mail que te mandei noite passada. Não tenho desculpas. Bebi demais, e, bem, você sabe o resto.

Por favor, delete e esqueça o que eu fiz.

É o que vou tentar fazer.

Ethan

Depois disso, não soube dele por meses. Então, este chegou.

De: EthanHolt ‹ERHolt@gmail.com›
Para: CassandraTaylor ‹CTaylor18@gmail.com›
Assunto: ‹nenhum›
Data: Quinta-feira, 13 de janeiro de 2011 às 12:52

Cassie,

Feliz Ano-Novo.

Já faz um tempinho.

Como você está?

Claro que não espero que você responda este. Você nunca me responde. É compreensível.

138 Leisa Rayven

Procurei ajuda. Tenho conversado com alguém sobre por que eu sempre ferro com as coisas. Estou tentando melhorar. Sei que eu deveria ter feito isso há muito tempo, mas antes tarde do que nunca, não é?

Na terapia, ouço que eu preciso me libertar do meu medo para poder deixar as pessoas entrarem. Não sei mais de porra nenhuma.

Acho que talvez eu não tenha nascido para ser feliz. Se não pude ser feliz com você, sou um caso perdido.

Quero melhorar as coisas entre nós. Talvez possamos voltar a ser amigos. Mas não tenho ideia de como fazer isso. E mesmo que tivesse, duvido que você ia querer. Você quer?

Eu queria ser seu amigo de novo, Cassie.

Sinto saudade.

Ethan

Há mais, mas não consigo ler. O vinho acabou e meus olhos estão ardendo.

Escrevo um e-mail.

De: CassandraTaylor ‹CTaylor18@gmail.com›
Para: EthanHolt ‹ERHolt@gmail.com›
Assunto: Fim da semana
Data: Sexta-feira, 6 de setembro de 2013 às 21:46

Ethan,

Pelo bem da peça, acho que deveríamos arrumar um tempo para conversar. Que tal amanhã à noite, depois do ensaio?

Cassie

Clico em "enviar" antes de amarelar.

O sonho me toma, me leva de volta a um tempo quando tudo que eu estava tentando fazer era esquecer. Ou me lembrar. Nunca pude descobrir qual dos dois.

O homem beija meu pescoço enquanto aumenta o ritmo. Longas estocadas profundas. Faço todos os sons certos, mas não estou nem perto.

MEU ROMEU **139**

— Cassie, olha para mim.

Não posso. Não é assim que funciona. Olhar para ele destrói a ilusão, e, por mais frágil que seja, a ilusão é tudo o que tenho.

— Cassie, por favor.

Eu o empurro e o deito de costas. Assumo o controle. Eu o cavalgo com desespero. Tento fazer ser mais do que é.

Ele grunhe e agarra meu quadril, e sei que está quase no fim. Passa suas mãos sobre mim, reverente e amável. Não mereço isso. Como ele não sabe disso ainda?

— Cassie, por favor, olha para mim.

Sua voz é toda errada. Eu me mexo mais rápido, para ele não conseguir falar. Quando ele grunhe e para, não sinto satisfação. Apenas alívio.

Finjo gozar e caio sobre seu peito. Mesmo que ele me envolva com seus braços, a distância entre nós aumenta.

Escuto seu coração. Tão forte. Rápido e inconstante. Sem medo de amar. O som é estranho para mim.

Saio de cima dele e pego minhas roupas. Ele segue cada passo meu com os olhos.

— Você não pode ficar?

— Não.

Ele bufa. Está cansado dessa resposta. Eu também.

— Só me diga uma coisa. — Ele se senta.

— O quê?

— Alguma vez você vai pensar apenas em mim quando fizermos amor?

Eu paro, depois coloco a camiseta. Odeio ser tão óbvia.

— Cassie, ele te deixou.

— Eu sei.

— Supera isso.

— Estou tentando.

— Ele está do outro lado do mundo e eu estou aqui. Eu te amo. Há muito tempo. Mas nunca vai fazer diferença, né? Não importa quanto eu queira.

Ele se levanta, coloca a cueca. Movimentos bruscos e frustrados.

Não o culpo. Ele merece mais.

Eu me sento na cama. Derrotada. Isso começou com rancor, mas agora quero que funcione. Não quero ser a perturbada.

Mas não está funcionando. E o alívio que sinto por magoar outra pessoa em vez de ser magoada faz com que eu me odeie.

Ele está parado na minha frente, e, quando eu o abraço, ele me aperta forte.

— Não consigo acreditar que Ethan Holt está me ferrando mesmo quando ele não está aqui.

A simples menção de seu nome me dá um aperto no peito.

Eu me afasto e passo os dedos sobre suas linhas franzidas, tentando soltá-las.

— Sinto muito. Sei que é um clichê completo, mas não é mesmo você. Sou eu.

Ele ri.

— Ah, eu sei disso. — A expressão dele suaviza. — Ainda assim, espero que você acabe com isso algum dia, Cass. Espero mesmo.

Faço que sim e olho para seu peito.

— Eu também.

Então ele me beija gentil e lentamente, e eu quase choro porque quero me sentir diferente.

Ele apoia a testa contra a minha.

— E espero que o canalha perceba que largar você foi a coisa mais idiota que ele já fez.

Ele me leva até a porta e me beija mais uma vez.

— Te vejo de noite, no teatro?

Faço que sim e me despeço. E, simples assim, voltamos a ser namorados no palco apenas.

É melhor desse jeito.

Quando parto, juro não me meter mais com inocentes. Entre, trepe, saia. Sem compromisso.

O amor é uma fraqueza.

Não é a única coisa que Holt me ensinou, mas é a coisa de que mais me lembro.

Quase caio da cadeira quando desperto.

Meu coração bate furiosamente, pulsando a minha culpa.

Jesus, que horas são? Olho para o relógio. Dez e quarenta e cinco.

Dormi na minha mesa por uma hora.

Minha boca está seca e, quando o quarto gira, eu me lembro de que bebi uma garrafa inteira de vinho. Eu grunho e me afasto da mesa, meu corpo todo protestando enquanto me levanto e vou ao banheiro.

Tomo uma ducha rápida e escovo os dentes quando uma pontada de medo aparece no meu estômago.

Mandei um e-mail para ele.

Mandei um e-mail e disse que deveríamos conversar.

Não estou nada pronta para que isso aconteça. Se ele disser qualquer coisa que tente desculpar seu comportamento eu vou acabar socando ele na cara. Sei disso.

Enxugo meu cabelo com a toalha e nem me importo em escovar antes de colocar meu pijama favorito e rastejar para a cama. Abro um livro e tento ler, mas meus olhos estão turvos. Eu os esfrego e suspiro.

Estou tensa, excitada e bêbada. Porra, preciso transar.

Não me lembro do último cara que me deu prazer. Literalmente. Não tenho ideia de qual era seu nome. Matt? Nick? Blake? Sei que é uma sílaba só.

O sei-lá-que-nome era um amante adequado, mas não me fez gozar. Poucos deles fazem. Eles alimentam meu ego e me fazem esquecer por um tempo, mas nunca me fazem sentir como Holt fazia. Eles também nunca arrancaram meu coração do peito e o rasgaram em milhares de pedacinhos. Então, tudo bem.

Meu telefone toca. Sei que é Tristan querendo me contar sobre o mais recente pedaço de mau caminho que ele descobriu no clube.

Pego o telefone e aperto o botão de atender.

— Escuta, rainha da pista, estou bêbada, excitada e sem clima de ouvir sobre os bonitões que não vão trepar comigo. Então, pelo amor da minha vagina abandonada, pede outro Cosmo e, por favor, vai se foder.

Há uma pausa e uma tosse incerta.

— Eu ficaria satisfeito em foder, mas, se faz diferença, eu não ia falar sobre pintos. Estou muito mais interessado em ouvir sobre sua pobre vagina abandonada. Como ela anda? Não ficamos cara a cara há um tempinho.

O calor toma minha bochecha. Eu não devia ter mais nenhuma vergonha perto dele, ainda assim, parece que sempre consigo encontrar um pouco mais.

— O que você quer, Holt?

— Bem, considerando que você está bêbada e excitada, eu bem que gostaria de estar à distância de um toque. Se isso não for possível, só queria conversar. Recebi seu e-mail.

Esfrego os olhos. Não tenho paciência para o charmezinho dele esta noite.

— Sei. O.k.

— Sábado à noite seria ótimo. Obrigado.

— Não me agradeça ainda. Há uma grande chance de não conseguirmos passar a noite sem eu jogar algo em você, mas acho que as coisas não podem ficar muito piores entre nós, né?

Ele ri.

— Não sei. Houve vezes em que fomos menos civilizados do que somos agora. Ainda assim, aprecio a chance de melhorar o clima.

Ele fica em silêncio. E eu também. Costumávamos ser capazes de conversar ao telefone por horas. Agora, mal conseguimos passar um minuto sem o desconforto se estabelecer.

— Então, você só ligou para falar isso? Porque podia ter falado amanhã.

Há silêncio por um momento. Então ele diz:

— Eu liguei para te dizer uma coisa que não podia esperar até amanhã.

Um arrepio corre pela minha espinha.

— E o que é?

— Eu só precisava te dizer... Sinto muito, Cass.

Paro de respirar e aperto meus olhos quando uma tempestade bizarra de emoções se forma dentro de mim.

Essas palavras. Essas palavras simples e poderosas.

— Cassie? Está me ouvindo?

— Acho que não. Soou como um pedido de desculpas, mas na sua voz. Ele suspira.

— Sei que você não me ouviu pedir desculpas o suficiente durante nosso relacionamento e sinto muito por isso também. Mas, antes de passarmos mais um dia juntos, eu tinha de dizer isso. Estava me matando não falar.

No meu choque, eu quase não percebi o quão enrolada está a fala dele.

— Holt, você estava bebendo, não estava?

— Um pouquinho.

— Um pouquinho?

— Bem, bastante, mas isso não tem nada a ver com o fato de eu estar me desculpando. Eu deveria ter feito isso no momento em que vi você no primeiro dia do ensaio, mas... você não queria escutar. E, bem, você estava assustadora.

— Você não viu meu cabelo depois que saí do chuveiro. Ainda estou assustadora.

— Bobagem. Aposto que está linda.

Ele está bem bêbado. Ele só me elogia quando está perdendo a sensibilidade nos dedos.

— O que está bebendo?

— Uísque.

— Por quê?

— Porque... por causa de você. Bem, de você e de mim. E do beijo. Definitivamente por causa do beijo.

Não digo a ele que bebi uma garrafa inteira de vinho pelo mesmo motivo. Ele suspira.

— Jesus, Cassie. Beijar você? — ele grunhe. — Tenho fantasias com isso há três anos, nenhuma delas se compara ao que aconteceu hoje.

Sua voz fica tão baixa que nem sei se ele ainda está falando comigo.

— Senti saudade do seu beijo. Muita.

Saco. Não posso ouvir isso.

— Holt, por favor...

— Eu sei que não deveria dizer nada disso, mas estou bêbado e sinto saudade e... já falei que estou bêbado?

Eu rio, porque do nada ele é meu amigo novamente. Mas sei que não é real e não vai durar.

— Vai dormir, Ethan.

— Tá, bela Cassie. Boa noite. E não se esqueça de que eu sinto muito. Por favor.

Sorrio, apesar de tudo.

— Você sabe que vai ter uma ressaca gigante de manhã, né?

Ele ri.

— Alguma coisa que eu disse esta noite fez você me odiar um pouquinho menos?

— Talvez.

— Um pouquinho ou muito?

— Um pouquinho.

— Então valeu a pena.

capítulo nove
FINGINDO

No dia seguinte, as desculpas de Holt ainda estão ecoando no meu cérebro quando caminho para o ensaio. Achei que ele se desculpar me daria alguma sensação de fim, mas não deu. Em vez disso, me gerou uma estranha ansiedade efervescente.

Solto a respiração e puxo os ombros para trás.

Qual é a pior coisa que poderia acontecer? Ele dizer que não estava falando sério?

Não, minha consciência sussurra, soando irritantemente como Tristan. *Seria pior ele dizer que estava falando sério, porque então você teria que de fato decidir deixá-lo ficar ou deixá-lo ir. Na verdade, ambas as opções te matam de medo.*

Ranjo os dentes. A Consciência Tristan está irritantemente tão certa como o Tristan Vida Real. Quem diria?

Avalio o ensaio de hoje quando chego ao teatro. Devemos marcar a cena de sexo para passá-la amanhã. Imagens de Holt correndo as mãos pelo corpo sequestram minha mente e eu estremeço.

Nossa.

Só de pensar nele me estimulando, de mentira ou não, já é o suficiente para me deixar excitada por antecipação.

Respiro fundo e abro a porta. Quando entro na sala, Cody, o extraordinário anjo da cafeína, me passa um café. Holt surge na minha frente enquanto fecho minha bolsa e guardo. Ele parece bem demais para alguém com uma ressaca monstra.

— Ei — ele diz baixinho.

— Oi.

Ficamos parados lá alguns segundos num silêncio desconfortável.

— Então... — ele diz, olhando para as mãos.

— É, então... você está todo cagado hoje. — O comentário é uma pirraça.

— Valeu. Parece que não posso mais beber quase uma garrafa de Jack como eu costumava.

— Que pena. Não listou isso no seu currículo como um talento especial?

— Sim. Nunca tive de usar em um personagem, mas cheguei a fazer muita pesquisa.

— Ah, sim. Muito importante, pesquisa bêbada.

— É. — Ele sorri, o tipo de sorriso fofo de um lado, só que é irritantemente cativante.

— Escuta — ele diz. — Quão babaca eu fui noite passada? Fica à vontade para mentir e dizer "nem um pouco" porque tenho a impressão de que foi feio.

Quase derrubo meu café.

— Você não se *lembra*?

Ele engole em seco e faz uma pausa antes de responder.

— Não, me lembro, só que... não sei o quanto você riu disso quando desligamos. Não te culparia se tivesse rido.

— Não ri de nada — retruco, experimentando a honestidade. — Fiquei chocada demais por suas desculpas para fazer qualquer coisa além de me convencer de que eu não estava sonhando.

Ele assentiu.

— É, percebo que tenho problemas com isso. É uma das coisas em que estou trabalhando.

— Que pena que não trabalhou nisso quando estávamos juntos.

Eu me sinto mal pela dor que passa pelo rosto dele, mas o que posso fazer? Não que eu pudesse parar de ser uma vaca com ele do dia para a noite.

Marco entra na sala e há uma movimentação enquanto pedaços do cenário são colocados em posição. Há uma cama no meio da sala de ensaio e está erguida num ângulo para que a plateia possa nos ver deitados.

Minha boca fica seca só de vê-la.

Dou uma olhada de esguelha para Holt. Ele está respirando fundo e constante, ou se aquecendo ou acalmando os nervos. Sigo sua deixa. Meu coração está batendo rápido demais.

Cinco minutos depois, Ethan está entre minhas pernas, suas mãos emoldurando meu rosto, sua boca pouco acima da minha. Ele me beija, suave e doce enquanto seu quadril se movimenta para a frente e para trás.

Ele geme baixinho e fecha os olhos.

— Olhe para mim, Sam — sussurro. Ele abre os olhos.

Tão lindos. Intensos e complicados. Sempre.

— Beije-a novamente — Marco indica. — Beije a boca, então desça para o pescoço.

Ethan olha para mim, hesitando por um momento antes de obedecer, seus lábios suaves, porém fechados.

Não me movo, congelada demais para beijá-lo de volta, mas ciente de que eu deveria.

Ele se afasta e olha para mim, confuso.

Droga, preciso começar a pensar como Sarah.

Ele é Sam. Ela e Sam vivem felizes para sempre. Já li o roteiro.

Ele me beija novamente. E eu correspondo, desajeitada.

— Você precisa fazer algum ruído, Cassie — Marco pede, soando frustrado. — Nada do que está fazendo está sendo percebido daqui. Faça mais alto.

Descongelo e tento fazer meu trabalho.

Começo a envolver meus braços nele e grunhir alto enquanto levanto os quadris e arqueio as costas. É falso e pornô, mas a essa altura não tenho ideia do que estou fazendo.

Agarro a bunda dele e o puxo contra mim. Ele sussurra um "Puta merda, Cassie" antes de soltar o ar forte contra meu ombro.

148 Leisa Rayven

— Acredito que a frase seja: "Oh, Sarah, eu te amo". — Então solto um gemido e beijo seu pescoço. Instintivamente, busco seu ombro e agarro sua camiseta. Eu a puxo sobre sua cabeça e a jogo no chão.

— Então estamos tirando minhas roupas agora? — ele cochicha. — Achei que estávamos apenas fazendo as marcações.

— O que posso dizer? Aparentemente nada do que faço está comovendo a plateia. Acredito que tirar sua roupa vai comover.

É gostoso ser agressiva. Posso desconectar.

Mais ruídos falsos saem da minha boca, e quando seus músculos ondulam sob meus dedos tudo que era Sam vai direto pela droga da janela.

Ethan seminu.

Ele é incrível. Mais incrível do que costumava ser, se isso é possível.

Seu peito nu me distrai tanto que de repente não tenho ideia do que devo fazer. Sarah deu tchauzinho.

Passo as mãos por sua barriga antes de buscar suas costas e tocar o cós de sua calça. Ele murmura algo que soa vagamente como um "puta que pariu".

Ele deixa a cabeça cair no meu ombro e puxa os lençóis ao meu redor quando fecha as mãos em punhos. Todos os seus músculos estão tensionados e acho que ele não está respirando.

— Tem algum motivo para vocês terem parado? — Marco pergunta, perdido. Ele se vira para Elissa. — Por que eles pararam?

Ethan ainda não está respirando.

— Ethan? — chamo num sussurro.

Ele não se mexe, mas há um sopro de ar quente quando ele respira contra meu pescoço.

— Quê?

— Tudo bem?

Ele suspira.

— Sim. Tudo.

— É a sua vez?

Ele endurece.

— Minha vez *do quê*?

— É a vez da sua *fala*?

Ele se ergue com os braços e olha para mim, o queixo contraído.

— Cassie, não tenho a mínima ideia de qual é o meu nome agora, quanto mais da hora em que devo dar as minhas falas. Vamos só terminar essa marcação. Acertamos o diálogo depois.

Ele soa bravo, mas sei que está apenas frustrado. Estou frustrada também.

— Tá, o.k. — respondo envolvendo minhas pernas na cintura dele e o puxando para mim. Perco o ar quando o sinto através do jeans.

Ele solta um grito sufocado e se afasta, envergonhado.

Ele murmura desculpas, então desliza pelo meu corpo para que eu fique embaixo da sua barriga em vez de sob seu quadril.

— Jesus, Cassie, estou tentando mesmo pensar em cachorrinhos mortos aqui, mas...

— É mais duro do que você pensava?

— Está tentando ser engraçada?

— Não, porque se eu começar a rir agora acho que não vou conseguir parar.

Ele abaixa a cabeça.

— Merda.

— Menos papo, mais atuação, por favor, crianças — Marco berra. — Ethan, você parou de se mover. Eu preciso te explicar como fazer amor com uma mulher? Porque, apesar de eu nunca ter tido o prazer, estou bem certo de que envolve empurrar.

Ethan suspira e começa e empurrar falsamente de novo. Mesmo sabendo que ele está tentando manter seu pênis ereto longe de mim, eu o sinto roçar a parte interna da minha coxa.

— Merda. Desculpe. — Ele ajusta seu ângulo novamente. — A droga do troço tem mente própria perto de você.

— Não se preocupa com isso — murmuro, porque, sério, o que mais vou dizer? "Como ousa ficar excitado quando está simulando sexo comigo? Que audácia!" Nem vou mencionar que minha calcinha está mais molhada do que um tobogã de parque aquático. Ele não precisa saber disso.

Não que algum de nós dois possa evitar.

Nossa atração física nunca foi algo que pudéssemos controlar.

Mais vezes do que gostaríamos desistimos de impedir o que nossos corpos queriam fazer sem resolver todo o resto da nossa merda. E, na maioria dessas vezes, acabamos arrependidos.

Agora está tudo errado, porque estamos tentando filtrar nossa atração debilitante através de nossos personagens.

Estamos fingindo, não sentindo.

Depois de alguns minutos de amor sem brilho, Marco suspira, frustrado.

— Tudo bem, vamos parar aqui. — Ele acena quando caminha até nós. — Isso não está funcionando. Vocês dois estão mais desconfortáveis do que um vegetariano numa fábrica de salsichas. O que foi?

Ethan rola para o lado e nos levantamos. Nenhum dos dois responde.

— É íntimo demais? — Marco pergunta, olhando de um para o outro. — Estão envergonhados? Porque, francamente, já vi vocês fazendo cenas muito mais controversas do que essas. Mas vocês ainda estão aí, se remexendo como dois virgenzinhos. Cadê a paixão? O fogo? O desejo louco um pelo outro? Vocês tinham isso ontem. O que aconteceu para ter apagado?

O que aconteceu é que Ethan se desculpou comigo sem avisar, e agora estamos numa espécie esquisita de limbo do relacionamento, porque não somos amigos e definitivamente não somos namorados. Por mais estranho que seja, não somos nem inimigos... então, pois é.

Marco suspira e balança a cabeça.

— Tá, então. Vamos pular a cena de sexo e ir direto para a manhã seguinte.

O alívio nos nossos rostos deve ser extremo, porque Marco ri.

— Parece que acabei de doar medula óssea para salvar a vida de vocês dois.

Não vou mentir. Parece um pouco isso.

Marco nos guia pela cena e nos diz para seguirmos nossos instintos. Quando tomamos nossas posições em lados opostos da cama, Holt diz:

— Isso vai ser mais fácil, certo?

— Claro — respondo com uma confiança falsa. — Não era eu que costumava surtar depois de fazermos amor, lembra?

Ele bufa.

— Tá, tudo bem, foi naquela época. Já superei os surtos.

Nós nos deitamos um do lado do outro. Ele coloca o braço ao meu redor e me puxa para seu peito nu. Posso sentir seu coração batendo sob meu braço, forte e irregular.

Superou os surtos uma ova.

Apesar do que disse, também estou surtando.

Agora que estou aqui, percebo que essa posição — minha mão sobre seu coração, seus lábios no meu cabelo, nossos corpos pressionados um contra o outro — é mais íntima do que qualquer cena de sexo que eu já fiz.

Sexo se baseia em hormônios e partes do corpo.

Isso se baseia em proximidade. Amor. Confiança.

Todas as coisas que me matam de medo.

Na primeira vez em que Ethan e eu fizemos amor, nós nos abraçamos assim depois. Eu estava tão feliz. Tão apaixonada por ele.

Então, foi tudo para o inferno.

Nessa posição, com a cabeça contra seu peito, posso ouvir o coração de Ethan batendo, rápido e errático. Como naquela época.

Uma sensação familiar começa no meu peito e segue até a garganta. Aperto bem a boca para sufocar um grunhido, mas acho que não funciona, porque Holt aperta o braço ao redor de mim.

— Ei... o que foi? — ele cochicha.

Sua mão vai para minha bochecha.

Fecho os olhos e tento afastar o pânico.

Isso é ridículo.

— Cassie, ei... — Sua voz é toda conforto e afeição contidos.

Uma bagunça completa de emoções antigas surge e inunda meu corpo com adrenalina demais.

Eu me sento enquanto minha cabeça começa a girar.

Em segundos, o braço de Holt está ao meu redor.

— Parece que você vai vomitar. Faz um tempo desde que eu fiz você adoecer. Bom saber que eu não perdi o jeito.

Ele espera minha resposta, mas permaneço em silêncio. Estou num ataque de pânico completo agora, e parece que meu estômago está tentando subir pela minha traqueia e me sufocar.

— Cassie? — Ele franze a testa. — Sério, você está bem?

— Não. — Estou arfando e a expressão dele está preocupada demais. — Para de olhar para mim assim. Você não pode.

— Desculpe. — Ele fala como se fosse perfeitamente normal essa palavra sair da sua boca. Como se ele dissesse isso todo dia e eu estivesse acostumada a ouvir.

— Srta. Taylor? — Marco me chama quando se aproxima de nós. — Está tudo bem?

Eu solto o ar e disfarço de novo minha ansiedade.

— Desculpe, Marco. Foi uma semana longa. Acha que podemos deixar essa cena para segunda?

É, porque na segunda vou ser capaz de fazer todas essas coisas altamente íntimas com o Ethan sem pirar, não vou?

Idiota.

— Tá, certo — Marco concorda. — Vocês dois estão cansados. Vamos encerrar por hoje.

Ele volta para a mesa de produção e Elissa nos encara por um segundo antes de dizer ao resto da companhia que estamos encerrando pela semana.

Percebo movimentos e me viro para ver Ethan pegando sua camiseta. Ele a veste e joga as pernas para fora da cama antes de descansar os cotovelos nos joelhos.

— Me lembro da primeira vez em que tivemos de fazer uma cena assim — ele comenta quando se vira para me encarar. — Você meio que perdoou minha... empolgação.

— Você se mostrou menos pesaroso com isso. Na verdade, se me lembro bem, você se aproveitou de seu poder sobre mim.

— Meu poder sobre você? — ele repete me lançando um olhar inocente. — Você não tem ideia do que fez comigo naquele dia, tem? Jesus, eu estava sofrendo fisicamente de verdade.

— Você merecia.

Ele assente e brinca com a ponta do lençol mais próxima dele.

— Escuta — ele diz puxando a costura. — Entendi que você pode nunca me perdoar, mas eu queria pelo menos tentar fazer as coisas

MEU ROMEU **153**

mais fáceis para você. Me diz o que fazer que eu faço. Manda eu me foder que eu me fodo. Só me diz, tá? O que você quer que eu faça?

Eu inspiro e expiro lentamente.

— Bem, para começar, vamos fingir que eu não surtei na frente de todo mundo porque você me abraçou. Isso é humilhante.

Ele sorri.

— Não vou mentir: pelo menos uma vez é bom não ser eu o surtado.

Balanço a cabeça.

— É, não vou mentir, a inversão dos nossos papéis é um pé no saco dos grandes.

Ele fica de pé e me oferece a mão.

— Ainda a fim de sair de noite?

Eu quase tinha me esquecido de nosso encontro da conversa.

— Precisamos?

— Sim, precisamos mesmo.

— Pelo menos podemos incluir muito álcool?

— Claro — ele me puxa para ficar de pé. — Eu pago.

— Legal. Então vou pedir as bebidas mais caras.

Seis anos antes
Westchester, Nova York
Grove

Chego ao ensaio e faço alguns exercícios de aquecimento, pretendendo desestressar e ter um dia bom.

Estou fazendo alguns alongamentos de ioga quando Holt chega. Ele joga sua mochila num banco da segunda fileira e desaba ao lado dela antes de colocar os pés na cadeira em frente e fechar os olhos. Posso ver seus lábios se movendo, provavelmente passando suas falas.

A tensão entre nós chegou a níveis desconfortáveis desde o beijo. Nós nos apresentamos aos ensaios, dizemos nossas falas, agimos como se nos amássemos, nos beijamos apaixonadamente. Então, quando o ensaio termina e temos a oportunidade de falar: nada. Nós nos estranhamos demais para conversar. Isso está me enlouquecendo.

Não ajuda que quando ele me beija eu fique tão excitada que mal consiga respirar. Passei os últimos três dias num estado de tesão totalmente debilitante, e hoje temos de passar a cena de sexo de Romeu e Julieta.

Merda.

Eu me recuso a ser uma dessas menininhas que faz papel de palhaça por um cara. Se Holt está determinado a ignorar o que quer que esteja acontecendo entre nós, vou ignorar também. Não preciso dele.

Hum, meio que preciso que ele me dê um orgasmo. Mas, tirando isso, ele é só um cara.

Um cara com quem vou ter de simular fazer sexo pelas próximas sete horas.

Minha vida é uma piada.

Erika aparece no palco e me chama para perto dela. Para efeito do ensaio, nossa "cama" é simplesmente uma caixa preta coberta por um lençol.

Tão romântico.

— Bom — Erika começa —, a noite de casamento é historicamente controversa por causa de seu conteúdo sexual. Então, vamos buscar algo realista, mas de bom gosto, tá?

Holt e eu assentimos, mas não tenho certeza do que ela quer dizer. Não estou familiarizada com sexo real, quanto mais do tipo falso.

— Agora, como estamos na escola de teatro, precisamos assumir certos riscos. Por esse motivo, eu gostaria de criar a ilusão de nudez.

Estou bem certa de que o olhar de terror no rosto de Holt é igual ao meu.

— Não fiquem em pânico. — Erika ri. — Vocês não vão ficar pelados. Só vão parecer estar.

Ela tira da bolsa o que parece ser roupa íntima.

— Srta. Taylor, você vai usar isso debaixo do figurino. — Ela me passa um collant cor da pele. — E sr. Holt, você vai usar esta. — Eu faço uma careta quando ela mostra uma cueca boxer cor da pele. — Agora, entendo que vocês podem estar um pouco hesitantes quanto a isso, mas, acreditem em mim, são bem recatados. Vocês revelam mais de seus corpos indo para a praia.

— Geralmente eu uso bermuda de surfista — Holt murmura.

— Eu uso jeans e moletom de capuz.

Erika e Holt se viram para mim.

— Sou do estado de Washington e lá as praias são congelantes.

Erika entrega uma camiseta branca e uma calça de amarrar para Holt e um robe marfim para mim.

— Esses são seus figurinos para esta cena. Preciso que ensaiem neles, já que removê-los é parte da cena.

Ai, diabos, eu tenho de ensaiar tirar a roupa do Holt? No meu estado atual, isso não vai acabar bem.

Holt e eu pegamos os figurinos e trajes íntimos e saímos para camarins separados. Quando voltamos, juro que estamos no mesmo tom de vermelho. Ele está bem no figurino. Alto e esguio. A alvura do branco faz seus olhos parecerem mais azuis que o normal. Ele enfia as mãos nos bolsos, mas a calça não tem bolsos. Ele suspira frustrado. Eu paro na frente dele e ele encara o decote profundo na frente do meu robe antes de baixar a cabeça e murmurar "merda".

— Tá, vamos lá. — Erika bate palmas. — Vamos começar falando da sequência de eventos. Srta. Taylor, você vai começar se sentando na cama, cheia de entusiasmo e desejo. Sr. Holt, com a ajuda da ama você conseguiu se enfiltrar no quarto de Julieta. Vocês têm algumas horas curtas para consumar seu amor antes que Romeu seja banido da cidade. Vocês dois querem saborear cada centímetro de pele, memorizar cada parte do corpo do outro. Alguma pergunta?

Eu balanço a cabeça e torço a boca enquanto o elástico do meu collant sobe pela banda esquerda da minha bunda. Holt balança a cabeça e estala os dedos.

— Comecem lentamente. Levem tempo explorando um ao outro. Romeu, essa é sua primeira vez fazendo sexo com alguém que você realmente ama. É uma experiência profundamente diferente para você. E, Julieta, sua apreensão sobre se entregar a um homem pela primeira vez é completamente tomada pelo desejo que sente por seu novo marido. Conforme a paixão aumenta, seus movimentos podem se tornar mais ritmados. Mas, quando gozam juntos, é uma revelação para os dois. Não estou querendo pornô aqui. Apenas amor simples e honesto. Está claro?

— Claro — respondemos em uníssono.

Minhas palmas transpiram, e Holt está mordendo o interior da bochecha. O teatro parece muito pequeno.

— Certo. Conversem um pouco sobre o que vão fazer, então tomem suas posições.

Erika desce para a plateia enquanto Holt e eu nos viramos um para o outro, vacilantes e nervosos.

— Então... — Olho para ele.

Ele assente e solta o ar.

— É. Então...

— Vamos fazer sexo falso.

— É.

— Você e eu.

— É o que dizem.

— Tenho de tirar suas roupas e... bem... tocar você e tal.

Ele torna a buscar seus bolsos inexistentes antes de colocar as mãos na cintura.

— Que se foda essa porra de peça.

— É só uma cena — afirmo. — Cena mecânica, sem emoção. Tenho certeza de que depois de alguns minutos vamos estar morrendo de tédio.

Ele me lança o olhar mais cético do mundo.

— Vocês dois estão prontos? — Erika chama.

Olhamos um para o outro por um segundo antes de Holt sair para a lateral do palco.

Tá, então vamos mesmo fazer isso. Uma cena de sexo. Entre uma virgem e um cara que odeia desejá-la. Deve ser divertido.

Eu me sento no canto da cama cênica e balanço as pernas.

— Quando estiverem prontos — Erika diz, abrindo seu caderno.

Inspiro e expiro algumas vezes, então Holt entra em cena, descalço e com uma expressão bonita. Olhos cheios de medo, necessidade e desejo.

Eu fico de pé e o encaro enquanto ele se aproxima. Um leve arrepio toma meu estômago. E desce quando ele corre o olhar de cima a baixo pelo meu corpo.

Tá, Cassie, concentre-se. Encontre seu personagem. Julieta. Isso é para a Julieta.

Minha nossa, Holt fica bem naquele figurino.

Romeu, Romeu, onde estás tu, Romeu.

Ele para na minha frente. Parece que correu um quilômetro em vez de ter caminhado alguns passos pelo palco. Sua respiração está acelerada e seu peito sobe e desce enquanto ele fixa seus olhos em mim.

Deus.

Seus olhos.

Ele está totalmente comprometido com a cena. Sem medo e sem se esconder. Apenas paixão nua e crua. Profunda e sem pudor.

Ele foca em mim e eu derreto. Aquele olhar vai ser a minha morte.

Sua expressão grita que ele andaria sobre carvões em brasa para me tocar, e meu corpo todo reage. Uma chama profunda começa devagar e cresce mais intensamente a cada segundo que se passa.

Ele toma meu rosto na mão em concha e roça gentilmente um polegar sobre minha bochecha. Cada porção de pele sob seu toque arde ferozmente. Meu coração acelera, batendo forte e rápido, me deixando tonta.

Dou um passo à frente e me aproximo dele. Agora nossos corpos estão se tocando. Imito sua mão e toco seu rosto. Ele tem uma leve barba na bochecha e no queixo. Deslizo os dedos sobre a textura áspera. Seus lábios se abrem e eu passo o polegar sobre eles, fascinada pela maciez.

Que belos lábios.

Preciso prová-los.

Estou na ponta dos pés e minha mão está na sua nuca enquanto eu o puxo. Interrompo sua respiração quando pressiono meus lábios contra os dele. Então ele puxa o ar bruscamente. Ele agarra a parte de trás da minha cabeça com uma mão e aperta a outra ao redor da minha cintura.

Eu me derreto toda contra ele. A forma como reagimos um ao outro é primitiva como fogo. Cera de vela e chama. Onde quer que ele me toque, um calor abrasador queima minha pele.

Seus lábios se movem lentamente enquanto ele me experimenta, tomado por uma paixão contida que o deixa sem fôlego.

— Isso é bom — Erika elogia.

Abro os olhos e recuo, surpresa.

— Não — ele cochicha. — Ignore-a.

Ele me beija novamente enquanto puxa meu corpo contra o dele. E Erika não existe mais.

Quando inspiro, é como se pedaços dele passassem a ser meus. Seu gosto. Seu cheiro. Tão debilitante quanto o resto dele.

Passo as mãos por seu peito, e, quando chego à sua barriga, ele se afasta e olha para mim.

Agarro a barra de sua camiseta. Ela precisa sair. Preciso vê-lo. Ele me ajuda puxando-a sobre a cabeça e jogando-a no chão.

E lá está ele.

Holt sem camisa.

Eu respiro fundo e confiro seu corpo. Os ombros largos, macios e firmes. O peito amplo levemente salpicado com pelos pálidos. A barriga chapada, a cintura estreita. Musculoso, mas não demais.

Esguio.

Rígido.

Sexy.

Ele observa minha avaliação e sua respiração acelera.

— Coloca suas mãos em mim — ele ordena baixinho.

Passo a ponta dos meus dedos nas costas da mão dele e arrasto minhas palmas em seus antebraços, seu tríceps, ombros. Ele estremece e fecha os olhos enquanto eu sigo sobre a clavícula, o peito, as costelas e o abdômen.

Respiro entre cada emoção que estou sentindo, tentando entender por que ele me afeta tão poderosamente.

Sempre o achei atraente, mas isso vai além. Uma sensação intensa de familiaridade passa por mim. Um sussurro de "sim" mesmo quando minha mente grita "não".

Ele abre os olhos e foca meu colo, então desce o olhar, até chegar à faixa ao redor da minha cintura. Ele franze o cenho quando puxa o tecido sedoso para soltá-lo. O robe cai aberto e fico incrivelmente consciente de que a única coisa impedindo Holt de me ver nua é um leve collant que não está camuflando em nada meus mamilos.

Ele puxa o ar num alto respiro e olha nos meus olhos antes de dar um passo à frente. Então se inclina para dar beijos quentes no meu pescoço,

MEU ROMEU **159**

no meu colo, então mais abaixo, entre os meus seios. O tecido leve do collant não me isola do efeito de seus lábios no meu corpo. Ele continua me beijando, agora fazendo o caminho de volta até sua boca estar contra minha orelha.

— Já está entediada? — ele cochicha.

Passo minhas mãos por seu peito e raspo minhas unhas no seu abdômen, parando no cós da sua calça. Enfio meus dedos sob o elástico e ele me aperta mais firme enquanto beijo seu tórax.

— Praticamente em coma — cochicho em sua pele.

Holt dá um gemido, e é quando a máscara cai. Ele agarra meu rosto e me beija ferozmente. Todo o fingimento de ser gentil e paciente vem abaixo enquanto nossa respiração rápida e nossos gemidos baixos tomam o silêncio.

— Ah, bom — Erika diz. — Boa noção de urgência. Continuem assim.

— Como se eu fosse parar essa porra — ele diz contra minha boca.

Ele me levanta, e eu passo as pernas ao redor da sua cintura. Grunhe e continua a me beijar enquanto me carrega para nossa cama improvisada. Me deita e sobe em mim. Perco o ar quando ele se ajeita entre minhas pernas.

Ele está lá. Bem onde toda a tensão tem se acumulado nos últimos dias. Está duro e quente contra mim, e nada do que ele faz é o suficiente. Quero devorá-lo. Quero ele dentro de mim até eu não aguentar mais.

Agarro sua bunda para puxá-lo mais firmemente contra mim. Ele geme e movimenta o quadril, fazendo meus dedos se cravarem em sua pele conforme a tensão cresce dentro de mim. Perco o ar quando sinto uma mão quente no meu seio direito.

— Tá, agora vocês atingiram uma linha tênue — Erika chama. — Cuidado com onde põem as mãos.

— Tudo bem eu tocar meu novo marido? — pergunto a ela. — Quer dizer, nunca senti essa parte de um homem antes. — No palco e nem fora dele.

— Bem — ela diz —, isso é verdade, mas não pode ser gratuito demais. Toque a coxa dele e eu vejo o que vai parecer daqui.

Eu me estico entre nós e toco sua coxa, mas também posso sentir seu pênis duro com as costas do pulso no processo. Ele fica tenso.

— Você não está jogando limpo.

— Eu não sabia que precisava.

— Tá, ficou bom daqui — Erika avisa. — Consegue-se ver o toque sem ser óbvio demais. Bela reação realista, sr. Holt.

— Valeu — ele responde numa voz entrecortada quando viro minha mão para tocá-lo gentilmente.

Deus, ele é incrível. Se ele é tão bom assim vestido, imagine pelado nas minhas mãos.

Passo minha palma por todo seu comprimento.

— Taylor, pare — ele pede baixinho.

— Por quê?

— Jesus, porra — ele grunhe. — Por favor...

Ele tenta se afastar.

Beijo seu peito enquanto o aperto mais firme. Ele solta um longo suspiro.

— Tá, srta. Taylor, já é o suficiente — Erika comenta. — Está ficando repetitivo agora.

— Graças a Deus — Holt diz quando removo minha mão.

Agarro sua nuca e o puxo para baixo. Nós nos emaranhamos de novo num longo e profundo beijo que faz a fome dentro de mim se intensificar.

Quero tanto ele dentro de mim que até dói.

— Em algum ponto você vai ter de tirar a calça dele, srta. Taylor — Erika lembra. — Do contrário, consumar seu casamento vai ser muito difícil.

Holt olha para mim, pânico escrito em seu rosto.

— Ela não pode ver você — aviso quando puxo sua calça para baixo do seu quadril, revelando a cueca cor da pele. Holt levanta a perna para que eu possa abaixar a calça pelos joelhos antes que ele a chute para longe.

— Essa é a coisa mais embaraçosa que já fiz na vida — ele murmura enquanto se arruma de volta contra mim.

— Idem.

— Agora precisamos ver o momento da consumação de fato. — É a Erika de novo. — Sei que isso provavelmente é árduo, e sinto muito. Não precisa ser exagerado, mas tem de acontecer de alguma forma.

Holt pressiona sua pélvis contra a minha, e seu rosto se suaviza.

— Está pronta para perder a virgindade? — ele pergunta.

Mesmo sabendo que ele está brincando, há algo em seu tom de voz que faz meu estômago se agitar.

— Completamente.

— Se isso fosse real, ia doer.

— Eu sei.

Ele repuxa os lábios e coloca as mãos entre nós, como se se alinhasse comigo. Seus dedos me tocam de leve, e eu inspiro com força, surpresa.

— Aí vamos nós — ele anuncia.

Ele se esfrega contra mim e eu fico sem ar quando um olhar de surpresa perpassa o rosto dele.

Era assim que ele ficaria se estivesse dentro de mim? Nossa senhora.

Faço meu papel, me retorcendo de dor enquanto ele se movimenta.

— Tudo bem com você? — ele pergunta de mansinho e não sei quem quer saber, ele ou Romeu. Dou um sorriso a ambos.

— Estou bem.

Ele sorri de volta.

— Que bom.

Ele se mexe, lenta e cuidadosamente. Não preciso interpretar para mostrar prazer e dor quando ele desliza sobre mim, porque meu corpo está alternando entre gritar por mais e gemer que já é demais. Ele observa meu rosto e tenho certeza de que ele pode sentir meu desespero.

— Ainda não teve um orgasmo, Taylor? — ele pergunta quando beija meu pescoço na marca leve que deixou no começo da semana. Passa a língua sobre ela antes de cravar os lábios no lugar e sugar firme.

— Não... — começo a dizer enlaçando meus dedos em seu cabelo e puxando.

Ele levanta e baixa o olhar de novo, movendo os quadris em círculos... pressionando... esfregando.

162 Leisa Rayven

— Não marcar você? Ou não fazer você gozar?

Ele está respirando tão pesado quanto eu.

Eu não respondo.

Não consigo.

Consigo sentir. É indescritível. Me percorre em espirais, me envolvendo cada vez mais forte. Odeio que ele consiga fazer eu me sentir dessa maneira. E, ao mesmo tempo, não consigo odiar. É muito poder sobre mim, e ele sabe disso.

— Se não quer, é só dizer que eu paro. — Sua voz está mais grave e áspera.

Não digo nada. Não consigo falar. Me agarro a ele enquanto ele empurra. Prendo a respiração enquanto aperto bem os olhos e me concentro na pulsação intensa e pesada que ameça me dominar.

— Me diz o que você quer — ele exige e implora ao mesmo tempo.

Está se movendo mais rápido, empurrando em longas investidas, firme.

— Eu quero.

Ah...

— Diz "por favor".

— Por favor. Deus.

Ah... ah...

— Não, "por favor, Ethan".

Ai, Deus, sim. Não para agora. Não para.

— Por favor, Ethan.

Por favor, por favor, Ethan.

Estou perto. Tão, tão perto.

— Por favor — gemo. — Por favor, Ethan.

Ele pressiona, fazendo movimentos circulares e empurrando e sussurando meu nome. Não consigo nem pensar, porque estou entorpecida demais para evitar o inevitável.

— Deixa rolar, Cassie. Deixa vir.

Ele me beija e, quando empurra mais uma vez, acontece.

Ai, meu Deus!

O ar some e arqueio as costas quando atinjo meu orgasmo, porque nenhuma das descrições de ondas ou pulsos ou pontadas de prazer pôde me preparar para essa completa perda de sentidos. Minha respiração falha e meus músculos desistem de resistir. Estou certa de que meus olhos estão arregalados enquanto experimento o que me escapou a vida toda.

— Porra, Taylor — ele sussurra num tom respeitoso. — Olha para você.

Eu me agarro a ele quando sua cabeça se enterra no meu pescoço e ele respira suavemente. Então, ele está gemendo enquanto todos os músculos em suas costas se tensionam, e ele empurra seu corpo contra o meu uma última vez.

— Porra.

Ele solta um longo ruído triste que é o acompanhamento perfeito para meus próprios sons. O prazer é denso em minhas veias enquanto ele respira contra mim, ofegando, fraco, e ainda gemendo.

Ah.

Ahhhh.

Isso foi...

Uau.

A realidade se infiltra de volta quando os últimos tremores somem dentro de mim. Holt e eu estamos ofegantes, suados e esgotados.

— Tá. — Erika está com a voz levemente irritada. — Tá, isso foi sem dúvida uma apresentação... comprometida. Mas acho que ou precisamos trabalhar os orgasmos ou não deixar que aconteçam. Foi um pouco clichê.

A cama sacode quando nós dois prendemos o riso.

Duas horas depois, Holt e eu saímos do teatro e estou rindo como uma idiota enquanto ele diz suas falas de Romeu no estilo de Marlon Brando em *O poderoso chefão*. Pela primeira vez não há implicância. Ensaios orgásticos obviamente nos caem bem.

Perto do final do corredor, um grupo de alunos do terceiro ano está amontoado, praticando com máscaras de estilo *commedia dell'arte* e gargalhando. Quando passamos, ouvimos:

— Ora, ora, ora, Ethan Holt.

O grupo silencia enquanto Holt e eu paramos. Quando uma bela morena tira a máscara e emerge do grupo, eu percebo o quão tenso Holt ficou.

Ela o encara com um olhar agressivo.

— Você parece bem, Ethan.

Os lábios dele se travam.

— Você também.

— Ouvi que você finalmente entrou. Erika fez uma avaliação psicológica para você entrar? Ou ela apenas se cansou de te testar ano após ano?

Ela balança a cabeça e dá um sorriso irônico.

— Você teria de perguntar a ela para saber.

— Talvez eu pergunte. Ouvi que ela te escalou como Romeu. Que piada. É como se ela não conhecesse mesmo você.

Ele coloca as mãos nos bolsos.

— Eu não queria esse papel. Acredite em mim.

— O primeiro Romeu que já foi feito por um canalha sem coração.

Alguém murmura: "Oooh, chupa!". Apesar de eu esperar que Holt se inflame e lute de volta, ele apenas abaixa a cabeça e suspira.

— Legal ver você também, Olivia. — E se vira para mim: — Taylor, preciso ir. Te vejo amanhã.

Ele se afasta rapidamente e a garota ao lado está falando comigo.

— Então você é a nova Julieta dele, hein? Ele já acabou com você...?

— Eu... Ah...

Ela se inclina.

— Fuja enquanto pode. Confie em mim. Você não quer estar por perto quando aquele moleque se autodestruir. Ele vai te levar com ele e o estrago que ele vai fazer vai te foder para sempre. Pode perguntar para minha terapeuta. E para o meu patrocinador.

A convicção do tom de voz dela me dá arrepios.

Ela e seus amigos se afastam e eu fico me perguntando que diabos Ethan fez com ela que a deixou tão amarga.

capítulo dez
CONEXÃO

Hoje
Nova York
Sala de ensaio do Teatro Graumann

Faço minha mochila enquanto observo Holt pelo canto do olho.

Ele está nervoso e olha na minha direção como se achasse que sairia andando e deixá-lo para trás.

Isso seria legal, mas meu cérebro está me dizendo que precisamos ir para outro lugar, para que ele possa se explicar e eu, me enfurecer. Então talvez nos despedacemos para ver se nossos cacos ainda se encaixam. Mas meu coração está se acovardando como um cachorro que já apanhou demais.

O que tem acontecido com a gente nos últimos dias me mata de medo. A conexão que tentei esquecer por três anos está de volta, forte como nunca, e quase sem nenhum esforço.

Mesmo agora, quando eu o observo colocar a jaqueta no ombro e enfiar o roteiro na mochila, a imensa atração magnética que sempre tivemos está ali, exigindo que eu me aproxime.

Odeio a compulsão familiar.

— Cassandra?

166 Leisa Rayven

Eu me viro e Marco está com o roteiro nas mãos, o chapéu enfiado na cabeça no que só pode ser considerado um ângulo "elegante".

— Está tudo bem? — ele pergunta quando lança um olhar para Holt, que agora paira ostensivamente do outro lado da sala. — Você e Ethan pareceram se estranhar durante a cena de sexo hoje. Devo me preocupar?

Ele estava contando com nossa química natural para aparar as arestas e preencher as lacunas do nosso passado. Mas, a não ser que Holt e eu deixemos metade da nossa bagagem para trás, a química não vai ser suficiente. Essa jornada toda vai acabar interrompida por um poste qualquer e nossa inacreditável conexão vai ser apenas um ponto no espelho retrovisor.

— Estamos tentando — respondo com toda sinceridade que consigo encontrar. — É complicado.

Ele assente e olha para Holt de novo.

— Entendo. Mas não se engane. Independentemente das questões de vocês, minha prioridade é a peça.

— Eu sei.

— Quando o sr. Holt implorou por esse papel, eu sabia que estava correndo um risco com o passado tórrido de vocês. Mas tinha esperanças de que os dois poderiam colocar as diferenças de lado pelo bem da peça. Se não é o caso, me diga e eu escalo outro para o papel dele.

Meu estômago afunda.

— Peraí, o quê? Holt implorou por essa peça?

Marco suspira.

— Sim. Depois de decidir que eu queria você, comecei a conversar com outro ator. Um ator desconhecido bem talentoso. Mas, do nada, o sr. Holt me ligou e se candidatou ao papel. Claro que eu sabia que a horda de fãs dele ia praticamente garantir o sucesso de bilheteria, e fisicamente ele é perfeito para o papel, mas ouvi boatos sobre o que ele fez com você e tive medo de que não desse certo. Ele me ligava três vezes por dia, todo dia durante duas semanas. Ele me lembrou da minha reação ao ver vocês dois em *Romeu e Julieta* em Grove. Ele foi bem irritante. Mas a paixão dele foi o que me fez finalmente ceder. A forma como ele falava sobre você. Não pude ignorar isso.

— Desculpe, Marco. Não fazia ideia.

— Não se desculpe. Melhore. Se não consegue trabalhar com ele, me diga. Ainda é cedo. Posso conseguir um substituto no final da semana que vem, se for o que você quer.

Marco espera uma resposta. É uma oferta tentadora. Se Holt não estivesse na peça, eu não teria de enfrentar todos os fantasmas do nosso passado. Poderíamos voltar para nossas vidas separadas e nunca mais nos vermos.

Tão tentador.

— As fãs dele iam começar um motim se o substituíssemos.

Marco dá de ombros.

— Talvez. Mas é melhor do que a crítica cair em cima dos protagonistas broxantes.

— Posso pensar nisso?

Ele pega minha mão.

— Claro. Para ser sincero, espero que vocês se resolvam. Os dois estão obviamente arrasados um sem o outro; é deprimente de ver. Ele sobretudo.

Ele balança a cabeça em direção a Holt, que agora está andando de um lado para o outro lentamente, encarando os próprios pés quando não está lançando olhares para nós.

— Achei que *ele* é que tinha partido seu coração — Marco cochicha. — Pelo que estou vendo, parece o contrário.

Sufoco a risada nervosa que borbulha na minha garganta.

— Posso te assegurar que a abandonada fui eu. Só não sei se...

Ele ergue as sobrancelhas.

— Se o quê?

Eu suspiro.

— Se há estragos demais. Se algum dia vamos conseguir consertar as coisas.

Ele sorri e se inclina para beijar minha bochecha.

— Querida Cassandra, às vezes, não é questão de tentar consertar o que está quebrado. Às vezes, é questão de recomeçar e construir algo novo. Algo melhor. — Ele olha para Holt, que parou de andar de um lado para o outro e está nos encarando. — Parece que as antigas fundações ainda estão aí. Use-as.

Ele sai e dá um tapinha no ombro de Holt quando passa.

— Espero te ver na segunda, sr. Holt.

Ethan fecha a cara antes de olhar de volta para mim.

— Pronta para sair?

Confirmo e nós vamos embora.

Em silêncio, subimos as escadas que levam ao saguão. Ele segura a porta para mim e chegamos à rua.

— Marco quer me substituir, não quer? — ele pergunta, pondo os dedos quentes na parte de baixo das minhas costas, me trazendo para mais perto dele enquanto cruzamos a rua.

— Ele não quer. Mas, a não ser que nos acertemos, ele vai.

Quando chegamos ao outro lado, ele me para.

— É isso o que você quer?

Esfrego os olhos, para que não tenha de olhar para ele.

— Não sei. Marco me disse que você batalhou para estar na peça. Achei que era o destino nos unindo de novo, mas não é. Talvez essa coisa toda seja má ideia.

Por um momento sua compostura vacila antes que a determinação rígida retome o lugar.

— Não quero estragar essa sua oportunidade, Cassie. Se quiser que eu desista, eu desisto. Mas, se estiver fazendo isso apenas para me evitar, não vai funcionar, porque voltei para Nova York por você. A peça era só um bônus.

— Ethan...

— Sei que eu fui um idiota no passado, mas isso? Estar com você de novo? É tudo o que eu queria há tanto tempo que nem consigo imaginar não funcionando.

— Mas não está funcionando. Esse é o problema.

— Vai funcionar. Vou provar que mudei. Então você vai se apaixonar por mim de novo, e vamos ter o final feliz que deveríamos ter tido da primeira vez.

Todo o ar deixa meus pulmões.

— É esse o seu plano? Deus, Ethan! Que diabos?!

— Não faz assim. — Ele está sério. — Não fique com dúvidas sobre a gente mesmo antes de tentarmos.

— Não estou duvidando. Estou dizendo que o que você está querendo é impossível. Por que você teria expectativas tão irreais sobre nós? Depois de tanto tempo?

Ele suspira. E quando fala outra vez, sua voz é mais suave, porém ainda firme.

— Mantenha suas expectativas tão baixas quanto precisar para se proteger, mas não me diga para baixar as minhas. Não vou baixar. Se elas estiverem altas demais, a única pessoa que vai se magoar sou eu.

— Ethan, não...

Ele pega minha mão e alisa a pele. Um gesto tão doce e simples, mas que eu sinto em todo o corpo.

— Olha, Cassie, eu sei. Sei como você está se sentindo, porque eu costumava sentir isso também. É mais fácil não esperar nada porque então nada pode ser tirado de você. Mas não funciona assim. Tentei me convencer a não querer nada de você e acabei perdendo tudo.

Ele me olha nos olhos e penso que Marco está certo. Por mais que ele tenha me partido o coração, eu parti o dele também.

— Não quero *nada* outra vez. Se você me chutar da peça, vou entender, mas não vou deixar que você me chute da sua vida sem lutar. Estamos entendidos?

Posso ver por que Marco cedeu. Sua paixão é muito convincente.

Ele quer lutar por nós? Isso é uma bela mudança.

Seis anos antes
Westchester, Nova York
Diário de Cassandra Taylor

Querido diário,

Estamos na manhã seguinte ao dia zero, um dia que vai ficar atado para sempre à minha memória com uma carinhosa chave de pernas.

Não consigo nem nomear os sentimentos que Holt fez surgir em mim.

Não pode ser natural para um homem ser tão furiosamente sexy. Talvez ele tenha feito um pacto com o diabo. Taí, isso eu poderia entender.

Ele vendeu sua alma a Lúcifer em troca de poderes sexuais sobre virgens frustradas.

Isso explicaria muita coisa.

Parece que a Olivia concorda. Ela estava bem puta com ele.

Tenho de saber da história deles. Ou talvez seja melhor bancar a boa e velha cega na hora de lidar com bad boys intensos e enigmáticos. O que os olhos não veem o coração não sente.

Certo?

Quando chego ao teatro, Holt está lá, esperando. Eu me retorço quando percebo quão empolgada estou em vê-lo.

Jesus, Cassie. Fica fria. Não deixe que ele exerça seus poderes demoníacos sobre você.

Ai, Deus. Tarde demais. Olha para ele.

Jeans escuro. Camiseta preta com gola V enfiada de qualquer jeito para dentro da calça. Cinto com fivela vintage que quero abrir com meus dentes.

Ele levanta o olhar quando me aproximo. Tem dois copos para viagem nas mãos. Suponho que um é para mim, apesar de hoje ele certamente não estar me oferecendo um *babacaccino*. Não depois da esfregação profissional de ontem.

Talvez o Starbucks venda *orgasmolatte*.

Quando me olha, ele endireita um pouco o corpo. Seu peito sobe e desce num suspiro profundo.

Ai, sim. Claro que ele quer me fazer gozar. Quer fazer meu corpo inteiro gozar.

Talvez ele até vá usar os dedos desta vez.

Por favor, Deus, permita que ele use seus dedos tesudos.

Sorrio para ele. Ele engole em seco, mas não sorri de volta.

Alarmes soam na minha cabeça.

— Oi — cumprimento, tentando ser casual.

— Oi — ele também não consegue ser casual.

Está nervoso. Suando um pouco. Ele me passa um copo. Eu pego. Acho que é um *babacaccino* no fim das contas.

Ele põe o próprio copo no banco ao meu lado e se apruma.

— Escuta, Taylor, sobre ontem... — A sobrancelha está franzida. Droga, Holt. Não diga isso.

— Eu realmente não deveria ter feito... sabe... aquilo com você. Ele está olhando para qualquer lugar, menos para mim. Covarde.

— Foi uma puta idiotice e foi errado... e... eu te usei.

— Não — retruco com veemência. — Você não usou. Eu quis...

— Taylor — ele começa —, eu montei em você como a porra de um cachorro. Na frente da nossa professora de interpretação. Qual diabos é o meu problema?

— Holt...

— A Olivia tá certa. Preciso de uma avaliação psicológica. Sempre que fico perto de você eu perco a cabeça. É muito louco. Sem falar que é completamente errado.

— Mas podemos apenas...

— Não, não podemos...

— Para de me cortar! Estou tentando...

— Sei o que está tentando fazer, mas não estou aberto a negociação! O que está rolando acaba agora, antes que um de nós se machuque!

Quero responder com uma bela sacada, mas nada me vem à cabeça. Em vez disso, penso sobre bater nele.

Sua expressão suaviza quando ele dá um passo em minha direção.

— Olha, o rumo que estamos tomando não vai terminar bem para nenhum de nós. Confie em mim. Já posso ver que você quer de mim coisas que eu não posso te dar. E se você se apaixonar? Essa seria uma das coisas mais idiotas para você fazer na vida. Há um bando de garotas que podem te provar isso.

Um flash de raiva corre pela minha espinha.

— Deus, que egozinho, hein? Talvez eu não queira nada de você.

— Então me diz que estou errado — ele argumenta e estende os braços. — Me diz que o olhar em seu rosto quando você me viu ainda agora não era de empolgação com um toque de "por favor, me foda já". Me diz que você não pensa em mim. Que não sonha comigo.

Não respondo porque não posso negar. Mas não consigo entender por que nutrir esse sentimento é uma coisa tão ruim. Do jeito que ele fala, parece que é um crime a gente dar esse passo.

— Você também me quer.

— Não estou negando isso. — Ele se aproxima. — E isso é parte do problema. Você já é distração demais. Se começarmos a ceder para a tentação, então... Jesus, Taylor, é tudo o que vamos ter. Esqueceremos a concentração em atuar. Sua virgindade? Foi-se. Minha sanidade. Foi-se. Nosso tempo aqui ia acabar se tornando um borrão de trepadas e hormônios. E não quero entrar nessa com nenhuma menina, menos ainda com você.

— Que diabos isso significa?

Ele se inclina mais perto, tão perto que posso sentir seu perfume.

— Significa que trepar não vai ser o suficiente para você. Você vai querer emoção e mãos dadas e essa baboseira romântica toda. E você merece todo esse troço, mas eu não sou assim. Não mais.

— Por que não?

Ele baixa o olhar e não responde.

— Deus, Holt, alguma garota realmente fez miséria com você, não foi? Foi aquela menina de ontem?

Silêncio. Mas ele me lança um olhar que me avisa para não insistir.

— O que ela fez com você?

— Nada. O que aconteceu entre nós foi minha culpa, e não vou cometer o mesmo erro duas vezes. Tenho certeza de que ela te falou para ficar longe de mim. Aproveite o conselho dela.

Parece que ele está terminando comigo, mesmo que nunca tenhamos começado nada.

De repente, o cansaço bate. Eu sempre estou lutando para ficar com ele, enquanto ele está lutando para me afastar.

— Ótimo. Você está certo. Eu não devia sentir nada por você. Você obviamente não vale a pena.

Odeio que ele pareça magoado quando responde:

— Obviamente.

Esgotada demais para discutir, caminho em direção à porta do teatro. Pouco antes de abri-la, eu me viro de volta.

— Holt, não existe muita gente no mundo que se conecta como a gente, por qualquer razão, e dizer que não devemos sentir nada não vai fazer o sentimento desaparecer. Um dia você pode descobrir isso, mas então será tarde demais.

Dou as costas para ele e fecho a porta atrás de mim.

— Tá, srta. Taylor, vamos seguir do "o que há aqui".

Estamos ensaiando a cena da morte. Holt está deitado na minha frente, sem se mover. Romeu se envenenou.

Idiota.

Como Julieta estou arrasada, ver o amor da minha vida morto no chão. Morto por sua própria mão porque ele não podia seguir sem mim. Ele não sabia que eu estava apenas dormindo. Era de imaginar que ele fosse checar meu pulso, certo?

Tento levantá-lo e abraçá-lo, mas ele é pesado demais, então eu me conformo em me deitar sobre seu peito. Chocada demais para chorar. Emocionada demais para não chorar. Passo minhas mãos sobre ele como se a força do meu desejo fosse trazê-lo de volta, fosse salvá-lo de si mesmo.

Mas não há salvação. Sua decisão impetuosa nos matou, porque sem ele no meu mundo estou morta por dentro, mesmo que ainda tenha a ilusão da vida.

Depois de aceitar a morte em meu coração, só preciso encontrar os meios.

Passo as mãos por seus braços e o descubro segurando um pequeno frasco.

— O que há aqui? — Minha voz está rouca de emoção. — Que prende o meu amor em sua mão?

Levo o objeto ao nariz e o cheiro; então gemo com angústia.

— Um veneno lhe deu descanso eterno.

Procuro dentro do frasco apenas um restinho, mas está vazio. Furiosa, eu o jogo longe.

Agarro a cabeça de Romeu e repreendo seu belo rosto imóvel enquanto começo a chorar.

— Malvado! Nem sequer uma gotinha para eu segui-lo?

Seus lábios estão abertos, e eu me inclino sobre ele e fecho meus olhos enquanto nossas testas se tocam.

— Vou beijar-lhe os lábios; talvez que neles reste algum veneno que me restaure à minha antiga morte.

Com delicadeza, aperto meus lábios contra os dele. Ainda tão macios. Como ele pode estar morto e ainda assim parecer tão vivo?

Beijo-os suavemente, desesperada para encontrar algum traço do veneno. Holt está tenso embaixo de mim.

— Que lábios quentes! — suspiro contra sua boca.

Ele fica ainda mais tenso.

Passo minha língua sobre seu lábio inferior e ele grunhe enquanto seu corpo estremece.

— Parem aí — Erika indica.

Holt se senta e olha para mim.

— É, Julieta — Erika comenta. — Parece que seus lábios têm propriedades milagrosas de cura. Se ao menos Shakespeare tivesse escrito sobre a recuperação dramática de Romeu da forma como o sr. Holt improvisou, haveria muito menos tragédia no final da peça e o povo poderia ir embora assobiando uma musiquinha feliz.

— Ela lambeu meus lábios — Holt protesta.

— É absolutamente o que Julieta faria — retruco. — Ela está tentando ingerir o veneno. Você deu sorte de eu não ter enfiado minha língua na sua boca e a revirado como uma escova de privada.

— Ah, porque isso é o que Julieta faria, certo? Não você.

— Sim.

— Papo furado.

— Ai, meu Deus, vocês dois podem *foder de uma vez*? — Jack Avery grita da plateia.

Há uma enorme risada do resto do elenco e Holt e eu trocamos olhares constrangidos.

Se fosse assim tão simples, Jack.

Erika pede que o elenco fique quieto.

— Sr. Holt, o que a srta. Taylor fez pareceu perfeitamente aceitável para mim. Talvez você só precise modificar sua reação. Você está morto. Não importa se ela beija sua boca toda e vai até as suas amídalas. Você não se mexe. Entendeu?

Holt balança a cabeça e dá um sorriso amargo. Então olha para mim.

Meu sorriso não seria mais presunçoso se eu o tivesse comprado no sabor Superpresunção na Presunçosa Lanches em Presunçópolis.

Ele revira os olhos.

— Agora, srta. Taylor — ela me encara —, quando você pega a adaga e se esfaqueia, quero que monte sobre ele.

— Ah, puta merda — Holt murmura.

— Sr. Holt, quando a srta. Taylor cair sobre você, não quero que pareçam que foram fuzilados numa briga de gangues. Vocês morrem como viveram: como amantes.

Estou tentando absorver tudo o que ela diz, mas meu cérebro está fixado em três palavras. *Montar sobre ele.*

Com uma perna de cada lado. Partes pressionando partes.

Minha nossa.

Holt está esfregando o rosto e gemendo.

Erika sorri para nós. Acho que ela curte nosso desconforto mútuo.

— Vamos voltar ao beijo e ver se podemos chegar até o final, tá? O restante do elenco envolvido no final dessa cena pode voltar aos seus lugares no palco, por favor?

Pessoas se remexem enquanto retomamos nossas posições. Holt está de cara fechada para mim.

Dou a ele meu sorriso mais inocente.

Ele me olha com uma intensidade que seria assustadora se eu não estivesse curtindo tanto sua frustração.

— Deite-se, meu amor — sussurro com uma voz sexy. — Tenho que montar em você.

Ele xinga e protesta entredentes, mas se deita.

Me engana que eu gosto.

— Vamos lá, pessoal. Obrigada, srta. Taylor.

Recomeço a cena. Quando chego ao beijo, faço com que pareça mais erótico de propósito. Posso sentir Holt respirando pesadamente, e um pequeno som escapa dele.

Oh-oh. Morto, cadáver gostoso, por favor.

Ele suspira e fica parado.

Bom menino.

Há vozes fora do palco e eu olho em direção a eles. Julieta está ficando sem tempo.

— Ruídos? — digo, o pânico colorindo minha voz enquanto olho ao redor em desespero. — Breve serei, então.

Avisto a adaga e, depois de passar uma das pernas sobre o corpo de Holt, monto sobre o volume saliente nas suas calças enquanto agarro a faca cênica que ele prendeu na cintura.

— Ah, lâmina feliz! — digo, puxando o cabo e a levando ao peito —, esta é a tua bainha.

Empurro a lâmina retrátil para o centro do meu peito e dou um grito, o rosto contorcido de dor. Para a plateia, parece que eu me feri mortalmente.

— Enferruja em meu peito. — Solto um grunhido e jogo a adaga no chão enquanto aperto o peito. Apoio o corpo com o punho no peito de Holt e beijo ternamente meu Romeu mais uma vez antes de cochichar: — Pra que eu morra!

Caio sobre Holt. Meu rosto pressiona seu pescoço, uma mão está em seu peito, a outra, em seu cabelo. Se alguém tirasse uma foto nossa, pareceríamos um casal jovem dormindo num abraço íntimo.

Outros personagens correm para o palco e continuam a cena, lamentando nossa morte e desvendando a série de eventos que levou a ela. Posso sentir Holt tenso embaixo de mim, tentando controlar sua respiração. Meu corpo continua pressionando seu pênis duro dentro da calça, e posso sentir que fica gradualmente mais rígido. Tento ignorar. Minha vagina tem outras ideias. Tento explicar que ela está morta e, portanto, não deseja mais o impressionante pênis ereto de Romeu, mas ela não está acreditando nisso.

Desacelero minha respiração e escuto a cena se desenrolando ao meu redor. A linguagem arcaica e seu ritmo têm um efeito sedativo. Então me concentro nas batidas do coração de Holt no meu ouvido. É hipnótico, tão forte e constante. Enquanto meus músculos suavizam e minha pulsação desacelera, meu corpo afunda no dele. Há um breve momento em que penso sobre ser muito pesada, para depois seu cheiro e calor me entorpecerem.

Antes que eu me dê conta do que está acontecendo, uma mão sacode meu ombro. Abro os olhos e vejo Jack parado diante de nós, com vários outros membros do elenco atrás dele.

— Uau. Feliz em ver que vocês estão tão empolgados com a nossa apresentação. — Ele faz uma careta. — Talvez da próxima vez você possa tentar não roncar.

Eu me sento rapidamente e olho para Holt.

Ele está com olhos embaçados e confusos. Seu olhar entra em foco quando me vê. Aproveito a deixa e saio, mas meus músculos estão frouxos e fracos.

Jesus, quem diria que uma montada cortaria tanto a circulação?

Jack me agarra pela cintura e me ajuda a ficar de pé. Há risadas enquanto minhas pernas cedem novamente, me fazendo tropeçar contra ele.

— Uau! Firme aí, Cassie. Você está morta já faz um tempinho. Melhor ir com calma.

Eu me endireito enquanto Holt fica de pé. Ele encara os braços de Avery ao meu redor antes de afastar o olhar.

— Sr. Holt, srta. Taylor — Erika chama, subindo os degraus para o palco —, posso supor que suas posições finais estavam confortáveis?

Eu me afasto de Jack e arrumo o cabelo, tentando desviar a atenção das minhas bochechas na função vermelho crescente.

— Estava o.k.

As pessoas riem para si mesmas. Estou mais do que envergonhada. Beijei Holt na frente dessa gente. Diabos, fiz sexo de mentira com ele. Mas e o que acabei de fazer? Me *aninhei* nele? Me desmanchei sobre ele e adormeci? É mais íntimo que qualquer coisa que eu tenha feito antes.

Nós nos sentamos no palco enquanto Erika faz suas observações, mas em geral ela parece feliz com nosso progresso. Jack se senta ao lado de Holt, cochicha e abafa risadas. Holt agarra a frente de sua camisa e cochicha algo em seu rosto. Jack fica pálido e se cala imediatamente. Quando Holt o solta, Jack se afasta, falando sozinho. Holt corre as mãos pelo cabelo antes de olhar para mim.

Ele parece furioso.

Quando Erika termina o ensaio, um falatório enche o ambiente enquanto todos guardam o cenário e os objetos de cena. Miranda e Aiyah me convidam para jantar com elas, mas não estou no clima. Eu agradeço o convite e dou um abraço nas duas para me despedir. O teatro já está mais vazio quando eu pego a adaga e a levo para Holt. Ele ainda parece bravo.

— Tudo bem com você? — pergunto.

Ele solta a bainha do cinto.

— Ótimo.

— O que rolou entre você e Avery? — quero saber.

— Ele é um babaca. — Ele enfia a adaga na bainha.

— Por quê?

— Ele fica perguntando se eu estou trepando com você.

— O que você disse a ele?

— Não respondi.

— E?

— Ele supôs que não.

— O que é verdade.

— É, mas daí ele acha que tudo bem me dizer o quanto *ele* quer trepar com você.

— E o que você disse? — Dou um passo à frente.

Seu olhar corre pelo meu corpo antes de ele responder.

— Disse a ele que se ele chegar perto de você eu corto as bolas dele e dou para o meu rottweiler.

— Você tem um rottweiler?

— Não, mas ele não sabe disso.

Toco a fivela de seu cinto. É um retângulo que parece com um tipo de crucifixo. Estranho ele estar usando o símbolo de Deus quando está no time do diabo.

— Então, deixa eu ver se entendi direito. — Passo os dedos no metal frio. — Você não quer ficar comigo, mas também não quer que outros caras fiquem?

— Ele não é outros caras. É o Avery. Se você dormir com ele, seu QI automaticamente despenca quarenta pontos.

— Já parou para pensar por que está com tanto ciúme?

— Não estou com ciúme. Só não quero aquele puto retardado tocando você. É só bom senso.

— E quanto a Connor. Posso dormir com ele?

Seu rosto denuncia confusão.

— Você *quer* dormir com ele?

Enrolo meus dedos na camiseta dele e resisto a rasgá-la.

— Se eu quisesse, teria problema para você? Ele parece furioso.

— Porra, não. Muito sem sal.

— E quanto ao Lucas?

— Chapado demais.

— Troy?

— Acho que ele é gay.

— E se não for?

— Ambíguo demais.

— E você diz que não tem ciúme.

— Não tenho.

— Então me dá um nome — peço. — *Você* me diz com quem posso dormir.

— Por que você está tão obcecada por sexo?

— Porque nunca fiz! E se fosse por você, eu nunca faria!

Ele engole em seco e abaixa a cabeça.

— Que diabos quer de mim, Taylor? Hein? Quer trepar comigo? Ou só está procurando um pau qualquer para tirar seu cabaço? Eu te compro a porra de um vibrador se é o que você quer.

— Não é o que eu quero e você sabe.

— Então voltamos ao motivo pelo qual precisamos ficar longe um do outro. Você quer o que sou incapaz de dar. Por que é tão difícil para você entender isso?

— O que não entendo é como você pode sentir *isso* — digo indo até ele e colocando minha mão em seu peito — e apenas fingir que isso não existe.

Ele não pisca quando passo minhas mãos pelo seu peitoral.

— Não notou? Sou bem bom em fingir.

Balanço a cabeça e suspiro.

— Então é isso. Você decide que não podemos ficar juntos, e pronto e acabou.

— Basicamente isso.

— E acha que consegue respeitar suas próprias regras?

— Que consigo ficar longe de você?

Ele se inclina, seus lábios estão na direção dos meus, tão perto que posso sentir seu hálito quente e doce.

— Sim — respondo num cochicho, não querendo nada além de ficar na ponta dos pés e beijá-lo.

Seu suspiro é lento e calculado.

— Taylor, acho que você subestima meu nível de autocontrole. Tirando meu deslize durante a cena de sexo, me segurei feito a porra de um Dalai Lama perto de você. Nosso primeiro beijo? Você começou. Hoje na cena da morte? Tudo você. Neste exato instante? Você.

— Então, sua teoria é... que se não fosse *eu* me jogando em *você*, você nunca teria colocado um dedo em mim.

— Exatamente.

— Mentira.

— Por favor, observe que suas mãos estão sobre mim neste momento, e as minhas estão soltinhas.

Baixo o olhar enquanto estou acariciando seu abdômen sem pudor. Recuo imediatamente.

Deus, ele está certo.

Sou eu.

Tudo foi iniciativa minha.

— Tá, legal. — Me afasto mais. — Não vou te tocar fora da peça, a não ser que você queira.

— Acha que é capaz de se controlar? — ele pergunta e eu posso jurar que ele está colocando algum tipo de feitiço sexual na voz que me faz querer lambê-lo. — Devemos deixar isso mais interessante?

— Como, tipo uma aposta?

— Por que não?

Penso por um segundo.

— Tá, então. O primeiro a tocar o outro de maneira íntima perde e tem de dar ao outro um orgasmo.

Ele ri e passa a mão pelo cabelo, mas não deixo de notar que ele passeia o olhar pelo meu corpo.

— Isso meio que destrói o sentido da aposta.

— Não na minha concepção. Nós dois saímos vencendo.

Ele pega a mochila e a coloca sobre o ombro.

— Vai para casa, Taylor. Toma uma cerveja. Tenta parar de pensar em mim.

— A aposta é sobre tocar. Posso pensar em você em uma centena de posições sexuais diferentes se eu quiser, e não tem nada que você possa fazer para me impedir.

Ele abaixa a cabeça e suspira, e sei que ele venceu o *round*.

— Te vejo semana que vem.

— Sim, verá.

Então ele se vai.

capítulo onze
MEDO DO PALCO

Hoje
Nova York

Holt e eu estamos seguindo para um bar de vinhos, não muito longe do teatro, para termos nossa "conversa".

Caminhar ao lado dele é ao mesmo tempo estranho e familiar, tem um quê de desgraça iminente — muito como todo nosso tempo juntos.

Meu lado cauteloso está murmurando que estar com ele é como usar o par de sapatos mais confortável do mundo, que às vezes te arremessa de cabeça num muro. É como ter uma alergia a frutos do mar e se negar a desistir de lagosta. Como saber que você está prestes a cair de cara num canteiro de urtiga, mas se recusar a aceitar a torturante coceira.

Seu braço roça no meu conforme andamos.

Deus, como meu corpo vibra perto dele.

Quando chegamos ao bar, ele abre a porta para mim e pede uma mesa nos fundos.

A hostess come ele com os olhos em um segundo antes de nos levar à mesa.

Ele nem nota. Como sempre.

Queria poder fazer o mesmo. Não tenho por que ficar com ciúme. Tenho certeza de que, nos anos em que ficamos afastados um do outro, ele perdeu a conta de suas conquistas. As mulheres sempre se jogaram aos pés dele, mas sua popularidade explodiu quando ele fez turnê na Europa. Seu personagem passava a maior parte da peça sem camisa, e quando as fotos promocionais sensuais chegaram à internet, mulheres começaram a segui-lo de cidade a cidade para vê-lo atuar.

Não as culpo.

Eu me lembro de como foi quando vi fotos dele na rede. Tentei afastar o olhar, mas era impossível.

Só de pensar nisso meu rosto queima.

Pego o cardápio de petiscos e me abano. Holt olha para mim e franze a testa.

— Tudo bem com você?

— Sim.

— Você parece vermelha.

— Menopausa. Ondas de calor.

— Você não é meio nova para isso?

— Você acha, é? Ser mulher é um saco.

— Exceto pelo troço de ter orgasmos múltiplos. — Ele levanta uma sobrancelha. — Alguém me contou que é bem incrível.

— É, sim. — *Se você quer levar a conversa para esse lado.* — Tem isso.

"Múltiplo Ethan", esse deveria ser seu apelido. Naquela noite em que ele descobriu que podia me fazer ter um, juro, vi o paraíso.

Eu me abano novamente.

Droga, ele não pode falar desse assunto. Pelo menos não quando estou tentando ignorar a tentação.

Todos os assuntos relacionados a sexo estão fora.

Como ele pode não saber das regras que acabei de criar?

— Por que você está olhando feio para mim? — ele pergunta franzindo a testa.

— Por que não estamos bebendo ainda? Viemos aqui beber.

— E conversar.

— E beber.

— A menopausa também te tornou alcoólatra?

— Sim. E psicótica. Tome cuidado.

— Estou tentando. Não é fácil com uma psicótica de cara feia na menopausa.

Eu faço uma cara feia de verdade.

Ele ri.

Acrescente risos à lista de coisas que ele não pode fazer quando estou tentando ignorar o quão atraente ele é.

Ele nota que não estou rindo e olha para mim com preocupação. Preocupação? Anoto na lista.

— Cassie? — Dizer meu nome também.

— Estou bem. Preciso de álcool.

— Tá. Claro.

Ele me encara por mais alguns segundos e com certeza encarar entra na lista. Eu desisto e aceito que a lista será atualizada o tempo todo. Tento afastar isso da minha mente.

Por fim, uma garçonete chega. Ela se apresenta como Sheree e não tira os olhos de Ethan enquanto ele escolhe o vinho. Quero socar sua boca cheia de gloss.

Enquanto Sheree tagarela suas recomendações, Ethan levanta o olhar para mim. Ele não está prestando atenção na moça. Está tentando descobrir o que eu quero beber.

Era uma brincadeira nossa, e ele nunca perdia. Ele sabia o que eu queria mesmo quando eu não sabia. Quando pedir o doce, ou seco, ou picante.

Quando a garçonete termina, ele olha de volta para a lista.

— A pergunta é, Sheree... minha amiga quer tinto ou branco?

A garçonete franze a testa.

— Hum, você não deveria perguntar isso a ela?

— Não tem graça perguntar. Preciso adivinhar. Como uma espécie de Sherlock *sommelier*. Se eu errar, vou perder meu recorde perfeito.

— E se acertar? — Sheree pergunta levantando a sobrancelha.

Balanço a cabeça. Quando ele acertava, eu o recompensava com a boca. Sem chance de isso acontecer essa noite.

— Se eu acertar — Ethan diz —, talvez ela entenda que, apesar de todas as merdas que eu fiz, eu ainda a conheço melhor do que qualquer um.

Ele olha para mim e, quando o calor se espalha pela mesa, tenho de afastar o olhar.

Sheree oscila com o peso do corpo. Eu puxo o canto da toalha.

Se você procurasse a palavra "desconfortável" no dicionário, haveria uma foto desse momento.

Sem deixar que a cena se prolongue, Ethan pigarreia e pede o Merlot Duckhorn com total certeza.

É a escolha perfeita. Não sei por que estou surpresa.

Quando a garçonete sai, ele se inclina de volta na cadeira e enlaça os dedos, apoiando os braços na mesa diante de si.

— Na mosca, hein?

Dou de ombros.

— Talvez.

Ele parece feliz.

— Não tinha certeza se eu ainda conseguia fazer isso. Já faz tempo.

— É.

Ele me encara por alguns segundos antes de dizer.

— Tempo demais, Cassie.

Um silêncio pesado cai entre nós.

Nós sabemos que esta é a nossa última chance. Nossa oportunidade final de salvar algo de bom do desencontro que tem sido nosso relacionamento.

A pressão é sufocante. Pigarreio. Minha boca está mais seca do que o Saara.

Quanto tempo se leva para pegar uma garrafa de vinho e duas taças? Sheree está esmagando a porcaria das uvas ela mesma?

Minha barriga se contorce com o nervosismo. Preciso de um cigarro, mas não tem como fumar aqui.

Holt estala os dedos e posso vê-lo passando frases em seu cérebro.

Olho para seus dedos. Os polegares estão se esfregando lentamente um contra o outro, as mãos estão tensas e são incansáveis. Quero me esticar e pará-las, assegurá-lo que... o quê? Que não vou ser uma vaca? Que vou escutar calma e cuidadosamente e considerar todas as suas justificativas com a cabeça no lugar?

Não posso dizer isso a ele. Não seria verdade.

Há uma chance muito grande de que esta noite termine mal. Que, levantando essa poeira, todas as minhas boas intenções de sermos amigos desapareçam. Ele sabe tão bem quanto eu.

Depois do que parece ter sido várias vidas, Sheree traz nosso vinho. Enquanto ela nos serve, a observamos com uma gratidão exagerada. Depois de servidos, tomamos longos goles e deixamos as taças de lado.

Ele suspira, frustrado, e esfrega uma mão no rosto.

— Não deveria ser tão difícil assim.

— Não conhece a gente? Nós não somos fáceis.

— Verdade.

Sinto um arrepio no estômago e tomo mais um gole do vinho para relaxar. Holt franze a testa.

— Tudo bem com você?

Tomo outro gole e faço que sim.

— Sim, claro. Belo vinho.

Não estou mentindo sobre o vinho. Está delicioso. Estou mentindo sobre estar bem. Bebi demais, muito rápido, e por mais que achasse que estava pronta para enfrentar o Ethan, meu estômago está dizendo que não estou.

Outro arrepio e faço uma careta.

— Cassie?

Começo a suar porque sei o que está vindo. A saliva toma minha boca enquanto corro para o banheiro. Cheguei bem a tempo.

Estou bochechando quando ouço uma batida na porta.

— Cassie? Tudo bem?

Pausa.

— Mais ou menos.

— Posso entrar?

— Se quiser.

Esse banheiro até que é bem chique. Bem limpo. Acabamento de primeira. Flores frescas. Ele entra e fecha a porta quando termino de lavar as mãos.

— Era eu que costumava vomitar de nervoso — ele comenta enquanto enxugo as mãos. Jogo as toalhas de papel no lixo.

— Agora sou eu.

— Está se sentindo melhor?

— Um pouco.

Ele se estica para tocar meu ombro, mas eu me afasto instintivamente. Ser confortada por ele não é uma opção agora.

Ele baixa a cabeça e suspira.

— Quando eu ensaiei esta noite na minha mente, e preciso dizer que ensaiei *bastante*, foi bem mais suave. Houve muito pouco vômito envolvido. Agora, não apenas te fiz passar mal, como não consigo me lembrar de nenhuma das coisas que eu precisava te dizer.

Eu me viro para o espelho. Pareço um demônio. Não, nem tão bem assim. Pareço um demônio saído de um inverno atômico e depois de ter sido atacado por zumbis.

Penso em corrigir o estrago com maquiagem quando Ethan dá um passo à frente e tira o cabelo do meu ombro. Isso me dá arrepios.

— Jesus, Cassie — ele sussurra. — Mesmo vomitando você ainda é a mulher mais linda que já vi na vida.

Eu gelo enquanto ele encara nossa imagem no espelho.

— Ethan, você não pode dizer coisas assim.

— Por que não? Olha para nós. Somos perfeitos juntos.

Ele esfrega os dedos nos meus. Fecho os olhos e inspiro.

— Sempre fomos. Não importa quão fodidas as coisas eram nos bastidores, nós sempre parecemos feitos um para o outro. E somos.

— Ethan...

Eu me viro para encará-lo. Ele se inclina à frente, mas eu coloco minha mão em seu peito para detê-lo.

Ele suspira e trava o queixo.

— Tocar em mim neste momento não é exatamente uma boa ideia. A não ser que você queira destruir minha postura fria e calma.

Tiro a mão do seu peito e me inclino contra a bancada. Não ajuda em nada a diminuir o desejo que estou sentindo. Está preenchendo cada canto deste banheiro.

— Como depois de todo esse tempo você ainda me afeta assim? — ele pergunta se inclinando à frente.

— Assim como? — Sei exatamente como, mas quero ouvi-lo dizer.

— Nervoso e calmo ao mesmo tempo. Louco e sereno. Selvagem e civilizado. Só ter você por perto me faz esquecer toda a merda que passamos e apenas...

— O quê?

Sua expressão se torna ávida.

— Apenas querer me enterrar em você e esquecer de tudo. Fazer nosso passado ir embora.

Se fosse tão fácil assim.

— Senti saudade de você pra caralho, Cassie. Você não faz ideia. Não faz mesmo, mesmo.

Eu vacilo. Meu lado cauteloso sussurra que estou prestes a dar com a cara no poste. Me avisa que não posso comer lagosta. Grita que estou em vias de cair num canteiro gigante de urtiga.

Avalio o perigo por cerca de três segundos antes de colocar meus braços ao redor do pescoço dele e abraçá-lo. Ele passa os braços ao meu redor enquanto encaixa a cabeça no meu pescoço e solta um suspiro estremecido.

Como em todas as vezes, me arrepio inteira.

Seis anos antes
Westchester, Nova York
Diário de Cassandra Taylor

Querido diário,

É noite de estreia, e faz uma semana desde que Holt e eu fizemos a aposta sobre manter as mãos longe do outro. Desde então as coisas foram... esquisitas.

Bom, mais esquisitas.

Nossa dinâmica tem estado ruim, mesmo no palco. Porque os dois querem vencer essa aposta ridícula. Os beijos estão contidos, os abraços, falsos; uma versão esterilizada do nosso tesão selvagem.

Erika percebeu. Ela acha que ensaiou a gente demais e nos fez perder o jeito. Mas não é culpa dela. É nossa. Sem contar com a opção de me jogar em Holt, não sei bem o que fazer para reverter a situação.

Acrescente a isso aquela apreensão desconcertante da noite de estreia, e preciso dizer que estou meio que aterrorizada. (E quando digo "meio que" quero dizer "completamente". E quando digo "completamente" quero dizer que seria um milagre se eu chegasse ao palco sem passar por um surto épico que envolvesse gritar e/ou chorar e/ou me agarrar desesperadamente às cortinas enquanto o diretor de palco tentasse me arrastar para a cena.)

Por favor, Deus, me deixe passar por esta noite sem parecer uma completa idiota. Me deixe ser boa.

Estou implorando.

Caminho para o teatro baforando um cigarro. Estou pegando o jeito. Não tenho certeza se isso é bom, mas diminui meu nervosismo.

O espetáculo é às sete e meia. Agora são três da tarde. Tomara que o fato de estar no teatro me ajude a focar e liberar a tensão.

Ao menos esse é o plano.

Coisas a fazer nas próximas horas: ioga e tai chi, caminhar pelo cenário, incorporar Julieta, distribuir meus cartões e presentes nos camarins, me vestir, tentar não vomitar, entrar em cena sem precisar ser empurrada, arrasar.

Simples.

Coisas a não fazer: ficar obcecada por Holt, vomitar, sair gritando pelo teatro.

Difícil.

Sigo direto para meu camarim quando chego. A maioria fica atrás do palco, mas há meia dúzia no nível do mezanino. Erika os reservou para os protagonistas.

Desfaço a mala e tiro maquiagem e acessórios para cabelo. Então, ponho uma legging e minha camiseta da sorte da Sininho e vou para o palco.

Está escuro e o brilho fraco das luzes de serviço lança longas sombras ameaçadoras pelo cenário.

Ótimo. Tudo de que preciso é mais medo pulsando pelo meu corpo, porque, claro, não estou tensa o suficiente.

Respiro fundo e caminho pelo cenário. Passo a mão pelas paredes falsas de isopor enquanto olho para fileiras e fileiras de assentos vazios. Tento ignorar os arrepios quando sinto o brilho de centenas de pares de olhos fantasmas.

Quero arrasar esta noite.

Quero que Holt arrase.

A peça toda meio que se apoia sobre o fim das nossas merdas. Tenho zero noção de como chegar a isso.

Vou para o centro do palco e passo várias sequências de posições de ioga e respiração. Alongo meus músculos. Procuro foco.

Depois de um tempo, a ioga se transforma em tai chi. Fecho meus olhos e me concentro na respiração. Para dentro. Para fora. Me movimento lentamente. Sincronizo ar e movimento. Expiro o medo. Inspiro confiança.

Eu me concentro em imagens que me trazem prazer. Inevitavelmente, meus pensamentos se voltam para Holt. A linha definida do seu maxilar com barba por fazer, masculina e sexy. Os lábios, insuportavelmente sedosos e macios. Os olhos. Ferozes. Nervosos. Assustados e aterrorizantes ao mesmo tempo.

Meu corpo todo se incendeia.

Ficar longe dele esta semana foi uma tortura. Tento não ficar olhando para ele por muito tempo, mesmo durante as cenas, senão dói demais. Foco na parede atrás dele ou num ponto do cenário ou no topo do seu cabelo. Qualquer lugar menos naqueles olhos mortais que me incitam a querer fazer coisas bem impróprias com Holt por horas a fio.

Estou mais calma conforme pratico a respiração. Focada e preparada.

Quando abro os olhos, quase mijo nas calças de susto porque o rosto de Ethan está apenas a uns poucos centímetros do meu.

— Meu Jesus Cristinho! — grito enquanto me debato como um polvo caindo de paraquedas.

Holt salta vários metros para trás e coloca a mão no peito.

— Porra, Taylor! Você me matou de susto! Nossa senhora!

— *Eu* te matei de susto?! — Vou até ele e dou-lhe um empurrão no peito. — Você quase me fez mijar nas calças!

Ele começa a chorar de rir.

— Não tem graça! — Bato nele de novo.

— Tem, sim. — Ele se afasta quando continuo a acertá-lo.

— Que tipo de aberração é você para assustar alguém desse jeito?

— Eu não queria te incomodar — ele argumenta enquanto agarra minhas mãos. — Porra, para de me bater.

Ele coloca minhas mãos contra seu peito, mas já estou tendo muito trabalho com meu coração acelerado para reconhecer como seu peitoral é durinho debaixo de meus dedos.

Solto as mãos, corro para o cenário do quarto e me jogo na cama.

— Que diabos você está fazendo aqui? Achei que estivesse sozinha.

Ele está parado diante de mim, sua risada morrendo enquanto enfia as mãos nos bolsos.

— Pensei a mesma coisa. Gosto de ficar no teatro algumas horas antes da estreia. Ajuda a desestressar.

Passo a mão no cabelo.

— É? E como está se sentindo agora, senhor Assustador? Calmo?

— Por mais hilário que tenha sido, não foi minha intenção te assustar. Eu só queria... observar.

A sensação de susto passa, e paro para registrar o que ele está vestindo.

Regata "machão" branca, bermuda de corrida azul-marinho bem colada e Nike preto e prateado.

Que diabos?

Ele não pode usar isso.

Quer dizer... é que... ele...

Meu Deus, olha para ele!

Ombros largos. Belos braços. Peito amplo. Cintura fina. Panturrilhas musculosas.

Que injustiça! Obscenamente sexy. Isso é proibido!

— Por que você está me olhando assim? — Ele está alternando o peso do corpo de um lado para o outro.

— Assim como? — É só o que consigo dizer no meu torpor de tesão.

— Como se quisesse me comer.

Quase me engasgo. Tusso e cuspo.

— Por que está usando isso?

Ele se olha de cima a baixo e dá de ombros.

— Estava correndo. Achei que podia aliviar a tensão.

Meu cérebro viaja para uma imagem dele correndo: braços pulsando, rosto vermelho, longas pernas avançando, cabelo balançando ao vento.

— Você... correu?

— Corri.

— Nisso aí?

Ele confere suas roupas e franze a testa.

— Sim. Qual é o problema? É só uma regata e uma bermuda.

— Só uma... você acha que é... só uma... não! Holt, isso é maldade!

Meu cérebro travou. Ele olha para mim como se eu fosse doida, mas não consigo tirar os olhos dele.

Que gênio decidiu chamar essa roupa em particular de "machão"? Não é machão, é um *ímã para fêmeas*. Um *despertador de vaginas*. Um *destruidor de calcinhas*.

Puta merda.

— Taylor?

Ele dá alguns passos na minha direção e todo o tesão que venho reprimindo inunda meu corpo. Salto da cama e me afasto.

Não vou perder essa maldita aposta só porque ele decidiu se vestir como um gostosão delicioso e irresistível. De jeito *nenhum*.

Preciso ficar longe até que a vontade de jogá-lo no chão e montar nele suma.

— Tenho que... fazer umas coisas. — Saio do palco cambaleando.

— Taylor? — ele me chama, mas eu não paro. Não posso olhar para aqueles ombros de novo. Os bíceps. Antebraços.

Que merda!

Corro para o camarim e bato a porta. Passo as duas horas seguintes fazendo exercícios de respiração. O tempo todo eu digo a mim mesma que implorar a Holt por sexo na noite de estreia é uma ideia *bem* ruim.

MEU ROMEU **193**

Às cinco e meia, começo a me preparar. Quero fazer isso logo para que eu possa deixar todos os cartões e presentes nos camarins das pessoas antes que elas cheguem.

Dar cartões de boa sorte ao elenco e à equipe na noite de estreia é uma tradição. Também vou dar chocolatinhos em forma de coração para representar o amor pelo nosso espetáculo. Sim, é cafona, mas sou pobre e os chocolates são baratos.

Termino a maquiagem, escovo o cabelo, ponho meu robe de seda da sorte e pego a sacola dos presentes. Passo depressa pelos camarins, o tempo todo pensando que não acabei o cartão do Holt ainda. Tudo o que escrevi até agora foi "Querido Ethan". Depois disso, não faço ideia do que dizer.

"Boa sorte na estreia" parece brega e impessoal e "por favor, faça sexo comigo" simplesmente parece errado. Preciso encontrar um meio--termo, mas é mais fácil falar que fazer.

Já entreguei a maioria dos cartões quando passo pelo camarim dele. Enfio a cabeça pela porta. Está vazio.

Entro escondida e deixo os cartões de Connor e Jack bem rapidinho, dizendo a mim mesma que vou terminar o do Holt e dar a ele depois.

Quando me viro para sair, ele aparece na porta, seu rosto é uma sombra no corredor escuro.

— Ué, não tem cartão para mim? — ele pergunta, e há algo de errado em sua voz.

— Hum, vai ter. Só não terminei de escrever sua mensagem ainda.

Sigo em direção à porta, mas ele entra, me cortando. Ainda está usando o traje *destruidor de calcinhas*. Seus ombros são incríveis. Quero mordê-los.

— Você escreveu mensagens para todo mundo, Taylor, mas não para mim? Não mereço um cartão seu?

O rosto dele está sombrio e um pouco suado.

— Holt, está tudo bem com você?

— Belo robe — ele diz, olhando para meus peitos. Ele toca a faixa ao redor da minha cintura. — Está usando alguma coisa por baixo?

— Apenas minha deliciosamente moderna lingerie cor da pele — respondo quando ele afasta a mão. — Sem espiar. Você já viu antes.

— Muitas vezes.

— Não é tão ruim, é?

Ele pega a faixa novamente.

— Não se espera que eu continue ignorando você e seu corpo gostoso pra caralho. — Ele passa os dedos pelo tecido sedoso. — Tenho feito tanto esforço. Para ser bom e respeitoso. Seria fácil não ser.

A energia que faltava entre nós na última semana está de volta, espessa e pesada. Desesperadamente magnética.

Perco o fôlego.

— Foi você quem estabeleceu os limites. Quero que você faça exatamente o que quiser comigo.

Ele solta o ar enquanto enrola a faixa de seda em sua mão e dá um passo à frente.

— Você não tem permissão para dizer essas coisas.

Sua voz está falha. As mãos tremem. O pouco suor em sua testa ainda está ali, mas agora escorre também pelo pescoço e ombros.

— Sério, você está bem? — pergunto enquanto ele engole em seco e faz uma careta.

Mal acabo de falar e ele aperta a própria barriga, cambaleando para trás e caindo no sofá.

— Porra.

— Holt?

Depois de respirar fundo algumas vezes, ele inclina a cabeça para trás e fecha os olhos.

— Só tô nervoso, tá? Nervosismo foda pra caralho.

— Com o espetáculo?

— Entre outras coisas, também.

Ele solta o ar devagar e controladamente.

— Minha ansiedade vai direto para o estômago. Fico com cãibra e náusea. Que menina que eu sou.

— Entendo como você se sente.

Ele esfrega o rosto.

— A não ser que você também tenha um pai que só está vindo para sua apresentação para poder dizer que você está desperdiçando a vida com essa baboseira de teatro, então, não... você não entende.

— Seu pai não está feliz com sua escolha?

— Isso seria um megaeufemismo.

— Ah...

Ele segura a cabeça entre as mãos e puxa o cabelo.

— Não importa. Vou ser uma droga hoje de qualquer jeito. Ele vai fazer a festa repetindo "eu te avisei".

— Você não vai ser uma droga.

— Fomos horríveis pra caralho a semana toda. Você sabe disso tão bem quanto eu.

— Estávamos meio sem jeito.

Ele lança um olhar severo para mim.

— Tá, fomos horríveis. Mas é porque estamos tentando arduamente negar a atração que sentimos, por isso nosso desempenho está caindo. Não podemos nos fechar e esperar que nossos personagens pareçam tão apaixonados a ponto de não poder viver sem o outro. É impossível.

— Então o que você está sugerindo? — ele quer saber. — Que eu te jogue neste sofá nojento pra gente bancar os amantes de verdade?

— Bem, isso seria bacana...

— Taylor...

— Tá, tudo bem. Não cedemos aos impulsos fora do palco. Mas, no palco? Precisamos deixar nossa conexão acontecer. Chega de lutar contra isso. Porque a mágica só acontece quando deixamos o outro entrar.

Ele parece cético.

— Apenas no palco? Você acha que vai ser fácil controlar isso?

— Não, não acho — respondo, me ajoelhando na frente dele para alinhar nosso rosto. — Mas temos um elenco inteiro dependendo de a gente acabar com as nossas merdas e fazer esse espetáculo funcionar. Se formos mal, vamos arrastar todo mundo conosco. Então vamos só fazer a peça, e você vai poder voltar a negar seus sentimentos por mim na semana que vem, tá?

Por um instante tenho a impressão de que ele vai tocar meu rosto. Em vez disso, ele passa os dedos pela frente do meu robe. Perco o fôlego.

— Tá. Você venceu. Se eu puder parar de me sentir como se eu fosse desabar de cinco em cinco segundos, eu paro de me segurar.

O tom da voz dele arrepia os pelos do meu braço.

— Tenho técnicas de concentração que podem ajudar — comento enquanto ele continua a acariciar meu robe.

— Preciso tomar uma ducha e me arrumar primeiro.

— Sem problema. — Fico de pé. — Volto no sinal de meia hora. Quando terminarmos, estaremos tão focados que vamos estar grudados nesses personagens.

Ele suspira e balança a cabeça.

— Que foi? — pergunto.

— Nada.

— Fala.

— Agora a imagem de você grudada em mim vai perturbar minha cabeça. É melhor você sair.

Começo a rir, mas a fome animal nos olhos dele me diz que ele está falando muito sério.

Ele se levanta e meu coração acelera.

Deus. Ele vai me jogar na parede. E vai grudar em mim.

Prendo a respiração enquanto ele se aproxima.

Para minha decepção, ele dá a volta ao meu redor e agarra a toalha no encosto da cadeira antes de seguir para o banheiro.

— Sai daqui, Taylor — ele diz sobre o ombro —, antes que eu esqueça por que deixei você com esse maldito robe.

Às seis e quinze, o teatro está fervilhando. Há cartões de boa sorte e presentes espalhados por todo meu camarim. Meus pais enviaram um enorme buquê de flores com um cartão me dizendo quão orgulhosos estão e como gostariam de estar aqui.

Também queria que eles estivessem. Meu primeiro grande papel, e ninguém que eu amo está aqui para ver.

Sigo para o palco para dar a última verificada nos objetos de cena. Todo mundo que encontro me deseja boa sorte e nos abraçamos, mas não estou convencendo. Estou enjoada e meu nervosismo está cada vez pior, crescendo conforme a hora do espetáculo se aproxima.

Quando volto ao camarim de Holt, parece que o sanduíche de frango que jantei está no meio de uma revolta do tipo *O grande motim*.

Respiro fundo e bato na porta. Jack grita para eu entrar.

— Oi. — Fico parada na porta.

— Oi, doce Julieta — Jack me cumprimenta quando termina de passar um pouco de pó no rosto. — O namoradinho está no banheiro.

—Ainda?

Escuto sons abafados de golfadas. Jack faz uma careta.

—Ainda. — Ele se levanta e me abraça. — Boa sorte nos beijos esta noite.

Ele me dá um abraço solidário antes de fechar a porta atrás de si. Vou até o banheiro e bato.

— Vá embora — Holt devolve com a voz fraca.

— Sou eu — aviso através da porta. — Posso entrar?

— Não. —Agora a voz falha. — Estou nojento pra caralho.

— Bom, estou acostumada com isso.

Abro a porta e entro no banheiro. O ar está tomado com o cheiro acre de bile. Quase me engasgo. Então, avisto Holt caído contra a parede, seu rosto está pálido e brilhando de suor.

— Ai, inferno, você está bem? — Eu me abaixo na frente dele. — Você está um lixo.

Como uma triste demonstração da minha autoestima, eu ainda o considero incrivelmente atraente.

— Achei que você deveria me fazer sentir melhor. — Ele puxa as pernas contra o peito. — Se vai me ofender, posso ficar arrasado e nojento sozinho.

— Vou ajudar — respondo. — Mas é melhor fazer o que eu mandar. Sem perguntas.

— Tudo bem, tanto faz. Só faz o mal-estar passar.

Ele já está no figurino. Camisa branca de botões com as mangas enroladas. Os botões de cima estão abertos revelando uma quantidade perturbadora do tórax. Da cintura para baixo veste jeans e botas.

Agarro seu pé esquerdo e começo a desamarrar o cadarço.

Ele fica tenso.

— Que porra?

— Sem perguntas, lembra?

— Tá, mas essa regra começa depois que você me contar o que está fazendo.

— Preciso tirar seu sapato.

— Por quê?

— É outra pergunta.

— Taylor...

— Porque preciso massagear seus pés.

Ele puxa a perna e balança a cabeça.

— Nah. Isso é contra as regras. Meus pés são nojentos.

— Tenho certeza de que eu aguento a visão.

— Tá, mas eu, não.

— Holt — suspiro, irritada. — Você quer arrasar esta noite ou quer ser uma grande droga e dar motivo para seu pai dizer que você está desperdiçando a vida?

O rosto dele despenca.

Eu me sinto mal por não jogar limpo, mas que diabos? Ele precisa superar isso.

Ele grunhe, frustrado, e estende o pé para mim. Então, acabo logo de desamarrar sua bota e tirá-la, junto com sua meia.

Por alguns segundos, eu apenas observo.

Seu pé é lindo. Perfeito. Ele podia ser um excelente modelo de pés.

Eu levanto o olhar e ele dá de ombros.

— São feios. Grandes demais. Dedos ossudos.

— Você pirou.

Coloco seu pé modelo no colo e ele vacila.

— Confia em mim, tá? Minha mãe é uma especialista em cada forma de terapia alternativa que existe, e ainda que eu ache que a maioria seja enganação, a reflexologia sempre funcionou comigo. Aprendi todos os pontos de pressão aos doze anos, então relaxa. Não vai doer. Muito.

Ele tenta recuar quando cravo os dedões nos pontos onde a parte anterior da planta de seu pé termina e o arco começa.

— Dói? — pergunto. Se um órgão está inflamado, o ponto de pressão pode estar sensível. É só perguntar ao meu ponto de pressão do útero durante meu período menstrual.

— Não — ele responde. — Eu... hum...

— O quê?

Ele suspira e me encontra com um olhar.

— Não ouse me falar merda disso, mas tenho cócegas pra caralho, tá?

Eu seguro o riso.

— Cócegas?

— Sim.

— Você?

— Sim.

— Você, o *bad boy* que caga pra tudo?

Ele me olha feio.

— Ah, não fode.

— Viu?

Ele bufa e aperta a barriga.

— Continua com esse troço e pronto, vai.

Sorrio e o massageio novamente. Uma parte do meu cérebro registra que ele ter cócegas é uma graça, enquanto outra parte foca em deixá-lo num nível adequado para subir no palco em meia hora.

Sua respiração desacelera depois de algum tempo.

— Está fazendo diferença? — pergunto ainda massageando todo seu arco, acertando pontos de seu intestino, cólon e pâncreas.

— Sim — ele suspira. — A cólica está melhorando um pouco.

Faço movimentos giratórios com meus dedões e seu pé fica mais pesado enquanto ele relaxa.

É um pé grandão. Meu cérebro busca a história que ouvi uma vez sobre o tamanho do pé estar relacionado ao tamanho do pênis.

Tento me concentrar no que estou fazendo. Pensar no pênis dele agora poderia acabar em desastre.

Continuo por mais alguns minutos até que ele relaxa por completo. Então, coloco de volta sua meia e a bota, e o observo amarrar os cadarços.

— Valeu. — Ele me dá um sorriso agradecido. — Tô melhor.

— O suficiente para sair deste banheiro fedido?

— Sim. — Ele fica de pé e caminha até a pia, onde há escova de dentes, pasta e um frasco de antisséptico buscal. — Hum... só me dá um minuto, tá? Não quero que você beije alguém que tenha gosto de sanduíche de peru regurgitado.

Lavo rapidamente as mãos antes de ele me fazer sair. De volta ao camarim, eu me jogo no sofá enquanto escuto a lavagem bucal mais completa desde que a escova de dentes foi inventada. Ele termina com um gargarejo que bate recorde mundial em duração. Balanço a cabeça quando percebo que até um gargarejo soa sexy vindo dele.

Estou claramente perturbada.

Por fim, ele ressurge, com cheiro de menta fresca. Faço sinal para que ele se sente de pernas cruzadas no chão.

Ajudá-lo me acalmou um pouco, mas ainda não tenho certeza de que vou fazer uma boa apresentação esta noite.

Como se pudesse sentir minha aflição, Holt aponta para meus pés.

— É... você quer que eu faça... você sabe, em você... ou algo assim?

Ele parece tão desconfortável com a ideia que quase respondo sim só para torturá-lo.

— Vai passar. Não temos muito tempo. Vamos simplesmente nos concentrar para subir no palco e arrasar.

Ele assente, e parece grato.

Digo a ele para fechar os olhos e focar numa imagem que considere relaxante. Tento visualizar um lençol branco balançando ao vento. É o que a Meryl Streep usa para se acalmar. Geralmente, funciona bem para mim, mas não esta noite.

Estou atenta demais à presença de Holt. Seu cheiro e energia fazem meu corpo pulsar e tremer, estragando qualquer chance de eu encontrar paz.

Não acho que ele esteja indo muito melhor, pois sua respiração está entrecortada e irregular. Ele grunhe de frustração.

— Isso não está funcionando.

Abro os olhos. Está me encarando.

— Você está perto demais e longe demais.

Logo em seguida, a voz do produtor fala pelo interfone: "Senhoras e senhores da Companhia Romeu e Julieta, esta é a chamada de quinze minutos. Faltam quinze minutos para entrarem em cena. Obrigado".

Estou certa de que meu rosto é a definição do pânico.

Não estou pronta. Nem perto disso. Estou sem concentração e sem personagem.

Onde diabos está Julieta? Não consigo encontrá-la.

Fico de pé e começo a andar de um lado para o outro.

— Devíamos ter começado antes. Estamos aqui a tarde toda, pelo amor de Deus!

— Taylor, se acalma. Nós vamos conseguir.

A voz dele está incrivelmente tranquila.

— Não, não vamos — respondo balançando as mãos e girando a cabeça. — Não temos tempo o suficiente.

— Só respira.

Caminho até a porta e pressiono minha testa contra ela enquanto tento dar ritmo à respiração. Posso visualizar a plateia tomando seus assentos, folheando os programas, cheia de empolgação e ansiosa por uma apresentação que não vai ser uma droga. Eles vão se decepcionar.

— Preciso ir. — Pego a maçaneta.

— Pra onde?

— Pra longe, preciso fazer... ioga... alguma coisa. — Giro a maçaneta. Ele cobre minha mão.

— Taylor, para.

Abro a porta, mas ele a fecha com um baque.

— Holt! Abre a porta!

— Não. Acalme-se. Você está surtando.

— Claro que estou surtando! — Viro meu rosto para ele. — O espetáculo começa em menos de quinze minutos e não tenho ideia do que diabos estou fazendo!

202 Leisa Rayven

— Taylor...

Suas mãos estão nos meus ombros. Eu o ignoro.

— É meu primeiro papel grande. Erika disse que diretores e produtores da Broadway vão estar na plateia.

— Para... — Ele emoldura meu rosto com suas mãos. Eu o ignoro.

— Há críticos lá, pelo amor de Deus! Eles vão dizer que matei o espetáculo. Eu. Matei bem matado.

— Cassie... — Ele acaricia minhas bochechas. Eu o ignoro.

— Eles vão publicar coisas sobre quão terrível eu sou, o mundo todo vai ver que farsa eu sou...

Então ele me beija.

Isso eu não posso ignorar.

Ele pressiona seu peso contra o meu, grunhe enquanto suga gentilmente meus lábios. Inspiro devagar enquanto meu corpo todo ganha vida. Escuto meus gemidos, então o beijo de volta, frenética e desesperadamente tentando encontrar consolo na sua deliciosa boca.

Ele gela antes de se afastar e me olhar em choque.

— Ah... merda.

Estamos ambos respirando pesadamente, olhando um para o outro.

— Você me beijou.

— Eu não queria. Você estava surtando. Eu queria fazer você parar.

— Colocando a língua na minha boca?

— Não usei a língua.

— Ainda estou surtando um pouquinho. Talvez um pouco de língua seja bom.

Ele suspira e baixa o olhar. Suas mãos ainda estão no meu rosto, seu corpo pressionado contra o meu.

— Jesus. Acabei de perder nossa aposta.

— Sim, perdeu.

— Foda-se.

— Se você insiste.

Ele se afasta e passa a mão pelo cabelo.

"Senhoras e senhores. Esta é a chamada de dez minutos. Obrigado."

O pânico toma conta de nós outra vez.

Precisamos fazer alguma coisa. Agora.

— Tive uma ideia maluca.

— Tem a ver com a sua língua?

— Não.

— Droga.

Ele pega meu braço.

— Vem cá. — E me leva para o sofá.

Ele se senta e me puxa em direção a ele. Entendo o que está tentando fazer e me ajoelho sobre seu corpo, que se posiciona entre as minhas pernas. Então, afundo nele. Quando nossos corpos se conectam, nós dois soltamos suspiros e grunhidos.

Enterro meu rosto em seu pescoço e apenas respiro, e de repente cada grama de pânico se esvai.

Ele solta um gemido e me abraça mais forte.

— Melhor exercício de concentração do mundo — murmuro na pele dele.

Passo meus dedos no seu cabelo e massageio seu couro cabeludo. Ele sussurra e se ajeita embaixo de mim enquanto seu quadril me pressiona.

— Porra... isso.

A agitação do meu estômago se esvai, substituída por uma expectativa ardente.

Ele me aperta mais forte e eu me impressiono com o nosso encaixe perfeito. Ele sabe como me abraçar e eu sei como acalmá-lo. É instintivo. Nossos corpos se comunicam sem precisar de uma palavra sequer.

Não faz sentido não estarmos juntos. Eu queria saber o que o impede.

— Vai me contar sobre sua ex?

— Qual delas?

— Qualquer uma.

— Não estava planejando fazer isso.

— Então você nunca mais vai namorar?

— Esse é o plano.

— É um plano idiota.

Seus braços me apertam.

— Melhor que machucar alguém de novo.

— Nada disso, Romeu — retruco usando uma das falas de Mercúcio —, tem de dançar.

Ele acaricia minhas costas.

— Não eu. Acredite em mim, você tem alma leve e dança com facilidade. Eu tenho uma alma de chumbo que me prende ao chão, então não posso me mover.

O interfone estala novamente.

"Senhoras e senhores, esta é a chamada de cinco minutos. Cinco minutos. Obrigado."

Ficamos aninhados, alimentando nossa energia o máximo que podemos. Quando a próxima chamada vem, eu me sinto como se fosse parte dele.

Estou estranhamente calma.

"Senhoras e senhores da Companhia Romeu e Julieta, esta é a chamada para o palco. Por favor, assumam suas posições para o Ato Um. Obrigado."

Nós nos soltamos um do outro sem dizer nada e ficamos de pé. Ele pega minha mão antes de abrir a porta do camarim e nos conduzir escada abaixo.

Nos bastidores, estão todos em suas posições. Tensão e expectativa tomam o ar. Algumas pessoas olham para nós enquanto passamos, e levantam as sobrancelhas quando percebem que Holt está segurando minha mão.

Não me importo. Me sinto como um transformador elétrico, zumbindo de energia. Olho para Holt e seu rosto parece calmo, porém intenso. Ele tem o ar de um super-herói, feito de força bruta e poder disfarçado. Meus dedos pulsam com o seu toque, e sei que estamos prontos. Nossos personagens simplesmente pairam sobre nós, esperando para nos habitar assim que subirmos ao palco.

Então, a luz muda. E há silêncio para ouvirmos as frases de abertura do prólogo.

"Duas casas, iguais em seu valor, em Verona, que a nossa cena ostenta, brigam de novo, com velho rancor, pondo guerra civil em mão sangrenta. Dos fatais ventres desses inimigos nasce, com má estrela, um par de amantes."

Enquanto suspiro de empolgação, Holt me puxa para um canto escuro atrás de uma cortina e se vira para mim. Meu Romeu está em cada centímetro dele.

— Preparada? — ele pergunta baixinho.

— Incrivelmente — respondo com absoluta confiança.

Escuto os sons dos garotos Montecchio e Capuleto lutando, e sei que está quase na hora da sua entrada.

Ele me encara, os olhos estão brilhando com as luzes do palco.

— Eu também. Vamos mostrar um Romeu e uma Julieta que eles nunca vão esquecer.

Tudo que consigo fazer diante daquela imensa beleza que eu jamais tinha visto é assentir.

Ele me deixa para tomar seu lugar no palco iluminado, e, de repente, a fantasia é real.

capítulo doze
NOVOS PAPÉIS

Hoje
Nova York

Quando Holt e eu voltamos para a mesa depois do nosso encontro no banheiro, há um conjunto de jazz tocando num canto. O som entristecido do sax passa por nós enquanto a cantora de voz rouca diz o primeiro verso de "Nature boy".

"Havia um rapaz... um estranho rapaz romântico..."

Eu bloqueio a canção.

Realmente não preciso de mais toques sentimentais na minha noite.

Holt olha para mim e, pelo arrepio que me percorre a espinha, sei que ele está prestes a dizer algo que vai me deixar desconfortável.

— Dance comigo — ele diz baixinho.

Não é um pedido.

— Hum... por quê?

Ele sorri e observa alguns casais na pista antes de olhar de volta para mim.

— Porque há coisas que preciso dizer para você, mas não quero que fiquemos separados por esta maldita mesa.

Ele toma um gole de vinho e encara os próprios dedos.

— Quero ficar perto de você.

Só essa ideia me deixa irritada. Não porque não quero dançar com ele, mas porque quero tanto que dói.

Tomo um gole de vinho. Um gole grande. É inútil. Não há vinho suficiente no mundo que me ajude.

Em um estado de terror crescente, observo Holt ficar de pé e caminhar ao redor do meu lado da mesa.

— Acho que não devemos.

Ele segura minha mão.

— Por favor, Cassie.

Baixo o olhar para essa mão. A mão quente e perfeita de Ethan. Há uma esperança tão frágil em seus olhos. É impossível dizer não.

Nossas palmas se tocam e nossos dedos se entrelaçam. Eles se encaixam mais perfeitamente do que lhes é permitido.

Ele me guia para a pista de dança e me leva em seus braços. Suspiro sem querer.

— Lembra a primeira vez que dançamos juntos? — ele pergunta com a boca perto da minha orelha.

— Não. — Nego porque quero ouvir sua versão dos acontecimentos.

— Foi na noite que fizemos aquele comercial para aquele restaurante na rua 46, lembra? Você, eu, Lucas e Zoe fomos escalados. Todos deveríamos ser jovens, descolados e apaixonados.

— É, mas meu par era o Lucas e você estava com aquela Barbie Periguete. Ela colou em você que nem sarna.

— Você morreu de ciúme.

— Olha quem fala, o homem que passou a noite parecendo querer arrancar o braço do Lucas.

— Ele estava quase pegando a sua bunda.

— Ele era seu amigo.

— Ninguém que te toca assim é meu amigo.

Eu me lembro bem do ciúme dele. No começo achei que sua possessividade era sexy. No final, foi apenas mais um prego no caixão.

Ele me gira e me puxa de costas, seu braço forte ao redor da minha cintura. Não é um grande dançarino, mas sabe como conduzir.

— Lembra que puseram uma garrafa de vinho na nossa mesa para usar como objeto de cena? — eu pergunto para preencher o silêncio. — Lucas a abriu com seu canivete.

— Ah, foi.

— Então ele bebeu tudo sozinho e vomitou na Zoe inteira.

Ele se afasta para olhar para mim enquanto ri.

— Imagina então como dançar com aquela mulher foi minha versão pessoal do inferno.

— Você sabe que ela tinha a maior queda por você, né?

— É, sabia. Só não me importei. Eu tinha uma queda por outra pessoa.

Ele aperta o braço ao redor da minha cintura.

— Sabe, quando implorei ao Marco por esse papel, eu não tinha nem ideia do roteiro, eu não dei a mínima para o papel, a condição era estarmos no palco juntos. Então te vi pela primeira vez em vários anos e... nosso passado todo voltou imediatamente. O que eu sentia quando estava perto de você. Como você podia me enlouquecer com um único olhar. Eu esperava que quando você me visse você se lembrasse dos bons tempos também. Que sentisse a minha falta como eu sentia a sua. Mas você estava tão irritada...

— Eu tinha motivos para estar.

— Eu sei. — Ele ainda está seguindo o ritmo comigo, mesmo com a música tendo acabado. — Eu esperava isso.

— E merecia.

— Mas, quando ensaiamos o beijo, eu...

Ele para e acaricia meu cabelo para longe do meu pescoço, roçando minha pele.

— Acho que uma parte de mim torcia para que beijar você apagasse toda a merda que te fiz passar. Torcia para que eu pudesse dizer sem palavras como eu me sentia e você magicamente me perdoasse.

— Não é tão fácil assim. — Seguro sua camisa porque quero empurrá-lo para longe e trazê-lo para perto ao mesmo tempo.

— Sabe o que me mata? — Há uma frustração seca em sua voz. — O que acaba comigo todo santo dia de ensaio? É que por mais que

MEU ROMEU **209**

eu esteja lá, na cama com você, beijando você e fingindo fazer amor...
Ainda assim sinto sua falta. Porque não é real. E quero que seja. Quero
pra caralho.

Tento digerir isso, mas não consigo. Quero afastar o olhar, mas é
impossível.

Um caleidoscópio de mágoas toma meus olhos.

— Com você eu sempre fui verdadeiro, real como nunca.

Ele busca meu rosto, mas não consigo mais olhar para ele. Todas as
feridas dentro de mim estão se abrindo de novo.

Estou tomada demais pela emoção para falar qualquer coisa. Ele
assente, compreensivo, e me puxa de volta para seus braços.

Começamos a nos mexer novamente. Não estamos de fato dançando, apenas balançando de um lado para o outro. Não nos deslocamos
nem para a frente nem para trás. Apenas nos movemos.

Como na maior parte do nosso tempo juntos, estamos pisando em
ovos. Tentando não quebrar nada.

Seis anos antes
Westchester, Nova York
Grove
Noite de estreia de *Romeu e Julieta*

Há momentos na vida de todo ator quando a enorme gama de possibilidades e fantasia é filtrada até atingir um ponto de clareza cristalino.
Quando a linha entre imaginação e invenção se borra, e talento e convicção convergem por um breve momento brilhante.

Esta noite é um desses momentos.

Assim que subo ao palco, minha transformação se completa. Julieta me habita integralmente.

Agora estou vivendo a realidade dela, e conforme a peça se desenrola e minha voz diz as suas palavras, meu corpo todo sente suas
emoções e meu cérebro luta para entender que o homem para quem
estou olhando é real, perfeito e meu.

Ele está sob minha sacada, atraído para lá pela necessidade de estar comigo. Estou envergonhada por ele ter acabado de me ouvir lamentar sobre o quanto eu o amo, mas por nada no mundo retiraria o que disse.

Ele escala a treliça, seu rosto está concentrado e determinado.

— Mas como veio aqui? — cochicho para ele. Ele está sendo tão descuidado. — E para o quê? O muro do pomar é alto e liso, e pra quem é você, aqui é a morte, se algum de meus parentes o encontrar.

Ele salta para dentro da sacada com um estrondo e sorri quando eu olho ao redor, nervosa.

— Com as asas do amor saltei o muro —, ele responde enquanto avança. — Pois não há pedra que impeça o amor; e o que o amor pode, o amor ousa tentar. Portanto, seus parentes não me impedem.

Ele toca meu rosto e se inclina à frente para roçar seus lábios nos meus. Leve como uma pena, mas carregado de desejo.

— Mas se o virem aqui — estou sem fôlego contra sua boca — eles o matam.

— Ah! — ele diz passando o polegar por minha bochecha. — Há muito mais perigo nos seus olhos que nas lâminas deles. Seu olhar me deixa protegido do inimigo.

Há um rugido inebriado dentro de minha casa e eu o empurro contra a parede, nas sombras.

— Eu não quero por nada que o vejam. — cochicho. Minhas mãos estão no seu peito, acariciando-o. Ele as está observando, alerta.

— Tenho o manto da noite pra esconder-me — ele diz, colocando a mão sobre a minha e a pressionando mais firmemente sobre o coração.

— E se você me ama, não me encontram. Antes perder a vida por seu ódio que, sem o seu amor, não morrer logo.

Ele está olhando para mim, devastado e apaixonado. Não sei como pensei que estava realmente viva antes de conhecê-lo.

O amor é assim. Não mais pertencer a si mesma. Ser transportada do que você conhece para o que você sente.

Não é à toa que as pessoas vivem e morrem por esse sentimento.

O tempo passa num borrão e nas próximas horas meu mundo é alterado. Completamente perturbado. Tudo que eu conheço agora é definido pelo meu desejo.

Ignoramos tudo e todos para ficar juntos, e, quando penso que fomos mais inteligentes do que nossos pais e amigos censores, desperto para descobrir que ele se foi.

Morto.

Tão rapidamente quanto deu-lhe novo sentido, minha vida sem ele instantaneamente se resume a nada.

Então, escolho morrer. Para engolir minha dor como a um veneno, tomo sua adaga e me junto a ele.

É apenas quando eu desabo sobre seu corpo ainda quente que sinto a paz de ser parte dele me invadir. Fecho os olhos e inspiro. Seu perfume é a última coisa que registro antes de parar e silenciar.

Experimento a semiconsciência, mas uma enorme cacofonia percussiva me faz estremecer. Por um momento, estou confusa.

Abro os olhos e vejo o pescoço de Holt, sua pulsação está forte e acelerada. O rugido da plateia me bombardeia, então tenho certeza de que fomos incríveis.

Eu me sinto incrível.

Imbatível.

Elevada como uma pipa no céu e tonta com tudo isso.

A cortina se fecha. Holt me envolve em seus braços e se senta enquanto me faz ficar de pé.

— Vem — ele sussurra, me puxando para fora do palco. — Os agradecimentos.

Ele segura minha mão na coxia. Meu coração bate rápido e alto enquanto nossos colegas de elenco retornam ao palco para receber os aplausos. O público grita e assobia. Quando os personagens principais aparecem, faz mais barulho e está mais entusiasmado.

Holt e eu saímos juntos. Meus pés se movem com confiança, mesmo que a enorme saudação que nos recebe seja completamente surreal. Eu apresento Holt e ele agradece sorrindo. Estou tão orgulhosa dele que tenho vontade de chorar.

Então é a minha vez. Meu corpo está todo arrepiado, eletrificado pela adrenalina da apresentação e da presença dele. A plateia grita expressando sua aprovação, e estou tão feliz que parece que vou explodir.

Holt pega minha mão e, quando agradecemos juntos, o público salta dos assentos.

Os gritos e assobios são quase ensurdecedores.

Olho para Holt, sem acreditar. Ele sorri. Radiante e explêndido.

Os aplausos parecem eternos, mas finalmente o produtor abaixa a cortina e o elenco todo faz uma grande comemoração. Abraços, beijos e conversas empolgadas formam um borrão diante de mim, e não quero que essa sensação termine nunca.

Eu me viro e vejo Holt, feliz e sorridente. Ele está abraçando os rapazes, beijando as meninas e dando tapinhas nas costas das pessoas. Tão normal e de guarda baixa.

Um calor se abre no meu peito enquanto o observo, então ele se vira para me encarar. Sem um segundo de hesitação, ele avança e me envolve em seus braços.

— Você foi impressionante pra caralho esta noite — ele cochicha na minha orelha. — Impressionante.

Apoio meus braços ao redor do pescoço dele.

— Você também foi. Simplesmente incrível.

Soltamos o abraço e estamos com os olhos fixos um no outro. E é como se tudo ao nosso redor se apagasse. Há apenas seu rosto, seus olhos, a sensação de nossos corpos unidos, a atração magnética de seus lábios, tão próximos.

— Ei, gente! Vocês foram medianos hoje. Deve ser um saco não ter talento nenhum. Vocês vêm à festa?

Nós dois recebemos tapinhas nas costas e nos viramos para ver o rosto sorridente de Jack. Holt olha feio para ele e o sorriso de Jack se abre ainda mais.

— Nós vamos — respondo.

— Vai de carro? — Jack pergunta a Holt. — Ou quer ir comigo e com o Connor?

Holt olha para mim.

— Hum... Taylor, você precisa de uma carona? Não estou com meu carro.

— Porque foi correr hoje.

— Isso.

— Eu me lembro. — A imagem dele em seu traje de corrida está gravada numa parte bem safada do meu cérebro. — Sem problemas. Eu disse a Ruby que ia com ela e sua irmã.

— Ótimo! — Jack nos dá tapinhas no ombro novamente. — Vamos aloprar. Uh-hu! — Jack sai para perturbar outros convidados.

— Srta. Taylor! Sr. Holt!

Eu me viro e Erika está caminhando em nossa direção, acompanhada por um homem que nunca vi antes. Está usando uma jaqueta vermelho-escura de veludo e uma echarpe roxa. Ele podia ter saído direto do set de *Pigmaleão*.

— Cassie, Ethan — Erika está parada na nossa frente —, eu gostaria que conhecessem Marco Fiori. Marco é um amigo meu muito querido e um dos melhores diretores da Broadway. Sua produção recente de *A morte de um caixeiro-viajante* acabou de ganhar o Critic's Desk Award de Melhor Remontagem.

O homem estende a mão para mim, e eu o cumprimento com dedos trêmulos.

Um verdadeiro diretor da Broadway. Isso é surreal.

— Prazer em conhecê-la, srta. Taylor. — Ele é caloroso e cobre minha mão com a dele. — A apresentação esta noite foi... bem, digamos que se eu precisar de uma Julieta num futuro próximo já sei a quem chamar. Você foi notável, minha querida. De verdade.

Uma explosão de calor toma minhas bochechas, e acho que meu sorriso não poderia ser mais largo sem ajuda cirúrgica.

— Muito obrigada, sr. Fiori. — Tento vencer o grande nó na minha garganta. — Estou... uau... honrada.

— E, sr. Holt — ele diz soltando minha mão e se virando para Ethan —, você conseguiu fazer o impossível. Construir um Romeu que eu não quisesse surrar com um guarda-chuva. Bravo. Você é um jovem muito talentoso.

Aparentemente, Holt não é imune a elogios, porque o topo de suas orelhas fica vermelho quando ele cumprimenta o homem.

— Hum... valeu — ele responde com um sorriso constrangido. — Estou feliz que não queira me bater. Agora se você pudesse convencer Taylor a não fazer isso seria ótimo.

Marco se vira para mim e levanta as sobrancelhas.

— Você bate em seu protagonista, srta. Taylor?

Dou de ombros.

— Só quando ele merece.

Marco ri e aplaude.

— Ai, vocês dois têm uma química interessante, não têm? Dirigi-los deve ter sido delicioso, Erika.

Erika balança a cabeça e sorri.

— Pode-se dizer que sim. A experiência com certeza não foi nada entediante. Ainda assim, os resultados falam por si só.

Ela sorri para nós, orgulhosa. Sinto como se meu peito fosse explodir de alegria.

Marco aponta para mim e Holt.

— Sim, preciso dizer que vocês dois juntos no palco são um fenômeno raro e especial. Bem notável. Não testemunho uma química tão poderosa assim desde que vi Liza Minelli virando um uísque triplo na estreia de *The boy from Oz*. Prevejo um grande futuro para vocês dois. Sobretudo se continuarem trabalhando juntos. Eu certamente adoraria dirigir vocês um dia.

Holt e eu trocamos olhares. Ainda não consigo acreditar no que estou ouvindo. A julgar pela sua expressão, nem ele.

— Bem, é melhor que vocês dois se troquem — Erika sugere, pegando o braço de Marco. — Creio que vocês têm uma festa para ir, e com certeza merecem uma noite de comemoração.

Holt e eu nos despedimos deles antes de seguir em direção aos camarins. Ele caminha ao meu lado na escada e roça a mão nas minhas costas. Estamos em silêncio, mas posso ver que sua cabeça está girando como a minha.

— Era um diretor da Broadway — ele lembra, espantado.

— Era.

— Ele elogiou nossa performance.

— É, elogiou.

— Ele realmente disse que poderia nos contratar um dia. Eu e você. Para um espetáculo da Broadway.

— Então não fui só eu que imaginei essa parte?

— Não.

— Uau.

— É. Uau.

Quando chegamos ao seu camarim, ele pega minha mão e me puxa para dentro. Está vazio, e ele fecha a porta atrás de nós. Ele se vira e me encara. Seu olhar é intenso. Então, ele avança na minha direção e pressiona minhas costas contra a porta..

— Desculpa — ele se inclina —, mas o que acabou de acontecer pirou minha cabeça seriamente. Preciso disso.

Ele joga o peso do corpo em mim e me beija. O beijo é longo, lento e profundo. Apesar de tê-lo beijado muito no palco esta noite, este é diferente. Podemos estar usando figurinos ainda, mas agora não tem nada a ver com os personagens.

Quando ele se afasta sua respiração está acelerada, seu rosto está corado, e seus olhos brilham de tesão.

— Vem conhecer meus pais.

Não acredito no que estou ouvindo.

— Hum, tá bom.

— Tô achando que hoje você é o meu amuleto da sorte. Talvez a sua presença faça a conversa com o meu velho ficar suportável.

Dou um sorriso.

— Não quero te apavorar, mas você acabou de dizer uma coisa legal para mim. De propósito.

— É mesmo. — Ele faz uma careta. — Foi esquisito.

— Soou esquisito.

— Mas legal?

Subo na ponta dos pés e o beijo suavemente. Apesar de ele ficar um pouco assustado, ele permite. Até me beija de volta.

Eu me afasto e suspiro.

— Muito bom. Obrigada.

Ele me abraça e acaricia meu pescoço com o nariz. Eu me arrepio enquanto seus lábios roçam na minha pele e ele cochicha:

— De nada.

Dez minutos e outro beijo avassalador depois, chegamos ao palco, vestidos para a festa. Elissa está lá, esperando.

Quando ela nos vê, ela para e olha de um para o outro.

— Ai, meu Deus. Vocês dois acabaram de *transar*?

— Jesus, Elissa, não — Holt responde, franzindo a testa para a irmã.

— Mas parece — Elissa repete, limpando um pouco de batom do pescoço de Holt e ajeitando meu cabelo. — Agora vamos. Vocês são os últimos a sair. Nossos pais vão achar que vocês se esqueceram deles.

— Eu não deixaria que isso acontecesse — Holt murmura enquanto seguimos em direção à porta.

Atravessamos o saguão, que está cheio de amigos, família e outros estudantes. Lamento de novo por Leo e Judy não poderem estar aqui.

Quando surgimos, algumas pessoas nos reconhecem, aplaudem e nos dizem coisas bacanas. Holt parece levar numa boa, mas é mais experiente que eu com esse tipo de coisa. Já eu tento sorrir e agradecer o máximo de gente que consigo.

Passamos pela pequena multidão até que Elissa grita "Mãe! Pai!" antes de avançar em direção a um casal atraente de meia-idade. O homem é quase da altura de Holt, mas tem cabelo cor de areia. A mulher é baixinha como Elissa, e quase tão loira quanto. Definitivamente consigo ver traços de Elissa em sua mãe, mas é difícil ver Ethan em qualquer um dos dois.

Elissa abraça primeiro sua mãe, e depois é a vez de seu pai. Ethan se inclina para dar um beijo na mãe. Olha para o pai e se remexe, nervoso. Há vários segundos desconfortáveis antes de o homem estender a mão e Ethan cumprimentá-lo.

— Mãe, pai, essa é Cassie Taylor, nossa *impressionante* Julieta. — Elissa me conduz à frente. — Cassie, nossos pais, Charles e Maggie Holt.

— Sr. e sra. Holt — troco apertos de mão com eles —, é um prazer conhecê-los.

Porfavorgostemdemim, porfavorgostemdemim, porfavorgostemdemim.

— Cassie, você foi uma Julieta *maravilhosa* — Maggie diz, sorrindo. — Tão melhor do que essa menina que a interpretou no festival de Shakespeare ano passado. Qual era o nome dela, Ethan?

— Hum... Olivia — ele responde, parecendo desconfortável.

Ah. Agora a implicância dela com o fato de eu ser a nova Julieta de Holt faz todo sentido.

— Sim, Olivia — Maggie repete. — Uma graça de menina, mas não chega nem aos pés da sua apresentação esta noite. Mas não estou surpresa. Você estava atuando junto ao meu incrível filhinho.

Ela o puxa para baixo para poder beijar a bochecha dele. Ele cora. Bastante.

— Bem, Ethan tornou todo o processo muito fácil — comento, lançando a ele um olhar de cumplicidade.

Holt se inclina e cochicha "Que mentirosa", e eu tenho de rir.

— Adorei o Ethan de Mercúcio — Maggie diz. — Mas Romeu? Ah... Romeu foi especial. Vocês dois têm tanta química.

Estou bem certa de que Maggie está lançando ao filho um olhar penetrante.

Holt suspira e balança a cabeça, e tenho a impressão de que ele está acostumado com a mãe pegando no pé dele. Isso me faz sorrir.

— Cassie — o pai dele sussurra, se aproximando —, creio que o que minha esposa está sugerindo é que ela acha que Ethan devia te pedir em namoro.

— Jesus! Será que todo mundo nessa família pode parar de falar agora? — Holt exclama, passando a mão no cabelo.

Todos ficam em silêncio por um instante, então Charles cochicha um pouco mais suavemente.

— Também acho que ele deveria namorar você. Você parece legal, e já faz um tempo desde que ele nos deixou conhecer uma de suas muitas...

— Pai! — Holt o adverte firmemente. Frustração e vergonha tomam sua voz. — Pode parar. Por favor.

Charles ri e levanta as mãos em resignação. Eu me pergunto por que Holt tem tantos problemas com esse cara. Até agora, ele parece tranquilo.

Elissa se vira para o pai.

— Então, pai, gostou do espetáculo?

Charles coça a nuca e olha para o filho.

— Pois é, não conheço Shakespeare muito bem, mas... foi bom, creio. Todo mundo parece saber o que estava fazendo. E, Cassie, concordo com minha esposa. Você foi muito boa.

Ele dá a Ethan um sorriso curto antes de se virar para puxar Elissa num abraço.

— E, claro — ele a beija na bochecha —, a luz foi genial.

Sinto Holt ficar tenso ao meu lado, e quanto volto o olhar para ele, sua mandíbula está travada. Obviamente não sou a única que estranha que o pai dele não diga nada de bom sobre seu desempenho.

O cara é surdo, mudo e cego? Ele não viu o que todo mundo viu?

— E Ethan foi incrível também, né? — Elissa comenta, enquanto o irmão bufa e enfia as mãos nos bolsos. — Essa não foi a melhor coisa que você o viu fazer?

O sr. Holt suspira.

— Elissa, seu irmão é sempre muito competente na atuação. Ele não precisa da minha aprovação.

Ethan solta uma risada curta.

— Isso mesmo.

Competente? Que diabos. Ele foi loucamente espetacular.

— Mas, pai — Elissa segura a mão dele —, você não pode ao menos reconhecer que a performance de Ethan e Cassie esta noite foi notável? Quer dizer, não se vê coisa assim todo dia.

O sr. Holt olha pacientemente para ela.

— Querida, entendo que atuar requer uma certa dedicação, mas eu dificilmente chamaria isso de notável. Curar o câncer? Isso é notável.

— Lá vamos nós — Holt murmura.

— Curar ossos quebrados? Isso é notável. Salvar vidas diariamente. *Isso* é notável. Atores podem achar que o que eles fazem é importante, mas, sério, que diferença faria se não os tivéssemos? Quem sabe não haveria revistas de fofocas e os centros de reabilitação estariam vazios? Não é uma grande perda, na minha opinião.

Holt fecha a cara e sua mãe coloca uma mão no braço do marido.

— Charles, por favor.

— Tudo bem, mãe — Holt diz. — Como se eu me importasse com o que ele pensa.

— Ethan — ela o repreende.

— Você acha que atores não são importantes? — ele começa. — E quanto a artistas, pai? Músicos? Pode nos juntar todos numa pilha inútil, hein? Quer mesmo viver num mundo sem cores? Sem música? Sem entretenimento? Você percebe que a raça humana teria implodido se isso tivesse acontecido, né? Cada cultura no mundo tem arte. Todas elas. Sem isso, os humanos seriam um bando de psicóticos primitivos cuja única compulsão seria comer, trepar e matar. Mas arte não tem importância, né?

O sr. Holt encara o filho com o olhar severo, e tenho a impressão de que ele está se segurando porque estou aqui.

— Como de costume, filho, você me entendeu errado. Estou simplesmente comparando a importância de atuar com outros papéis essenciais dentro de nossa sociedade. Acho que dificilmente poderemos colocar vocês na mesma categoria de *médicos*, por exemplo.

— Ei, vocês dois — Maggie intervém —, chega.

O sr. Holt a ignora.

— Ethan, inteligente como você é, teria tido a oportunidade de fazer algo realmente grande com sua vida. Em vez disso, escolheu uma atividade que tem muito pouca chance de ser qualquer coisa além de um passatempo fútil. Apenas não entendo como você pode não ter ambição...

— Eu *tenho* ambição — Holt retruca. — Eu me matei de trabalhar por três anos para entrar neste lugar. Voltei várias vezes, mesmo quando continuavam dizendo não para mim, porque quero ser o melhor que posso ser, fazer algo que amo fazer. *Isso* é ambição, pai. A minha apenas é diferente da sua. Que porra de crime, né? Ah, e valeu por cagar pra minha profissão. E da Cassie também. Bela forma de ser um babaca.

Antes que sua mãe pudesse repreendê-lo de novo, ele se vira para ela.

— Desculpa, mãe. Não tô aguentando lidar com ele esta noite. Converso com você depois.

Ele abre caminho bruscamente pelo público enquanto lhe assistimos num silêncio desconfortável. Meu rosto está quente de raiva e vergonha. Como o sr. Holt ousa falar com seu filho assim?

Charles baixa a cabeça e sua esposa cochicha:

— Quando você vai parar, Charles? Isso é o que ele escolheu fazer. Aceite.

Ele olha para mim e faz uma careta.

— Sinto muito que você tenha visto isso, Cassie. Eu apenas... — Ele balança a cabeça. — Nos últimos anos, Ethan e eu não temos concordado muito sobre esse assunto. É difícil ver seu filho brilhante escolher uma carreira tão...

— Fútil? — sugiro sarcasticamente.

Seu olhar agora tem culpa.

— Eu ia dizer "diferente do que eu esperava". Acho que todo pai quer ver seu filhou mudar o mundo. Não sou diferente. Não queria menosprezar a profissão que você escolheu.

— Mas, se seu filho encontra algo pelo qual é realmente apaixonado, quem é você para dizer que ele está errado?

Ele me estuda por um segundo.

— Então seus pais estão felizes por você ter escolhido atuar como carreira?

Ele me pega com essa.

— É, não exatamente felizes. Mas posso garantir que se eles estivessem aqui esta noite eles teriam me dito que fui bem e teriam orgulho de mim. Disso eu tenho certeza.

Observo a expressão do sr. Holt cuidadosamente, sabendo que é provável que eu o tenha ofendido. Mas ele não parece bravo. No máximo, ele parece triste.

— Acho que vi um caminho diferente para o Ethan. Desde que ele tinha dez anos de idade, ele só falava em ser médico. Aí, no primeiro ano do ensino médio alguém o convenceu a participar do clube de teatro, e de repente a medicina ficou no banco de reserva para peças e filmes estudantis entrarem em campo. Honestamente, achei que ele ia superar isso.

— O problema, sr. Holt, é que as pessoas nunca superam sua paixão.

Por um lado, posso entender totalmente por que Holt tem tanta animosidade em relação ao pai. Mas, por outro, sei que é difícil para os pais abandonarem suas expectativas e confiarem que seus filhos encontrem o próprio caminho, não importa o quanto os amem.

— É melhor você ir atrás dele — Elissa diz, apontando para as portas. — Ele não conversa com nenhum de nós quando fica assim, mas você pode ter uma chance.

Os pais de Ethan olham para mim com expectativa.

— Bem, foi um prazer conhecer vocês. — E saio rapidamente para encontrar Holt.

Empurro as portas e corro o mais depressa que meus sapatos permitem, os saltos estalando nas pedras da calçada. Solto um suspiro de alívio quando vejo sua silhueta familiar avançando em direção ao pátio.

— Ethan! Espera!

Ele se vira e olha para mim, e por um momento me deixa ver o quanto está cansado. Tão arrasado pelo que quer que seja que o fez agir daquele jeito.

— Aquele canalha — ele diz, enfiando as mãos nos bolsos. — Ele não podia dizer, podia? Não podia apenas dar um tapinha nas minhas costas uma vez na vida e dizer: "Muito bem, filho, tenho orgulho de você". Cuzão.

Toco seu ombro.

— Holt...

— Esse teatro estava cheio de gente que achou que eu era bom. Que gostou de mim pra caralho. Completos *desconhecidos* que têm mais fé em mim do que meu dito pai.

— Não é que ele não tenha fé em você, é só que ele...

As palavras morrem em minha garganta quando vejo o olhar no rosto dele.

— Você está mesmo o *defendendo*?

— Não, eu só acho que... Deus, ele é pai. A incerteza de uma carreira no teatro é assustadora para alguém que não entende que é algo que somos compelidos a fazer, mesmo que o pagamento seja tosco.

Ele olha para mim por um momento antes de baixar a cabeça e remexer as mãos nos bolsos.

— Ele não me disse uma palavra gentil sobre a apresentação, Cassie. — Sua voz agora é um sussurro amargo. — Nem uma de merda. Ele elogiou a Elissa, até você. Mas a mim? Eu recebo o sermão sobre estar desperdiçando a minha vida.

A dor em suas palavras faz minha garganta se apertar. Pego sua mão e, pelo menos desta vez, ele não me afasta.

— Sabe qual foi a última vez que ele disse que me amava? — Ele fala para a calçada. — Sete de setembro de 2006. Eu lembro bem claramente, porque isso não acontece com frequência. Estava bêbado. Legal saber que ele precisa de coragem engarrafada para dizer como se sente.

— Ethan... — Dou um passo à frente e tento abraçá-lo, mas ele respira fundo e dá um passo para trás.

— Preciso ir.

— Quê? Pra onde?

— Preciso ficar longe daqui um pouco.

Ele começa a se afastar.

— Ethan, espera.

Ele para, mas não se vira.

Dou a volta ao redor dele e coloco minhas mãos no seu peito. Ele olha para mim, mas seus olhos estão frios.

— Não faça isso — peço. — Só... não...

— O quê?

— Se feche.

Por um momento, seu olhar me faz pensar que ele vai tomar a atitude de sempre de se esquivar e negar, mas o cansaço que vi mais cedo e que ainda está atrás de seus olhos não permite.

Ele suspira.

— Taylor, você não entende. O meu jeito... — Ele balança a cabeça. — Não quero me fechar. Apenas acontece.

— Tá, então, não deixe. — Esfrego o peito dele e sinto seus músculos relaxarem um pouco. — Já parou para pensar que você pode de fato se beneficiar de ter alguém que te apoie? Que esteja disposto a escutar?

— Você não quer *mesmo* essa tarefa.

Dou um suspiro frustrado.

— Droga, Ethan, você não pode apenas acreditar que eu *gosto* de você? Que quero estar ao seu lado? Ajudá-lo ou o que seja? Mas você tem de deixar.

Ele não diz nada. Apenas olha para mim como se eu tivesse pedido que ele saltasse de um avião com um paraquedas.

— Por favor, não surta.

— Não estou surtando — ele responde, mas seu corpo está rígido e tenso.

— Mentiroso.

— Olha — ele começa —, falar sobre as coisas... deixar que ouçam... só leva à decepção.

— Não precisa ser assim.

— Mas geralmente é.

Acaricio as linhas do seu rosto. Sua expressão suaviza, mas só um pouquinho.

— Só preciso de algum tempo para esfriar a cabeça. Te vejo na festa.

Ele caminha para o lado e se afasta.

Bem quando achava que estávamos progredindo.

capítulo treze
SEM SE IMPORTAR

Hoje
Nova York

Querido Deus. Ele está no meu apartamento. Tipo, *dentro* do meu apartamento. Não apenas isso, ele está vagando por aqui, olhando minhas coisas.

Tê-lo no meu santuário outrora Holt-free está fazendo minha pele arder de calor.

Este é o lugar em que Tristan e eu falamos sobre ele. Onde destilei veneno no meu diário, cheia de angústia e drama, noite após noite. Onde trouxe homens incontáveis que inevitavelmente terminam tendo *seu* rosto. *Suas* mãos. *Seu* corpo.

E agora ele está aqui. Tirando a jaqueta e colocando no sofá. Virando-se para olhar para mim com um sorrisinho nervoso. Mostrando-me que não importa quantos homens eu traga aqui, ele é o único que realmente parece pertencer ao apartamento.

Droga.

Como isso aconteceu? Por que eu deixei?

O ensaio de hoje foi uma grande porcaria. Ethan estava arrasando no personagem, enquanto eu apenas reproduzia as frases. Quando Marco nos convidou para esticar para um drinque, claro que notei como ele apenas terminou metade da sua bebida antes de nos deixar sozinhos. Sutil.

Ele bem que podia ter contratado um daqueles aviões que desenham no céu com fumaça para escrever: "Resolva sua merda com o Holt e pare de arruinar minha peça".

Mesmo que eu tenha recusado a sugestão de substituir Holt, ainda estou tendo problemas em me entregar completamente. Então, jurei me esforçar mais e fiquei com Ethan no bar.

Quando Holt se ofereceu para me acompanhar até em casa, imaginei que isso poderia nos ajudar a nos aproximar.

Meu erro foi deixá-lo vir até meu apartamento. Ele praticamente colocou a cabeça toda para dentro quando abri a porta. Então ele pediu na lata para conhecer a casa, fui incapaz de dizer não.

Agora, aqui estamos: ele passeando pela minha sala e eu observando como se ele fosse um animal em exibição num zoológico.

Ele examina minha coleção de livros e sorri quando seus dedos tocam meu exemplar surrado de *Vidas sem rumo*.

— Não leio este há um tempo — ele comenta, pegando a edição para folheá-la. — Tenho saudade.

— Achei que você lia todo ano.

Ele me dá um sorriso antes de colocar o livro de volta no lugar.

— É... lia... mas dei meu exemplar para uma garota aí. Não consegui um novo ainda.

No dia em que ele me deu esse livro, ele estava com muito orgulho. Um presente de aniversário de que nunca vou me esquecer, dado por um namorado perfeito.

Que pena que o menino que deu isso para mim não exista de verdade.

Escuto a porta da frente se abrir e a voz florescente de Tristan me chamando do corredor.

— Cass? Está aí? Vou te levar para sair esta noite, e não estou aceitando "não". Pegue aquele seu vestido preto sexy com as costas abertas. Quero te exibir por aí.

O armário do corredor bate quando ele guarda seu tapetinho de ioga, e o olhar no rosto de Holt grita: "Você não me disse que morava com alguém. Especialmente não com um homem".

Tristan caminha para o quarto e gela quando vê Holt. Como cães de rua, os dois homens se medem.

— Olá — Tristan cumprimenta com frieza antes de me lançar um olhar sombrio. Dou de ombros quando ele se vira para avaliar Holt com olhos apertados. — Pelas fotos que Cassie me mostrou bem antes de queimá-las, imagino que você seja Ethan Holt.

Holt se eriça, porém com mais graça do que jamais vi nele. Ele se recompõe e estende a mão.

— Isso mesmo. E você é...?

Reviro os olhos enquanto Tristan se adianta para encarar Ethan. Ele é apenas alguns centímetros mais alto, mas a regata preta que sempre usa nas aulas de ioga exibe seu corpo estupidamente definido. Ele ignora a mão de Holt.

— Sou Tristan Cai. Moro aqui. Com ela.

— Entendi — Holt responde e baixa a mão. — Prazer em conhecê-lo, Tristan. Cassie não me disse que morava com alguém.

— Talvez ela achasse que não era da sua conta.

O ar está carregado de testosterona, mas, antes de eu poder explicar que não moro com um namorado, Tristan agarra meu braço e chia.

— Cassie, preciso falar com você na cozinha. — E me puxa para fora da sala.

Quando estamos sozinhos, ele se vira para mim. Há fúria em seu rosto.

— Que diabos você acha que está fazendo?

— Tris, acalme-se.

— Estou calmo.

— Não, não está. Seus chacras estão voando como fogos de artifício.

— Você não acredita em chacras.

— É, bem, se eu acreditasse seria isso que eles fariam. Acalme-se.

Ele me encara por alguns segundos antes de fechar os olhos e respirar fundo. Então ele solta o ar lentamente e suspira.

— Tá. Tô calmo... calminho. Agora, responda à pergunta.

— Não estou fazendo nada. Estávamos só dando uma volta.

— Dar uma volta não envolve trazê-lo aqui. Você sabe muito bem que quando traz um homem para casa é por apenas um motivo, e se acha que vai para a cama com ele de novo...

— Não vou! Não vou. Eu estava um pouco alta. Ele me acompanhou até em casa.

— Vocês andaram *bebendo* e você deixou ele entrar?! Pelo amor de Krishna! É uma maravilha que não te encontrei dançando no colo dele! Sabe que se você fica a sete metros de um cara atraente quando está bêbada é bem provável que tire a roupa e monte nele num tempo recorde! Quanto mais seu belo ex, que você nunca esqueceu realmente!

— Droga, Tris, pode, por favor, manter a voz baixa?!

Ele bufa. Nada estraga mais rápido seu equilíbrio que a ideia de eu voltar aos meus velhos dias.

Toco o braço dele.

— Você acredita mesmo que algumas semanas com ele sendo decente vão me convencer de que não é mais um cuzão emocionalmente fraco? Nem eu sou tão ingênua assim.

— Não estou dizendo que você é, mas aquele cara é seu calcanhar de aquiles. Se ele pedisse para dormir com você agora mesmo, você seria capaz de dizer não?

Meu corpo todo cora.

— Tristan, Deus... não é o que ele quer.

— Mas posso ver como ele olha para você. Se você dissesse que sim, aquele cara ia te virar do avesso.

Mexo no cabelo.

— Tris...

Ele suspira e coloca as mãos nos meus ombros.

— Olha, docinho, sei que é difícil de aguentar, mas você tem de prometer se lembrar de tudo o que conversamos. Limites. Respeito. Honestidade. Disponibilidade emocional.

— Está se referindo a ele ou a mim?

— Ambos. Não deixe que seus hormônios a ceguem. Não posso ver você passar por toda aquela dor de novo.

Ele me puxa num abraço e eu suspiro.

— Brigada, Tris.

— Não tem de quê. — Ele se afasta. — Mas eu só preciso fazer mais uma coisa antes de poder deixar vocês dois sozinhos. Talvez seja melhor você virar o rosto, porque isso pode ser embaraçoso.

Antes que eu possa impedi-lo, ele passa por mim e avança de volta à sala. Holt está sentado no canto do sofá, mas fica de pé quando Tristan entra.

— Tudo bem, agora você. — Tristan fala, apontando para o rosto de Holt. — Vou dizer isto só uma vez, então escute. Passo uma boa parte das minhas horas acordado tentando encontrar calma neste mundo e ter serenidade, mas amo essa mulher mais do que praticamente tudo no planeta, então se você machucá-la... de *qualquer* forma... juro pelo poderoso Buda que não vou hesitar em acabar com você. Me entendeu?

Holt olha para mim antes de assentir.

Estou surpresa em ver que seu rosto não mostra medo, mas uma determinação firme.

— É, eu te entendo, Tristan. Mas fique sabendo que machucá-la é a última coisa que passa na minha cabeça. Sei que fui um idiota no passado, e tenho muito a compensar, mas pretendo ir até o fim com isso. O que quer que seja. Então, é melhor você se acostumar em me ver por perto, porque não vou a lugar nenhum desta vez. *Você* me entendeu?

Tristan o encara por um momento antes de relaxar a expressão, um olhar de surpresa passa por seu rosto.

— Bem... bom então. Você tem um rosto lindo. Se tratá-la direitinho, não vou ter de estragá-lo.

Seguro um sorriso, porque em todo nosso tempo de amizade, só vi Tristan virar macho alfa assim uma vez, e foi quando ele estava namorando um cara chamado Gandhi, um hipócrita dos grandes, ultraescroto. Tris levou um longo tempo para reencontrar sua serenidade depois de socar o cara no rosto.

Ele dá a Holt sua última olhada feia antes de juntar as mãos e dizer:

— Tá, preciso tomar uma chuveirada. Vocês dois se comportem enquanto eu estiver longe.

Tris sai, deixando Holt e eu nos encarando desconfortavelmente.

— Então, é isso. Esse é o Tristan. Ele vive aqui e aparentemente ameaça meus ex-namorados. Quer um pouco de vinho?

— Merda, quero — Holt responde, me seguindo enquanto vou para a cozinha.

Escolho um tinto e sirvo duas taças mais do que generosas. Passo uma para ele e tomo um grande gole da minha antes de me encostar no balcão.

— Então, vejo que o Tristan meio que protege você — Holt comenta.

— Ah, você percebeu isso?

— É, só um pouco. Não é sempre que sou ameaçado por um japa assustadoramente alto e super em forma. Não vou dizer que curti.

— Ele é só metade japonês. E geralmente não é assim, mas acho que ver o anticristo na casa dele o deixou no limite.

Ele ri e esfrega a nuca.

— Bom, estou só me fazendo de Satã, mas se você quer formalizar minha condição...

— Posso te chamar de Lucy?

— Hum?

— Apelido de Lúcifer.

— Ah, claro, mas só quando estamos sozinhos. Não posso deixar que você me chame assim na frente dos meus servos do mal. Eles podem rir e... bem... isso ia me magoar.

Seguimos de volta para a sala e nos sentamos no sofá.

— Então, você e Tristan. Vocês estão...

Ele pausa antes de dizer a palavra "juntos". Eu quase rio.

— Não.

— Já estiveram?

Ele olha para mim com intensidade demais enquanto espera pela minha resposta.

— Não. Eu não tenho... é... o *equipamento* necessário para satisfazer Tristan.

Ele me encara, perdido, enquanto minha resposta atinge seu cérebro anuviado de vinho. Então, uma lampadazinha se acende em seus olhos.

230 Leisa Rayven

— Ah, tá! Jesus! Minha pressão acabou de baixar uns vinte pontos!

Eu rio e beberico o vinho, e, quando olho de volta, ele está me encarando.

— Vi fotos de vocês juntos.

— Quando?

— Quando eu estava na Europa. Nos primeiros meses depois que parti, meu ritual noturno era ficar torto de bêbado e dar um Google em você. Tinha fotos de você e Tristan juntos quando estavam trabalhando na off-Broadway. Quando eu as vi... eu... porra, Cassie, foi uma facada. Achei que era seu namorado. Que você tinha seguido em frente, enquanto eu não conseguia parar de pensar em você.

Fico com uma imagem mental dele, garrafa nas mãos diante do computador, me vendo com Tristan e me xingando por eu não estar arrasada. Mas eu *estava* arrasada, mesmo que as fotos me mostrassem sorrindo.

— É, você sempre subestimou meus sentimentos por você — respondo, me afastando dele e passando o dedo na borda da minha taça. — Era um dos nossos maiores problemas.

— Sei que soa como uma desculpa esfarrapada, mas... eu simplesmente não conseguia compreender como você podia me amar tanto quanto eu te amava. Simplesmente não parecia possível.

Por um momento não posso acreditar no que acabei de ouvir. Ele sempre teve problema em dizer a palavra com "A". Era a coisa que transformava o que tínhamos em algo real demais.

Quando olho para ele, ele parece um aracnofóbico que acabou de entrar num quarto cheio de aranhas.

— Impressionada? — ele pergunta. — Olha só eu usando a palavra com "A". Nem gaguejei.

— Parece um milagre, só que mais surreal.

Agora é a vez dele de olhar para seu vinho.

— Só levou três anos para eu perceber que não dizer não me ajudava a negar meus sentimentos. Amar você ou não não dependia de uma palavra. Era apenas um fato. Puro e simples. Você ficaria surpresa com a frequência com a qual uso essa palavra hoje.

Volto ao meu vinho porque ele está tão emocionado que sequer consigo encará-lo.

— Música? — pergunto, olhando para o iPod. Estou estudando minhas playlists quando ele diz:

— Precisa de ajuda? Porque se colocar alguma música country, vou ser forçado a zoar você.

— Você nunca vai esquecer essa história, vai?

— Que história, que você uma vez gastou uma bela grana num álbum das Dixie Chicks? Não. Nunca.

— Ei, tinha umas músicas boas no disco.

— Cassie, tinha um monte de música folclórica no disco. Tenho quase certeza de que foi esse disco que acabou com o aparelho de som do meu carro.

Rio para ele.

— Você costumava explodir as caixas de som todo dia com AC/DC. Aquele aparelho de som já estava fodido. Você pode me culpar por dois minutos das minhas músicas.

Ele pega o iPod.

—Aqueles dois minutos marcaram meus tímpanos pelo resto da vida. Nem posso imaginar o que aquilo fez com meu pobre aparelho. Agora, afaste-se, moça. Permita que eu encontre a música perfeita para nós.

Balanço a cabeça e me sento. De novo estou chocada com a cena surreal de ele estar no meu apartamento. Seis meses atrás, isso seria inconcebível. Agora ele está se esforçando tanto para me mostrar que é maduro e adulto. Se eu ao menos fosse madura e segura. Mesmo agora, posso sentir o ressentimento borbulhando dentro de mim, esperando que ele faça o movimento errado para eu poder explodir.

— Uau. — Ele me lança um olhar nervoso por sobre o ombro. — Não me odeie por colocar esse, mas... Deus... esse disco.

Os acordes de abertura do disco *Pablo Honey*, do Radiohead, se infiltram pelos altofalantes e imediatamente me tensiono.

Tomo outro gole grande de vinho.

— Posso mudar, se você quiser. É que... é que não ouço esse há um tempinho.

É, nem eu.

— Tudo bem. — E bebo mais um pouco.

O álcool faz com que mentir seja fácil. Esse álbum foi a trilha sonora de tantas lembranças, e, apesar de serem prazerosas, também são as partes dele de que sinto mais falta.

Ele se junta a mim no sofá, longe o suficiente para fazer parecer que está respeitando meu espaço pessoal, mas perto o bastante para fazer meu cérebro fraco de vinho querer que ele estivesse mais perto. Inclino a cabeça para trás e deixo a música me distrair.

Estamos na terceira faixa quando Tristan aparece na nossa frente, de banho tomado e pronto para sair.

Ele digere a cena e franze a testa.

— Se eu fosse idiota, juraria que vocês dois estão meditando. Apesar de eu não saber exatamente por que estariam meditando com música de sexo.

Holt se retorce um pouco.

— Cass, tem certeza de que não quer sair comigo? — Tristan pergunta. — É noite das bolhas na Neon. Você até pode trazer o altão sombrio carrancudo aí. Parece que ele está precisando de umas bolhas.

— Não, brigada — respondo com um suspiro. — Estou meio que curtindo a meditação. Você devia estar orgulhoso.

Tristan aperta os lábios, ele se volta para Holt.

— Então é assim que vai ser? Você simplesmente se infiltra de volta na vida dela e consegue algo que eu geralmente só conseguia se a subornasse com chocolate?

O comentário parece ter dado preguiça em Holt.

— O que eu posso fazer, cara? Não preciso usar chocolate porque sou naturalmente doce.

Tristan olha para mim, confuso, como se estivesse lutando para decidir se gosta de Holt ou o odeia.

Bem-vindo ao meu mundo.

— Tudo bem, tô indo — Tristan franze a testa para Holt mais uma vez. — Mas, Cassie, só lembra o que falamos, tá? Não quero chegar e ter de faxinar as vibrações negativas da sua aura.

Ethan fica tenso.

— Me esforcei muito para me livrar das "vibrações negativas", Tristan, mas, se por algum motivo ainda tiver alguma comigo, prometo não infectar a Cassie.

— Faça isso — Tristan murmura enquanto segue pelo corredor para pegar a jaqueta. — Até, Cass.

— Tchau.

A porta se fecha, e Holt e eu nos afundamos ainda mais no sofá.

— Você pode me chamar de louco — Holt se vira para mim —, mas acho que o Tristan gosta mesmo de mim.

— Bem, é uma teoria.

— Qual é a outra?

— Que ele quer arrancar sua cabeça, tirar seus olhos e usar seu crânio como uma bola de boliche.

— Ah, ele joga boliche?

Que cara de pau!

— De vez em quando. Nas noites de discoteca.

Ele sorri. Um daqueles belos sorrisos que iluminam todo seu rosto. Quando me percebe encarando, seu sorriso desaparece numa expressão mais melancólica.

— Cara, eu sentia falta disso. Nunca percebi o quanto doía não estar com você até te ver de novo e a dor ir embora.

Meu sorriso fraqueja. O vinho está soltando a língua dele e deixando seus olhos intensos. Não estou bêbada o bastante para ouvi-lo dizer coisas assim.

— Sente minha falta? — ele pergunta, quase cochichando.

— Ethan...

— Não o canalha que eu fui — ele acrescenta. — Mas o cara que foi bom para você. Que fez você rir. Que... te amou.

— Infelizmente, esse cara ficou preso na sua versão canalha — retruco, levantando o olhar para ele. — Nunca consegui ter um sem o outro.

— Você pode ter — ele afirma, absolutamente sério. — Juro que pode.

— Vai levar um tempinho para eu acreditar nisso.

— Eu sei. Nunca achei que acertar as coisas com você fosse ser fácil, mas sei que vai valer a pena.

— E se não valer? — devolvo, incapaz de suportar que ele pense que o nosso final feliz vai vir tão fácil assim. — E se, depois de tudo, você está só sendo idiota de pensar que podemos reacender algo que se apagou há muito tempo?

Seus olhos se turvam, e a conhecida atração que sinto por ele deixa o ar entre nós pesado.

— Cassie — ele sussurra enquanto se inclina à frente, tão próximo que posso sentir o cheiro doce de vinho em sua boca —, o que tivemos nunca se apagou. Você sabe disso tão bem quanto eu. Mesmo quando eu estava viajando meio mundo e você me odiava horrores, não tinha se apagado. Você pode sentir que ainda está aceso mesmo agora. E quanto mais próximo estamos, mais forte fica. É isso que te assusta.

Ele olha para meus lábios e é preciso cada grama do meu minguante senso de autopreservação para desviar o olhar.

— Se puder me dizer que não sente esse fogo — ele diz baixinho —, então eu me afasto. Mas tenho certeza de que você não consegue fazer isso, consegue?

Vacilo por um instante apenas.

— Não sinto.

A frase não faz sentido.

Ele toca meus dedos, roçando os dele, tão quentes, pela palma da minha mão até chegar ao pulso. Então envolve sua mão ao redor dos ossos finos e aperta gentilmente.

— Pode dizer o que quiser, mas seu pulso não mente. Está vibrando. E sou eu que estou provocando isso.

— Como sabe que é atração e não medo?

— Tenho certeza de que é um pouco dos dois. Mas a atração definitivamente está aí.

Puxo minha mão para longe e bebo o resto de vinho da taça. Bebi demais. Ele também. Falta de inibição não vai me ajudar em nada a esta altura.

Eu bocejo e fico de pé.

— Bem, está ficando tarde.

Ele assente e sorri. Pode me ler como a um livro aberto.

— É, melhor eu ir andando.

Quando chega à porta, ele se vira para mim, uma mão na maçaneta.

— Cassie — ele hesita, recostando-se no batente da porta —, antes de eu ir, só queria saber uma coisa.

— O quê?

Ele se inclina à frente, sua voz é baixa.

— Você e Tristan não estavam exatamente cochichando na cozinha. Eu o ouvi dizer que você não seria capaz de resistir se eu te pedisse para dormir comigo. É verdade?

Absorvo a figura alta dele tomando minha porta, a longa linha de seu pescoço levando a seu incrível rosto emocionado. Eu me lembro de como o corpo dele se sente sob minhas mãos, os ruídos que ele faz quando eu o toco. O olhar incrível no rosto toda vez que seu corpo encontra o meu.

— Ethan...

— Espera. — Ele balança a cabeça. — Não responda a isso. Porque se me disser que me quer... então... — Ele levanta o olhar e posso ver que ele quer me tocar; como seus dedos se contraem, como sua respiração fica um pouco áspera. — Não haveria autocontrole suficiente no mundo.

Felizmente, antes de algum de nós fazer algo idiota, ele dá um passo atrás.

— Boa noite, Cassie. Para o nosso bem, fecha a porta. Agora.

Fecho a porta na cara dele.

Mesmo através da madeira, consigo ouvir seu suspiro de alívio.

Seis anos antes
Westchester, Nova York
Festa da estreia de *Romeu e Julieta*

A música é alta demais. Ela vibra no meu crânio e fere meus globos oculares.

A sala está lotada de gente dançando e rindo. Alguns de fato se esforçam para conversar a despeito do ruído que tenta se passar por música.

No sofá ao meu lado, Lucas fuma um baseado. Ele oferece para mim e, quando recuso, passa para Jack, que está com os olhos tão vidrados que poderia ser chamado de Vidrado Olhar Parado no Madame Tussaud.

Estou meio que surtando com as pessoas fumando drogas ilícitas perto de mim. Imagino meu pai irrompendo pela porta e enlouquecendo. Mas, claro, ele está do outro lado do país, e mesmo com seu nariz bem calibrado de pai, ele não poderia sentir o cheiro de lá.

Tenho certeza.

— Cassie!

Avisto Ruby, e ela faz um gesto de "vamos beber". Suspiro e viro a dose de tequila que estava segurando. Ela passa uma fatia de limão para mim e faz sinal de positivo. Enfio o limão na boca e ela abre um sorriso largo.

Depois de colocar o limão e o copo na mesinha de centro, eu me jogo de volta no sofá e suspiro. Pela milionésima vez nas últimas duas horas, eu olho ao redor, torcendo para que Holt apareça.

Claro que ele não aparece.

— Vou tomar um ar — grito ao me levantar e passar por Ruby. Ela assente e se serve de outra dose.

Quando chego à frente da casa, Elissa está sentada nas escadas, bebericando algo de um copo grande.

Eu me sento ao lado dela.

— Está curtindo?

— Claro — ela responde. — Adoro ter os tímpanos estourados a cada vez que Jack dá uma festa. Só porque é meio surdo ele está determinado a deixar todos nós iguais a ele. Acho que os vizinhos devem querer matá-lo.

— O pai dele é dono de todas as casas vizinhas. É o único motivo pelo qual ele se safa das reclamações.

Ela me oferece sua bebida enquanto olha para a rua.

— Esperando pelo Ethan? — pergunto.

— Sim.

— Acha que ele vai aparecer?

Ela balança a cabeça.

— Cada encontro com o nosso pai transforma Ethan num vulcão de raiva. Já tentei dizer para ele parar de se importar, mas ele não me escuta.

— A relação deles sempre foi assim tão... complicada?

— Foi. — Ela ri. — É como se o papai não soubesse lidar com ele. Ele se dá bem comigo, porque sou mulher, mas com o Ethan? Não acho que ele saiba como se comunicar com ele num nível que envolva emoção. Minha teoria é que age dessa forma porque nosso avô não acreditava que homens deviam ser abertamente afetivos uns com os outros, porque isso os enfraquecia, sei lá. Então, sempre que Ethan enfrenta nosso pai, eles brigam em vez de conversar.

— Deus, isso deve ser difícil.

— É, sim. E piorou um pouco há alguns anos. Eu culpo a Vanessa, aquela vaca.

Minhas orelhas se ouriçam.

— Então não foi Olivia?

— Não — ela suspira. — Vanessa foi o estágio zero para todas essas questões. Ela é a razão pela qual a coisa desandou com Olivia.

— O que aconteceu entre eles? Ethan e Vanessa?

Ela olha para baixo e brinca com o copo.

— Elissa, por favor. Tentei perguntar a ele sobre isso. Mas ele se fecha todo.

— É, mas ele me mataria se eu te contasse.

— Eu sei, mas se isso faz você se sentir melhor, ele leu meu diário, então ele sabe um monte de troços pessoais meus.

Ela fica boquiaberta.

— Ele leu seu *diário*?

— Leu. Há algumas semanas. E *talvez* eu tenha escrito sobre o quanto eu queria tocar seu... é... pênis.

— Ai, meu Deus.

— E meio que disse que o pau dele podia ganhar prêmios.

— Ah... uau.

— Eu sei.

— Além disso... eca. É meu irmão.

— Eu sei. Mas não posso fazer nada se seu irmão é um tesão.

Ela olha em dúvida.

— Se você diz.

— Ele é.

Elissa suspira.

— Bom, por mais nojento que seja para mim, eu meio que estou feliz por você achar isso. Porque você é a única garota que eu consigo vê-lo levando a sério desde todo esse troço com a Vanessa. Posso entender por que ele resiste, mas ainda assim...

— Por favor, me diga que essa declaração vai ser sucedida pelo que aconteceu de fato com eles.

Imploro, lançando-lhe meu melhor olhar.

Ela revira os olhos e conta:

— Vanessa foi a namorada do Ethan no colégio. Começaram a namorar no segundo ano.

Balanço a cabeça e tento esconder o ciúme feroz que queima dentro de mim. É idiota ter ciúme de uma menina que nunca conheci, né?

— Na escola, Ethan e Vanessa eram como um casal vinte. Mas, nos bastidores, eles discutiam muito. Vanessa gostava de irritá-lo. Se ela achasse que ele não estava lhe dando atenção suficiente, ela paquerava outros caras. Ela gostava de provocar o ciúme dele. Realmente acho que ela era uma sociopata. Até deu em cima do melhor amigo do Ethan no colégio, Mike. Ela usava o ciúme para manter Ethan na linha.

— Por que ele simplesmente não a largou?

— Sei lá. Era como se ela tivesse controle sobre ele. Podia manipulá-lo para tudo. Usava as próprias inseguranças dele como arma.

— Então, o que aconteceu?

— Numa noite, durante o último ano, depois de finalmente Ethan ter contado ao papai que ele não ia cursar medicina e que pretendia se inscrever em Grove, eles tiveram uma briga bem feia. Não consegui ouvir exatamente o que eles estavam dizendo, mas o que eu sei é que acabou com minha mãe chorando e com meu pai gritando para o Ethan ir embora. Depois disso, ele foi para a casa da Vanessa, mas ela não estava lá, então Ethan seguiu para a casa do Mike. Quando chegou lá, encontrou Mike e Vanessa. Na cama.

— Ai, Deus.

— Ethan ficou arrasado. Eu teria esperado algo assim da Vanessa, mas não do Mike. Ele e Ethan eram como irmãos. No dia seguinte, na escola, Mike tentou botar panos quentes e se desculpar, mas... Ethan estava irritado demais. Ele surtou e desceu o cacete no Mike. Acabou quebrando o nariz dele e tomando uma suspensão de duas semanas. Vanessa achou incrível os dois brigarem por causa dela. Tenho certeza de que ela estava enganando os dois.

— Que vaca. — Uma raiva violenta tomou conta de mim. Soltei o ar longamente. Não consegui nem imaginar o quão traumático deve ter sido para Holt ser traído pelos próprios amigos. Não é à toa que ele tem problemas com intimidade.

— Foi quando ele se fechou realmente — Elissa continuou. — Não entrar em Grove não ajudou. Ele parou de falar comigo e com minha mãe e ficou ainda mais distante do papai. Ele se jogou na coisa do teatro. Bebia demais. Arrumou brigas. Dormia com cada menina que cruzava seu caminho e nunca ligava para elas de novo. Foi horrível de assistir.

Meu rosto deve ter me traído sobre quanto eu odiava pensar nele com outras garotas, porque ela rapidamente acrescentou:

— Nunca houve nada sério.

— Nem com a Olivia? — pergunto, sem realmente querer saber a resposta.

Elissa franze o rosto.

— É, eles tiveram uma coisa. Mas, quer saber, Ethan a tratava tão mal que o negócio já estava condenado desde o começo. E ela é uma garota legal. Nem um pouco como a Vanessa. Nunca pensei que meu irmão pudesse ser tão cruel, até eu vê-lo com Olivia. Ela teria feito qualquer coisa por ele, e ele acabou com ela. E não namora desde então.

Penso em todas as coisas cruéis que ele disse ou fez desde que eu o conheço e sinto pena de sua Julieta anterior.

— Então, essa é a história — Elissa conclui, se levantando e me puxando junto. — Agora, podemos parar de falar do merda do meu irmão e começar a nos divertir? Duvido que ele vá aparecer esta noite. Provavelmente, está em algum bar, de cara fechada para uma parede descascando a tinta.

Entramos na casa, e, meia hora e duas doses de tequila depois, Elissa e Ruby me convencem a dançar. Eu giro e me remexo com elas, mas não consigo parar de pensar em Holt e no que ele passou.

Então, escuto uma enorme salva de palmas na parte da frente da sala. Eu me viro e vejo Holt lá, com uma garrafa de uísque quase vazia na mão e braços esticados enquanto ele grita:

— Aê, elenco! Romeu tá na área! Vamos comemorar!

A sala toda ruge em aprovação e, ao meu lado, escuto Elissa:

— Ai, Deus. Que diabos ele está fazendo?

Assisto a Holt abraçar e cumprimentar todos ao redor enquanto anda no meio da galera como um rockstar entre seus fãs. Não consigo acreditar no que vejo.

Quando chega até nós, ele sorri meio sem jeito.

— Olá, senhoritas. — Usa uma voz que acho que era para ser sexy.

— Ruby — ele diz, puxando-a para um abraço —, você me odeia, não odeia? Muita gente me odeia. Até meu próprio pai. Não se preocupe. Não odeio você por isso.

Depois ele se vira para a irmã e coloca os braços ao redor dela.

— Ah, Elissa. A meiga e incansável Elissa. Como você me aguenta? Não entendo. Mas eu te amo. Amo mesmo, de verdade.

— Hum... Ethan? — Ela torce o nariz enquanto ele a abraça. — Por acaso você tomou um monte de ecstasy hoje?

Ele beija a bochecha dela antes de se virar para mim. Seu sorriso imediatamente fraqueja, mas ele toma outro gole da bebida, dá um passo à frente e se estica para segurar meu rosto.

— E Cassie. Bela, tão bela, Cassie. Você está bem?

— Sim. Você está?

— Estou ótimo! Nem ligo para o que aconteceu esta noite com meu pai. E quer saber por quê? Porque decidi não ligar mais para nada. É um conceito tão simples, não sei por que não descobri isso anos atrás. Olha como estou feliz!

Ele joga a cabeça para trás e ri. É a visão mais triste que já vi.

— Holt... — começo, mas ele coloca os dedos nos meus lábios.

— Não, não vem com essa de Holt — ele diz, abaixando a garrafa. — É uma festa e eu quero dançar. Até mais.

Ethan abre caminho no meio das pessoas e elas gritam ao redor dele quando ele começa a se mexer, cheio de energia, mas todo desajeitado.

— Uau. Nunca vi meu irmão dançar antes. Tem... Céus... tem coisa errada demais rolando para eu entender.

— Ele dança mesmo muito mal — Ruby comenta. — Parece que ele está tendo um ataque epiléptico vertical.

Ele é a vida da festa. Conversa com todo mundo, é *educado* com todo mundo. Droga, ele até ri das piadas do Jack e não olha Zoe com desprezo quando ela flerta com ele.

Provavelmente, ele quer sair socando todo mundo, mas, em vez disso, está sendo o Holt que acha que todo mundo quer que ele seja.

Ranjo os dentes, frustrada.

Sei que o Holt pode ser um cuzão, porque ele já foi um comigo várias vezes, mas pelo menos estava sendo verdadeiro. Esse novo Holt? É mais falso que os peitos da Zoe.

Quando chego no meu limite, atravesso a multidão e avanço até ele. Ele está falando com a Zoe, rindo sem motivo aparente. Ela está se insinuando para ele, o que me faz querer enfiar a cara dela na travessa de Doritos na mesa ao lado.

Holt levanta o olhar quando me aproximo, e de novo seu sorriso fraqueja por um segundo antes de voltar a se abrir.

— Taylor! Oi! — Sua voz tem animação. — A Zoe aqui estava me dizendo que, se minha Julieta fosse ela e não você, ela não teria de fingir na cena de sexo. Não é hilário?

— Totalmente hilário — respondo do jeito menos convincente possível. — Zoe — pego a tigela de Doritos —, quer um salgadinho?

Toim. Bem na boca.

Ela revira os olhos.

— Tá, claro, Cassie. Como se eu fosse comer carboidratos.

Solto o ar e faço cara de pacífica.

— Holt, posso falar com você por um segundo?

— Na verdade — Zoe interrompe segurando o braço de Holt como se ele fosse dela —, ele está falando comigo agora. Talvez você possa voltar depois.

Garota, é melhor você tirar as mãos dele antes que eu te faça uma máscara facial de massa de queijo hidrolisado.

Bato a tigela na mesa e me forço a sorrir.

— Não vou demorar. Você não vai nem notar, porque tenho certeza de que ele vai voltar para continuar ouvindo seus divertidos comentários pornográficos.

Pego o braço de Holt e puxo, e graças a Deus ele segue para a cozinha.

— O que você está fazendo? — pergunto, me voltando para encará-lo.

Ele dá de ombros.

— Me divertindo?

— Sério? Isso é diversão? Conversar com a vadia-mor fingindo que gosta dela.

— Vadia-mor é um apelido bem feio — ele comenta, enrolando a língua. — E talvez eu goste da companhia dela.

— Ah, que bela merda.

— Está com ciúme, Taylor?

— Estou. Agora você pode, por favor, parar com essa ceninha idiota e me beijar?

Ele perde o prumo na hora. Ele pisca três vezes. Eu nem me mexo. Acho que estou ficando bem boa em dizer o que realmente penso.

Jack entra na cozinha e segue para o barrilzinho no canto para servir vários copos de cerveja, ignorando a competição de olhares rolando ao lado dele.

— Ei, Holt, parceiro, você não está parando ainda, né? Vai, toma uma dessas.

Holt se vira no exato minuto em que Jack está lhe entregando um dos copos, e a cerveja toda se espalha pela camiseta de Holt.

— Merda! — Jack engasga. — Desculpa aí, cara. Total acidente. — Jack pega um pano de prato e tenta secar Holt enquanto murmura mais desculpas.

— Tudo bem. — Holt força uma risada. — Você tem uma camiseta para me emprestar?

Jack assente.

— Tenho, na parte de cima do meu armário. Pega a que você quiser.

Holt bate no ombro dele um pouco forte demais quando passa.

— Valeu, parceiro.

Ele avança a passos largos para a escada pelo meio do pessoal, e isso é tudo o que eu não consigo fazer para segui-lo.

— Sabe — Jack está falando comigo —, nunca vi ninguém ser um bêbado irritado e feliz ao mesmo tempo, mas o Holt consegue ser.

Concordo.

— É um dom raro e especial.

Ele pega uma cerveja na bancada e bebe com uma cara pensativa.

— Eu devia entrar na internet e ver se já tem umas resenhas da apresentação de hoje. Ouvi que o crítico do *On-line Stage Diary* estava lá. Fico imaginando se ele tem alguma coisa boa para dizer.

De repente, meu estômago dá um nó.

— Ele estava lá?

— Estava. Ele e uns outros quatro. Um do *Broadway Reporter*. — Ele olha para mim e levanta uma sobrancelha. — Nunca se sabe, Taylor. Amanhã de manhã você pode ser uma estrela.

— Tá, sei. Ou podem me odiar. — Solto uma risada exagerada, porque se me odiarem...

Só de pensar nisso meu corpo coça e sua de nervosismo.

— Tenho certeza de que vão dizer coisas incríveis sobre você — Jack diz com uma mão encorajadora no meu ombro.

— E se não disserem?

— Bem, ainda há meio barril de cerveja. Pode beber até esquecer.

Ele pega sua cerveja e sai.

Estou parada lá ainda, contemplando minha iminente possível humilhação pública, quando percebo que há apenas uma coisa que pode me ajudar a não surtar, e está no andar de cima, espero que sem camisa.

Abro caminho pela sala, subo as escadas e sigo pelo corredor até o quarto do Jack. A porta está aberta. Dou uma espiada e vejo Holt de peito nu sentado na cama, a camisa encharcada no chão, a cabeça repousada nas mãos. Ele agarra o cabelo e suspira, frustração bruta emanando dele como uma aura.

— Ei — digo e dou um passo incerto dentro do quarto.

Ele me lança um olhar cortante antes de levantar da cama e avançar para o armário.

— Ei — ele devolve o cumprimento, abrindo as portas e avaliando a impressionante coleção de camisetas do Jack. — Que festa, hein?

Não consigo tirar os olhos dos músculos em suas costas nuas enquanto eles se movem e se flexionam. Quer dizer, mentira: eu *poderia* afastar o olhar, mas não quero.

— Tudo bem com você? — pergunto, me aproximando.

— Tudo ótimo — ele responde, me mostrando uma camiseta que diz: "Errar é um mano". — Avery usa mesmo isso em público?

— Holt...

— E essa aqui? — E mostra outra que diz: "Brinde aos mamilos. Sem eles as tetas não teriam sentido".

— Holt...

— Fala sério. Ele comprou isso ou estavam pagando gente que levasse?

— Precisamos conversar.

— Não, não precisamos mesmo.

Ele devolve o cabide e passa pelo restante da coleção.

— Esse cara não tem nada além dessas porcarias de camisetas de piada? Nada esportivo? Ou, Deus que me perdoe, liso?

Ele continua remexendo os cabides, e está cada vez mais tenso.

— Ethan. — Ponho minha mão nas costas dele.

— Não. — Ele se vira e se afasta de mim. — Simplesmente... não, porra. Tá?

— Por que não?

— Porque nunca termina bem quando você me toca. Porque quando você me toca, merda... eu... penso coisas idiotas e quero coisas idiotas e... então... tipo... não faz isso...

Dou um passo à frente e ele se encosta na porta do armário. Quando coloco minha mão no meio do peito dele, ele puxa o ar com força e trava a mandíbula.

— Não sei do que você tem tanto medo. Não sou a Vanessa.

O rosto dele endurece.

— Que porra você sabe sobre a Vanessa?

Respiro fundo.

— Elissa me contou a história. E das outras meninas. E Olivia. — Ele solta um suspiro pesado e eu me aproximo um pouco. — Não fica bravo. Eu a forcei.

Os punhos se fecham nos braços repousados ao lado do seu corpo.

— Ainda assim não era para ela te contar porra nenhuma.

— Eu queria saber. — Deslizo minha outra mão para o ponto do seu peito onde sinto o pulsar frenético por baixo da superfície. — E agora compreendo um pouco melhor por que você resiste tanto em namorar novamente. O que a Vanessa fez com você foi horrível. Mas eu não sou ela. Não sou nada como ela.

Ele olha para mim com menos raiva, foi substituída por cansaço e resignação. Como se ele já tivesse tido essa conversa em sua cabeça, muitas vezes.

— Você não entende — ele começa. — Não *importa* que você não seja nada como ela. Alguma parte de mim pensa que você é, e essa parte está só... esperando... para que tudo fique uma merda de novo. Não tem lógica, mas não consigo evitar. E por mais que eu tenha medo de você me magoar, tenho mais medo de eu magoar você. O que aconteceu com Olivia? Não posso repetir isso com ninguém, especialmente não com você.

Ele acha que está tentando me proteger, mas, como alguém que passou a vida toda morrendo de medo de errar, eu definitivamente sei, sem a menor dúvida, que sou a pessoa certa para ele.

— Ethan, nenhum relacionamento está livre de riscos. E mesmo que você ache que pode ficar afastando as pessoas para sempre, estou aqui para dizer que você não vai conseguir mesmo.

Roço minhas mãos em seus braços, seus bíceps, repousando sobre sua pele quente e suave.

— O negócio é que — ele diz, olhando para mim enquanto experimenta pegar minha bochecha — por mais que você me assuste pra caralho, e por mais que eu saiba que um de nós, se não os dois, vai se arrepender completamente... eu quero não conseguir afastar você.

Nós nos encaramos por longos minutos e, quando olho no fundo de seus olhos, vejo o segundo exato em que ele toma sua decisão. Paro de respirar quando seus dedos se fecham no meu cabelo. Então ele se inclina, sua boca pairando sobre a minha, ar quente e doce soprando em meu rosto enquanto o tempo para.

— Olhar assim para mim não é justo — ele cochicha. — Merda, nem um pouquinho.

Em seguida, o espaço entre nossos lábios some, e ele está me beijando, um beijo intenso e cheio de desejo. Nossa respiração pesada soa incrivelmente alta em minhas orelhas. Nós nos beijamos desesperadamente, lábios colados e pressionados e encaixados como se tivessem sido feitos só para isso, se abrindo apenas para permitir pequenos gemidos.

O efeito que ele tem em meu corpo é instantâneo e poderoso, e eu me aproveito ao máximo do fato de ele estar sem camisa. Minhas mãos estão em todo lugar. Em seus ombros largos e nos braços. Em suas costas e nas omoplatas. Até sobre suas costelas e seu abdômen.

Ele grunhe na minha boca e me explora, tão ávido quanto eu.

— Jesus... Cassie.

Ele me beija sem pudor, apaixonadamente, e eu sinto que, depois de dar tantos passos para trás, estamos enfim seguindo adiante. Em direção a quê, eu não faço ideia, mas só saber que ele está aberto à experiência é melhor do que qualquer sensação que já tive.

— Quis fazer isso a noite toda — ele diz, ofegando entre os beijos. — Ficar longe de você foi cansativo pra caralho.

Não sei como começamos a caminhar em direção à cama, ainda beijando, profunda e freneticamente. E antes que eu possa me dar conta, estou deitada de costas com ele entre minhas coxas. Eu me agarro a ele enquanto ele se esfrega em mim, lenta e insistentemente.

— Ai, Deus. Isso.

Ele afunda a cabeça no meu pescoço e me chupa. Ele se move pela minha garganta e meu peito, onde pega meus seios e continua a pressionar seu corpo contra o meu, acabando com minha capacidade de respirar.

Mexo meu quadril para me encaixar no dele. Agarro firme sua bunda para puxá-lo para mim com mais força.

— Merda. — Ele grunhe no meu ombro e congela. O quarto está em silêncio, tirando nossa respiração entrecortada.

— Que foi? — pergunto, agarrando seus ombros enquanto meu coração acelera mais do que pode.

— Nada — ele responde, ainda sem se mover. — Só me dê um minuto. Não se mexe.

No meu íntimo, estou empolgadíssima em conseguir afetá-lo tanto assim. É bom saber que nossa atração é definitivamente mútua.

— Fala comigo — ele pede enquanto abaixa a cabeça no meu ombro. — Qualquer coisa para me distrair da porra do tesão que você é.

— Hum... tá, sinto muito pela coisa com seu pai esta noite — começo enquanto acaricio suas costas com delicadeza. — Ele foi totalmente sem noção. E eu tenho certeza de que não deixaria passar dois anos sem dizer "eu te amo". Isso é ridículo, se você fosse meu, eu diria eu te amo todos os dias. — Inspiro rapidamente. — Quer dizer, estou falando se eu fosse seu pai, entende? Se você fosse meu filho eu falaria isso. Não estou dizendo que *eu* te amo. Não estou dizendo isso. Só que...

— Não achei que estivesse... — Ele sorri. — Acho que é melhor você calar a boca e me beijar.

Eu o levanto um pouco, empurrando-o em suas costas.

—Ah, se você insiste.

Ele me puxa para si, e estamos nos beijando novamente. Parece que estou num sonho gostoso e erótico que não quero que termine nunca.

O beijo fica mais frenético, bocas e mãos se movem ávidas até que ouvimos uma voz agoniada.

— Ai, Deus, gente, pôôôôô! Na minha cama, não!

Levantamos o olhar e avistamos Jack na porta, se balançando como se tivesse com síndrome de abstinência alcoólica.

— Não receberam a mensagem que ninguém pode transar na minha cama esta noite? Essa colcha da *Guerra nas Estrelas* é uma relíquia!

— O que você quer, Jack? — Holt suspira enquanto eu seguro um riso.

— Vocês precisam descer — ele se inclina na porta e derruba cerveja. — Saiu a primeira crítica do nosso espetáculo e... bom... fala umas coisas bem feias sobre vocês dois.

Holt e eu trocamos olhares, com pânico e medo passando pelo nosso rosto.

— Tô zoando vocês! — Jack ri. — É simplesmente sensacional. Levantem a bunda daí para eu ler para todo mundo. Vem!

Ele sai cambaleando. Holt resiste, mas sai de cima de mim e pega uma camiseta qualquer do armário. Veste e a ajeita com uma careta. Tem uma grande cruz vermelha e diz: "Doador de Orgasmos".

— Bem, pelo menos peguei uma que vai direto ao ponto.

Balanço a cabeça e rio enquanto me endireito.

Ele ignora a risada e coloca uma mão em cada lado do meu rosto antes de se inclinar e me beijar.

— Não vou te beijar na frente deles — ele avisa. — Ou segurar sua mão. Não quero que fiquem falando de nós. Imaginando coisas.

— Tá — respondo, um pouco decepcionada por ter de esconder o que sinto por ele. — Mas Jack não vai contar a eles que a gente tava se pegando?

Ele balança a cabeça.

— No estado em que ele está provavelmente se esqueceu disso cinco segundos depois que saiu do quarto.

Ele me beija novamente, então caminhamos escada abaixo, tentando ignorar os cochichos do pessoal quando aparecemos juntos.

— Até que enfim! — Jack anuncia. Ele silencia todo mundo quando larga a cerveja e pega as páginas que imprimiu. — Tá, escuta, gente. Esta resenha é do Martin Kilver, do *On-line Stage Diary*. Ele é notoriamente difícil de impressionar, então tenham isso em mente quando ouvirem o que ele tem a dizer.

A sala toda fica em silêncio e posso sentir Holt tenso ao meu lado enquanto Jack começa a ler:

— "Em cada produção de uma peça clássica de Shakespeare, os atores correm o risco de imitar e recriar muito do que já foi feito. Na produção mais recente de *Romeu e Julieta*, da Academia Grove de Artes Dramáticas, isso não poderia estar mais distante da verdade. A produção é econômica e moderna, o que em si não é inovador. O que é revolucionário é que, depois de ver incontáveis produções no decorrer dos anos, eu finalmente acredito na verdade e no poder de dois jovens apaixonados. Seria pouco dizer que isso deu a este crítico uma das noites mais empolgantes que já passei no teatro."

Há murmúrios de surpresa e leves aplausos, e Jack sorri antes de continuar:

— "A diretora Erika Eden moldou seus dois jovens encarregados da tarefa numa parceria afiada, poderosa e empolgante, e ainda que demonstrem extrema maturidade em suas performances, não perdem nada da inconsequência da juventude que é central à história."

Mais gritos de aprovação. Sinto a leve pressão da mão de Holt na minha lombar.

— Tá, falem baixo — Jack pede. — Estamos chegando à melhor parte. — Ele pigarreia: — "Apesar de o elenco todo ser realmente excepcional, menção especial deve ser feita a Aiyah Sediki como a ama, que traz uma maravilhosa noção de nobreza ao papel; e Connor Baine como Mercúcio, um papel que é frequentemente interpretado como bidimensional em sua impetuosidade, mas no qual esse ator introduz uma surpreendente e grata sensibilidade."

Há fortes gritos de aprovação e Aiyah e Connor sorriem. Bato palmas também, muito orgulhosa.

Jack lança para nós um olhar consciente antes de continuar.

— "Mas o maior trunfo da produção é a escolha dos dois protagonistas: Ethan Holt como Romeu e Cassandra Taylor como Julieta." — O povo assobia e grita, e meu rosto fica vermelho-vivo. — "Ao interpretar Romeu, sr. Holt traz ao papel uma vulnerabilidade arrepiante que atua diretamente contra a acre prosa florida que o personagem tem de proferir. Sua energia, intensa como a de uma pantera, é uma revigorante mudança dos Romeus vaidosos e imaturos que vi no passado, e prevejo que, se essa performance servir de termômetro, o sr. Holt terá um futuro brilhante como profissional."

Engulo um nó na garganta quando o orgulho de Holt se acumula dentro de mim. Eu me viro para olhá-lo, com olhos marejados e emocionada. Quero abraçá-lo e cochichar o quão orgulhosa estou, mas isso terá de ficar para depois.

Olho de volta para Jack, que agora está me encarando.

— "Cassandra Taylor como Julieta é igualmente convincente e de fato sintetiza uma heroína do século XXI. Linda a vigorosa, sua Julieta não é uma flor murcha. É uma mulher determinada e apaixonada cuja força fará a plateia se apaixonar por ela tanto quanto seu condenado Romeu. A srta. Taylor exibe uma impressionante gama emocional em sua apresentação bem afinada e tem o que pode somente ser descrito como 'brilho de estrela'."

Tento engolir, mas estou engasgada demais. Aperto a mandíbula para conter o choro. E quando sinto os dedos de Holt tocarem gentilmente os meus agradeço por ele estar aqui.

— "Mas"— Jack continua, chegando ao trecho final —, "por mais excepcionais que esses dois jovens atores sejam por si sós, é sua incrível química juntos o que realmente faz a produção decolar. Pois em nosso cínico mundo moderno, tomado por uma sufocante taxa de divórcios e ideais descartáveis, não é fácil convencer a plateia do poder do amor verdadeiro. Bem, estou aqui para dizer que esses dois conseguiram lindamente, e eu desafio qualquer um que testemunhe essa história de amor no palco a sair intocado por sua paixão extraordinária. Sem dúvida, o que fez esse crítico calejado desejar que houvesse mais amor verdadeiro no mundo."

O povo todo faz "ohhhhh" em uníssono, e, quando olho para Holt, juro que ele está tão vermelho quanto eu. A sala explode em falatórios, todos discutem a resenha e o que ela significa, mas estou chocada demais até para puxar conversa.

Jack pega o celular e manda Ethan e eu posarmos para uma foto juntos. Sem mesmo refletirmos sobre aquilo, a gente se abraça e sorri.

Depois do flash, Jack nos mostra a foto.

Ficou linda.

Nossos sorrisos ficaram maravilhosos. A foto me faz acreditar que nunca na história do mundo existiu um casal tão feliz quanto nós dois neste exato momento.

Somos duas estrelas.

capítulo catorze
EMPURRE E PUXE

Hoje
Nova York

O apartamento de Marco é um pouco como ele: grande e extravagante. Está cheio de peças de veludo e antiguidades opulentas, dando a entender que é habitado por um excêntrico czar da Prússia.

Estamos comemorando o final da terceira semana de ensaios, e Marco convidou toda a companhia para um coquetelzinho. É a primeira vez em mais de uma semana que vejo Holt fora do ensaio. Ele sempre pergunta se quero sair para um drinque depois do trabalho, mas sempre recuso. Ainda que me sinta mais e mais atraída por ele, a ideia de passar algum tempo sozinha com ele me faz suar. Concordei em vir esta noite porque sabia que estaríamos cercados de gente.

Eu o observo do outro lado da sala, conversando com o companheiro de Marco, Eric. Ele está atento e se mostra entusiasmado enquanto Eric aponta suas antiguidades favoritas e conta como as encontrou.

Holt faz perguntas, sorri, e sinto uma pontada no estômago quando percebo quão diferente ele está do homem impaciente e emburrado que costumava ser.

MEU ROMEU **253**

Fico imaginando se ele olha para mim e nota o quanto estou diferente. Como estou calejada. Frágil.

Eu me pergunto se ele pensa que ainda valho a pena depois de tanto esforço que fez para estar comigo novamente.

— Um brinde! — Marco diz, e todos nós ocupamos a sala enquanto Cody torna a encher nossas taças de champagne. — A esta notável companhia e nossa maravilhosa peça. Que o produto final seja tão incrível quanto prevejo. Não sou indicado ao Tony há dois anos, e estou começando a sofrer uma crise de abstinência! Então, por favor, queridos colegas e amigos, levantem as taças... a nós!

— A nós. — Ergo meu copo sorrindo.

Como de hábito, olho ao redor procurando por Holt, que me lança um olhar caloroso enquanto faz seu brinde.

— A nós.

Viu? É por isso que tenho de ficar longe dele. Porque com duas palavras ele consegue me fazer sentir como uma adolescente que vive seu primeiro amor.

Saio para ir ao banheiro, mas no caminho dou com o escritório de Marco. Lá dentro há uma cristaleira cheia de copos coloridos.

Entro no cômodo e olho para as tulipas, as taças de vinho e as de champagne, todas reluzindo em cada cor do arco-íris, algumas com detalhes em dourado e prata.

— Ah, srta. Taylor, vejo que você descobriu meu maior orgulho.

Noto Eric entrar quando me viro. Holt vem logo atrás.

— Estava prestes a mostrar ao sr. Holt minha paixão mais ousada. Marco me provoca dizendo que precisaremos de um apartamento maior se eu não parar de comprar copos antigos, mas não consigo evitar. Com a internet é fácil alimentar meu vício.

Holt se posiciona atrás de mim, e o calor de seu corpo me toma pelas costas.

— Você tem uma coleção impressionante — Holt comenta, examinando a cristaleira. — Está colecionando há muito tempo?

Eric assente.

— Há uns vinte anos. Prefiro copos italianos, em especial os que vêm de Murano. Mas também tenho algumas peças inglesas e russas, algumas datando do começo do século XVIII.

— Sério? — Estou surpresa. — Como sobrevivem ao tempo?

Ele sorri.

— Bem, na verdade muitos estão lascados ou danificados de alguma forma, mas esse é que é o charme da coisa. Essas marcas contam uma história, mostram que a peça teve uma vida, talvez muitas, antes de eu a descobrir, essa é a maravilha das antiguidades. Vou dar-lhes um exemplo.

Ele abre a porta e retira um copo alto e fino de vinho. Não tem uma cor viva, como a maioria. É liso, um vidro claro, e a única decoração é uma leve gravação no fundo.

— Esta peça é uma das minhas favoritas — Eric nos informa, segurando-a reverentemente. — Dizem que pertenceu à Lady Cranbourne de Wessex. O tumultuado relacionamento dela com o marido era infame. Certa vez, ele deu a ela um conjunto de seis copos de presente de aniversário. Mais tarde naquela noite, parece que ele fez um comentário que a ofendeu, creio que sobre o relacionamento dela com um dos empregados do estábulo, e dizem que este é o único que restou. Os outros se espatifaram em pedacinhos quando ela os atirou nele.

Ele segura o vidro contra a luz e aponta para a linha fina que corre pela base do fundo.

— Vê esta rachadura? Surgiu quando o Lorde Cranbourne agarrou a taça depois que sua esposa a arremessou na sua cabeça. Foi em 1741. Esta taça existe há quase trezentos anos, apesar de estar danificada. Notável, não?

Ele coloca o copo de volta na cristaleira e se vira para nós.

— Acho que é parte da fascinação. Parece tão frágil, e, ainda assim, de alguma maneira consegue suportar o tempo, mesmo com riscos e rachaduras. Em minha opinião, copos perfeitos são entediantes. Amo todas essas peças, e suas cicatrizes as tornam ainda mais belas aos meus olhos.

— Mas danos assim não fazem o vidro perder o valor? — pergunto, recorrendo ao meu conhecimento limitado de antiguidades.

Eric me olha, pensativo.

— Valor é uma questão subjetiva.

Ele caminha até um grande gabinete e tira uma caixa de nogueira. Enquanto a segura diante de mim, pede que eu abra a tampa. Quando faço isso, vejo que o interior está forrado com um felpudo veludo azul. Há seis cavidades para tacinhas, mas em vez de conter copos há apenas uma pilha de cacos.

Estou confusa, olhando para ele.

— Quando comprei o copo de Cranbourne, isso foi incluído no conjunto. É o que resta dos outros cinco copos. O leiloeiro sugeriu jogar fora, afinal era só uma coleção de cacos de vidro. Mas para mim é muito, muito mais. Lady ou Lorde Cranbourne deve ter catado os cacos depois da briga. O que os copos representavam, seu casamento, a história deles, o amor, era importante demais para jogar fora, mesmo quebrados e sem conserto.

Ele sorri para nós, fechando a caixa e colocando de volta no gabinete.

— O leiloeiro considerou sem valor porque não tinha valor monetário, mas eu acho que essas peças não têm preço. Representam paixão, e sem paixão a vida não tem sentido, tem? Pelo menos é no que sempre acreditei.

Depois de fazer uma pausa e nos dar um sorriso, ele segue para a porta.

— Melhor que eu ajude Marco com a sobremesa. Ele fica tenso se as pessoas não têm algo na boca a cada cinco minutos. Olhem para os copos o quanto quiserem. Peguem, se quiserem. Não são tão frágeis quanto parecem.

Ele desaparece no corredor. Então somos apenas Holt e eu, parados perto demais um do outro e com as palavras de Eric pairando no ar.

— Então, quem você acha que salvou o copo quebrado? O Lorde ou a Lady Cranbourne?

— O Lorde — ele responde sem hesitar.

Eu o questiono com o olhar.

— Ele comprou as taças. E disse algo que a magoou. Ele se sentiu culpado.

— Sim, mas foi ela que o acertou — argumento. — E talvez o que ele tenha dito a ela fosse verdade.

Holt balança a cabeça.

— Não importa. Para ela perder o controle assim, ele tinha de ser um merda insensível.

— Ou talvez ela estivesse sendo apenas dramática.

Ele faz uma pausa por um instante e me encara com um olhar intenso.

— Talvez ambos tenham salvado o copo. Talvez os dois juntos tenham pegado os caquinhos cuidadosamente para daí fazer as pazes com um sexo incrível na frente da lareira.

Eu levanto uma sobrancelha.

— Há uma lareira?

— Claro. E provavelmente com a cabeça de um animal morto pendurada acima.

— Uau. Romântico.

— Eu sei. Nada traduz mais o amor que vidro quebrado e animais decapitados.

Sorrio. Ele também. Depois seu sorriso passa para o modo desejo, aquele que tanto tenho visto esses dias.

— Você tem me evitado — ele comenta baixinho. — Fiz alguma coisa que te irritou? Porque, se fiz, eu gostaria de pedir desculpas.

Olho de volta para o gabinete, tentando ignorar o quão incrível seus olhos ficam refletindo o vidro.

— Não é nada.

— Do jeito que você tem olhado para mim, tenho certeza de que há alguma coisa.

Ele está atrás de mim, seu peito pressiona minhas costas.

— Se eu fosse apostar, diria que você está puta por me desejar tanto. — Ele passa um braço ao redor da minha minha cintura e me vira para eu encará-lo. — Não percebe que conheço todos os truques? O olhar sombrio, a raiva, nada de toques... Fiz o mesmo com você porque me abrir para você era algo que me assustava. Mas você não deixou que eu me fechasse. Você me pressionou. Seguidas vezes. Talvez seja o que preciso fazer agora. Fazê-la encarar o que sente por mim.

Meu coração parece me golpear por dentro quando ele passa os dedos pelo meu cabelo. Minha respiração fica mais curta quando fixo o olhar em sua boca. Como parece macia. Como deve estar deliciosa.

— Você quer que eu te beije — ele diz. — Você nunca admitiria. E, se eu tentasse de fato, você me impediria, mas... você quer. Não quer?

Baixo o olhar.

— Não.

— Mentira.

Ele segura meu rosto com as mãos em concha.

— Olha nos meus olhos e diz isso. Então talvez eu acredite em você.

Meu estômago se aperta e meu corpo todo se incendeia, mas eu me forço a encontrar seu olhar.

— Não quero que você me beije.

Minha voz é instável e fraca. Assim como essa decisão.

— Jesus, Cassie — ele acaricia meu rosto —, você é uma atriz aclamada pela crítica e isso é o melhor que pode fazer? É horrível pra caralho. Tenta de novo.

— Eu não... não quero que você me beije.

— Sim, quer sim — ele retruca calmo e confiante. — Não vou te beijar. Só quero ouvir você dizer que quer.

Ele podia aproveitar e me pedir para eu caminhar numa corda bamba a trinta metros do chão e sem rede.

Baixo o olhar para seu peito. Ele suspira, e não tenho certeza se é de frustração ou de alívio.

— Cassie, olha para mim. — Quando eu hesito, ele coloca um dedo sob meu queixo e o levanta até eu olhar para ele. — Só preciso que você saiba que no segundo em que estiver preparada para tentar de novo vou te matar de beijos. Vou te beijar inteira até que você veja estrelas e escute anjos e não possa ficar de pé por uma semana. Espero que você perceba isso.

Meu coração é um tambor dentro do meu peito.

— Holt, se um dia eu estiver preparada, você será o primeiro a saber. Prometo.

258 Leisa Rayven

Ele me dá um meio sorriso.

— Então beijo está fora do cardápio, mas gostaria de informar que estou oferecendo abraços de graça hoje, estritamente platônicos, para a primeira mulher bonita que requisitá-los.

Solto uma risada, talvez um pouco alta demais, e dou um passo à frente enquanto ele me envolve em seus braços. Seu rosto para no meu pescoço, e nossa conexão me faz apertá-lo contra mim com mais força.

— Deus, seu cheiro é incrível — ele cochicha na minha pele. — Nada neste planeta tem um cheiro tão bom quanto o seu.

— Isso não soou muito platônico.

— Psssiu. Não fale nada. Apenas me deixe sentir seu cheiro.

Eu me afasto e levanto uma sobrancelha.

— Tá, tudo bem. — Ele revira os olhos. — Chega de cheirar. Jesus, estrague minha diversão.

Ele me abraça novamente e eu suspiro.

— Preparada para o beijo? — ele pergunta enquanto seus braços apertam.

— Ainda não.

Ele roça o nariz por meu pescoço e inspira.

— Só pra ter certeza.

Seis anos antes
Westchester, Nova York
Grove
Diário de Cassie Taylor

Querido diário,

Faz quase duas semanas desde que Holt e eu decidimos oficialmente nos tornarmos não oficiais e nesse tempo eu vivi mais frustração sexual do que qualquer ser humano deveria vivenciar.

Sempre temos a nossa sessão de beijo + amasso quando ele me traz em casa depois das aulas, mas é só isso. Se eu não o pegasse de tempos em tempos olhando para mim como se quisesse fazer uma refeição de três pratos com meus peitos eu nunca saberia que ele de fato gosta de mim.

Meu problema é que tenho certeza de que todo mundo pode ver que gosto realmente dele. Rio alto demais de suas piadas e me sento perto demais dele na sala. Seu vodu sexual demoníaco está a toda, e nunca me sinto satisfeita.

Minha frustração sexual me levou a ter sonhos altamente eróticos com ele nos últimos tempos. Sonhos nos quais consigo ver o que ele tem dentro das calças. Logo, a pornografia tem tomado quase todo meu tempo. Vi infinitos vídeos sobre como dar prazer a um homem e, apesar de estar bem nervosa com a possibilidade de colocar meu pseudoconhecimento em prática, eu realmente quero experimentar isso.

Ele está vindo hoje aqui para que possamos estudar o questionário de história do teatro para amanhã. Preciso seduzi-lo, mas não tenho muita certeza do que fazer para isso. Tenho duas horas para descobrir.

— Nomeie os seis dramaturgos mais famosos da Grécia Antiga —, ele diz com a voz toda sexy e os olhos magníficos.

— Hum... tá. Dramaturgos da Grécia Antiga. Hum... me dá um segundo.

Bato no caderno com o lápis enquanto tento me lembrar da resposta. Ele está me observando, sentado de pernas cruzadas e encostado no sofá. O volume saliente das suas calças está bem na minha linha de visão. Não tem como eu me concentrar enquanto ele está basicamente exibindo seu pênis para mim. Em que diabos ele está pensando?

Bufo e aperto os olhos.

— Hum... caras da Grécia Antiga... é...

— Vai, Taylor, você sabe isso.

— Eu sei, mas... — *você está me distraindo com seu possivelmente lindo pênis premiado* — ... meu cérebro está cansado. Estamos estudando há duas horas.

Abro os olhos. Ele está me encarando. E emanando calor e desejo que conheço bem.

— Quando terminarmos com os gregos fazemos um intervalo, tá?

Há uma leve camada de umidade em seus lábios. Não consigo desviar o olhar.

— Quando fizermos o intervalo, você deixa eu te beijar?

Ele para o que está fazendo e tenta não sorrir.

— Talvez.

— Uns amassos?

— É possível.

— Ver seu pênis?

Seus olhos se arregalam e ele engasga com a própria saliva.

— Mas que diabos, Cassie!

Tá. Sedução errada. Plano B.

— Por favor? — Hora de implorar.

Ele ri e passa a mão pelo cabelo.

— Vou te contar, Taylor. Nunca sei o que vai sair da sua boca.

Quero desesperadamente dizer algo sobre o que eu gostaria que *entrasse* nela, mas imagino que já o assustei bastante.

— Tá, então que tal um desafio? — sugiro sentando de joelhos. Ele me olha intrigado. — A cada resposta que eu acertar sobre os gregos tiro uma peça da sua roupa.

Ele ri de novo, mas desta vez num tom um pouco mais estridente.

— E se a resposta for errada?

— Daí você tira uma peça minha.

Ele me encara antes de baixar o olhar para o chão.

— Achei que tínhamos concordado em ir devagar com as coisas.

— Concordamos — respondo, pegando sua mão. — Holt, a única coisa mais devagar do que nós dois atualmente é uma geleira na Nova Zelândia e, quer saber, ela está ganhando. — Desvio o olhar para os dedos dele e os acaricio. — Eu só... quero te tocar. Seria tão ruim assim se eu fizesse isso?

Ele aperta meus dedos.

— Você percebe que é geralmente o cara que pressiona a menina para tirar a roupa, certo? Quer dizer, você está meio que me privando dos meus deveres masculinos aqui.

Meu coração bate mais rápido quando percebo como sua respiração está acelerada. E como suas pupilas estão dilatadas.

— Então me pressione.

Ele me encara e sou obrigada a me controlar rapidamente para não saltar sobre ele.

— Nada disso te assusta, não é? — ele pergunta baixinho.

Quase solto uma risada.

— Claro que assusta. Me mata de medo. *Você* me mata de medo. Mas não é o suficiente para me fazer achar que não vai valer a pena.

Seu olhar é intenso.

— Você acha que eu valho a pena?

Faço que sim.

— Não tenho a menor dúvida.

Ele engole em seco.

— Essa foi a coisa mais sexy que alguém já me disse.

Num segundo, ele me joga no chão e me beija com força. Enquanto pressiona o peso do seu corpo sobre mim, abro minhas pernas para ele. Quando nos encaixamos, ele enterra as mãos no meu cabelo e ouço meu grunhido favorito em seu peito.

— Se formos mal na prova amanhã — ele ofega e beija meu pescoço — é culpa sua. Você sabe disso, né?

Eu o beijo profundamente, então o empurro para que ele deite de costas. Monto em suas coxas e agarro o colarinho de sua camisa.

—Ah, por favor. Podemos fazer isso e continuar estudando. Hum... os seis dramaturgos mais conhecidos da Grécia Antiga. Thespis.

Abro o botão de sua camisa.

— Ésquilo.

Vai o segundo botão.

Puxo o tecido para o lado para poder beijar seu peito. Ele agarra meu quadril e me aperta enquanto pressiona o próprio quadril para cima.

— Continua — ele murmura. E não sei se ele está falando sobre minha boca ou sobre os gregos.

— O número três seria... Sófocles. — Abro outro botão e continuo a beijá-lo, sua pele está loucamente quente e macia sob meus lábios. — Quatro é... hum... Eurípides. — Desabotoo o último botão e abro sua camisa para percorrer uma trilha de beijos até sua barriga. Ele solta meus quadris e enfia seus dedos no carpete.

— E o quinto é... — Os músculos do seu abdômen enrijecem sob meus beijos. — Hum... o número cinco é... — Estou lambendo seu abdômen.

— Deus... Cassie.

— Não. Nem "Deus" nem "Cassie". Acho que começa com um "A".

Faço o caminho de volta e beijo até seus mamilos. Não tenho ideia se os mamilos masculinos são tão sensíveis quanto os femininos, mas beijo assim mesmo. Ele arqueia as costas e xinga tão alto que os vizinhos provavelmente ouviram.

Tá. Nota para mim mesma: ele gosta que beije seus mamilos.

— O quinto é... Aristófanes. — Então passo para o outro lado. Estou impressionada com o gosto dele: salgado e perfeito.

— O número seis é... hum... Deus... — Ele se esfrega em mim e não consigo mais raciocinar. Não consigo parar de provar o seu corpo, de passar minhas mãos sobre ele, de sentir quão rápido seu coração bate por causa do que estou fazendo.

— O sexto é... é... ai, céus, não faço ideia.

Ele se senta e me beija, sua língua está doce e quente. Agora estou tirando sua camisa pelos ombros.

— Menander — ele responde, numa voz quase incompreensível.

— Acho que você tem de tirar uma peça de roupa. Tira a camiseta.

Ele se inclina e puxa minha camiseta enquanto murmura.

— Deus abençoe Menander por ser esquecível pra caralho.

Ele segura meus seios sobre meu sutiã e os aperta gentilmente.

Ai, Senhor. As mãos do Holt. Nos meus peitos. Vou desmaiar.

Ele aperta meus seios um contra o outro e enterra seu rosto neles. A barba por fazer provoca uma coceira completamente prazerosa em mim.

— Tenho fantasiado sobre eles há semanas. São tão perfeitos. Macios. Quentes. Lindos.

Empurro seu rosto mais fundo em mim enquanto ele continua a me acariciar e me beijar. Minha pele está queimando. Todo lugar em que ele me toca se arrepia. Mal consigo respirar, mas não quero que ele pare.

Mexo meu quadril para poder fazer mais pressão sobre ele e, quando consigo, perco o ar. Ele está tão duro que me faz querer mais dele.

Eu o empurro para o chão e monto sobre suas coxas, meu rosto pairando pouco acima da cintura de seu jeans. Toco a leve pelugem abaixo de seu umbigo enquanto ele me observa quase sem conseguir ficar de olhos abertos.

— Quero te ver — sussurro.

Ele suspira e fecha os olhos.

— Taylor, você é a virgem mais atirada que já conheci. A maioria tem medo do que está escondido dentro da calça de um homem.

— Você conheceu muitas virgens?

Ele abre os olhos e levanta a cabeça.

— Montes. Nenhuma delas me pediu para ver meu pau. Na verdade, elas sempre pediram para mantê-lo bem longe delas. Mas tínhamos todos só catorze naquela época.

Dou um sorriso.

— Tolinhas.

Beijo a pele sobre sua cintura e, quando levanto o olhar, ele está apoiado nos cotovelos, me observando.

— Você leu meu diário — eu lembro, mantendo o contato visual enquanto lambo sua cintura. — Conhece minha fascinação pelo que há aqui dentro.

— Porra, isso. — Ele aperta os olhos e geme. — Por favor, não me lembre do que você escreveu no diário. Depois que li aquela droga, fiquei de pau duro por uma semana. Foi uma tortura.

— Então você se lembra do que escrevi? — pergunto enquanto passo minhas mãos sobre seu quadril.

— Tayor — sua voz é grave e profunda —, tô envergonhado pra caralho de dizer que me lembro de cada palavra. Seu diário é como um Viagra literário.

Ele trava a mandíbula quando acaricio suas coxas, meus dedos subindo mais aos pouquinhos. Um pouco mais próximo do volume que estou louca para descobrir.

— Você disse que meu pênis provavelmente ganharia prêmios — ele repete o que leu com a voz falha. — Não tenho ideia de por que achei isso tão sexy. Ai, porra...

Ele perde o fôlego enquanto toco gentilmente aquele volume, sentindo a pressão do pênis rígido embaixo do tecido.

— Jesus — a mandíbula está quase totalmente travada. — Você não tem ideia do que você faz comigo. Não tem mesmo.

Quando começo a desabotoar seu zíper, ele não me detém, e de repente fico nervosa com o que estou prestes a fazer. Ele me observa, seu peito subindo e descendo rapidamente, pequenos sons acompanhando cada respiração. Quando termino de descer o zíper, eu abro os olhos e olho para baixo.

— Ah... uau.

Holt não está usando cueca.

Cassie, respire.

Eu o encaro, sem acreditar.

Ele meio que dá de ombros, meio que sorri.

— Dia de lavar roupa.

Então volto para o que me interessa.

Quando puxo o jeans para baixo, seu pênis está livre e se acomoda sobre sua barriga, permitindo que eu realmente o veja pela primeira vez.

Acertei todas as minhas previsões sobre como ele seria. Este é um pau digno de prêmios. Minha experiência com pornografia me ensinou que os pênis vêm em todos os formatos e tamanhos, e eu aprecio um belo pinto, não importam as dimensões. Mas o do Holt? É como o resto dele. Inexplicavelmente lindo. Grande e provocativo.

Eu o toco suavemente, roçando os dedos sobre a pele tesa. A textura é incrível: ele é muito mais sedoso do que eu podia imaginar. Acaricio ele todo, maravilhada com a quantidade de emoções que tomam conta de Holt.

— Assim está bom? — pergunto, tocando-o com mais firmeza.

Ele não responde, apenas assente. Sua aprovação me estimula, então eu reúno coragem para envolver meus dedos nele e apertar.

— Ah, uau. Isso é incrível.

Ele grunhe.

— Pode dizer isso de novo.

Movo gentilmente meu pulso para cima e para baixo, pasmada pela sensação da pele sobre o músculo. Alterno entre assistir à minha mão e assistir à reação de Ethan, e logo faço movimentos mais confiantes.

— Ah... Cassie...

Olhe para ele. Olhe que lindo. Seu rosto é impressionante. Boca aberta, sobrancelha franzida. Cada pressionada dos meus dedos o faz ofegar ou gemer ou xingar.

Preciso beijá-lo, então continuo movendo minha mão enquanto rastejo de volta pelo seu corpo para beijar seu peito e pescoço antes de chegar aos lábios. Ele me beija apaixonadamente, fechando a mão sobre a minha, apertando e sussurrando "Mais forte", e então grunhindo sua aprovação quando eu obedeço.

Não sei o que pensei que seria tocar Holt de um jeito mais íntimo, mas não tinha me dado conta de que me deixaria tão... satisfeita. Ver sua reação ao meu toque, escutar os grunhidos que ele solta por minha causa, é mesmo a coisa mais erótica que já vivenciei. E quando ele cochicha urgentemente que vai gozar, sinto como se tivesse acabado de dividir o átomo ou inventado a roda. Superpoderosa e sábia.

Quando ele atinge o clímax, fico estupefata.

Eu fiz ele ter um orgasmo... Eu. A virgem inexperiente que sou, fiz Ethan Holt gozar (e bem explosivamente, devo acrescentar) por toda sua barriga.

Sou uma Deusa do sexo.

Holt solta um gemido alto e longo quando termina, e eu beijo seu rosto enquanto ele fica lá, ofegante, lutando para recuperar o fôlego. Então eu saio e pego uma toalhinha para ajudá-lo a se limpar.

Quando terminamos, ele abotoa a camisa e veste o jeans. Um jorro de emoção tão poderoso toma conta de mim que não sei muito bem o que fazer. Ele deve ter percebido meu rosto, porque me puxa para seu peito.

— Cassie? Ei... — Ele pega meu rosto, a preocupação colorindo sua voz. — Está arrependida do que fez? Eu estava brincando sobre te pressionar. Eu nunca forçaria você a fazer alguma coisa que você não quisesse. Não sou babaca a esse ponto.

Eu rio e balanço a cabeça.

— Não, eu curti mesmo, só que... — Eu solto a respiração e olho para ele. — Fico tão feliz que consegui fazer meu não namorado gozar.

É errado ter tanto orgulho de mim mesma?

Ele ri e acaricia meu rosto.

— Não. Seu não namorado também está orgulhoso de você. E essa foi sua primeira vez? Droga, garota. Odeio imaginar o que você vai ser depois de um pouquinho de prática.

— Vou te tirar do mercado — respondo, séria.

Ele sorri.

— Tarde demais.

Trocamos olhares por alguns segundos antes de Holt dizer:

— Odeio falar isso, mas deveríamos mesmo voltar a estudar. A não ser, claro, que você queira que eu... hum... sabe, que eu retribua o favor.

Eu sorrio e balanço a cabeça.

— Não, tudo bem. Apesar de ter um pedido a fazer antes de voltarmos para o livro.

— Um pedido? — ele pergunta com uma careta. — Tá. O que é?

— Me beija.

capítulo quinze
MONSTRO DE OLHOS VERDES

Duas semanas depois
Westchester, Nova York
Grove

Olho para minhas mãos, nervosa demais para encará-lo. O calor nas minhas costas me alerta da sua presença.

— Você não deveria estar aqui — ele diz. — Se acredita nas histórias sobre mim, sou um matador, um animal indigno da bondade humana.

— Eu sei. Já ouvi gente falar. Eles preferem te enforcar e dançar no seu funeral a abrir a mente por um segundo para que um pouco de razão possa entrar. Não estão felizes a não ser que estejam miseráveis, e ver as falhas dos outros os ajuda a desprezar o que odeiam em si mesmos.

— E você não?

— Não. — Respiro fundo para acalmar meu pulso acelerado e olho para ele fixamente. — Posso não ser a menina mais esperta da cidade, ou a mais bonita, ou a mais rica, mas conheço as pessoas melhor do que ninguém. E embora o povo fale de sua maldade, nunca vi nada disso. Só vejo um homem que busca uma segunda chance, mas é orgulhoso demais para pedir uma.

Ele engole em seco enquanto usa as costas da mão para percorrer suavemente minha bochecha.

— Não pode dizer coisas assim para mim, garota. Desse jeito fica impossível não beijar você.

— Era o que eu esperava.

Então ele me beija, lentamente, lábios quentes e mãos macias. Por um momento, estou confusa, porque seus lábios parecem diferentes, e seu gosto é todo errado, mas sei que esses são pensamentos da Cassie, não da Ellie.

Quando nos afastamos, há uma grande salva de palmas com o fim da cena. E eu pisco e dou a mão a Connor enquanto encaramos a plateia.

Esta noite nossa turma está encenando trechos de roteiros que foram escolhidos e dirigidos por alunos do terceiro ano. Mesmo que seja estranho fazer par com Connor em vez de Ethan, me esforcei ao máximo para que funcionasse. Nossa diretora, Sophie, está batendo palmas na fileira da frente, saltitando, então imagino que ela esteja feliz com o resultado.

Connor e eu nos curvamos e saímos do palco, e ele me dá um breve abraço enquanto a próxima dupla é apresentada.

— Então, não quero me vangloriar nem nada — ele comenta meio sem fôlego de tão empolgado —, mas a gente mandou bem.

Concordo e sorrio.

— Aquela ovação foi o som do nosso sucesso.

Ele ri enquanto andamos em direção aos bastidores.

— Só preciso pegar minha camisa, daí saímos para assistir ao restante, tá?

— Claro.

— Vejo você aqui dentro de alguns minutinhos.

Ainda bem, porque há alguém que preciso realmente ver. Enquanto meus olhos se ajustam à escuridão, posso vislumbrar Holt perto da cabine de iluminação, andando de um lado para o outro e murmurando.

Esta noite ele vai apresentar um trecho de *Sucesso a qualquer preço* com Troy e Lucas, e quase não o vi a semana toda por conta dos ensaios em grupos separados.

Caminho até ele e sorrio, mas ele mal olha para mim.

— Oi — cumprimento, bancando a indiferente muito bem se pensarmos que só quero arrastá-lo para a escuridão da cabine de luz e beijá-lo todinho. — Como estão as coisas?

— Oi. — Ele continua andando de um lado para o outro, e respira fundo.

— Tudo bem com você?

— Sim. Ótimo. Você?

Ele está sendo econômico. Está evitando contato visual. Eu meio que esperava uma recepção mais calorosa considerando o tempo que ficamos separados. Acho que sei o que está acontecendo, mas se eu estiver certa então ele está sendo ridículo.

— Holt...

— Olha, Taylor, preciso me aquecer, então se não se importa...

Ele se vira e estala o pescoço. Decido não pressionar. Ele vai entrar em cena logo e precisa se concentrar.

— Você quer... — eu me inclino para que ninguém escute — ... você sabe... ficar agarradinho um pouco? Ou eu posso te fazer uma massagem se você tiver um tempinho. Ele suspira, mas não se volta para mim.

— Não. Estou bem. Te vejo depois, tá?

Olho ao redor. Tirando Miranda, que está assistindo a Aiyah e Jack no palco, não há mais ninguém que possa nos ver, então passo meus braços em volta dele e o abraço pelas costas. Então repouso minha bochecha contra seu ombro e respiro fundo.

Ele tem um cheiro tão bom que quase gemo.

Ele fica tenso.

— Para com isso, a galera pode ver.

Abraço mais forte.

— Não me importo. Abracei todo mundo esta noite, por que não poderia abraçar a única pessoa que quero realmente? Senti saudade.

Por um segundo ele não diz nada, então seus ombros relaxam e ele coloca a mão sobre a minha e entrelaça nossos dedos.

— Droga, Taylor... eu... — ele suspira — ... eu também.

Ele se afasta de mim e olha ao redor, nervoso, antes de enfiar as mãos nos bolsos e apoiar o peso do corpo numa das pernas. Posso ver que ele sentiu saudade de mim tanto quanto senti dele só pela maneira como me olha.

Talvez até mais.

Escuto passos e Connor aparece ao meu lado. Holt imediatamente se endireita.

— Oi, Ethan. Pronta pra sair, Cassie?

— Sim, claro — respondo, mesmo que queira ficar um pouquinho mais com Holt.

— Então... — começo tomando cuidado para não revelar nada íntimo demais na frente do Connor — hum... você... manda ver lá, tá?

É tão cafona que quero esconder o rosto.

Holt me dá um sorriso sem graça e odeio vê-lo tão mal.

Espero que seja de nervoso, não por causa de mim e do Connor. Aposto que é um pouco de cada.

— Força lá, cara — Connor diz e bate no ombro de Holt. — Encontro você depois do espetáculo.

Conforme nos afastamos tenho certeza de escutar Holt murmurar: "Não se eu te encontrar antes, seu merda".

Alguns minutos depois, seu grupo é apresentado, e, assim que ele entra no palco, fico hipnotizada. Lucas e Troy carregam a cena com o tipo de rivalidade machista de que ela precisa, mas Holt tem tanta energia que fica bem claro que ele é o macho alfa. Ele também está irresistivelmente gostoso de terno e gravata.

A cena deles se encerra com uma grande salva de palmas. E o espetáculo termina depois de várias outras apresentações em grupo. Erika vem ao palco e faz um discurso parabenizando todos nós pelo grande esforço colaborativo e nos desejando um bom fim de semana.

Seguimos aos bastidores para nos trocarmos e, como de costume, Connor coloca os braços ao redor de mim. Não deveria me fazer sentir estranha, porque ele sempre foi fisicamente carinhoso, mas acabo me sentindo culpada pelo jeito que as coisas estão entre mim e Holt. Já foi bem ruim eu ter passado toda a semana beijando Connor para nossa cena.

Não que eu sinta algo por Connor além de amizade, mas parte de mim questiona o que seria namorar um garoto que não tem medo de demonstrar afeto em público. Diabos, eu me pergunto o que seria namorar um garoto. O que Holt e eu estamos fazendo mal pode ser chamado de "namoro". Normalmente, ficamos na minha casa. Nas raras ocasiões em que saímos, é para festas com o resto da nossa turma onde passamos a noite toda nos evitando. Então ele me leva para casa e nós nos pegamos loucamente até que alguém tenha um orgasmo.

Ele nunca me chamou para sair. Nem me convidou para ir ao seu apartamento.

— Te vejo na festa? — Connor pergunta quando seguimos caminhos separados. Eu faço que sim e aceno. Gostaria de pensar que Holt vai me levar a essa festa, mas a única coisa consistente nele é sua imprevisibilidade.

Quando termino de me trocar, pego minha mochila e sigo para o camarim dele. Entro e o vejo no sofá, desamarrando o sapato. Ainda está usando a calça do terno, mas camisa, gravata e paletó estão pendurados na cadeira e tudo o que ele veste na parte de cima é uma regata branca.

Ai, Deus.

Fico parada lá num estado de excitação debilitante, observando seus braços se flexionarem conforme ele puxa os cadarços. Ele levanta o olhar e me vê. Franze o cenho enquanto tira os sapatos e as meias.

— Tudo bem aí?

— Não. — Tenho certeza de que estou boquiaberta e babando.

Ele para o que está fazendo.

— O que houve?

— O que houve? — repito, apontando para seus ombros e braços. — *Isso* foi o que houve, moço. *Tudo* isso! Não vejo o senhor há cinco dias, daí você me aparece usando isso?!

Ele descansa os cotovelos nos joelhos e olha para si mesmo.

— Taylor, você já viu meus braços antes.

— Não recentemente. E não são apenas seus braços. São os ombros. E o pescoço. E aqueles pelinhos no seu peito. Tudo isso junto, embalado nessa... nessa roupa ridícula que você está usando.

— Minha regata?

— É! É como embalar sexo com uma camada de tesão. — Gemo frustrada e sussurro: — Provoca coisas estranhas em mim, Holt. Também me dá vontade de fazer coisas estranhas com você.

Ele me observa por um segundo antes de baixar o olhar para meu corpo e voltar a me encarar. Quando ele fala, sua voz é grave e baixa.

— Que tipo de coisa?

— Nem queira saber.

— Acho que posso dizer que quero muito, *muito* saber. Mostre.

— Vou morrer de vergonha. Você vai me julgar.

— Taylor, você não me toca há cinco dias. Quer mesmo continuar a discutir isso ou quer logo resolver a questão?

Belo argumento.

— Ugh. Tá.

Caminho até ele e me ajoelho entre suas pernas. Ele me observa com olhos desconfiados enquanto coloco minhas mãos nas suas coxas.

— Flexione seu bíceps — peço baixinho. Ele olha confuso. — Vai logo.

Ele balança a cabeça antes de apertar o punho e dobrar o braço. O músculo se contrai e incha de um jeito que me faz querer morder a língua para não gemer como uma devassa.

Eu me inclino e pressiono os lábios contra o músculo enrijecido. Holt parece receoso.

Quando passo os dentes sobre a pele macia e pressiono o volume firme que há embaixo, ele franze a testa. Fecho os olhos e chupo o músculo espesso. Ele solta um ruído entrecortado, e quando olho para ele noto que está ofegante e que suas pupilas estão enormes.

Dou a seu bíceps uma chupada final antes de a minha vergonha vencer e eu me afastar.

— É *isso* que me dá vontade de fazer com você. — Eu me sento nos calcanhares. — Então, você não tem vergonha de gostar de alguém que é obviamente perturbada?

Ele abaixa o braço e pisca.

— Você não faz ideia, né? Literalmente, nem imagina.

— O quê?

— Que você é sexy pra caralho.

Ele me envolve com os braços e me puxa para a frente enquanto coloca os dedos na minha bochecha e, do nada, me beija, apaixonado. Sua boca está quente e se move com uma insistência implacável. Reajo fazendo mais barulho do que deveria, considerando que posso ouvir meus colegas se movendo do lado de fora do camarim.

— Psssiu — ele cochicha, me puxando contra ele. Estou tonta e agarro seus ombros enquanto ele beija meu queixo e pescoço.

— Uau — estou sem fôlego —, se é assim que você reage quando chupo seu bíceps, imagina como vai ser quando eu chegar a outras partes da sua anatomia.

Ele gela.

E aí está. A reação que ele sempre tem quando insinuo que gostaria de chupar seu pênis também.

— Sabe — tento soltar seus braços para poder me afastar e olhar para ele —, a maioria dos caras tem uma reação completamente diferente quando uma garota lhe oferece prazer oral. Você tem medo de que eu faça alguma coisa errada porque não tenho experiência? Te garanto que já vi pornografia suficiente para saber como lidar com um pênis. Bom, não sei se vou conseguir colocar ele todo na boca como algumas dessas garotas, mas tenho certeza de que com um pouco de prática eu poderia...

— Puta merda, Taylor... — ele me solta e se joga de volta no sofá. — Cara, você... você não pode sair por aí dizendo esse tipo de coisa.

— Por que não?

— Porque... — ele abre os olhos e me encara, está sofrendo de tão excitado — ... estou tentando não perder o controle com você, mas se você continuar dizendo essas coisas vai ser difícil pra caralho eu conseguir.

— Ótimo. Não vou falar mais.

Puxo a regata dele para cima e beijo sua barriga antes de descer para a altura do cós da calça. Um longo e sofrido grunhido escapa dele.

— Não podemos — ele diz, quase sem voz. — Alguém pode entrar a qualquer segundo.

— E? — Solto a fivela do cinto. — Tenho certeza de que não será a primeira vez que estudantes de teatro vão ser pegos dando prazer um ao outro nos bastidores. Nós somos um bando bem excitado, você não reparou?

Toco o volume da sua calça com mais firmeza e ele não me detém, mesmo que seu gemido soe como um protesto.

— Você está me matando, Taylor. Sabe disso, né? Toda vez que me toca desse jeito, você me mata mais um pouco.

Há pés correndo do lado de fora. Holt salta do sofá e fecha a calça pouco antes de a porta se abrir e um Jack Avery pelado avançar para dentro do camarim.

— BUNDALELÊ PRÉ-FESTA! — ele grita, dando uma rápida voltinha diante de nós, e sai.

— Jesus. Eu *não* precisava ver isso. — Holt segue para a porta aberta. — Por que essas porcarias de portas não têm tranca? ESCONDA ESSA VERGONHA, AVERY! — Ele bate a porta e se joga de novo no sofá.

— Na verdade, o Jack pelado não tem nada do que se envergonhar. Quem diria que o geek estava escondendo aquele sabre de luz gigante na cuequinha de *Guerra nas Estrelas*?

Holt revira os olhos e eu solto uma risada. Eu me sento com uma das pernas dobrada ao lado dele para poder encará-lo e acariciar sua nuca.

— Você foi bem bom esta noite — comento, passando meus dedos sobre sua orelha. Ele ergue as sobrancelhas.

— Fui?

— Foi. Adoro ver você no palco. Você é tão... sexy. E talentoso. No fundo acho que você é sexy *porque* é talentoso. Quer dizer, você também é ridiculamente bonito, mas atores de novela também são e eles não surtem nenhum efeito em mim porque são atores terríveis. Então, sim, acho seu talento bem excitante. É esquisito? Devo parar de falar agora?

Ele sorri e se inclina à frente.

— Sim.

Ele pega meu rosto nas mãos e me beija com suavidade. Agarro seus braços para me endireitar enquanto meu coração acelera intensamente.

Ele se afasta e suspira.

— Você também é talentosa. Talentosa demais de várias maneiras.

— Então — pego a mão dele e acaricio seus dedos —, viu minha apresentação?

Ele fica tenso.

— Hum, sim. Vi dos bastidores.

Um quê de agitação toma seu rosto e quase posso ouvir seu cérebro sussurrando coisas que não são verdade.

— E o que achou?

— Você foi bem.

— Hum. E o Connor?

Ele dá de ombros e fica de pé.

— Ele foi mediano. Fez algumas escolhas óbvias, mas acho que funcionaram.

Ele tira a calça social, me dando uma bela visão de sua bunda numa cueca boxer cinza-escura, e veste o jeans.

— Então... não quer falar sobre mais nada da cena? — pergunto enquanto ele pega um suéter com gola em V e o veste pela cabeça.

— Não. — Ele arregaça as mangas e corre a mão pelo cabelo.

— Não se importa com o nosso beijo?

Ele se senta na cadeira à minha frente e puxa suas botas e meias de debaixo do banco.

— Me importo. Só não quero falar disso.

— Por que não?

— Porque... — ele responde calçando a meia — falar sobre isso... até pensar nisso me deixa irracionalmente puto pra caralho.

Uau. Ele está admitindo alguma coisa. Isso é épico.

— Holt, sabe que não há motivo pra você ter ciúme, né?

Ele enfia o pé na bota e amarra o cadarço de qualquer jeito.

— Não tenho? Você parecia bem dedicada àquele beijo. E é óbvio que desde o primeiro dia o Connor quer te comer.

276 Leisa Rayven

Eu me aproximo e fico de pé diante dele enquanto ele amarra a outra bota.

— Não acho que ele queira mais. Desde aquela festa quando eu não deixei que ele me beijasse. Acho que ele sabe que... bem...

Ele termina com os cadarços e olha para mim.

— Sabe o quê?

Focalizo o olhar na leve linha franzida entre suas sobrancelhas.

— Mesmo naquela época, ele entendeu que... sabe... que eu gostava de você.

Ele se encosta de volta na cadeira e suspira.

— É, tá, mas isso não significa que *ele* tenha parado de gostar de *você*. Ele só começou a esconder melhor.

— Está escondendo muito bem. Durante toda a nossa semana de ensaios ele não tentou nada comigo.

— Tirando todo o tempo que ele passava com a boca na sua cara, claro.

Pisco com esse comentário.

— Hum... é. Tirando isso.

Ele se levanta e dá um passo em minha direção.

— Ele usou a língua?

— Um pouquinho.

— Como é esse pouquinho?

Pego sua nuca e puxo sua cabeça para baixo.

— Meio que assim.

Beijo sua boca lentamente, então me concentro no lábio superior e chupo suavemente antes de passar para o inferior. Ele solta um breve gemido e se afasta para me olhar.

— Jesus, Cassie, ele te beijou assim?!

— Hum... mais ou menos.

— Mais ou menos?

— Bem, sim, mas... foi diferente porque eram nossos personagens e... não era você. E isso deixou tudo sem sentido.

Ele baixa a cabeça. Não estou me explicando bem, mas não sei o que dizer para ele.

— Eu e ele não tínhamos a química que eu e você temos.

— De onde eu estava, parecia que vocês tinham bastante química.

— Foi só interpretação. Você viu a cena de amor entre Aiyah e Jack? Foi bem quente, mas não é como se Aiyah tivesse deixado de ser lésbica e agora queira saltar no Jack. Só pareceu.

Ele dá a volta ao meu redor e pega um cabide na arara para guardar o terno na capa.

— Ethan, para com isso.

— Eu acredito em você — ele diz, devolvendo o cabide para a arara. — Obviamente eu sei que você fez o que precisava para a cena funcionar. Mas...

— Mas o quê?

Ele coloca as mãos nos bolsos e solta o ar dos pulmões.

— Isso me deixou mal. Ver vocês se beijando. — Ele olha para mim e mesmo agora ainda não parece ter se recuperado. — Me deixou louco, Taylor, e não estou dizendo isso como uma hipérbole. Eu fiquei literalmente fora de prumo. Como se eu quisesse invadir o palco e descer o cacete nele por ter te tocado.

— Como você fez com o Mike, quando descobriu sobre ele e Vanessa?

Ele ri amargamente e balança a cabeça.

— Jesus, não tem nada que a desgraçada da minha irmã não tenha te contado?

Caminho até ele e coloco minhas mãos sobre seu peito, acariciando-o através do suéter.

— Ethan, eu não trairia você com o Connor.

Ele baixa o olhar, parecendo tão vulnerável como há tempo não o vejo.

— Sei disso.

— Nunca trairia você com ninguém.

— É, bem, tecnicamente você não pode me trair porque não sou seu namorado.

As palavras dele me atingem como um soco surpresa, mas tenho de lembrar com quem estou falando.

— O engraçado é que você fala como se fosse meu namorado. — Passo as mãos pelo seu pescoço. — Meu namorado gostosão e ciumento.

Tiro as mãos dele dos bolsos e as repouso na minha cintura. Sua marca registrada, o olhar hesitante de medo, se acende em seu rosto antes de ele me dar um sorriso emburrado e acariciar a parte de baixo das minhas costas.

— Taylor, você tem uma porcaria de gosto para namorados. Há caras que seriam bem melhores do que eu. Aposto que o Connor seria um bom pra caralho. Seria um desses idiotas nojentos que te dariam flores no meio da cantina ou contratariam um conjunto vocal para te fazer uma serenata no seu aniversário.

— Então você está me dizendo que eu deveria namorar o Connor em vez de você?

— Ele seria melhor para você do que eu.

— Ah, nesse caso é melhor eu ir atrás dele.

Eu me viro para sair, mas ele me alcança, me vira de volta para ele e me pressiona contra a porta para me beijar. Sua língua é macia, e sua boca inteira toma a minha.

Nem consigo me lembrar mais do que estávamos falando trinta segundos antes.

Quando o beijo chega ao fim, estamos os dois sem fôlego.

— Olha, eu não tenho certeza se você entendeu meu subtexto aqui, mas eu gostaria que você ficasse bem longe do merda do Connor, tá?

Meu coração está descompassado.

— Se ele soubesse que você é meu namorado, ficaria longe de mim. Não entendo por que não podemos assumir.

Ele apoia a cabeça contra a minha.

— Cassie, já tive relacionamentos sérios. Se as coisas dão errado, fica bem difícil consertar.

— Eu entendo isso, mas você está contando que algo vai dar errado com a gente. Talvez não dê. Talvez sejamos perfeitamente felizes e nunca briguemos.

Ele ri.

— Estamos falando sobre as mesmas pessoas? A gente briga o tempo todo. — Ele aperta mais os braços ao meu redor e me puxa firme contra ele. — Só quero esperar mais um tempinho, tá?

Eu concordo.

— É só que... não quero achar que você sente vergonha de que as pessoas saibam que você gosta de mim, ou sei lá.

— Não tenho vergonha — ele retruca, pegando meu rosto entre as mãos e me olhando nos olhos. — Bem, na verdade tenho um pouco de vergonha do meu pau duro eterno, mas a questão não é essa. Só não quero as pessoas julgando e falando pelas nossas costas. Prefiro deixar só entre nós.

Suspiro e passo os dedos pela sua barba por fazer.

— Tá. Podemos ficar por mais um tempinho em segredo, mas o que digo se alguém me perguntar diretamente sobre nós?

Há um burburinho de vozes no corredor e ele imediatamente se afasta de mim e enfia as mãos nos bolsos.

— Minta.

— E se o Connor perguntar?

Os olhos dele tremem.

— Diga àquele idiota que estamos noivos.

Hoje
Nova York

O saguão do Majestic está tomado de atores, produtores, patrocinadores e ávidos frequentadores de teatro, todos unidos por um dos maiores eventos beneficentes do calendário da Broadway. Cada membro da plateia pagou várias centenas de dólares para ver trechos de alguns dos melhores espetáculos em cartaz atualmente, com todos os lucros sendo destinados ao Fundo Beneficente de Artistas de Variedade da América.

Holt e eu apresentamos uma pequena prévia da nossa peça, e, a julgar pela reação da plateia, o espetáculo vai ser um autêntico sucesso. Mesmo agora, enquanto circulamos pelo saguão, as pessoas continuam nos parando para dizer o quanto elas estão ansiosas em assistir à peça. Espio Marco do outro lado, sorrindo. É gostoso saber que o burburinho sobre nosso espetáculo é positivo. Torna um pouco mais suportável a minha ansiedade crescente com a noite de estreia.

Com a mão na parte de baixo de minhas costas, Holt me conduz para um cantinho na lateral do saguão. Ali há uma estátua de mármore falso bem feia que retrata um homem com um pênis anormalmente pequeno, mas pelo menos estamos livres do barulho e agito do resto do salão.

— Desculpe por me esfregar em você — ele diz enquanto olhamos para o salão. — Foi inevitável nessa multidão.

— É, foi o que pensei — respondo — ... nas três primeiras vezes em que fez isso. Depois ficou só gratuito.

Ele parece chocado.

— Taylor, está insinuando que me esfreguei em você de propósito? — Ele se move à frente, então minhas costas ficam contra o pilar. — Isso é um insulto. Eu nunca me rebaixaria assim. Mesmo que fosse incrível.

Ele me faz uma cara ridiculamente sexy enquanto se esfrega em mim, e eu quero rir da gracinha, mas a verdade é que ter o corpo dele pressionado contra o meu destrói minha habilidade de fazer qualquer coisa além de respirar e evitar me esfregar de volta.

Uma risada alta por perto me puxa de volta à realidade, e um arrepio nervoso percorre minha espinha quando percebo que ainda podemos ser vistos.

— Tá, Sir Esfregalot, pode parar — peço, me empurrando contra seu peito até ele se afastar. — Há repórteres aqui. Não queremos que eles fiquem com a impressão errada.

— O quê, que curto me esfregar em você? Porque não é a impressão errada. É um fato. Como você não entendeu isso a essa altura?

— O que quero dizer é que eles podem pensar que estamos... bem... você sabe...

O sorriso dele se apaga um pouco.

— Não sei. Por que não me diz?

Dou um suspiro e o encaro.

— Eles podem pensar que estamos... juntos. E não estamos.

Uma leve decepção se registra no rosto dele, mas ele a disfarça rapidamente. Coloca a mão livre no pilar atrás da minha cabeça e se inclina.

— Você sabe, seria uma publicidade bem boa para o espetáculo se *estivéssemos* juntos. Quer dizer, pensa bem: namorados da vida real interpretam namorados no palco. A imprensa iria adorar.

— Holt...

— Claro, teríamos de fazer um monte de publicidade. Eu teria de te levar a restaurantes badalados e me certificar de que os paparazzi estivessem vendo quando eu a beijasse... e chupasse seu pescoço... e colocasse minha mão entre suas pernas por baixo da mesa.

Minhas coxas se ouriçam com o pensamento. Jogo o peso do corpo no pilar para me apoiar.

— Se quer que o espetáculo seja mesmo um sucesso — ele diz com o olhar indo dos meus olhos à minha boca —, então você precisa concordar em me deixar beijá-la. Agora mesmo. Na frente de toda essa gente.

Diante do seu olhar, só consigo enxergar o azul-escuro de seus olhos e a maciez de seus lábios. Enquanto isso, meu tesão duela com meu medo.

— Apenas diga "sim", Cassie. Pare de pensar.

Sua boca está próxima. Quase próxima demais para que eu negue qualquer coisa a ele.

— Ethan...

— Não, nada de "Ethan". "Sim." Ou, melhor ainda: "Sim, pelo amor de Deus, me beije antes que fiquemos malucos com nosso tesão reprimido". Qualquer um funciona para mim. "Porra, sim!" acompanhado de uma punhetinha também seria aceitável.

Tenho de sorrir.

Deus, amo ele.

Perco o fôlego.

Uau.

Ainda tão despreparada para encarar a realidade.

Ele lê a expressão de pânico no meu rosto e baixa a cabeça, derrotado.

— Álcool? — ele pergunta.

— Sim, por favor.

—Ah, então você pode dizer "sim, por favor" para a bebida, mas não para mim? Ótimo. Taylor, se o espetáculo não tiver público saiba que é porque você não topou meu plano de publicidade "dê uns pegas no Ethan o máximo possível". Espero que consiga viver com essa decisão.

Eu rio e bato no braço dele.

— Alguma coisa com vodca, por favor.

— Tá, que seja.

Ele faz uma falsa cara emburrada enquanto segue pela plateia em direção ao bar. E logo que sai de perto de mim, sinto falta dele.

Saio do nosso canto e respiro fundo.

Por mais lindo, paciente e engraçado que esteja sendo, ainda há um caco afiado dentro de mim que se contorce e queima sem razão ou aviso, e isso me aterroriza. Porque às vezes sinto que o espectro de nossas falhas passadas estará sempre pairando sobre nós, me fazendo afastar Holt para longe antes que ele possa imaginar que não sou tão especial quanto ele pensa que sou. Sinto uma mão deslizar por minha cintura e estremeço surpresa quando me viro para ver um rosto familiar.

— Connor!

Ai, Deus, *Connor*.

— Oi, Cassie. — Ele se inclina para beijar minha bochecha. — Como estão as coisas?

— Muito bem. E com você?

O que ele está fazendo aqui? Saia. Por favor, saia agora.

— Tudo ótimo. Estou prestes a estrear uma nova produção de *Arcádia* no teatro Ethel Barrymore.

— Fiquei sabendo! Que fantástico. Mal posso esperar para ver.

— Bom, me avisa quando for que te arrumo convites.

— Que ótimo.

Nunca vou ver. Ele sabe disso. Estraguei nossa amizade.

Sou a porra de uma pessoa terrível.

Ficamos em silêncio e simplesmente nos olhamos por alguns segundos enquanto o desconforto se estabelece entre nós.

— Você está bonita. — Baixo o olhar porque não consigo mesmo olhar mais nos olhos dele. — Como de costume.

— Connor...

— Como está indo a peça? — ele pergunta, mudando de assunto. — Deve ser esquisito trabalhar com o Ethan de novo, hein?

Olho em volta e avisto Holt no bar, esperando para ser servido.

— É — respondo, colocando o cabelo atrás da orelha enquanto contenho meu pânico crescente. — Esquisito é um modo de definir. Ele sabe que você está aqui?

Connor balança a cabeça.

— Não, queria ver você primeiro. Dizer oi. Eu... eu não tinha certeza de quanto você contou a ele sobre nós. Não queria que as coisas ficassem desconfortáveis.

Dou um suspiro. Desconfortável parece ser onde eu vivo hoje em dia. Bem lá no canto da avenida Surtada.

— Não contei nada a ele — comento, desejando que Connor vá embora antes de Holt voltar. — E gostaria de verdade que você não mencionasse. Estreamos em uma semana e não quero criar dramas.

— Não diga que vocês voltaram? — Seu rosto está ficando sombrio.

— Não. Não voltamos. Só estamos... estamos tentando ser amigos.

Quando desvio o olhar, Holt está caminhando em nossa direção, e sinto que vou ter um ataque cardíaco. Meu coração está batendo rápido demais.

Connor segue meu olhar enquanto um sorriso de ironia se aloja em seu rosto.

— É, parece que algumas coisas nunca mudam — ele comenta com um tom amargo. — Não consigo acreditar que depois de tudo o que ele fez você ainda está completamente apaixonada por ele.

Olho atravessado para ele.

— Isso não é verdade.

—Ah, por favor, Cassie. Você nunca foi capaz de enxergar ninguém além dele, mesmo quando dizia que o odiava. Você estava tão fixada nele que não conseguia enxergar outras opções que eram certas bem na sua frente...

— Connor...

— Eu nunca te machucaria como ele fez. Mas acho que é tudo história agora, né?

Ele dá de ombros, mas sei quanto mal eu lhe fiz, e ter noção disso faz com que eu me sinta um lixo.

— Só espero que você saiba o que diabos está fazendo, porque se ele te magoar novamente... — Ele balança a cabeça. — Você merece ser feliz, Cass. É só isso que estou dizendo.

Eu concordo. As coisas teriam sido tão diferentes se eu tivesse conseguido fazer dar certo com Connor. Mas não consegui. Tentei. Nós dois sabemos que eu tentei mesmo.

— Ei, Connor! — Holt cumprimenta quando me passa um drinque. A seu favor, ele parece genuinamente feliz em vê-lo. Eu, por outro lado, estou prestes a desmaiar com a colisão desses dois mundos. — Ouvi que você está fazendo *Arcádia*, cara. Parabéns. O elenco parece incrível.

Connor planta um sorriso no rosto.

— Oi, Ethan. Sim, é ótimo. As reservas estão indo muito bem, então estamos esperando uma bela e longa temporada.

Holt sorri e aponta para o bar.

— Posso pegar uma bebida para você? Eles têm uma cerveja importada que é boa. Ou, se quiser viver perigosamente, eu podia te arrumar uma dessas monstruosidades rosa que Taylor está bebendo, apesar de eu ter quase certeza de que é feito apenas de vodca e açúcar.

Connor olha para mim e sorri, mas há tristeza nos olhos dele.

— É, bem... ela sempre teve um gosto discutível.

Algo estremece no ar, e quando olho de volta para Holt, ele está encarando Connor, seu sorriso desaparecendo. De uma hora para outra, acho que é realmente importante que Connor vá embora.

Como se sentisse a tensão crescente, Connor diz:

— Bem, foi ótimo ver vocês, mas preciso voltar para perto do elenco. Espero que vocês possam aparecer uma noite e ver o espetáculo. — Ele olha para nós dois quando diz isso, mas sei que está falando só comigo. — Até mais, Ethan. — Sua voz agora é pouco amigável. En-

MEU ROMEU **285**

tão se debruça para beijar minha bochecha e cochicha: — Cuide-se, Cassie. Por favor.

Ele parte, e, mesmo com o salão cheio de gente conversando e rindo, só consigo focar no silêncio absoluto cercando Holt. Ele toma vários goles de cerveja e finge olhar algo do outro lado da sala, mas posso ver que seus olhos estão vidrados e desfocados. Ele não está olhando para nada e também está tentando não olhar para mim. Eu me remexo porque tenho certeza do que ele está prestes a dizer.

— Você dormiu com ele, não foi? — ele pergunta baixinho. Não soa bravo, nem mesmo magoado. Apenas... resignado.

Quando não respondo, ele olha para mim e posso ver que ele está lutando para controlar tudo o que está sentindo. Seus lábios estão pressionados e tensos, e meu coração está batendo tão alto que consigo ouvi-lo.

— Ethan...

— Só me diz, Cassie. Não vou fazer uma cena. Só preciso saber.

— Você já sabe.

Ele bufa, frustrado.

— Preciso escutar você dizer.

Respiro fundo e afasto uma onda de náusea.

— Sim. Dormimos juntos.

Ele pisca, mas não para de me encarar.

— Quando?

— Você sabe quando.

— Depois da formatura.

— Sim.

— Logo depois que fui embora.

— Sim.

— Por quanto tempo?

— Três meses.

— Três meses?! — Ele ri, mas soa amargo. — Caralho, três... — Ele assente e toma outro gole de cerveja. Sua expressão fica mais intensa. — Então vocês dois estavam... o quê? Num relacionamento? Namorando?

— Não. Quer dizer... mais ou menos. Ele queria, mas eu... não consegui. Não tinha os mesmos sentimentos que ele. Foi apenas sexo.

Ele ri novamente, e está olhando para todo lado, menos para mim.

— Ethan... eu estava brava e magoada. Ele estava lá. Você não estava.

Ele engole mais cerveja, o que relaxa seu rosto.

— Você não pode ficar bravo comigo por algo que aconteceu depois que você foi embora. Não é justo.

— Eu sei — ele responde com a voz baixa. — Sei que não devia querer quebrar a cara do Connor, mas... Jesus, Cassie, três meses?

Ele respira fundo e solta o ar lentamente antes de olhar para mim.

— Sei que você esteve com outros homens depois que fui embora. Escutei você e Tristan falando sobre isso na noite em que fui ao seu apartamento. E por mais que tenha me matado escutar essa porra, eu aguentei dizendo a mim mesmo que eram caras sem nome, sem rosto. Rolos de uma noite que preencheram algum desejo seu. Que não significou nada...

— *Não* significaram nada — confirmo. — Nada significou alguma coisa até onde consigo me lembrar.

— Connor significou alguma coisa.

— Não.

— Cassie, não pode me dizer que você fez sexo com ele por três meses sem significar nada. Uma coisa é trepar com quem você encontra num bar e nunca mais vê. Outra coisa é ter sexo com quem você se importa. No mínimo ele era seu amigo, então você *tinha* sentimentos por ele.

— Obviamente, o que quer que eu sentisse por ele não foi o bastante. Nada nunca foi suficiente para mim depois de você.

Quando ele me olha, posso ver que está irritado. Mas por baixo da raiva há uma mágoa, tão profunda e crua que não me deixa encará-lo, porque sua dor ecoa dentro de mim.

— Acha que não sei que a culpa é minha? — ele pergunta e se inclina. — Eu sei, Cassie, e isso me fode até a morte. Mas o que é pior é que eu poderia ter te perdido para alguém como o Connor. Alguém que *nunca* a trataria como eu te tratei.

Procuro o lugar onde Connor está do outro lado do salão. Ele olha para mim e Holt com preocupação. Ele pode ver que estamos brigando.

Holt alterna o peso do corpo entre uma perna e outra, lutando para manter o controle.

Não sei o que dizer para ele. O ciúme dele é inútil. Sempre foi. Como se ele tivesse algum motivo para realmente ter ciúme.

— Por que não conseguiu fazer dar certo com ele? — Holt pergunta, colocando sua garrafa de cerveja no banco ao lado de nós antes de olhar para os pés. — Você disse que queria mais. Por que não teve?

— Me fiz essa mesma pergunta várias vezes, perdi até a conta.

— E qual é a resposta?

Tomo fôlego.

— Não sei. Connor acha que nunca teve uma chance comigo porque eu ainda estava apaixonada por você.

Ele busca meu rosto, então lambe os lábios antes de perguntar.

— E o que você acha?

Luto para manter minha voz firme.

— Acho que ele talvez estivesse certo.

Ele olha para mim por um longo tempo, as engrenagens de seu cérebro processando minhas palavras, notando que eu disse "estava" apaixonada. Sem admitir como me sinto agora.

Rezo para que ele não me pergunte, porque não sei se posso responder. Isso seria como rasgar meu peito e entregar meu coração novamente, e não estou nada preparada para isso.

— Então, como ficamos? — ele pergunta, franzindo as sobrancelhas. — A julgar pela forma que Connor te olhava, se você dissesse uma palavra para ele, ele sairia daqui com você agorinha mesmo.

— E você deixaria?

Ele me encara por longos segundos antes de responder.

— Se fosse isso o que você quisesse. Se eu achasse que ele poderia fazê-la mais feliz do que eu.

Não consigo respirar direito. E coloco a mão no peito dele, o primeiro contato voluntário que faço há dias. Ele pisca, surpreso, e olha para mim enquanto seu corpo treme sob meu toque.

— Então, se eu dissesse que não te quero e não te amo e que preciso de Connor na minha vida e não de você, você pararia de lutar por mim? Você simplesmente... me deixaria ir?

Ele trava a mandíbula e coloca a mão sobre a minha antes de apertá-la contra o peito.

— Não.

— Por que não?

— Porque você estaria mentindo.

Solto o ar, trêmula.

— Sim, estaria.

De repente, suas mãos estão no meu rosto, e, antes que eu consiga tomar folêgo para protestar que estamos numa sala cheia de gente, ele me beija. Fico sem ar enquanto seus lábios se movem suavemente contra os meus, e estou tão devastada pela sensação que me esqueço de me importar que Connor, Marco e a imprensa da Broadway estão ao nosso redor.

Meu estômago dá voltas enquanto ele inclina minha cabeça e me beija mais intensamente. Sua respiração está alta e curta quando ele meio que geme, meio que suspira na minha boca. As mãos estão no meu rosto e meu pescoço, me puxando mais perto e me tocando de uma forma que me faz perder a noção de tempo e espaço. Simplesmente me derreto nele. Como se fôssemos dois compostos químicos inflamáveis que se acendem quando entram em contato.

Parte do motivo pelo qual nunca o esqueci é o fato de só ele conseguir me fazer reagir assim. Todos os outros foram como um fósforo, que acende uma vaga chama que logo se esvai. Ethan é como um vulcão. Alimenta uma série infinita de erupções arrebatadoras que chegam à profundidade da minha alma.

Ele me pressiona contra o pilar, com as mãos no meu rosto, e é aí que não consigo aguentar mais. Ele é importante demais. Os sentimentos que tenho são grandes demais para meu coração cheio de cicatrizes. Eu o empurro para longe, mas agarro sua camisa. Estou tonta e instável.

— Sinto muito. — Ele está sem fôlego. — Mas... é... Jesus, Cassie, você não pode dizer que me quer e simplesmente esperar que eu não perca a cabeça. Sei que você não está conseguindo se entregar de verdade agora, mas só preciso de uma pequena parte de você. Um pedaço que não é do Connor ou dos outros caras com quem você esteve. Uma parte só minha. E espero que o Connor e cada pessoa deste lugar tenham visto o que fizemos, porque fomos feitos para ficarmos juntos. E se esse beijo não prova isso, então nada prova.

Recuo e me encosto no pilar, ofegante, tentando me acalmar.

Estou tão envolvida com o momento que nem noto quantas pessoas têm as câmeras dos celulares apontadas para nós.

capítulo dezesseis
NEGAÇÃO

Seis anos antes
Westchester, Nova York
Grove

— **Taylor, só enfia na boca.**

— Não me apresse. Nunca fiz isso antes.

— Bom, a melhor forma de aprender é fazendo.

— Não sei que droga estou fazendo!

— Para de desculpa. É só colocar os lábios em volta e chupar. Não é física quântica.

— Ai, meu Deus, Cassie. — Zoe revira os olhos. — Vai logo ou passa adiante. Outras pessoas estão esperando, sabe?

Ela fecha a cara para mim quando eu olho o baseado aceso na minha mão. Estou tentada a passar adiante, mas não quero ser vista como a garotinha ingênua que na verdade sou, então coloco o cigarro entre os lábios e chupo com força. Termino inalando uma baforada intensa e abrasadora de fumaça.

Todo mundo ri quando tenho uma crise enorme de tosse.

Holt dá tapinhas leves nas minhas costas.

— Deixa a boca um pouco aberta quando tragar — ele ensina, tentando não rir. — Assim você pega um pouco de ar com a fumaça, mas queima menos.

— Você não podia ter me dito isso antes? — chio enquanto ele me passa sua garrafa de água.

Ele dá de ombros e sorri.

— Onde estaria a diversão nisso?

Bato no braço dele quando bebo a água.

— Tente novamente. — Lucas acena para mim. — Faz como o Ethan disse e inspire mais ar, daí segure nos pulmões pelo máximo de tempo que der. É a melhor forma de ter um barato decente.

Faço tudo isso. A fumaça ainda queima, mas consigo segurar por uns dez segundos.

— Legal — Lucas me aprova, e todo mundo dá uma leve rodada de aplausos.

Jack pega o baseado.

— Vamos deixar você chapada como uma profissional antes do que pensa.

— Maravilha — respondo honestamente enquanto agarro a água do Holt de novo e tomo um longo gole.

— Ainda não consigo acreditar que essa é sua primeira vez — Zoe comenta com desdém. — Que americana que se respeita chega aos dezenove sem ter fumado pelo menos uma vez?

Dou de ombros.

— A filha do Pai Mais Rígido do Mundo?

Zoe torce a cara.

— Cassie, isso não é desculpa. Não viu *Footloose*? A filha do pastor quase se prostituía depois dos cultos. Ter um pai hiperprotetor deveria ter deixado você *mais* louca, e não menos. Afe.

Por algum motivo, Jack e Lucas acham a declaração dela hilária e caem na gargalhada. Eu sorrio para eles. Zoe nota, e seu rosto faz uma dança bem estranha entre ficar puta ou feliz. Ficar feliz acaba ganhando. Ela sorri para mim e eu passo a ela o baseado.

Uau. Maconha tem um jeito mágico de fazer inimigos mortais gostarem um do outro? Por que mesmo não é legalizada?

Holt pega o baseado de Zoe e aperta os olhos enquanto traga. Seus longos dedos formam um funil que ele suga fazendo um bico.

Ao meu lado, Zoe geme.

— Puta merda, Ethan, você tem os melhores lábios.

Ele sorri para ela, com a boca fechada segurando a fumaça. Quase engasgo tentando não rir da cara de tesão que ela faz.

Ela está tão na dele.

Sei como ela se sente.

— Jesus, Holt — Jack resmunga —, você tem de pegar todas as garotas? Que tal deixar umas aí pra gente?

Holt passa a ele o baseado e dá de ombros. Então se vira e se inclina para segurar minha cabeça. Inicialmente, fico chocada porque acho que ele vai me beijar. O que é esquisito porque nas últimas semanas fomos extremamente cuidadosos em não deixar transparecer nada na frente do pessoal. Mas, no último segundo, ele paira sobre minha boca e solta o ar. Aí me dou conta de que ele quer que eu inspire a fumaça.

Eu inspiro. Meu corpo todo se arrepia enquanto ele me observa e sorri, roçando o dedo superlentamente na minha bochecha.

Uau. Fogos de artifício incendiando minha pele. Me estremeço toda.

Definitivamente, posso sentir que a maconha está fazendo efeito agora. O mundo fica em câmera lenta, ganhando um foco mais definido. Por um longo tempo, tudo o que posso ver é o rosto de Holt na minha frente. Ele pisca vagarosamente, e consigo ouvir seus cílios se chocando. Então ele lambe os lábios bem devagar, sua língua é rosada. O baixo pulsante de uma música de Barry White começa a tocar no meu cérebro.

— Beija ela! — Jack grita e imita sons atrevidos de beijo.

Holt pisca, mas, quando afasta o olhar, meu rosto está queimando e outras partes minhas mais lá embaixo estão ainda mais quentes.

— Então o que rola exatamente entre vocês dois, afinal? — Jack pergunta, sua voz apertada quando ele inspira. — Vocês estão mesmo trepando?

MEU ROMEU **293**

Holt lança a ele um olhar atravessado antes de pegar o baseado e passar para mim.

— Você é mal-educado pra cacete, Avery. Não, não estamos trepando.

— Então o que estão fazendo? Divida os detalhes sórdidos com a gente.

— Não estamos fazendo nada — Holt responde. — Muda a droga do assunto.

— Também quero saber — Zoe se manifesta. — Depois do *Romeu e Julieta*, todo mundo achou que vocês estavam transando, mas agora não temos certeza. Acabem com os boatos. Contem o que está rolando.

Holt suspira e balança a cabeça.

— Não tem nada rolando. Taylor e eu somos amigos. Nada além disso.

Mesmo sabendo que ele está mentindo, ouvi-lo ainda me deixa desconfortável.

— Uma ova que são só amigos — Jack protesta e pega o baseado de mim. — Tenho uma vaga lembrança de vocês dois se pegando na minha cama na noite da estreia. Pelo menos, acho que eram vocês.

Holt ri antes de se encostar contra uma árvore grande e cruzar os braços sobre o peito.

— Avery, você estava bêbado e chapado pra caralho aquela noite. Por uma hora você falou com as pessoas só na língua dos Smurfs. Foi *smurfirritante*. Está imaginando coisas.

— Você fala muita merda, Holt — Jack retruca. — Cassie? Você se importa de confirmar ou desmentir que está *smurfando* com o Holt pra valer?

Estou muito vermelha.

— Jack, posso dizer com a mais completa sinceridade que *não* estou *smurfando* com o Holt. Espera, smurfar significa transar, certo?

Como diabos os Smurfs sabem o que estão falando na maior parte do tempo? Isso é um substantivo? É um verbo? Estou confusa.

— Sim, Taylor. Estamos falando de sexo.

— Bem, então não. Definitivamente não estamos fazendo isso.

Infelizmente, Smurfs infernais.

Suspiro e olho para Holt. Uma de suas mãos está no bolso enquanto ele toca a casca de uma árvore com a outra. Estou hipnotizada pela ponta dos dedos dele tocando a textura áspera. Nunca tive tanto ciúme de uma árvore na minha vida.

— Mas você gostaria, né? — Jack pergunta com um sorrisinho malandro. — Você gostaria de *smurfar* bonito com ele, hein? *Smurfar* longa e lentamente? Ou talvez rápido e pesado?

Holt olha feio para Jack, que cala a boca na mesma hora.

— Só sei que eu gostaria — Zoe murmura. — Adoraria smurfar com ele até a porra da cabeça dele explodir. — Ela parece estar chocada com o que acabou de falar. — Ai, merda. Vocês ouviram mesmo isso, né?

— Eu não — Holt responde, galantemente fingindo ignorância.

— Ai, é que eu disse que quero foder com você — Zoe explica, providencialmente cobrindo o rosto. — Ai, merda. Não tem como você não ouvir *isso*, tem?

Holt sorri e balança a cabeça.

— Temo que não.

— Zoe, pode montar em mim — Jack sugere, apontando para seu colo. — Sobe aí. Um pau decente, sem espera.

Zoe levanta a sobrancelha.

— Decente quanto?

— Vinte centímetros — Jack responde, orgulhoso.

Zoe assente.

— Legal. Vou te dizer, Jack, da próxima vez que eu estiver caindo de bêbada, me procura. Posso aguentar trepar com você se não me lembrar no dia seguinte.

— Rá, rá, rá — Jack devolve. — É você que sai perdendo. Eu podia te dar os melhores dois minutos e meio da sua vida, moça.

Todos morrem de rir com essa.

Nossa risada é alta no silêncio dos bosques, e olho para Holt. Ele está sorrindo, mas olha para mim de uma forma que faz um jorro de calor me invadir. Minha risada morre quando eu balanço os joelhos para tentar diminuir a dormência nas pernas.

Se eu soubesse que maconha me deixaria ainda mais excitada que o normal, eu teria dispensado.

MEU ROMEU **295**

— Cara, estou morto de fome — Jack comenta ao meu lado.

— Eu também — acrescento, falando com o volume saliente nas calças do Holt.

— Se sairmos agora, podemos passar na cantina a caminho da aula — Lucas sugere.

Ficamos todos de pé e saimos pelas árvores do lado oeste da escola, caminhando em direção ao prédio central. Os três caminham na frente e eu e Zoe, atrás. Quando percebo que ela está olhando para a bunda do Holt, não fico com ciúme nenhum. A bunda dele é incrível. Deve ser apreciada.

— Então, você nunca trepou mesmo com ele? — ela cochicha enquanto continua olhando para a bunda dele.

— Não.

Quero morder a bunda dele. Não forte. Só umas mordidinhas naquelas bandas durinhas. Realmente não tenho certeza se isso é coisa da maconha ou se é um fetiche esquisito meu de morder bundas. Talvez seja um pouco dos dois.

— Aposto que ele é incrível na cama — Zoe sussurra. — Imagina só: toda aquela intensidade e paixão que ele vem atuando.

Droga, Zoe, dá para parar? Como se eu já não tivesse problemas demais só por não estar trepando com ele. Pare de me fazer desejá-lo mais ainda.

Afasto meus olhos para longe da bunda dele e observo meus pés em vez disso.

Uau. Olho para a grama. Tantas folhas. Tão lindo. Tão verde. Eu me pergunto qual seria o gosto do verde.

— Então, qual foi a melhor transa que você já teve?

Zoe faz a pergunta me dando uma cotovelada.

Bem, até agora? As coxas do Holt. E dedos...

— É...

— Tem alguém em Washington?

Não, a não ser que a minha bicicleta conte. Ela costumava se esfregar em mim de formas estranhas e não totalmente desprazerosas.

—Ah... é...

— Porque escutei que alguns desses caras do interior podem ser uns completos pervertidos.

Um garoto da minha escola fez um vídeo dele transando com uma melancia. E um pepino. Simultaneamente.

— Pois é...

— Então, quem foi?

Olho de volta para a bunda de Holt e tento imaginar o que dizer, porque aposto que, se eu olhar bem fixamente, os segredos do universo serão revelados para mim.

Eu conto e arrisco ser zoada por ela? Quero dizer, ela está sendo legal comigo agora, mas o que pode acontecer quando o barato passar?

— Vai, Cassie — ela diz, me provocando. — Se me contar o seu, eu te conto o meu.

— Então... — *Não, ninguém precisa saber. Apenas invente um nome. Qualquer nome.* — O nome dele era...

Bob, Sam, Cletus, Zach, Jake, Joanne! Qualquer nome serve! Espera, Joanne não... Nem Cletus.

Zoe agarra meu braço e me para.

— Ai, meu Deus...

— Zoe.

— Não me diga que você é...

— Não, não fale a pala...

Ela se inclina e sussurra:

— Você nunca fez sexo, fez? — Ela usa o mesmo tom de solidariedade que usaria se tivesse descoberto que eu estava morrendo de câncer. Fico vermelha e puxo o braço para longe dela, para poder continuar andando.

— Ai, Cassie, não fique irritada — ela diz, vindo atrás de mim. — Não vou contar para ninguém que você é virgem!

Os meninos à nossa frente param e se viram, e Jack e Lucas olham para mim incrédulos. Holt me olha nervoso antes de enfiar as mãos nos bolsos e baixar a cabeça.

— Merda — Zoe murmura atrás de mim. — Desculpa. Foi mal.

MEU ROMEU **297**

— Taylor — um sorriso largo se abre no rosto de Jack —, me diga que não. Ninguém plantou uma bandeira em seu território virgem ainda? Isso não está nada certo.

Lucas olha para mim genuinamente chocado.

— Isso é impossível. Como aconteceu? Você namorou cegos?

Coloco as mãos na cintura.

— Podem parar de me tratar como se eu tivesse uma doença rara e incurável? Não sou leprosa, pelo amor de Deus.

— Não, claro que não — Jack concorda, solidário, enquanto caminha e esfrega meus ombros. — Mas, Taylor, sério... que diabos você está esperando? É uma dessas meninas que só fazem depois do casamento? Porque, vou te dizer, minha mãe fez isso e foi uma péssima tática. Aparentemente, meu pai é meio devagar. Por isso sou filho único. Estou bem certo de que eles só transaram aquela vez.

Fico vermelha.

— Não estou me guardando, tá?

— Então por que você ainda é virgem? — Zoe quer saber.

— Porque... — começo, incapaz de não olhar para Holt — ... acho que não encontrei ainda um cara que queira dormir comigo.

Com essa declaração, ele perde todo o interesse nos sapatos e olha direto para mim, franzindo a testa mais que o normal.

— Tá, agora vou ter de falar que isso é uma bobagem. — Jack dá uma risada. — Porque bem sei que tem pelo menos uma dúzia de caras em Grove que dariam a bola direita para trepar com você, incluindo eu.

Como um raio, Holt bate no braço dele.

—Ai, cara! — Jack esfrega o braço e fecha a cara para Holt. — Por que essa porra?

— Tenha só um pouco de respeito, caralho. Pode ser?

— Deixa de merda. Eu respeito. Foi um elogio. Além do mais, quero que ela saiba que tem opções.

Parece que a cabeça de Holt está pronta para explodir.

— Trepar com você não é opção, seu puto neandertal. Seria um castigo cruel e bizarro.

Jack abre as mãos.

— Por que diabos todo mundo fica desprezando minhas habilidades sexuais? Por acaso sou um cara bem sensível e completo na cama. — Ele olha de volta para mim e cochicha: — Tô vendendo bem o meu peixe? Porque, se quiser matar a aula de semiótica esta tarde para eu te livrar do seu fardo de virgem, eu estaria mais do que disposto. Só estou dizendo...

Todo mundo ri, exceto Holt, que chia algo para si mesmo e parece que vai socar Jack de novo.

Eu me movo sutilmente entre os dois.

— Valeu pela oferta, mas eu passo.

Jack dá de ombros.

— Ah, tudo bem, mas estou aqui se precisar.

Eu arrisco uma olhadinha para Holt, e, a julgar pelo seu olhar, ele está imaginando todas as formas como poderia matar Jack e esconder as evidências.

— Na verdade, estou meio que saindo com uma pessoa, e espero que possa ser com ele.

Uau. Não pretendia mesmo dizer isso.

Ou pretendia?

Tá, o que vou fazer aqui será completamente brilhante ou incalculavelmente idiota. Por favor, Deus, permita que seja brilhante. Holt está me olhando com uma expressão de cautela.

— Espera, o quê? — Zoe está surpresa. — Está saindo com uma pessoa? Quem? Há quanto tempo? Como ele é? Holt, você sabia disso?

Os olhos de Holt se enchem de pânico por um segundo antes de lançarem um olhar duro.

— Sei, acho que ela falou alguma coisa sobre o cara. Ele me parece um idiota, mas ao que tudo indica ela gosta dele. Estou surpreso de ela contar para vocês. Achei que ela ia manter segredo.

— Bom, não vejo muito por que eu não deveria falar sobre ele. Quer dizer, gosto dele e não acho que ele seja um idiota. Ele só é... complicado.

Holt pisca várias vezes e sua expressão suaviza.

— Acho que ele tem sorte de você enxergá-lo desse jeito.

— Tá, vamos lá — Lucas diz, inclinando a cabeça. — Conta quem é o sortudo?

Zoe dá um passo à frente, seus olhos brilhantes e vidrados.

— Isso, nós o conhecemos?

Tá, cérebro, sei que você está chapado, mas me ajude aqui. Me dê algo plausível.

— Eu o conheci quando fazíamos *Romeu e Julieta*.

Tá, bom. Não é exatamente mentira, mas é vago o suficiente para satisfazê-los. Bom trabalho, cérebro chapado.

Todo mundo troca olhares, e Zoe diz:

— Ah, um fã, hein? Ele te viu no palco e simplesmente teve que ficar com você?

Eu concordo.

— Hum, é... tipo isso.

— Então, conta mais — Holt sugere, e cruza o braço sobre o peito. — Você me disse outro dia que acha ele gostosão. Quão gostosão? Seja específica.

Um vermelho feroz ilumina meu rosto, porque ele sabe exatamente quão gostosão eu acho que ele é.

— Credo, Tayor, olha só seu rosto! — Jack ri. — Esse cara misterioso deve saber como apertar todos os seus botõezinhos. Você está vermelha como a bunda de um babuíno. E ainda assim ele não faz sexo com você?

Eu respiro fundo e balanço a cabeça. Jack bufa.

— Que puta idiota.

— Talvez ele tenha suas razões. — Holt diz baixinho.

— Tá zoando? — Jack pergunta, descrente. — Você beijou a Taylor, cara. Você sabe como ela é gostosa. Que tipo de otário recusa isso? — Ele se vira para mim e cochicha: — Ah, espera. Ele é... você sabe... limitado? É um desses caras religiosos bizarros? Ui, ou ele tem disfunção erétil? Ele não fica de pau duro?

— Ele não tem nenhuma disfunção erétil. — Holt responde enfaticamente. — E ele não é limitado, pelo amor de Deus.

Todo mundo olha para ele.

Ele dá de ombros.

— Estou supondo que Taylor não iria sair com alguém com essas deficiências, certo?

— É, eu não sei. Deve ter algo errado com ele. Como o Jack disse, que tipo de otário recusaria isso? — Eu rebolo e faço uma carinha sexy, e todo mundo ri, menos Holt. Ele apenas me encara sem piscar e não consigo descobrir se ele está bravo ou excitado. É meio perturbador o quão similares são essas expressões nele.

— Uma vez eu saí com um cara que não trepava comigo — Zoe comenta enquanto caminhamos novamente. — Ele disse que não queria que eu pensasse que sexo era tudo o que ele queria de mim. Disse que me achava especial, e que podíamos ter mesmo algo.

Sorrio para ela.

— Que fofo. O que aconteceu?

Ela dá de ombros.

— Dei um pé na bunda dele. Poxa, tenho necessidades, né? Se ele não vai me dar isso, então eu me arrumo com outro.

Holt faz um ruído depreciativo, mas não diz nada.

— O bizarro é que provavelmente foi o único cara com quem namorei que deu a mínima para mim — Zoe continua quando seguimos para a cantina. — Mas só percebi isso depois que ele estava bem longe. Talvez ele fosse um desses caras raros que não querem sexo sem amor.

Meu estômago revira. Será esse o problema do Holt? Ele não me ama, então não dorme comigo? Faz sentido. Talvez ele não tenha sentimentos por mim além de puro tesão animal.

A ideia desliza por meu cérebro, se enrolando sinuosamente e deixando meu rosto quente de vergonha e raiva.

— Desisti de tentar entender os homens — Zoe completa, examinando a prateleira de chocolates. — São esquisitos.

Amém, irmã.

Ela pega três chocolates e vai ao caixa. Lucas e Jack estão com os braços cheios de batatinhas e chocolate, eu opto por um sorvetinho para ajudar a esfriar meu rosto em chamas.

Saio e me sento à mesa com os outros. Quando Holt se junta a nós, eu evito olhar para ele. Então, me concentro no sorvete, correndo a língua pelo canto do cone e sugando os pingos antes que possam ir muito longe. Fecho os olhos e engulo um pouco do creme, e quase posso ver o frio quando desliza pela minha garganta, com uma reluzente viscosidade azul, fazendo meu estômago e minha pele formigarem.

Sinto algo roçar meu pé de leve e levanto o olhar para ver que Holt está me encarando, observando minha boca enquanto tomo sorvete. Ele olha para os meus olhos, e o azul reluzente no meu corpo é imediatamente substituído por um calor laranja incandescente e fumegante, que arde em todos os lugares que quero que ele me toque. Então, conforme meu corpo se contorce e esquenta desconfortavelmente, me dou conta de que talvez isso seja tudo o que tenhamos: fogo. Que vai queimar nós dois até estarmos chamuscados e vazios. Napalm sexual que não combina com amizade ou intimidade.

Ele roça o meu pé novamente, a ponta de seu sapato passeando entre meu tornozelo e minha panturrilha, e é ridículo que eu sinta esse toque em cada célula do meu corpo.

Ah, vou queimar mesmo. Ele vai me incinerar de dentro para fora.

— Preciso ir — murmuro enquanto jogo o resto do sorvete no lixo e fico de pé. — Vejo vocês na aula.

— Taylor?

Jogo a bolsa no meu ombro e não olho para trás quando cruzo o pátio para o bloco de teatro.

Dez minutos depois, quando deixo o banheiro do primeiro andar, Holt está lá encostado contra a parede e franzindo o cenho.

— Ei. — Ele confere em volta antes de dar um passo à frente e tocar meu rosto. — Você está bem? Às vezes, na primeira vez fumando, pode te dar vontade de vomitar.

Ele me olha preocupado, jogando meu cabelo para trás dos meus ombros. Mas logo que escuta alguém descendo as escadas ele recua e pesa o corpo sobre uma perna, a imagem perfeita de indiferença.

Eu o observo enquanto ele oscila de um lado para o outro, desconfortável, esperando os alunos passarem. E me pergunto se imaginei o olhar de preocupação. Talvez todo esse não relacionamento nosso tenha sido apenas eu o pressionando ingenuamente, forçando-o a algo que ele não queira de verdade. Ou talvez algo que ele queira, mas não o suficiente.

— Taylor? — Ele se aproxima de novo. — Você não me respondeu. Está tudo bem?

Eu pisco e balanço a cabeça.

— Tudo bem, sim.

Caminhamos em direção à sala de leitura onde a turma de semiótica está. Há tensão entre nós, mas desta vez não me importo que fiquemos assim. Sempre fui a garota que vê as coisas ruins e tenta melhorá-las.

Não acho que eu possa melhorar isso.

— Jack está chamando um pessoal para comer pizza esta noite — Holt comenta quando subimos as escadas. — Quer ir?

Para eu poder fingir a noite toda que você é apenas meu "amigo"?

— Não, valeu.

Deus nos livre de você me pedir para sair de fato, para um lugar onde as pessoas possam ver a gente se tocando.

Holt bufa, frustrado, e agarra meu braço.

— Tá, Taylor, já deu. Você está quieta demais, e sem contestar nada. O que tá rolando?

Dou de ombros.

— Acho que não tenho nada a dizer.

— Isso é impossível.

— Temos aula.

— Então está me dizendo que está tudo bem?

— Faria diferença se não estivesse?

Ele franze a testa quando começamos a andar novamente. E sei que estou sendo passivo-agressiva, mas ele teve quase um mês para me mostrar que me quer em sua vida como mais do que uma simples distração sexual. Ainda assim ele está tão distante emocionalmente quanto sempre. Já chega.

Quando nos sentamos, eu afundo na cadeira e fecho os olhos. Há uma dor que me corta. Apesar de não ter notado antes, eu imagino que já esteja lá há um tempo. É a parte de mim que deseja algo especial; alguém que me queira o suficiente para ter coragem de assumir. Alguém que queira se envolver comigo a um ponto que fique impossível de saber onde começa um e termina o outro.

Alguém que achei que pudesse ser Holt, mas já não estou mais certa.

O restante da aula passa de maneira confusa, e mesmo que eu sinta Holt olhando para mim de tempos em tempos, eu o ignoro. Não sei por que hoje bateu essa percepção de que não estou mais satisfeita em ter apenas parte dele. Talvez a maconha tenha ajudado a clarear minha mente, que estava tão anuviada pelo tesão o tempo todo. Ele me disse que seria assim, e que eu ia querer mais do que ele estava disposto a dar, mas, por alguma razão, eu fui burra de achar que seria capaz de mudar isso.

Obviamente, não sou.

Quando a aula termina, eu murmuro algo sobre vê-lo amanhã e sigo para fora da sala em direção ao pátio, não querendo nada além de um banho quente. O tempo aberto da hora do almoço deu lugar à chuva forte, e me protejo na marquise dos prédios pelo máximo tempo possível antes de sair no aguaceiro.

— Ei, Taylor, espere!

Em poucas passadas ele está ao meu lado, segurando sua mochila sobre a cabeça debaixo da chuva cada vez mais forte.

— Não quer fazer alguma coisa esta noite?

— Na verdade, não.

— Por que não?

— Só não quero. É crime querer ficar um tempo sozinha?

Um quê de mágoa cruza o rosto dele.

— Não, não é crime. É só que... geralmente passamos um tempo juntos nas noites de quarta e, a julgar pela forma com que você estava me olhando hoje, pensei...

— Pensou o quê?

— Ué, parecia que você queria me jogar no chão e montar na minha cara. Imaginei que você provavelmente queria ficar comigo ou sei lá.

Esse é o problema, Ethan. Você acha que a gente está só ficando.

— Não, hoje eu passo. Mas valeu pela oferta.

Meus sapatos se encharcam enquanto caminho mais rápido. A sensação ruim de pé molhado me deixa ainda mais irritada. Ele mantém o passo comigo e joga a mochila sobre o ombro, desistindo de evitar a tempestade.

— Cassie, o que está rolando? Está puta comigo?

Bufo, frustrada.

— Não, estou puta comigo mesma. Não se preocupe. Saia da chuva.

Ele agarra meu braço e me puxa para eu encará-lo.

— Não vou a lugar nenhum até você me dizer o que diabos está havendo.

Não quero ter essa conversa agora, e especialmente não quero ter nessa chuva fria, mas ele não me dá escolha.

— Ethan, só estou cansada dessa nossa dança. É sempre um passo à frente, dois passos atrás com a gente. E mesmo que você tenha me dito que seria assim, por algum motivo eu escolhi não acreditar em você. Só estou cansada de te pressionar a fazer as coisas que você não quer fazer. Então... é... é isso que está rolando. Te vejo amanhã.

Eu me viro e saio andando, tentando vencer a chuva, o que é inútil, e tentando superar os passos dele, o que é impossível.

— Espera! Cassie, conversa comigo.

Ele me puxa para eu encará-lo novamente, e seu cabelo está colado à cabeça fazendo a água escorrer pelo seu nariz.

— Não há nada para falar. Você é você, e eu sou eu. E você estava certo quando disse que não deveríamos começar uma história. Queremos coisas totalmente diferentes, e acho que por fim estou percebendo que não estou bem com isso.

— Que diabos? Isso é por causa do que Zoe e Jack disseram?

Resmungo, irritada, e resisto à vontade de bater forte no peito sem noção dele.

— Não, isso não tem nada a ver com Jack ou Zoe, ou ninguém mais! É a gente! Sou eu esperando coisas de você que eu não deveria! Eu querendo romance, namoro, intimidade, que vem de mais do que amassos e orgasmos. E eu querendo contar aos nossos amigos que o cara misterioso com quem estou saindo, que me excita só com um olhar ou toque, é *você*. E, principalmente, sou eu puta comigo mesma por me apaixonar por um cara que me disse descaradamente para não me apaixonar por ele! Essa que é a coisa! E agora é tarde demais e me sinto a pessoa mais idiota do mundo porque você nunca vai me dar o que eu preciso, e eu devia saber que não devia esperar isso de você.

Ele me encara por um segundo, piscando conforme a água corre por seus cílios.

— Achei que você queria que eu fizesse uma tentativa. É o que estou fazendo. O que mais você quer?

Tiro a água do meu rosto, odiando a sensação dela correndo por minhas bochechas.

— Deus, você é um idiota sem noção às vezes! Quero mais. Tudo. Qualquer coisa. *Alguma coisa*, pelo amor de Deus! *Isso* é o que quero de você. Pode me dar isso?

Ele me encara, os músculos da mandíbula estão pesados. Ele não responde.

— Foi o que imaginei.

Tento me afastar, mas ele segura meu braço quando seu rosto fica tão tempestuoso quanto o céu.

— E daí? É assim? É tudo ou nada com você? Se eu não te entregar minhas bolas numa caixinha forrada de veludo não podemos ficar juntos? De onde vem toda essa merda? Achei que você curtisse ficar comigo. Que estava feliz com o jeito que as coisas estavam.

— É, mas não estou! Odeio ficar me escondendo como uma criminosa, agindo como se estivéssemos fazendo alguma coisa errada. Não tenho vergonha de gostar de você, Ethan, mas parece que você não pode dizer o mesmo. Só aceitei manter nossa história em segredo porque achei que você precisava de tempo para perceber que queria mais. Mas parece que eu estava errada. Você me dá o mínimo possível de você, esse tempo todo me fazendo te querer feito uma louca.

— Você acha que também não te quero? Caralho, Taylor, você está brincando comigo?

— Acho que você me quer, mas não o suficiente para admitir para todo mundo!

— Por que diabos os outros importam? *Você* sabe que gosto de você! Porque eu praticamente não consigo esconder o que você provoca em mim.

— Não estou falando sobre gostar sexualmente de mim, Ethan! Estou falando sobre querer estar comigo. Não tenho ideia do lugar que ocupo na sua vida. Não sei nem se você sente de fato alguma coisa por mim, ou se sou apenas um corpinho disponível. Conveniente, mas não tão necessário.

— Acha que é conveniente?! — Ele me encara por longos segundos, tão irritado que não consegue formar as frases. — Não é conveniente porra nenhuma! Conveniente seria não conhecer uma menina que me deixa louco pra caralho! Conveniente seria poder me concentrar no curso que levou *três merdas de anos* para eu entrar sem ficar pensando a cada minuto o quanto eu te desejo! Taylor, você é tudo, *menos conveniente*!

— Então o que eu sou, hein? Me diz de uma vez! Abra essa boca e diga algo que me faça entender o que você sente! Acho que fui bem honesta com você sobre o que eu quero, mas tudo o que ganho em troca é o que você *não* quer.

— Quer saber o que eu quero? — ele diz, jogando a mochila no chão. — Ótimo. Quero isso.

Ele agarra meu rosto e me puxa para ele. Me pega de surpresa colocando os braços ao redor de mim e me beijando como se estivesse se afogando, como se eu fosse oxigênio. Não há nada cuidadoso nesse beijo, nada remotamente vago ou desonesto. É apaixonado e sufocante, e seu desespero é quente, me queima apesar do frio e da chuva. Por longos minutos ele me beija tão vigorosamente que o mundo dá voltas e quando se realinha está girando de novo ao redor dele.

Ele beija meu pescoço, sua voz áspera e intensa.

— É isso o que quero, Taylor. Não consigo deixar mais claro. Nem tente negar que você não quer isso também. Por que você complica tanto as coisas?

Ele me beija novamente e tudo se torna uma confusão de línguas e lábios. Não é justo que essa seja sua explicação, porque não consigo discutir com isso. É grande demais para descrever ou intenso demais para negar. Apesar de não ajudar em nada a melhorar nossa situação, me faz querer esquecer todas as coisas que estão ruins.

Mas é o que ando fazendo o tempo todo. Deixando passar e aceitando, tão cega de desejo que não consigo dar atenção às minhas necessidades. Não posso mais fazer isso.

Ele grunhe e se afasta. E pelo olhar em seu rosto ele sabe que o que está oferecendo não é o suficiente.

Recuo. Nós olhamos um para o outro, ambos sem fôlego e encharcados.

— Não posso mais fingir que isso é o suficiente para mim — digo baixinho. — Não estou enganando ninguém. Nem você, nem nossos amigos, e especialmente não a mim mesma. Quando e se você estiver preparado para fazer isso acontecer de verdade, me avisa.

— Cassie...

— Te vejo na aula, Ethan.

Eu me afasto com passos pesados como chumbo enquanto o fel revira no meu estômago. Quando pego o caminho do meu prédio, olho para trás.

Ele ainda está parado lá, onde eu o deixei. Suas mãos estão presas na nuca, pressionando sua cabeça para baixo. Tenho uma vontade doentia de correr de volta e dizer a ele para ignorar tudo o que acabei de falar. Que aceito qualquer parte dele que ele queira me dar.

Mas não posso fazer isso. Seria outra mentira.

Em vez disso, sigo para o meu apartamento sentindo calafrios, e destranco a porta com mãos trêmulas. Lá dentro, tiro a roupa e sigo para o banheiro, determinada a ficar sob uma ducha quente e esperar até que a compulsão de voltar para ele vá embora.

Para minha tristeza, quando a água esfria uma eternidade depois, eu ainda estou esperando.

Hoje
Nova York

Estou de pé na bancada do café do outro lado da rua do teatro quando sinto uma mão quente na minha cintura, eu me viro, esperando ver

Holt, mas, em vez disso, vejo Marco sorrindo para mim com um olhar de compreensão.

— Srta. Taylor.

— Sr. Fiori.

— Divertiu-se na apresentação beneficente ontem?

Seu tom e sobrancelha levantada sugerem que ele viu o beijo.

Droga.

— Foi legal.

— Tenho certeza.

— Por favor, não faça grande caso disso.

— Do quê? Dos meus protagonistas se pegando num cantinho como adolescentes? Nem sonharia.

— Não foi nada.

— Minha querida, conheço o nada, e me deixe dizer que o que você e o sr. Holt estavam fazendo noite passada definitivamente não era isso. Achava que a forma como se beijavam nos ensaios era quente. Pelo que entendi, é bobagem perto da coisa real.

— Marco...

— Tudo bem. Não estou chateado. Para dizer o mínimo, estou empolgado. Pode imaginar a imprensa que vamos ter com isso?

Eu gemo quando a barista me passa o café.

— Sério? Acha que eles viram?

— Estou certo que sim. Nossa assessora de imprensa quer nos ver antes do ensaio. Acredito que cada website da Broadway e revistinha de fofoca esteja falando disso. Vocês dois são o assunto do dia.

— Ai, Deus.

Ele ri e dá uma batidinha reconfortante no meu ombro enquanto me guia para fora do café. Quando chegamos à sala de ensaio, tiro minha bolsa e me encaminho para o banheiro feminino, tentando afastar uma onda de náusea.

Depois que Holt e eu deixamos o evento, ele me acompanhou até em casa. Lá em cima, ele me deu um beijo de boa noite. Para ser honesta, foi mais que um beijo. Foi mais como um amasso vertical contra a porta do meu apartamento. Na verdade, se o sr. Lipman, que vive no final do corredor, não tivesse espirrado enquanto nos espiava feito um tarado nojento pelo olho mágico, é provável que tivéssimos chegado a um ato que é totalmente ilegal num corredor público.

Quando por fim me afastei, eu estava mais confusa do que um cara hétero num concurso de beleza de transgêneros. Prometi a mim mesma que eu iria devagar com o Ethan, *de verdade*. Mas, ainda assim, em uma noite, consegui beijá-lo duas vezes, chegar à segunda base bem animada e segurar o taco de beisebol dele, totalmente excitada, por cima da calça mesmo.

No livro de regras desse jogo, isso não está nem no mesmo capítulo do ir devagar.

Retorno à sala de ensaios e Holt está lá. Seu rosto se ilumina quando me vê. Paro diante dele, e ele passa os braços em volta de mim e me puxa num abraço. Ele não pretende demonstrar intimidade comigo, mas demonstra.

Sinto sua respiração quente na minha orelha quando ele cochicha:

— Bom dia. Senti saudade. — Sua voz ecoa nosso momento juntos na noite passada, está cheia de tesão e um pouquinho de presunção.

— Oi. — A minha é propositadamente insípida. Nada encorajadora.

Ele se afasta. Seu sorriso desaba e a luz se apaga em seus olhos.

— Cassie?...

A sala está se enchendo de outras pessoas. Nossa assessora, Mary, entra como um tornado descabelado, com os braços cheios de papéis e iPads.

— Bem, vocês dois tiveram uma noite interessante. Tenho toda uma campanha de marketing organizada para fazer a cidade zumbir com esse espetáculo, mas vocês conseguiram nos deixar virais com uns amassos bem divulgados. Parabéns.

Ela coloca todos os materiais na mesa. Há várias fotos de mim e Ethan com os lábios bem coladinhos. Cada iPad está pronto para exibir um vídeo diferente do beijo. Droga, quantas pessoas estavam nos gravando?

— Esperem até ver este — Mary diz quando bate uma unha cheia de esmalte numa das telas. — Este aqui tem um zoom bem artístico que permite que vejamos de fato vislumbres de língua. Aqui!

Todo mundo ri. Eu quero vomitar.

— Assim — Mary continua —, já tenho uma dúzia de pedidos de entrevista esta manhã, então precisamos traçar uma estratégia. Obviamente, são todas para publicar esse troço de "ex-namorados reunidos em nova peça sensação do momento", porque isso vai vender ingressos. As pessoas adoram quando a paixão do palco é real. Se todos concordarmos, escrevo os releases de imprensa e os distribuo esta tarde mesmo.

Ela olha para mim, Marco e Ethan.

Previsivelmente, Marco e Ethan estão esperando por minha reação.

Tão previsivelmente quanto, minha resposta é:

— De jeito nenhum.

Mary começa a argumentar. Não fico lá para ouvir.

— Preciso fumar. Volto num minuto.

Pego cigarros e isqueiro. Ethan encosta seus dedos nos meus braços, mas continuo o passo. Quando estou do lado de fora, tento acender o cigarro, mas meu infalível Zippo aproveita aquele momento para deixar de ser infalível. Tento sem parar, mas ele se recusa a acender.

— Porra!

Eu me jogo contra o muro e fecho os olhos. Então, escuto a porta se abrir, e sei que é ele sem nem ter de olhar.

— Cassie? — Mantenho os olhos fechados. Não vê-lo é mais fácil.

— Por favor, olhe para mim.

Não posso. Quero ser forte, e olhar para ele me torna a mulher mais fraca do planeta.

— Olhe para mim ou vou te beijar.

Isso funciona.

Abro os olhos e o vejo de testa franzida, os braços estão cruzados sobre o peito.

— Pode me dizer o que diabos está havendo?

Levo as mãos para o alto.

— Está em todo lugar. Fotos. Vídeos. Posts.

Ele olha para mim, confuso.

— E?

— E... as pessoas estão fofocando sobre estarmos juntos.

— Bom, como a Mary disse, é uma ótima publicidade.

A calma dele é irritante. Estou tensa e me afasto, mas ele pega meus ombros e me segura.

— Cassie, pare. Por que isso a está fazendo surtar? Sem ofensa, mas você não parecia preocupada na noite passada, quando quase fomos flagrados no seu corredor.

— Para começar, o que fizemos no meu corredor foi entre mim e você...

— E o sr. Lipman.

— ... não está espalhado em cada jornal da cidade!

Empurro o peito dele e ele recua para me dar o espaço que preciso para respirar. Seu rosto ainda é irritantemente sereno. E odeio que ele não se junte a mim na revolta.

— Desde quando você se importa com o que as pessoas pensam? — ele questiona. — Não tem como esconder nossa química no palco. Quem dá a mínima se eles pensam que estamos transando fora do palco também? Porque, pra todos os efeitos, estou de fato trepando com você durante a cena de sexo.

Ele não entende, e é porque eu não estou me explicando com clareza. Explicar vai magoá-lo. E ainda assim parte de mim está totalmente o.k. com isso.

— Ethan, para todos que nos conhecem... que conhecem nossa história... vou parecer a maior idiota do universo por deixá-lo voltar, e o pior é que eles estão provavelmente certos. Eles sabem quão devastada eu estava quando você foi embora, e agora estou ficando com você de novo como se nada tivesse acontecido? Que idiota devo ser?

Isso o faz parar na mesma hora. Os músculos do seu rosto têm trabalho extra.

— Cassie... tenho me esforçado muito para estar numa posição de pelo menos poder pensar em consertar as coisas com você. Se eu achasse por apenas um segundo que poderia magoá-la de novo, eu não estaria aqui. Você consegue confiar em mim?

Balanço a cabeça.

— Não. E esse é o problema. Não confio em você, e não sei se algum dia vou voltar a confiar. Na minha cabeça, eu sempre vou esperar pelo pior. Vou esperar você me lançar aquele olhar morto, distante, e sair correndo. Como podemos pensar em ficar juntos sabendo disso?

O olhar dele endurece.

— Sabendo o que a gente sente um pelo outro... o que *sempre* sentimos um pelo outro... como não podemos? Nem tente me dizer que você vai amar alguém tanto quanto me ama, porque é uma puta mentira, por mais arrogante que isso soe. E sinto o mesmo em relação a você. Todos os outros sempre vão ser a segunda opção para nós. Você não vê isso?

Respiro fundo, com a cabeça martelando.

Estamos avançando aqui como um foguete, e não tenho ideia se vamos terminar no paraíso ou esmagados numa árvore.

— Talvez devêssemos apenas... dar um passo para trás. Estrear a peça e aí... não sei. Reavaliar.

Ele dá uma risada curta e zombeteira.

— Reavaliar. Tá.

Ele passa a mão pelo cabelo.

— Ethan, os repórteres podem insinuar o que eles quiserem, mas, quando perguntarem se somos um casal, vou dizer a eles que "não", e vai ser a verdade.

Vejo uma pontada de dor em seus olhos, mas ele ainda não está irritado. Quero gritar de frustração, porque essa declaração deveria tê-lo mandado embora numa crise de raiva. Em vez disso, ele está me encarando com uma intensidade que faz até meus dedos do pé se contorcerem. Ele se move na minha direção e apoia a mão na parede ao lado da minha cabeça antes de se inclinar de modo que nossos narizes quase se tocam.

— Cassie, termos concordado em dar um passo atrás é totalmente diferente de você me afastar, que é o que está rolando aqui. Deixe eu te poupar do esforço dizendo que você não pode se livrar de mim tão facilmente. Não posso viver sem você, e, mais importante, não quero. Então vá em frente e surte o quanto quiser. Ainda vou estar aqui quando você tiver acabado. Entendeu?

Ele me encara até eu demonstrar minha resposta assentindo. Então, ele me olha por outros segundos enlouquecedores e completa:

— Bom.

Com isso, ele se afasta e desaparece dentro do teatro. A porta se fecha atrás dele.

Mais tarde, naquele dia, damos uma série de entrevistas de imprensa nas quais ambos negamos estarmos envolvidos romanticamente. Baseado nas reações dos entrevistadores, é claro que ninguém acredita em nós.

314 Leisa Rayven

capítulo dezessete
DOENTE & CANSADA

Seis anos antes
Westchester, Nova York
Grove

Suspiro e me reviro na cama. De novo.

E de novo.

E de novo.

Olho para o relógio: 1h52 da manhã.

Droga.

Pego meu telefone na mesinha de cabeceira e confiro a tela.

Carregado. Nenhuma ligação perdida. Nenhuma mensagem.

Não sei por que estou surpresa. Realmente achei que meu discurso na chuva acabaria com todas as minhas inseguranças? Nem eu sou tão ingênua assim.

Mas aqui estou eu às duas da manhã, surpresa por ele não ter ligado nem mandado mensagem.

Jogo o telefone de volta na mesinha de cabeceira, então me reviro e fecho os olhos.

Apenas pare de pensar nele. Se ele aparecer, apareceu. Se ele não...

Bom... se ele não...

MEU ROMEU **315**

Puxo as pernas contra o peito e tento suprimir a dor que cresce lá.
Se ele não aparecer... a vida continua. Vou ficar bem.
Vou ficar bem.

Minto para a escuridão, repetindo a mesma frase seguidas vezes.
E, mesmo quando o sono finalmente se apodera de mim horas depois,
eu ainda não acredito nisso.

— Uau, você está uma merda — Ruby comenta quando me remexo
na cozinha.

— Valeu.

— Ele não te ligou, né?

— Não.

— Idiota.

— É.

Eu me jogo na mesa da cozinha quando Ruby coloca um prato de
ovos mexidos na minha frente. Olho para eles com desconfiança.

— Nem comece — ela avisa. — Até eu posso fazer ovos.

— Sério?

— Não sei. Nunca fiz antes. Ainda assim, tenho certeza de que
estão deliciosos.

Ponho um pouco na boca enquanto ela se vira para abrir a geladeira. Quase me engasgo. Não sei como alguém pode estragar tanto uns
simples ovos, mas Ruby estragou.

— Bom? — ela pergunta por sobre o ombro.

— Incrível — respondo com a boca cheia. — Você deveria experimentar. — Por que eu devo ser a única submetida a essa tortura?

— Vai ligar para ele? — ela pergunta enquanto me serve um pouco
de suco.

— Não.

— Boa menina. Você fez tudo o que pôde. Deixe que ele te procure.

Engulo em seco, mas ainda ruminando os ovos e minha paranoia.

— E se ele não? Não me procurar, quero dizer.

— Ele vai.

— Mas e se ele não ligar?

— Claro que ele vai.

— Ruby, droga, e se não ligar?

Ela para o que está fazendo e me encara.

— Cassie, esse moleque está tão de quatro por você que ele até poderia substituir essa mesa. Pode levar um tempinho para ele perceber que não consegue viver sem você, mas ele vai. Confie em mim.

Solto um suspiro e brinco com os ovos no prato.

— Então, o que eu faço quando o vir hoje?

— Aja tranquilamente.

— Não sei como fazer isso.

Ela se serve dos ovos e se senta ao meu lado.

— Simplesmente... seja educada. Seja amistosa, mas não demonstre intimidade. Se ele tocar no assunto relacionamento, então fale sobre isso. Se não, fique nos tópicos neutros: tempo, política, esportes, o quanto você quer sentar no pau pulsante dele. Espera — ela franze a testa e levanta um dedo —, corte este último. Ele já sabe disso.

Dou uma risada e tento não me contorcer de nojo quando como o resto dos meus ovos terríveis.

— Ele vai desabar, Cassie. — Ruby pega o garfo. — Confie em mim. Ele provavelmente se matou de chorar noite passada e mal pode esperar para te ver hoje, para que então possa declarar seu amor imortal. Pode até rolar um pedido de casamento.

Reviro os olhos. Ela mete um pouco de ovo em sua boca e imediatamente engasga.

— Ai, puta merda! Isso está nojento! Por que você não me avisou?

Faço minha cara mais inocente enquanto bebo meu suco.

Tenho de admitir, levo um tempinho a mais para me preparar para a aula. Coloco mais maquiagem que o normal. Escovo melhor o cabelo. Uso um top que levanta meus peitos e uma saia que levanta a bunda.

Achei que eu nunca seria uma dessas meninas que se empenham em fazer um cara perceber o quanto ela é gostosa, mas aparentemente sou uma delas. Mesmo que uma das razões pelas quais brigamos seja justamente eu precisar que ele queira mais do que apenas meu corpo.

Hipocrisia, teu nome é Cassie.

Quando pego meu lugar na aula de história do teatro, estou uma pilha de nervos.

Acontece que minha ansiedade não se justifica. Holt não aparece. No começo, acho que ele apenas está atrasado, mas na hora do almoço tenho de aceitar que ele matou aula aquele dia.

Não consigo acreditar.

Achei que a essa altura ele já pudesse ter refletido sobre nossa situação e fosse querer conversar. Mas, de novo, Holt escolheu simplesmente evitar a questão.

Não sei por que estou tão surpresa.

Ou tão magoada.

Ele não liga pelo restante da quinta, e não aparece na aula na sexta. No sábado, Ruby já está cansada de me ver conferir compulsivamente o telefone e murmurar obscenidades para mim mesma quando percebo que não há nada de errado com o aparelho.

— Cass, puta merda, pode relaxar um pouco? Dá um tempo pro cara. Ele tem mais drama do que a revista *People*. Não dá para esperar que ele mude magicamente só porque você quer que ele mude.

— Eu sei disso, Ruby. Não estou sendo nem realista nem racional, mas por que ele não liga?! — Eu me jogo no sofá e coloco a cabeça entre as mãos. — Sério, estou ficando louca sem falar com ele. Como ele pode simplesmente cortar todo o contato? Não entendo.

— Os meninos são bizarros.

— Parece que eu não significo nada para ele.

— Vou ter de ser do contra e dizer que não é verdade.

Pego meu telefone.

— Vou ligar para ele.

Ruby agarra o telefone da minha mão.

— Não, não vai não. Vai para o spa comigo, para parar um pouco

318 Leisa Rayven

de ficar pensando nele obsessivamente. Não vou confiar em você para te deixar sozinha com seu telefone.

— Estou com saudade.

— Eu sei.

— Quero saber se ele está com saudade também.

Ela se senta ao meu lado e coloca os braços ao redor dos meus ombros.

— Cassie, eu sei. Ele está com saudade de você. Tenho certeza.

Estou ficando cada vez mais certa de que ela está errada.

No domingo, me sinto anestesiada.

Bem, a maior parte de mim se sente anestesiada. Minha periquita está doendo horrores porque ontem Ruby me convenceu que fazer depilação tiraria Holt da minha cabeça.

Ela não estava errada.

Pela meia hora que levou para arrancar meus pelos pubianos pela raiz eu me esqueci completamente do Holt e me concentrei em quantas formas eu poderia torturar Ruby sem ser presa. Finalmente cheguei a vinte e três.

Agora ela está fazendo minhas unhas do pé para compensar, mas ainda está na minha lista negra.

Meu telefone toca, trocamos olhares e as duas se levantam ao mesmo tempo para pegar o aparelho. Ele dá cambalhotas no ar e nós duas nos debatemos com ele como gato e rato até que ela o pega e passa para mim. Vejo quem é na tela e rapidamente perco a empolgação.

— Oi, Elissa.

— Cassie! Graças a Deus você está aí! O Ethan está com você?

Eu olho para Ruby.

— Hum... não. Por quê?

Ruby franze a testa e se aproxima para poder ouvir também.

— Não consigo encontrá-lo, e quando falei com ele na quinta ele parecia terrível. Agora ele não atende o telefone. Estou com medo de ele estar muito doente e não conseguir chegar ao médico.

— Você não ficou em casa este final de semana? — pergunto.

MEU ROMEU   **319**

— Não, estou com meus pais em Nova York até terça. Então, você não o viu o fim de semana todo?

Passo a mão no cabelo.

— Não. Nós meio que... bem, tivemos uma briga na quarta. Não vi nem falei com ele desde então. Achei que ele estava apenas me evitando.

Elissa faz uma pausa.

— É possível. É algo que ele faria. Mas ele geralmente atende quando eu ligo, e não está atendendo. Posso pedir um grande favor?

Meu estômago se embrulha.

— Quer que eu vá dar uma olhada nele?

— Sim, por favor, Cassie.

Ruby balança a cabeça veementemente e balbucia: "de jeito nenhum", enquanto acena feito uma louca. Eu grunho e apoio a cabeça na mão.

— Elissa, não sei. Do jeito que as coisas ficaram depois da nossa briga... Não acho que ele queira me ver agora.

— Cassie, eu não pediria se tivesse mais alguém para fazer isso. Você é mesmo a única amiga dele.

— Que tal o Jack ou o Lucas?

— Está brincando? São nove da manhã de um domingo. Eles devem estar desmaiados num canteiro qualquer, tortos de álcool. Além do mais, se o Ethan estiver doente, acha que Jack ou Lucas iam poder ajudá-lo?

Bom argumento. Faço uma careta e respiro fundo.

— Tá, tudo bem. Vou lá dar uma olhada nele. Mas se eu tiver uma overdose de vergonha e morrer você que paga o velório.

— Ai, valeu! Você é incrível. Me liga quando chegar lá e me diga como ele está.

— Espera, Elissa! Preciso do endereço.

— Você não tem?

Eu suspiro.

— Não. Nunca fui ao apartamento dele.

Posso praticamente ver a incredulidade dela.

— Sério? Nesse tempo todo que vocês andam saindo, ele nunca te levou lá?

— Não.

— Deixa eu adivinhar, esse foi um dos motivos da briga?

— Basicamente.

— Meu irmão é um babaca.

É, mas quero a babaquice dele para mim.

— Bom — Elissa continua —, a Ruby sabe onde a gente mora. Acha que ela te leva?

Ruby revira os olhos dramaticamente e joga os braços no ar em derrota.

— É. Acho que consigo convencê-la.

— Tá. Valeu, Cassie, te devo essa de verdade.

— Deve mesmo.

Vinte minutos depois, Ruby para na frente de um prédio bem arrumadinho. No caminho todo eu rezei para que Holt estivesse à beira da morte, porque seria a única explicação para ele não ter ligado que não faria meu peito doer.

— O apartamento deles é o número 4 — Ruby explica e aponta para o segundo andar. Eu espero aqui caso ele não esteja doente e você o mate. Não posso ser presa como cúmplice. Sou bonita demais.

Saio do carro e sigo para o apartamento dele. O prédio não é supermoderno, mas é limpo e estiloso. Meio o extremo oposto do meu.

Chego ao topo da escada e encontro o número 4, então respiro fundo antes de bater firmemente três vezes.

Silêncio.

Bato novamente, mais alto e com mais insistência. Mais uma vez, nada. E o pequeno grão de dor que carreguei dentro de mim desde nossa briga desabrocha numa dor completa.

Ele não está lá.

Provavelmente está com outra garota.

Provavelmente tendo os orgasmos desmedidos que ele costumava ter comigo.

Afasto minha decepção.

Estou prestes a sair quando escuto um ruído do outro lado da porta. Há um farfalhar abafado, então uma batida, seguido por um "porra" sussurrado. Enquanto me viro, a porta abre numa fenda e um Holt desgrenhado e de olhos turvos aparece, forçando a vista para mim, confuso.

— Taylor? — Sua voz está rouca e tão grave que parece o Barry White anabolizado. — O que você está fazendo aqui?

Uma onda enorme de alívio se apodera de mim.

— Ai, Deus, Holt, você está mesmo doente! De verdade, doente de dar nojo!

Ele franze a testa e treme quando se apoia na porta.

— Veio até aqui para pisar em mim? Porque, sério, isso é pura sacanagem.

— Não, desculpa. — Eu me recomponho reparando no cabelo engordurado e no seu rosto suado. — Elissa pediu que eu viesse dar uma olhada. Você não atendia o telefone, e ela ficou preocupada.

Ele tosse alto, fazendo um chocalho terrível ecoar em seu peito.

— É só gripe. — Ele grasna enquanto se apoia pesadamente na parede. — Vou ficar bem.

Coloco a mão em sua testa. Está queimando e as olheiras sob seus olhos fazem parecer que ele não dorme há dias.

— Você não está bem. Está com febre. Tomou alguma coisa?

— Acabou meu Tylenol — ele responde e tosse novamente. — Acho que só preciso dormir.

Ele fecha os olhos e cambaleia um pouco, e eu corro para apoiá-lo. Está usando apenas uma camiseta fina e cueca boxer de algodão. Mesmo suado e quente, ele está tremendo.

— Vem. — Eu o guio para dentro, para se sentar no sofá. — Senta por um minuto.

Há um cobertor atrás do sofá, então eu o pego e coloco sobre os ombros dele. Ele o puxa ao redor de si enquanto se deita e fecha os olhos. Seus dentes batem.

— Ethan?

— Hmmm?

Ele mal está acordado.

— Volto num minuto, tá? Precisamos de suprimentos.

Ele murmura algo ininteligível enquanto dou um giro no apartamento para fazer um rápido inventário da cozinha e do banheiro antes de correr para o piso térreo e falar com Ruby, que ainda está esperando no carro. Dou a ela uma lista de coisas de farmácia e peço para ela se apressar. Quando volto, Ethan está onde eu o deixei, murmurando e grunhindo.

Sua febre está feia. Até Ruby voltar com Tylenol, preciso tentar abaixar sua temperatura. Uma vez tive de cuidar do meu pai quando ele teve pneumonia enquanto minha mãe estava fora da cidade num retiro de ioga. Conheço os procedimentos muito bem.

— Ethan, pode se sentar um pouquinho?

Ele tosse antes de lutar para se sentar. Seu pulmão não parece bom.

— Acho que você tem uma infecção no pulmão. Você precisa ver um médico.

— Não. — Ele retruca numa voz áspera. — O troço na minha garganta está verde. Bactéria. O médico vai só receitar antibiótico e tenho um pouco no banheiro, no gabinete atrás do espelho.

— Você tem antibióticos à toa em casa?

— Meu pai é farmacêutico.

— Ah.

Vou ao banheiro e pego a eritromicina. Leio o rótulo e volto para o Ethan.

— Aqui diz que você deve ingerir durante a refeição. Comeu alguma coisa hoje?

Ele puxa o cobertor ao redor de si mesmo e balança a cabeça.

— O estômago não está bom.

— Bem, Ruby saiu para comprar uma sopa, então talvez seja melhor a gente esperar até ela voltar para você tomar isso.

Ele concorda, tremendo. Aperto a palma da mão na testa dele. Ele fecha os olhos e se apoia na minha mão.

Pressiono as costas dos meus dedos em sua bochecha corada.

— Você se sente forte o suficiente para tomar um banho? Vai te ajudar a esfriar.

Ele abre os olhos para mim, e fica me encarando por um momento antes de sussurrar.

MEU ROMEU **323**

— Cassie, você não precisa fazer isso. — Sua voz soa tão áspera que faz meus olhos lacrimejarem.

— Eu sei, mas eu quero.

Eu o ajudo a ficar de pé. Ele cambaleia por alguns segundos e depois para o braço pelos meus ombros. Ele treme apoiado em mim quando andamos lentamente para o banheiro do seu quarto. Coloco-o sentado na privada fechada antes de ligar o chuveiro e ajustar a temperatura.

Quando me viro de volta, meu coração dói de ver quão miserável ele está. Está curvado sobre os joelhos, respirando pesadamente e agarrando o cobertor ao redor dos ombros.

— Venha. Isso vai te ajudar a se sentir melhor.

Tiro o cobertor de cima dele e puxo sua camiseta sobre a cabeça. Seu peito e seus ombros estão corados, e quando aperto minha mão contra sua pele sinto a quentura excessiva. Ele envolve os braços em si mesmo, e se arrepia todo quando eu o faço ficar de pé.

— Precisa que eu te ajude com a cueca? — pergunto, esfregando seus antebraços para mantê-lo quente.

Ele balança a cabeça. Fico meio assustada que mesmo doente desse jeito a visão dele sem camisa ainda provoque loucuras em mim.

— Tá, vou te deixar assim, então. Estarei lá fora. Se ficar tonto, apenas se sente e me chame. Chego aqui num segundo, tá?

Ele assente e eu dou a ele um pequeno sorriso antes de fechar a porta atrás de mim.

Alguns minutos depois, há uma batida na porta da frente. Quando eu a abro, Ruby está lá com duas sacolas de suprimentos. Ela vai direto para a cozinha e começa a desempacotar tudo.

— Trouxe vários tipos de sopa, e um pouco de pão, porque, quando a febre diminuir, ele vai estar morrendo de fome. Tem um suco de abacaxi para ajudar a diminuir o catarro, e também Gatorade para a desidratação.

— Bem pensado.

Ela termina de desembrulhar a comida e vai para a sacola da farmácia.

— Tem dois tipos de remédio para dor, além de um descongestionante que vai apagá-lo completamente e ajudar a dormir.

Uma crise enorme de tosse ecoa pelo corredor e Ruby aperta o rosto com nojo.

— Tá, não me leve a mal, mas preciso ir embora. Catarro de qualquer tipo me faz botar os bofes pra fora. Melhor você voltar a seu paciente nojentão antes de ele tossir um pulmão inteiro.

Dou uma risada e a levo para a porta.

— Vai ficar aqui esta noite? — ela pergunta saindo para o corredor.

— Acho que sim, a não ser que ele se recupere milagrosamente nas próximas oito horas. Pode ser?

— Claro, desde que você não abuse dele dormindo.

— Ruby, você fala como se eu tivesse zero autocontrole perto dele. — Ela me encara e faz um biquinho. Eu olho feio. — Cale a boca.

— Eu não disse nada.

— Você me julgou com seus olhos. Estou dizendo para eles se calarem.

— Vai conseguir ficar sozinha com ele durante a noite? Ou tenho de fazer um cinto de castidade para você com papel-alumínio?

— Ruby, há duas razões pelas quais nada vai acontecer entre nós. Uma é que ele está bem doente... e, sim, nojento. — Deixo de mencionar que daria uns amassos nele assim mesmo. — E outra, eu pus um limite no nosso relacionamento. E até ele estar disposto a fazer jus a seus sentimentos por mim, não pretendo passar do ponto em que estamos. Ainda tenho algum orgulho, sabe?

— É, mas não muito.

— De novo, cale a boca.

Ela me abraça e eu posso sentir seu sorriso contra meu ombro.

— Pode ligar para a Elissa? — peço. — Contar a ela o que está rolando?

— Claro. Falo com você amanhã.

Depois que ela sai, eu volto para o quarto do Holt, batendo na porta do banheiro antes de abrir uma fresta.

— Ei, tudo bem aí?

Há uma pausa, então uma tosse úmida.

— Sim. O que estou tossindo parece algo saído de um filme de terror, mas o vapor está soltando um pouco a coisa do meu peito.

Ele está perdendo a voz, mas acho que é de esperar depois do quanto ele tossiu.

— Vai sair daí?

— Daqui a pouco. Me dê um minuto

Não tinha a intenção, mas dou uma espiada pela porta e perco o fôlego quando vejo suas costas peladas.

Seus ombros estão tesos quando ele apoia os antebraços na parede. Ai, Deus.

O Holt pelado.

Pelado e molhado.

Eu olho a bela bunda dele.

Deus me ajude.

Ah, é, Ruby, vou ficar bem passando a noite com ele. Posso me controlar. Claro.

Não consigo parar de apreciar a cena da água escorrendo sobre os músculos dele.

— Idiota.

Ele vira a cabeça.

— Falou comigo?

— Não. Só estou falando comigo mesma — respondo enquanto admiro sua bunda.

Rapidamente, afasto o olhar e direciono o foco para a cama dele. Os lençóis estão revirados e amarrotados e parecem meio úmidos.

Fecho a porta e me dedico a arrumar os lençóis. Conforme refaço a cama, tento realmente não pensar na delícia das costas dele, das pernas e da bunda e em como podem ficar esparramadas em lençóis frescos.

Enquanto cuido da cama, olho o quarto dele. É bagunçado, mas não de uma forma nojenta. Há pilhas desarrumadas de livros e DVDs na mesa, assim como há uma confusão de papéis e seu laptop. Jogos de videogame estão espalhados no chão perto do X-box modelo mais recente. Tirando isso, é bem limpo e sem poeira. Não é o pior quarto de menino que já vi.

Pego uma camiseta limpa do armário e estou quase passando tempo demais na gaveta de cuecas dele quando o chuveiro é desligado. Não me sinto muito culpada pelo meu quase delito, mas pego logo a cueca mais próxima e fecho a gaveta.

Quando escuto a porta do banheiro se abrir, eu me viro e Holt está parado só de toalha, uma aura de vapor emergindo detrás dele.

Então uma música da Beyoncé começa a tocar na minha cabeça e tudo fica em câmera lenta. Fico horrorizada com isso. Gotas de água reluzem nos músculos dele e sinto minha boca abrir involuntariamente enquanto vejo uma gotinha viajar de sua clavícula até o umbigo.

Droga, esse moleque é bom.

— Oi. — Ele está quase completamente sem voz.

— Oi. — Saio do meu devaneio e aceno com as roupas limpas para ele, um pouco entusiasmada demais. — Essas são para você. Como estava o banho? Ainda está molhado. Devia se secar. Não com a toalha na sua cintura, claro, porque daí você ficaria pelado e... bem, pode usar aquela toalha se quiser. Mas é o seu quarto e se quiser ficar pelado você pode. Eu posso olhar... quer dizer, sair. Se quiser ficar sozinho e pelado eu posso esperar na sala. Ou dar uma volta. O que você quiser.

Ele ri ou pelo menos parece que é uma risada, porque é um som tão chiado que lembra até um personagem de desenho animado.

— Taylor, pare de falar.

— Claro.

— Me dá as roupas.

Passo-lhe as peças. Ele vai para o banheiro e fecha a porta.

Eu me jogo na cama, coloco a cabeça entre as mãos e suspiro. Minha esmagadora atração por ele, mesmo quando ele é literalmente uma composição de catarro produzido por bactéria, é mais do que apavorante.

A porta do banheiro se abre e ele caminha até mim. Seu cabelo está bem mais seco e seu corpo, bem menos pelado.

Toco sua testa.

— Você parece um pouco mais frio.

— É? Bom.

Ele me encara por um segundo e sou lembrada de que, se quero ficar longe dele, ele não deveria me olhar assim.

— Vá para a cama. — Minha voz sai mais ofegante do que eu pretendia.

Ele franze a testa.

— Taylor, fico lisonjeado, mas estou doente. Talvez depois?

— Que hilário você é. Sério, vá para baixo das cobertas. Você está tremendo.

— É porque está frio.

— Está bem quente.

— Que seja.

Ele rasteja para a cama e puxa as cobertas até o queixo.

— Vou só fechar os olhos por um minutinho. Ficar todo aquele tempo de pé no chuveiro meio que acabou comigo.

— Claro que acabou. Você é ator. Não está acostumado a pegar no pesado.

Ele olha feio para mim.

— Eeee essa é minha deixa para ir pegar comida e remédio.

Alguns minutos depois, volto com uma bandeja carregada de sopa instantânea de frango, um copo de suco de abacaxi, o frasco de remédio para tosse, antibiótico e Tylenol. Holt dorme profundamente.

— Ei, acorde.

Ele grunhe e se revira.

Coloco a bandeja sobre sua mesinha de cabeceira e sacudo suavemente seu ombro.

— Vamos, Holt. Sua traficante chegou. Precisa acordar.

A cabeça dele gira para o lado, mas ele não se mexe.

—Ai, não — eu digo numa voz sem ar. — Derrubei a sopa toda em mim na cozinha e tive de tirar a camisa e o sutiã. Preciso que você cubra meus seios nus com suas mãos gigantes.

Ele acorda num salto, me vê totalmente vestida e fica confuso por alguns segundos antes de se jogar de volta no travesseiro e suspirar.

— Isso foi maldoso e desnecessário. Não se promete peitões para um cara morrendo e depois se volta atrás.

— Você não está morrendo.

— Se eu estivesse, poderia ver seus peitos?

— Não. Esse direito é reservado ao meu namorado, e como você não é... *Merda, Cassie, não o chantageie com seus peitos. Golpe baixo.*

— Desculpa, isso foi...

— Tudo bem. — Ele pigarreia e esfrega os olhos. — Você está certa. — Ele olha para as mãos.

Estou ciente de que precisamos conversar, mas agora não é a hora.

— Você precisa se sentar. — Pego dois comprimidos de remédio e o suco. — Tome isso. Depois tome a sopa.

Ele faz o que eu mando.

Quinze minutos depois, ele terminou a maior parte da sopa, tomou o antibiótico e o remédio para a tosse, e bebeu todo o suco de abacaxi.

Eu limpo a bandeja na cozinha e, quando volto, suas pálpebras estão caindo. Eu puxo as cobertas.

— Como você está se sentindo agora?

— Molenga — ele responde e boceja. — E meio chapado. Que diabos tem nesse remédio de tosse?

— Vodu mágico de sono.

—Ah. Achei que podia ser apenas algum tipo de sedativo.

— É. Isso também.

— É forte.

— Bom. Você precisa dormir.

Ele boceja e levanta o olhar para mim. É impossível que ele seja tão lindo.

Quando me levanto para sair, ele pega minha mão com seus dedos quentes demais.

— Fica — ele pede, roçando o dedão nas costas da minha mão.

— Você precisa descansar.

— Vou descansar. Só fica comigo. Por favor.

No seu estado atual, sei que não posso negar nada a ele. Tiro os sapatos e vou para o outro lado da cama. Ele se vira para mim quando deito sobre as cobertas.

MEU ROMEU **329**

— Depois da nossa briga na quarta — ele começa —, o último lugar que achei que você ia estar neste fim de semana era na minha cama.

Eu concordo.

— Preciso admitir que, quando pensei sobre finalmente ver seu quarto, imaginei que seria sob condições bem mais sensuais e bem menos catarrentas.

— O quê, minha pleurisia e laringite não excitam você? Qual é seu problema, garota?

Ai, Holt, se você ao menos soubesse quanto você ainda me excita, ficaria envergonhado por mim.

Ele apoia a cabeça sobre o braço e levanta o olhar para mim.

— É errado que te ver na minha cama me faça querer fazer coisas com você, mesmo eu estando doente assim? — Suas palavras são enroladas e eu me pergunto se ele diria tais coisas sem drogas no sangue.

— Ethan, nós concordamos...

— Não, não concordamos. — Ele toca minha coxa. — Você me disse que tínhamos de parar de nos tocar se não éramos namorados. Eu não concordei com isso. Você saiu antes de eu poder te dizer que isso era uma merda de ideia.

— Não teria mudado nada se você tivesse dito.

Ele baixa o olhar.

— Eu sei. Fiquei do lado de fora do seu apartamento na chuva por quase uma hora, tentando descobrir como resolver isso. Quando percebi que não tinha colhão para bater na sua porta e te dizer que eu fui um idiota, eu estava tão puto comigo mesmo que vim para casa e fiquei bêbado. Desmaiei no sofá, ainda encharcado. Acordei no meio da noite morrendo de frio.

— Deus, Ethan...

Ele passa a mão no cós do meu jeans e pisca longamente antes de enfiar um dedo por baixo da minha camisa.

— Sua pele é tão macia — ele sussurra alisando minha barriga. Seus dedos avançam até tocar a parte de baixo do meu sutiã. Penso em esquecer todos os germes e enfiar sua mão ou mais para cima ou mais para baixo.

Em vez disso, eu respiro para me recompor e coloco minha mão sobre a dele, interrompendo seu movimento.

Ele está doente e cheio de medicamentos. Tudo bem que ele tenha um lapso no julgamento. Já eu não tenho desculpa. Estou apenas com tesão.

— Ethan, não podemos...

— Eu sei — ele diz, cansado e enrolando as palavras. — Maseuquero. Tanto. Porque... não tocar é... — ele faz uma pausa fechando os olhos. — É... odeio.

Sua cabeça desaba e sua mão se afasta e eu agradeço a Deus que ele tenha dormido antes de ouvir meu grunhido de frustração sexual.

Holt tem um sono agitado conforme a febre e as drogas agem no seu corpo. Ele alterna entre me empurrar para longe dele enquanto se esparrama todo na cama e se agarrar em mim com intensidade desesperada.

Depois de uma hora ele começa a murmurar e grunhir.

— Cassie... — Seus olhos estão fechados, mas ele está me procurando.

— Estou aqui. — E toco seu rosto. Sua testa está quente e molhada de suor. — Vou só pegar um pano para sua cabeça, tá?

Os olhos dele se abrem, cheios de pânico.

— Está indo embora?

— Eu já volto.

— Não... por favor. — Ele puxa minha mão para o peito e pressiona a testa contra meu braço. — Não me deixe. Por favor, você não.

Ele me agarra tão desesperadamente, como se sua vida dependesse disso, que não tenho tanta certeza se está acordado. Fica murmurando "por favor, Cassie", e é só quando o puxo para meu peito e passo meus dedos pelo seu cabelo que ele relaxa.

— Está tudo bem. Não vou embora. Vou ficar com você.

Ele suspira e o ar ainda pesa e chia em seus pulmões.

— Obrigado.

Ele empurra a cabeça no meu pescoço, e fico meio chocada quando sinto seus lábios na minha garganta.

— Ethan?

Ele geme e me beija novamente enquanto seus braços me apertam.

— Eu te amo — ele murmura, descansando a cabeça no meu ombro. — Eu te amo tanto. Não me abandone.

Ele afunda de volta no sono e eu fico ruminando o que acabei de ouvir.

Só depois de sentir os pulmões queimarem é que percebo que me esqueci de respirar.

capítulo dezoito
APOSTA CERTA

Depois de assumir que me ama desse jeito inesperado e semidelirante, Holt continua a grunhir e gemer por horas.

Como era de esperar, ele não fala.

O balão de esperança no meu peito murcha lentamente.

Quando me aninho ao lado dele e tento dormir, ele se enrola em mim como se fosse uma jiboia possessiva. E me faz sorrir.

Ainda está escuro quando me dou conta dos dedos roçando minha pele, empurrando minha camisa e alisando minha barriga.

— Ethan?

Ele pigarreia.

— Está esperando que algum outro cara esteja aqui na cama? Porque não estou tão doente que não consiga dar uma surra nele.

Sua voz ainda está terrível, mas há algo reverberando nela que me arrepia toda.

— O que você está fazendo?

— Nada. Só queria sentir sua pele.

Quando ele fala, percebo um pouco de aspereza que me preocupa, mas sinto sua testa e ela está fria. A febre finalmente baixou.

— Como está se sentindo?

— Com tesão.

Ele move a mão mais pra cima, então dedos quentes acariciam minhas costelas.

— Quero você.

Ele pressiona seu corpo contra o meu, gostoso e duro na minha coxa, mexendo o quadril de uma forma que não deixa dúvidas do quanto exatamente ele me quer.

— Ai, Deus...

Meu corpo reage sem consultar meu cérebro, e eu envolvo meus braços nele.

— Cassie...

Ele desliza a mão para o meu seio e o apalpa gentilmente por cima do sutiã. O efeito avassalador desse toque se espalha por todos os meus membros. Sinais de alerta disparam em minha mente. Se eu não pará-lo agora, todos os meus argumentos sobre por que eu não deveria deixá-lo me tocar assim vão perder o sentido. E vou voltar para onde estava quatro dias atrás.

— Ethan... precisamos parar.

Ele recua e olha para mim.

— Acha que não consigo ver o quanto você me quer? Está praticamente rasgando minha camisa.

— Não é essa a questão.

— Não, a questão é que você quer que eu continue, mas só nos seus próprios termos. Como seu namorado.

— É errado eu precisar saber que lugar ocupo na sua vida?

— Droga, Taylor, sinceramente até agora você não sabe como eu me sinto? Sou bom ator, mas em relação aos meus sentimentos fui estupidamente transparente.

— Preciso ouvir você dizer. — Minha voz é um leve sussurro.

— Eu te disse mais cedo.

— Achei que não estava acordado.

— Estou acordado agora.

— Então diga de novo.

Ele se inclina e beija minhas têmporas, então minha bochecha, então o mais próximo que consegue chegar da minha boca sem de fato tocar meus lábios.

— Eu te amo, Cassie. Não queria, mas amo. Agora... por favor... — Ele beija meu pescoço novamente, com lábios tão macios e entregues enquanto segue com a mão até o botão do meu jeans. — Fique quieta e me deixe tocar em você. Já faz muito tempo. Estou surtando.

Fecho os olhos enquanto ele abre o botão e abaixa o zíper. Então, tudo o que posso fazer é jogar minha cabeça no travesseiro, porque ele está enfiando os dedos na minha calcinha e toda minha noção de realidade se desintegra completamente. Seus dedos são fortes e seguros, e me fazem arquear e ofegar enquanto ele aperta cada botãozinho meu de prazer; incitando ruídos que são altos demais nesse quarto escuro e silencioso.

Seus dedos se movem em círculos, sua respiração quente no meu pescoço, minha mente girando e tudo dentro de mim dá voltas.

Eu gemo, porque o que ele está fazendo não é o suficiente. Preciso de mais. Tudo dele.

— Por favor — sussurro, colocando a mão e o tocando através de sua cueca, grande e duro.

— *Jesus, Taylor...*

Tento puxá-lo mais para perto de mim, agarrando-o e lentamente movimentando minha mão para cima e para baixo.

— Ethan, por favor...

Ele faz um som grave e envolve os dedos nos meus.

— *Cassie, pare. Você não sabe o que está fazendo.*

— Sei, sim. Quero você. Amo você também.

— *Você... o quê?!*

— Ethan... dentro de mim... amo você.

— *Cassie!*

Então sou sacudida, e, quando abro os olhos, Holt está olhando para mim, a testa franzida e a respiração pesada. O sol já está se espalhando pelo quarto.

Ofego com minha tensão pré-orgasmo se esvaindo, e me dou conta de onde estou.

Uma das minhas mãos está me pressionando firmemente entre as coxas e a outra...

Ai, Deus.

A outra está na frente da cueca de Holt, agarrando seu pau incrivelmente duro.

— Ai, Deus.

Eu o solto, então ele se senta puxando os cobertores sobre si.

— Você estava sonhando.

— Me desculpe.

— Falando e... me agarrando...

— Ai, Deus. — Meu rosto queima de vergonha. — Quanto tempo eu...?

— Alguns minutinhos.

— Sinto muito.

Ele suspira.

— Tudo bem.

— Não, não está. Eu, eu... abusei de você. Sou uma pervertida.

Cubro o rosto com as mãos e solto um grunhido, humilhada demais até para olhar para ele.

— Droga, Taylor, para com essa vergonha toda. Não é sua culpa. No começo, achei que você estava acordada e tinha... sabe... mudado de ideia sobre transarmos. Mas daí você começou a falar e vi que você estava dormindo. Eu podia ter parado, mas sou homem, portanto, sou geneticamente programado para não tirar a mão de uma mulher do meu pau.

Puxo os joelhos contra o peito e olho para ele.

— Você disse que eu estava falando. O que eu disse?

Ele franze a testa e pega o cobertor, pigarreando.

— Foi um sonho. Não importa.

— Eu gostaria de saber.

Ele tosse e toma um golinho d'água da garrafa na mesinha de cabeceira, o tempo todo sem olhar para mim.

— Você estava murmurando. Dizendo que me queria ou sei lá. Não deu para entender bem.

Minha garganta se aperta. Ele está mentindo.

Baixo a cabeça nos braços e solto um gemido de lamento.

Ele me ouvir dizer a palavra com "A" já foi bem ruim, mas o pior é saber que eu falei a sério. Nunca senti isso por ninguém. Um dia ele era apenas um cara que me irritava horrores, e agora, sem nenhum aviso ou permissão, ele é outra coisa. Alguém diferente.

Necessário e insubstituível.

Se isso é amor, então é idiota.

— Sabe, você também fala enquanto dorme. — Estou determinada a não ser a única no purgatório.

Ele me lança um olhar cortante.

— O que eu disse?

Aperto os olhos.

— Você não se lembra?

Ele olha para mim por longos segundos e a quantidade de pânico que vejo é imensa. Ou ele lembra e está arrependido ou não lembra e está morrendo de medo de ter dito. De um jeito ou de outro, não consigo o que eu quero.

— Não se preocupe com isso. Você estava tão fora de si que eu mal pude te entender. Vamos combinar que murmúrios durante o sono devem ser ignorados, tá?

Ele fica em silêncio até ser atingido por uma grande crise de tosse. Seu corpo se curva e ele pega vários lenços enquanto quase sufoca no que expele dos pulmões. Esfrego suas costas até que o ataque passe.

— Você devia tomar uma ducha — sugiro conforme esfrego entre suas omoplatas.

— É, acho que sim. — Ele soa cansado.

Ele sai da cama e segue para o armário para pegar uma cueca limpa. Olha para mim antes de olhar de volta para a gaveta.

— Você dobrou minhas cuecas.

Eu dou de ombros.

— Algumas. — Só aquelas que revirei como uma tarada completa.

— Você é estranha.

— Agora me conte uma novidade, queridinho.

Quando a porta do banheiro se fecha, eu me jogo de volta na cama e suspiro. Não havia imaginado que cuidar do meu ex-não namorado doente seria uma experiência tão humilhante.

Estou prestes a ir à cozinha para preparar o café da manhã quando o telefone de Holt toca.

Na tela aparece "Casa" e penso que pode ser Elissa, então atendo.

— Telefone do Ethan, aqui é a Cassie.

Há uma pausa.

— Cassie? Aqui é Maggie Holt.

Meu estômago salta na garganta e minha voz falha.

— Ah, oi, sra. Holt.

Uma menina atendendo o telefone do filho logo de manhã cedinho. Pegou mal.

— Então, Cassie, como ele está?

— Ele está no banho.

— Ah. Sim.

— Por isso atendi. Tomando uma ducha.

— Entendi. Então, você...

— Só de passagem. Sei o que pode parecer, mas só quero que saiba que não há nada rolando entre mim e Ethan. Não estamos dormindo juntos. Bem, na verdade dormimos noite passada, mas isso foi sono mesmo, se entende o que quero dizer. Ele estava bem chapado. Do remédio para tosse. Ele está doente. Bem doente.

Belisco meu nariz tentando conter a tagarelice.

— Na verdade, ele não precisa de transplante de pulmão nem nada, mas está doente o bastante para que alguém precise cuidar dele. É o que estou fazendo aqui. E atendendo o telefone dele. Óbvio. Uau, seu filho toma uns banhos longos, hein?

Pode me matar.

Há uma risadinha de leve e eu aceito como uma deixa para apenas respirar. Meu rosto está mais quente do que a superfície do sol.

— Cassie, está tudo bem. Elissa nos contou no jantar ontem que ele estava doente e que ela pediu que você bancasse a enfermeira. Obrigada por ter aceitado. Sei que meu filho não é um paciente dos mais agradáveis. Quando era criança, a gente tinha de suborná-lo com bonecos das Tartarugas Ninja para que ele tomasse o remédio.

É adorável demais e suportável de menos pensar em Holt como uma criança birrenta.

338 Leisa Rayven

— Sério?

— Temo que sim.

Uma enorme crise de tosse vem do banheiro e escuto a sra. Holt estalar a língua.

— Duvido que tenha ido ao médico.

— Não foi, mas está parecendo bem melhor hoje.

— Isso é melhor?

— Hu-hum.

— Pobrezinho. — Ela faz uma pausa. — Na verdade, Cassie, fico feliz que estejamos conversando. Vai para sua casa para o feriado de Ação de Graças?

— Hum... não. Só posso pagar uma viagem este ano, e meus pais querem que eu vá no Natal.

— Então estará livre?

— Acho que sim.

— Ótimo. Quero que venha ficar com a gente em Nova York.

— Ah... sra. Holt.

— Por favor, me chama de Maggie.

— Maggie, não sei. O Ethan...

— Isso não tem nada a ver com ele. Você é amiga da Elissa também, e ela adoraria que você viesse. Além do mais, não podemos deixar você passar o Dia de Ação de Graças sozinha. Seria uma tragédia.

— Ainda assim não sei se...

— Bobagem. Não aceito não. Você vem e ponto final.

Antes de eu ter chance de discutir, Holt emerge do banheiro de peito nu, apenas de cueca. Esfrega uma toalha no cabelo e tosse antes de balbuciar:

— Quem é?

Seguro minha mão sobre o bocal.

— Sua mãe.

Ele tosse novamente e aponta para o telefone.

— Maggie? Ethan saiu do banho. Está totalmente vestido, devo acrescentar. Bem, não totalmente. Não está usando camisa, mas todas as partes importantes estão cobertas. — Ai, pelo amor de Deus. — Bom falar com você.

— Para mim também, Cassie. Te vejo semana que vem.

— Hum, é. Tá.

Holt pega o telefone de mim e se senta no canto da cama.

— Oi, mãe. — Ele mal tem voz. — Pareço pior do que me sinto. Não preciso ir ao médico. Sim, já tô tomando antibiótico.

Ele para de falar um pouco e olha para mim.

— É, a Cassie está cuidando bem de mim. Estou bem melhor hoje.

Ele escuta por alguns segundos, então franze o cenho.

— Você o quê?

Ele fica vermelho de raiva e avança passando por mim na sala. Mesmo que ele abaixe a voz para um sussurro áspero, ainda posso ter uma ideia do que ele está dizendo.

— Mãe, que diabos? Podia ter ao menos me consultado.

Eu olho para a pilha de livros no canto e travo a mandíbula. Eu não deveria estar ouvindo isso.

— Sim, eu gosto dela, mas... Jesus... é mais complicado do que isso.

Não precisa ser, mas é.

— Não, ela não é minha namorada. Ela ir aí vai ser esquisito pra caralho.

Eu me sento no canto da cama e balanço a cabeça. Ele preferia mesmo que eu passasse o Dia de Ação de Graças sozinha?

Realmente supervalorizei os sentimentos dele por mim.

Holt fala com a mãe por mais alguns minutos. Mas não consigo mais entender o que ele está dizendo.

Melhor assim.

Quando ele volta ao quarto, joga o telefone na cama e avança para o armário. Depois de pegar uma camiseta, ele enfia sobre a cabeça e bate a gaveta.

— Você está bem?

— Sim.

— Está irritado.

— Está tudo bem.

— Então minha ida para o Dia de Ação de Graças ia ser bem esquisita?

Ele suspira.

— Cassie...

— Por que ia ser esquisita?

Ele passa os dedos pelo cabelo.

— Você viu meu pai e eu juntos. Não tem como eu te sujeitar a isso de novo.

Minha respiração falha.

— Tá. Se é o que você quer.

Ele me olha e se senta ao meu lado.

— Cassie, não é que eu não queira você lá, mas...

Antes de ele poder continuar, é atingido por uma crise de tosse. Quando passa, ele se joga de volta na cama, exausto.

Acho que terminamos de falar sobre o Dia de Ação de Graças.

Eu me inclino e esfrego suas costas.

— Tem alguma coisa que eu possa fazer?

Ele balança a cabeça.

— Só estou cansado. E meu peito dói. — Sua voz está um lixo.

Pego alguns analgésicos e remédio para tosse. Depois de tomar todos, ele rasteja para debaixo das cobertas.

Eu me sento ao lado dele e acaricio seu cabelo.

— Sabe, minha mãe tinha um livro escrito por esse autoproclamado *swami* que acreditava que a desarmonia em nossos corpos nos deixa doentes se não nos damos o que nossa alma precisa. Tipo, se não dizemos o que estamos sentindo, temos dor de garganta; ou se fazemos algo que sabemos que é errado, ficamos com dor de cabeça.

Os olhos dele estão turvos quando ele olha para mim.

— E se temos uma dor de garganta, dor de cabeça e infecção no peito, estamos... o quê? Emocionalmente prejudicados? Doentes do coração?

Dou de ombros.

— Me diga você.

Ele tosse.

— Parece bem certo. Acho que minha mãe te convidou para o feriado de Ação de Graças porque acha que você podia me consertar.

Passo um dedo na testa dele.

— Não tinha percebido que você estava quebrado.

Ele dá uma risadinha.

— Talvez não quebrado, mas sem dúvida nenhuma com defeito.

— Não acredito nisso.

— Depois de como eu te tratei, você deveria saber. — Ele suspira e se afasta de mim. — Eu não bato bem, Taylor. Não entendeu isso até agora?

Acaricio suas costas.

— Se eu fosse traída por meu namorado e minha melhor amiga, eu também não bateria bem.

Ele fica em silêncio por alguns segundos.

— Por mais que eu queira botar a culpa toda nisso, eu já estava ruim bem antes.

— Antes quando?

— Sempre. — Ele não olha para mim quando fala. Talvez seja mais fácil para ele assim. — Quando criança, fazer amigos era difícil para mim. Eu tinha problema em demonstrar afeto. Sempre me senti meio... errado.

Ele fica em silêncio por um longo tempo. Bem quando eu imagino que ele esteja dormindo, ele volta a falar, num sussurro.

— Um dia, meus pais me sentaram e me disseram que eu passei os primeiros anos da vida num abrigo para crianças. Não me lembro, mas ouvir o que eles falavam simplesmente me deu um ataque de pânico. Eu tinha quase três anos quando eles me adotaram.

Três? Ai, Deus.

Eu costumava pensar que as inseguranças dele eram, de certa forma, exageradas pela proeza dramática dele, mas parece que ele tem questões com abandono reais e justificadas.

Acaricio seu braço, tentando lhe oferecer apoio.

Sua respiração é fraca.

— Nunca contei isso a ninguém. Mas com você... — Ele se vira de costas e me olha com olhos cansados. — Não sei se meus pais desistiram de mim porque eu tinha problemas ou se fiquei com problemas quando desistiram de mim, mas o resultado é o mesmo. Depois que soube da adoção, toda vez que meu pai perdia uma competição minha ou cancelava planos de fim de semana, eu achava que era porque eu não era seu filho verdadeiro. Foi quando começamos a brigar. Eu era apenas um moleque perdido e fracassado de quem ele e a minha mãe tiveram pena.

— Ethan, não...

— De repente, fazia sentido haver algo de errado comigo. Como se eu fosse um impostor na minha própria vida. E isso me deixou irritado pra caralho, porque eu imaginei "por que me importar?". Sabe? Por que continuar fingindo? Nem sou um filho ou irmão verdadeiro. Não sou nada real. Talvez por isso eu seja um bom ator. Todo personagem que interpreto é mais real do que eu.

Tiro minha mão do seu cabelo e acaricio seu rosto. Ele fecha os olhos, e os músculos da mandíbula tensionam e relaxam.

— Ethan, para com isso. Já vi o suficiente da sua família para saber que você é absolutamente real para todos eles. Eles te adoram, até seu pai. E quanto a mim, nunca conheci ninguém mais real do que você em toda minha vida. Cada dia você me inspira a deixar de ser o que os outros querem e apenas ser eu mesma. Então, não ouse ficar sentado aí e dizer que você não é ninguém. Você está cercado de gente que te ama, apesar do seu empenho em afastá-las. Se isso não é real, eu não sei o que é.

Espero que ele discuta, mas, para minha surpresa, ele não discute. Em vez disso, ele estuda meu rosto, com o olhar intenso e a testa franzida.

— Estou cercado de gente que me ama, é?

— Por que isso te surpreende? — pergunto, acariciando a testa dele. — Você é meio que incrível.

A expressão dele muda, e parece que um sorriso está tentando escapar de um labirinto de confusão. Se não fosse tão atraente, eu acharia engraçado.

— Eu só... Eu não... — Ele fecha os olhos, apertando-os, e me puxa para ele. Eu passo os braços ao redor dele enquanto ele inspira o ar numa inspiração trêmula.

Não falamos mais nada, mas não parece que precisemos. Ele me contou tanto sobre as razões do seu jeito de ser que decidi que isso não importa mais. Se e quando ele finalmente tiver a coragem de estar comigo, vou aceitá-lo.

Inferno, já o aceitei completamente.

No dia seguinte, Holt praticamente me expulsa de seu apartamento. Não de uma forma ruim. Apenas de uma forma "um de nós deveria estar indo à aula". Quando ligo para ele de noite, ele parece bem melhor. Sua voz está voltando, e ele me diz que as crises de tosse diminuíram.

Esse dia acaba sendo loucamente cheio. Quando o telefone toca, já estou cochilando na cama.

Eu olho para a tela e sorrio quando vejo quem está ligando.

— Oi, dodói.

— Ei.

É loucura que uma palavrinha dele possa me deixar tonta de felicidade. E nem é uma palavra muito especial, só um cumprimento monossilábico. Ainda assim, sinto um sorriso idiota estampado no meu rosto como papel de parede vagabundo.

Achei que as coisas ficariam esquisitas entre nós depois que ele me contou que era adotado, mas não ficaram. No mínimo, parece que me contar isso foi como tirar um peso das costas.

Ele ainda não disse nada sobre avançar com nosso relacionamento a um nível de mais intimidade, mas pelo menos não estamos longe um do outro.

— Por que você não está dormindo? — quero saber.

— Dormi o dia todo. Agora estou bem acordado.

— Toma o remédio pra tosse, vai te apagar.

— Tomei, mas ainda não fez efeito. Provavelmente não é uma boa ideia ficar falando com você agora. Tenho tendência a dizer coisas idiotas sob o efeito daquele troço.

— Não idiotas, apenas coisas que você não me contaria em condições normais. Adoro aquele remédio pra tosse. Aprendi mais sobre você nos últimos dois dias do que no ano todo.

344 Leisa Rayven

— Mesmo assim, você ainda está falando comigo.

— É um fardo, mas alguém tem de carregá-lo.

Ele ri. Que som lindo.

Fica em silêncio por um segundo, então recomeça a falar.

— Olha, Cassie, estive pensando...

— Hu-hum. — Consigo sentir seu nervosismo pelo telefone.

— Eu... eu sei que fui um babaca no outro dia quando minha mãe ligou, mas... quero que você venha para o feriado. — A voz dele fica mais suave. — Acho que não posso passar todos esses dias sem ver você. Liguei para minha mãe e disse para ela deixar o quarto de hóspedes preparado.

Estou abismada. E inacreditavelmente emocionada.

— Ethan...

— Você não tem outros planos, né?

— Bem, meio que tenho. Comprei uma porção individual de peru. Não sei se posso desistir disso na última hora. Veio com um molho "sabor cranberry".

— Ah, bom, pois é. É uma comida congelada deliciosa. Precisa de tempo para se decidir então? Não quero pressionar nem nada, mas você sabe que a Maggie tem uma empresa de bufês gourmet, né? Sem pressão.

Dou uma risada.

— Bem, colocando assim, eu adoraria ir.

Alguma coisa me diz que essa conversa está estranhamente parecendo coisa de namorados. Resisto à tentação de saltar da cama e dançar de felicidade.

— Legal. Te pego amanhã à noite. Onde você vai estar?

— Você não vai para a aula amanhã? — Meu estômago se contorce ao saber que não vou vê-lo de manhã.

— Não. Preciso de mais um dia para acabar de vez com a tosse. Além do mais, vou precisar de toda minha força para sobreviver a este fim de semana com meu pai. Então, onde posso te pegar?

— Bem, amanhã de tarde vamos todos nos reunir na casa do Jack para uma noite pré-feriadão.

— Tá, apareço lá. Dirigimos para Nova York para jantar com minha mãe e meu pai, e voltamos na noite de domingo.

A ideia de passar quatro dias em Nova York já é bem estonteante, mas saber que vou estar com o Holt todo esse tempo? A palavra "êxtase" é a única capaz de traduzir o que estou sentindo.

— Holt, devo me preocupar por você estar sendo todo... bonzinho... de repente?

Ele ri.

— Talvez. Com certeza está me matando de medo. Tome cuidado com o que deseja, Taylor. É tudo o que posso dizer.

— Pfff. Pinóquio queria ser um menino de verdade, e deu tudo certo.

— Verdade. Mas ele perdeu a cara de pau para sempre. Pense nisso.

Eu rio. Quando ele boceja, alguns segundos depois, eu me junto a ele.

— Vá dormir — ele diz. — Te vejo amanhã de noite.

— Tá, certo.

Quando desligamos, me sinto como uma dessas paleontólogas que trabalham com um pincelzinho e passam anos limpando lentamente grãos de terra para revelar uma relíquia ou um tesouro precioso por baixo. Estou achando que Holt não ia gostar que eu o chamasse de relíquia, mas sorrio mesmo assim.

Quando o relógio marca seis horas na noite seguinte, a maioria dos meus colegas de turma está caminhando para ficar bem estragada. Alguns foram para casa visitar suas famílias, mas a maior parte vai esperar até o Natal, como eu. O feriado de Ação de Graças é apenas uma desculpa para ficar bêbado por quatro dias.

Ruby se senta no sofá perto de onde estou, bebericando uma margarita gigante e acompanhando a música com a cabeça. Eu me sento ao lado dela, e minhas pernas balançam, nervosas, enquanto espero Holt aparecer. Ruby pede que Jack me arrume outra bebida para me ajudar a esfriar a cabeça. Tenho certeza de que não vou conseguir esfriar a cabeça agora, nem se estivesse vestida de urso polar e mergulhada em nitrogênio líquido.

Estou observando Mariska e Troy esquentarem a pista de dança com uns movimentos impressionantes quando se deslocam e revelam Holt parado na porta.

346 Leisa Rayven

Há uma grande saudação no momento em que as pessoas o veem e se juntam ao redor dele como se ele fosse uma criatura mítica há muito perdida. Perguntam como ele está e dizem que sentiram sua falta. Zoe o abraça. Jack bate nas costas dele. E mesmo que ele sorria e responda, seu foco fica sempre em mim.

Mal consigo respirar.

— Uau — Ruby cochicha ao meu lado. — Essa versão esquisita de bronquite que Holt teve aumentou seu apelo sexual? Porque... droga. O moleque está bonito.

Ele está vestido de jeans preto e suéter azul-escuro com gola em V. O cabelo está caótico e a barba, recém-feita. Não consigo parar de olhar. Ele parece um pouco cansado, mas bem menos pálido do que a última vez que eu o vi. Tenho a mais estranha vontade de caminhar até ele, me enrolar no seu torso e me grudar nele como uma craca.

Claro que se eu fizesse isso com a minissaia que estou usando eu pareceria uma craca extremamente vagaba. Do tipo com as quais as outras cracas iam evitar conviver para fofocar pelas costas depois.

Eu me levanto e vou até ele. Preciso estar perto dele.

Quando paro na sua frente, Jack está no meio de uma história sobre como Lucas simulou se masturbar na aula de interpretação hoje, e como Erika surpreendeu a todos elogiando-o por ser corajoso.

— Juro, cara — Jack comenta quando todo mundo ri. — Por trás daquela cara de vaca durona, Erika é uma completa tarada.

Holt sorri para mim e enfia as mãos nos bolsos quando eu balbucio "oi" para ele.

— Ei.

Jack bate no ombro dele.

— Quer uma bebida? Cerveja? Uma dose de uísque?

— Não, valeu. Nós não vamos ficar muito tempo.

— Nós? Quem é nós?

— Taylor e eu.

Jack olha ao redor e ergue as sobrancelhas.

— Você e Taylor? Ora, ora. O que está rolando aqui?

Por um momento, há pânico nos olhos de Holt, mas ele respira fundo.

— Ela vai passar o feriado comigo em Nova York.

Ah.

Uau.

Jack nos encara, espantado. Nessa hora, Lucas e Zoe se juntaram a ele.

Posso sentir minha boca aberta, mas estou chocada demais para fechá-la.

— Sério? — Jack pergunta. Holt assente e Jack se vira para mim. — Taylor, seu cara misterioso não vai ter algo a dizer sobre você passar o tempo com o bonitão aqui? Quer dizer, ele viu vocês dois em *Romeu e Julieta*, né? Essa poderia ser uma burrice épica.

Tento pensar em algo para desviar a atenção de Avery, mas acaba que não é preciso. Holt toma conta do assunto.

— Na verdade, Jack — ele engole em seco, nervoso —, eu sou o cara misterioso dela. E estou completamente tranquilo com o fato de ela passar um tempo comigo.

A sala fica num silêncio mortal. A música parou, e, se eu escutar com cuidado, consigo ouvir o vento soprando nas folhas lá fora. Paro de respirar, aterrorizada com a possibilidade de acordar desse sonho incrível se eu fizer o menor movimento.

Jack alterna o olhar entre mim e Holt, descrente.

— Desculpa, mas como é que é? *Você* é o cara de quem ela falou? O imbecil que não dorme com ela?

Holt olha feio e dá a ele um sorriso curto.

— É. Sou eu. O imbecil em carne e osso.

Ai, meu Deus. Por favor, não me deixe acordar. Permita que seja real.

Há uma enorme pausa antes de Jack socar o ar e gritar.

— Êeeeeeee!

A sala explode com conversas e Jack se vira e bate as mãos nas pessoas atrás dele.

— Tudo bem, todo mundo que colocou que Taylor estava saindo com outra pessoa e não com o Holt pode pagar. Aposta é aposta, gente! Território conquistado! Repito, território conquistado! Alguém me lembre de pagar a Erika.

348 Leisa Rayven

A sala parece a bolsa de valores de Nova York, com dinheiro e fichas sendo levantados no ar enquanto as pessoas riem e conversam.

— Espera aí! — Holt grita e olha feio para o Jack. — Você... apostou que eu e Taylor estávamos juntos?

O rosto de Jack despenca.

— Bom, sim. Mas foi tudo de brincadeira, cara. Vocês dois têm trocado olhares melosos um com o outro por meses a fio. Tínhamos de zoar isso de alguma forma.

— Cara! — A voz de Holt é seca. — Não faço olhar meloso.

Lucas bate levemente no ombro dele.

— Desculpa te decepcionar, cara, mas faz, sim. Sorte que vocês dois tiveram boas críticas em *Romeu e Julieta*, porque, na vida real? Vocês são uma porcaria interpretando.

Holt olha para mim, chocado. Eu me aproximo e coloco a mão no peito dele.

— Hum, então. Uau.

Ele pisca e balança a cabeça.

— Que diabos acabou de acontecer?

— Boa pergunta.

Ele fica parado lá por alguns segundos como um peixinho dourado vendo a ação ao redor dele com um olhar confuso. Só quando eu passo para a pele no decote do seu suéter é que ele sai do transe e volta a olhar para mim.

— Oi. Sou a Cassie Taylor. Acho que não nos conhecemos.

Sei que é meio sarcástico, mas é a verdade. Quem é esse cara aberto e falante na minha frente?

As orelhas dele ficam rosa.

— Hum, é... Oi.

— Então, isso foi... inesperado.

— É. Mas inesperado bom, né?

Como ele pode pensar o contrário quando estou sorrindo para ele como se estivesse chapada?

— Inesperado muito bom. Você pretendia assumir a gente quando veio aqui hoje?

— Não. Bem, sim. Quer dizer, eu não tinha certeza, mas quando te vi eu... acho que nos últimos dias percebi que o que quero com você é mais forte do que o que me assusta. E estou cansado de me privar. É exaustivo pra caralho. Quero ficar com você.

Coloco meus braços em torno do pescoço dele. Preciso reconhecer que ele só olha ao redor uma vez para ver quem está nos observando antes de focar em mim.

— Para de surtar.

A respiração dele fica mais rápida quando ele me encara.

— Me faça parar.

Puxo sua cabeça para baixo. Quando ele me beija, é suave e cuidadoso, mas a forma como inspira e aperta seus braços ao meu redor me diz que sua reação é tudo menos moderada. Há vários gritos de aprovação à nossa volta, mas os ignoramos. É meio fácil quando estou totalmente concentrada em resistir à vontade de me tornar uma craca periguete.

Ele me beija com mais força, e mesmo tomada de tesão consigo ficar impressionada que ele esteja sendo tão firme na frente de todo mundo. Sei que é algo grande para ele.

Estou orgulhosa.

Ele recua quando toda a sala aplaude, e mostra um bem-humorado dedo médio para todos enquanto me leva pelo corredor para o escritório vazio.

Fecho a porta atrás de nós e ele suspira aliviado, passando os dedos pelo cabelo.

— Viu? Depois de todas essas semanas de segredo e negação, foi tão difícil assim?

Ele me puxa contra ele, sem pudor de passar a mão na minha bunda enquanto me encara.

— Taylor, posso dizer com absoluta honestidade que sim, foi, sim, extremamente difícil.

Ele me beija de novo, menos contido agora, e me empurra em direção à parede. Está grunhindo de uma forma que me faz querer rastejar para dentro da garganta dele e me esfregar na sua laringe. Os sons que

350 Leisa Rayven

faço são vergonhosamente altos. Esperei por tanto tempo que ele se soltasse e se entregasse a essa coisa entre nós que agora a realidade é melhor que a fantasia.

Não há hesitação. Não há pudor. Ele está me beijando como se tivesse medo de parar. Como se estivesse tentando compensar todos esses longos dias de separação. Parte de mim ainda está convencida de que isso não é real, mas, quando ele me levanta para poder se esfregar em mim, eu decido não me importar. O que quer que seja, vou aceitar.

— Precisamos parar — ele diz, beijando minha clavícula.

Agarro o cabelo dele.

— Claro. É a melhor solução para todo esse tesão ardendo na gente. Bom plano.

Ele segura meus seios e os acaricia por cima da minha roupa.

— Não brinque comigo.

— Então não diga coisas idiotas tipo "precisamos parar".

— Bom argumento. Não assumi a gente na frente de todo mundo para você continuar sem tocar meu pau. Disso eu tenho certeza.

— Que bom.

Não consigo controlar muito a respiração enquanto o toco sobre o jeans. Ele coloca a mão na parede atrás de mim e baixa a cabeça.

— Jesus Cristo.

Eu o aperto através do tecido, e ele abaixa mais a cabeça até sua testa encostar na minha.

— Correndo risco de ser zoado de novo — ele se afasta, quase sem ar —, você devia mesmo parar de fazer isso. Nós meio que temos de pegar a estrada agora se quisermos encontrar meus pais para o jantar.

Relutando, tiro a mão. Ele dá um passo para trás e suspira.

— Mas acho que podemos esperar só mais um minutinho. Jack provavelmente apostou que vou sair daqui com o pau duro.

— Talvez eu devesse investir uma grana. Eu podia faturar alto.

— Especialmente se continuar aí com essa sua saia não existente.

— Gostou?

— Se eu dissesse que não, você tiraria?

— Só tem um jeito de saber.

Ele explora debaixo da minha saia, longos dedos roçando a minha coxa.

— Ethan. — Estou sem ar. — Se você for por esse caminho, com certeza não iremos a lugar nenhum tão cedo. Sabe disso, né?

— Sei. Só que tenho uma namorada muito gostosa e quando estou com as mãos nela eu perco o controle.

Todo o ar se esvai dos meus pulmões.

— Está admitindo que sou sua namorada? Finalmente?

Quando ele responde, sua voz é suave.

— Sim, Cassie. Você é minha namorada.

Meu estômago dá voltas.

Acho que nunca vou me cansar de ouvir ele dizendo essa palavra daqui para frente.

Apesar de ele estar sorrindo, há também um leve pânico no olhar dele.

— Só dizer isso já te faz surtar, né?

— Um pouquinho.

— Acha que pode se acostumar?

Ele acaricia meu pescoço e pensa por um segundo.

— Espero que sim. Eu quero.

Meu sorriso tosco de papel de parede está de volta.

— Eu também.

Ele sorri e eu o envolvo com meus braços, sabendo que ele não vai mais me afastar.

— Era disso que você tinha medo? — pergunto quando brinco com o pelo na base da sua nuca. — Porque, mesmo que eu não tenha muita experiência com esse tipo de coisa, acho que você está indo bem até agora.

O sorriso dele some.

— Taylor, preciso te avisar novamente que sou uma droga em relacionamentos. Já deixei bem claro isso, né?

Eu fico na ponta dos pés para beijá-lo.

— Vamos ficar bem. Pare de racionalizar tanto.

Ele assente e suspira, e, por um momento, está completamente entregue.

Desse jeito, ele é a coisa mais bonita que já vi.

Leisa Rayven

capítulo dezenove
NEW YORK, NEW YORK

Nova York
Residência dos Holt

De onde estou na calçada, o sobrado dos Holt parece enorme e imponente. Estremeço.

Tá, Cassie, fique fria. Você vai ficar bem.

Quando olho para Holt, reparo que ele também parece nervoso. Respiro fundo.

— Então, qual é o plano?

— O plano?

— Como nos comportamos na frente dos seus pais? Escondemos que estamos juntos?

— Você quer?

— Não.

— Então não.

Ele diz isso com convicção, mas eu não deixo de perceber o toque de pânico.

— Então... vamos contar a eles que estamos namorando?

Ele hesita por apenas um segundo.

— Hum... sim.

Ainda não estou convencida.

— Então, você é meu namorado, Ethan, levando sua namorada, Cassie, para conhecer seus pais?

— Sim. — Menos hesitação desta vez, mas, ainda assim, está lá.

— Apenas um *namorado* e uma *namorada* normais, passando tempo com seus pais e fazendo coisas normais de namorados. Namoradinho e namoradinha...

— Tá, para de dizer *namorado* e *namorada*. É irritante.

— Vou parar se você disser.

— Por quê?

— Para que eu saiba que você pode.

— Eu disse isso lá no Jack.

— Faz séculos. Fale de novo.

Ele revira os olhos.

— Você é minha namorada, tá bom? Minha namorada bem gostosa, bem *irritante*.

— Ai, *namoradinho*, é a coisa mais fofa que você já disse para mim, sua *namoradinha*.

Ele balança a cabeça e tenta não rir.

— Pode parar agora?

— Claro. — Espero um segundo antes de pedir. — Posso te chamar de "docinho"?

— Não.

— Mozinho?

— Não.

— Mozão?

— Porra, não.

— Tá, certo. Só para ficarmos combinados.

Ele ri e eu me junto a ele, mas estou fingindo bem. Pelo menos rir me ajuda a esconder que estou morta de medo.

— Mas escute — ele diz e pega minha mão. — Me deixe contar aos meus pais quando for a hora certa, tá? Alguns dias atrás eu jurei de pés juntos para minha mãe que você não era minha namorada, e falei a mesma coisa quando disse a ela que você vinha. Não quero chegar aqui e já soltar isso, se não vou parecer um babaca. Só me dá um tempinho, tá?

Quero discutir que ele está escondendo o que sente por mim, mas depois do que ele fez na festa, sei que não é essa a questão.

Olho para a porta novamente e meu nervosismo aumenta. Eu nunca conheci pais de um namorado antes. Droga, nunca tive um namorado, quanto mais pais para conhecer. Quero dizer, sim, já os encontrei antes, mas eu não era namorada dele na época.

Holt deve ter notado minha tensão, porque ele se inclina e me beija, meigo e demorado. Quando se afasta, me sinto um pouquinho melhor.

— Cassie, você vai ficar bem. Pare de paranoia.

— E se eles me odiarem?

— Não seja ridícula. Eles já te conheceram e posso dizer com confiança que meu pai prefere você a mim. Sou eu que devo ficar nervoso aqui. Se a minha mãe ficar bêbada, é capaz de tirar o álbum de família e mostrar fotos do seu garotinho pelado.

Eu seguro um riso.

— Seriam fotos recentes? Porque... hummmm, queria ver essas aí.

Ele balança a cabeça, vai para a caminhonete e tira nossas malas.

— Sim, minha mãe tem uma coleção completa de fotos de seu filho adulto pelado! É totalmente normal.

— Ei, não custa sonhar.

Ele olha para o carro, e quando vou pegar minha mala, ele me afasta e aponta para que eu suba as escadas.

— Que cavalheiro carregando as malas —, digo.

Ele me dá um sorriso malicioso.

— Se ainda achar que sou um cavalheiro galante depois de eu ser seu namorado por um tempo, esta seria a primeira vez. Melhor diminuir suas expectativas.

— Nunca. Como a cintura da minha calça, minha expectativa vai ficar bem alta.

Ele dá às minhas pernas uma bela conferida, antes de abrir a porta e me guiar pela entrada de sua casa.

— Mãe! Elissa! Chegamos!

Escuto um latido agudo, seguido por garras raspando no chão de madeira. Então uma bola peluda com pernas explode à minha vista no final do corredor. Ela pula num borrão de longos pelos castanhos e uma língua rosa. Quando chega a Holt, ela salta para seus joelhos e implora para ser pega.

Ele solta a mala e pega a cadelinha em seus braços, então a segura longe de si quando ela tenta beijar seu rosto.

— Meu Deus, Tribble, calma. Temos visitas. — A cadela se contorce e late, e apesar da cara fechada de Holt, posso ver que ele está sensibilizado.

— Tribble, essa é a Cassie. Ela vai ficar com a gente alguns dias, então se comporte.

Eu vou acariciá-la, mas Holt me detém.

— Cuidado. Ela é esquisita com estranhos. Especialmente mulheres.

Tribble me olha desconfiada com seus olhos escuros enquanto fareja minha mão. Então seu focinho se retrai e ela emite um pequeno grunhido. Se fosse qualquer outro cachorro, poderia ser assustador, mas vindo dela, é adorável.

Holt a afasta e olha feio.

— Tribble, não. Pare de ser pentelha.

Quando ele a coloca no chão, ela me olha com desdém antes de se virar e trotar para longe.

— Desculpe por ela —, a mãe de Ethan diz vindo pelo corredor. — Ela odeia todo mundo exceto o Ethan. Ela tolera Charles e eu porque nós a alimentamos, mas é uma relação frágil, na melhor das hipóteses. Bem-vinda, Cassie. É ótimo vê-la.

Ela me dá um abraço antes de beijar Ethan na bochecha. Tem algo na forma como ele sorri para a mãe que me faz derreter.

— O pai não está em casa?

Maggie balança cabeça.

— Não. Trabalhando até mais tarde.

Não escapa à minha atenção que a notícia da ausência do pai faz a postura de Ethan relaxar.

— Então —, a sra. Holt diz — o jantar está quase pronto. Por que não mostra a Cassie o quarto, para que ela possa descansar? Elissa chega daqui a uns quinze minutos, daí comemos.

Holt me conduz pelas escadas até um quarto confortável e coloca minha mala na cama. Posso vê-lo me olhando buscando aprovação enquanto eu observo ao redor.

— Então, é isso —, ele diz acenando com a mão.

— Bacana.

A decoração é moderna, mas confortável, e a cama é enorme. Considerando que estou acostumada com uma de solteiro cheia de calombos, essa é um luxo. Eu me jogo para testar a maleabilidade. É só quando me viro para Ethan que percebo que ele está me encarando. Olha direto para meus peitos.

— O banheiro é no fim do corredor —, ele diz, sua expressão intensa. Nunca antes a direção para o banheiro foi tão excitante.

— Onde fica seu quarto? — Percebo como ele é alto e grande quando fica de pé acima de mim.

— Na porta ao lado.

— Então é pertinho?

— Bastante.

— Posso ver? — Estou bem certa de que ainda estou falando do quarto dele. Não sei por que a ideia de ver o quarto da infância dele me excita, mas excita muito.

Ele tenta fingir que não é nada, mas a forma como ele bate os dedos nas coxas me diz que a ansiedade está à toda.

— Claro.

Este é um grande passo para ele, mostrando partes de si que provavelmente gostaria de manter escondidas.

Ele me conduz pelo corredor em direção ao próximo quarto e aponta para eu entrar primeiro, então solta a mala lá dentro.

O quarto é muito mais arrumado do que o de Westchester, e sobre a cama há pôsteres emoldurados de filmes antigos como *Taxi Driver*, *Sindicato de Ladrões*, *Touro Indomável* e *Butch Cassidy*. Se eu fosse de apostar, diria que seus atores favoritos estão nos elencos desses aí.

Na parede de frente à porta há prateleiras, tomadas não só por livros, mas também troféus e fotos. Eu sigo até lá para dar uma olhada mais de perto, ciente de que Holt ainda está parado na entrada como um abutre ansioso.

Há tantos troféus e faixas, é difícil assimilar tudo. Pego uma e leio a inscrição: *Campeão Estadual de Atletismo — Ethan Holt.*

Eu me viro para o menino de cara fechada na porta.

— Então você era um corredor bem rapidinho, hein?

Ele dá de ombros.

— Eu ia bem.

— Claro. Sempre dão dúzias de troféus pra gente que vai apenas "bem".

Eu me inclino para dar uma olhada mais de perto nas fotos. Uma mostra Holt saltando sobre um obstáculo, perna da frente estendida, a de trás dobrada. Seu cabelo não é mais longo do que agora, e há um olhar de determinação selvagem em seu rosto. Outra foto o mostra cruzando a linha de chegada, cabeça virada para trás, braços abertos, um sorriso vitorioso no rosto. Ele quase parece uma pessoa diferente; o irmão mais novo e menos *intenso* do Ethan.

Mais abaixo, há um grupo de fotos de garotos em jaquetas de couro do time da escola com meninas em volta deles. Minha respiração se entrecorta quando vejo que está com o braço ao redor de uma menina. Ele olha para ela com um carinho óbvio. Então percebo que ela não está olhando de volta para ele, mas para o garoto loiro do outro lado.

Ai, Deus.

Vanessa e Matt?

Ele chega ao meu lado para virar a foto para baixo.

— Não sei por que guardo isso aí. Devia ter me livrado dela anos atrás. Fui um idiota em não ver, certo? Era óbvio que eles estavam transando enquanto estávamos juntos.

Quando me volto para ele, ele abaixa o rosto e enfia as mãos nos bolsos.

— Ei, não pegue tão pesado consigo mesmo. É claro que a pobrezinha estava iludida. Provavelmente cega. Escolher aquele mané em vez de você? O que ela tinha na cabeça?

Ele relaxa um pouquinho, mas eu sei que a parte dele que foi ferida pela situação não acredita em mim.

358 Leisa Rayven

— É, bem... que seja. Matt era um cara legal. Pelo menos achei que era até descobrir que estava comendo minha namorada.

— Ethan? — Coloco minha mão no peito dele e em segundos ele encontra meu olhar. — Nunca conheci Matt e tenho certeza de que ele tem suas qualidades, mas em algum lugar há uma placa declarando que Vanessa escolhê-lo em vez de você é a Maior Burrada Feminina do Mundo. Confie em mim.

Ele se inclina e me beija, e apesar de ser lento e intenso, nossas respirações são altas e simultâneas.

Maldito garoto e seu lábio.

É louco como ele me frustrou e, antes que eu perceba, estou empurrando-o para sua cama para poder montar nele.

— Então —, eu digo, enquanto ele chupa gentilmente meu pescoço — tirando a Vanessa, sou a única garota que esteve neste quarto?

A voz dele vibra contra minha pele quando ele responde.

— Sim.

— Bom.

Eu o empurro e o beijo com um senso feroz de possessão.

Ele faz um ruído que acho que indica que está curtindo, e fica mais alto quando eu viro de lado e coloco sua coxa entre as minhas.

Ah, diabos, sim. Eu amo essa coxa. Essa coxa incrível.

— Deveríamos parar. — Sua respiração está entrecortada e ele olha nervoso para a porta.

Eu o beijo pescoço abaixo.

— Parar é ruim. Com exceção talvez se você estiver perdendo o controle numa rua cheia de neve e estiver indo em direção à morte certa. Daí é basicamente essencial. Mas neste caso? Certamente ruim. Terrível. Pior ideia do mundo.

Eu sinto a pulsação acelerada no pescoço dele, e quando ele fala, sua voz está falha e baixa.

— Taylor, você sabe que minha mãe pode vir aqui a qualquer segundo, certo? Quer mesmo que ela te pegue cavalgando na perna do filho dela?

Eu paro na hora. É quando escuto passos vindo pelo corredor.

Ai, Deus.

Em meio segundo eu fico de pé e arrumo minhas roupas e cabelo enquanto tento não parecer a virgem no cio que eu sou.

Ethan ri e se senta, então agarra um travesseiro para cobrir sua ereção.

Os passos ficam mais próximos antes de Elissa aparecer na porta. Ela revira os olhos quando nos vê.

— Ai, por favor. Nem tentem fingir que vocês não estavam se pegando. Quando eu estava no começo da escada eu já podia ouvir o gemido nojento do Ethan. Ele parecia um urso com azia. Além do mais, Ruby me ligou e me contou tudo sobre o showzinho que vocês deram na festa do Avery. Graças a Deus. Eu estava começando a pensar que eu iria perder aquela aposta idiota.

Holt olha atravessado para a irmã.

— Você apostou na gente também?

— Pff. Claro. Pelo que eu sabia, era um dinheiro fácil. Especialmente depois que a Cassie concordou em cuidar de você enquanto estava doente.

— Elissa! Você pediu para eu ir lá porque queria ganhar uma aposta?

Ela suspira.

— Não. Pedi para ir lá porque estava preocupada com o Ethan. E porque vocês dois estavam sendo idiotas sobre estarem juntos. — A próxima frase é bem mais baixa. — Eu ganhar cem pila e comprar uma bolsa nova foi só um bônus, então viva eu.

— Vai se foder —, Holt diz fechando a cara. — Por que todo mundo nesta família acha que sou incapaz de tomar minhas próprias decisões sobre minha vida amorosa?

— Porque você não tem uma vida amorosa há quatro anos, irmãozinho. É tipo um molequinho que não volta pra piscina porque engoliu um pouco de água uma vez na vida. Graças a Deus você finalmente virou homem com a Cassie. Se não, eu iria cogitar comprar uma dúzia de gatos pra você e acabar com isso.

— Elissa, cai fora do meu quarto.

— Não. Cassie também é minha amiga. Você precisa aprender a dividir.

— Não vou dividi-la. Agora cai fora.

— Me obrigue.

— Com prazer. — Ele avança na direção dela, a pega num abraço de urso e a coloca do lado de fora antes de bater a porta.

A voz dela é abafada pela madeira quando grita:

— *Você é um babaca!*

Holt abre a porta e cochicha:

— Ah, por sinal, não contei à mãe e ao pai que Cassie e eu estamos juntos, então se puder manter sua matraca fechada, seria lindo. Valeu.

Ela coloca o pé na porta antes que ele possa bater de novo.

— Nesse caso, é melhor você ser bonzinho, ou vou comunicar isso para a vizinhança toda.

Ele franze a testa.

— Odeio ser bonzinho.

— E eu odeio ser discreta. Aguente isso e me deixe entrar.

Ethan abre a porta e se senta na cama enquanto Elissa vem me dar um abracinho.

— Cassie, nem sei dizer o quão feliz estou que você esteja aqui. Finalmente tenho alguém com quem falar além desse idiota aí.

— Não fode —, Holt murmura folheando alheio uma revista *Rolling Stone*.

Elissa suspira.

— Você disse que ia ser bonzinho.

Ele se inclina para trás na cama.

— Desculpe. Não fode, por favor.

— Assim é melhor — ela assente.

Eu rio, porque mesmo que eles sejam implicantes e imaturos, por baixo de tudo há um carinho, e me faz perceber o quanto sinto falta de ter um irmão ou irmã.

Conversamos um tempinho e discutimos planos para o próximo dia e quais partes de Nova York cada um deles gostaria de me mostrar. Holt não estava brincando quando disse que não queria me dividir. Toda vez que Elissa sugere me levar para algum lugar ele fica tenso. Parte de mim acha esse ciúme incrivelmente excitante.

Num certo momento, Elissa me flagra olhando para ele enquanto desfaz a mala, e sorri. Sinto meu rosto corar.

Quando Ethan sai para se arrumar no banheiro, Elissa balança a cabeça.

— Cara, você está louca pelo meu irmão, né?

Meu rosto esquenta novamente.

— Cala a boca.

Ela ri.

— Não estou tirando sarro. Acho que é incrível, mas ele não é exatamente de fácil manutenção. Eu começava a me perguntar se ele encontraria uma garota que suportasse toda a carga dele.

— Ele não é tão mal.

— É porque você tem jeito para lidar com ele.

— Acha mesmo? Às vezes não faço ideia.

Ela olha para a porta antes de cochichar.

— Se quer entendê-lo melhor, peça a ele para mostrar o que há na última gaveta.

Ela assente em direção à cômoda alta na parede mais distante.

— Por quê? Ele guarda pedaços humanos lá?

Ela ri e fica de pé quando Ethan volta.

— De certa forma. Imagino que ele viu as suas gavetas, então você deveria ver as dele.

Holt olha para a irmã desconfiado.

— Que porra você está falando?

— Nada. — Ela o beija na bochecha, então desaparece no corredor.

Ele me dá uma olhada feia.

— O que minha irmã disse a você?

— Ela me falou para pedir para ver o que há na sua última gaveta. — Eu me inclino e abaixo a voz. — É pornô? Porque isso eu adoraria ver com você.

Em vez de rir como eu esperava, o rosto dele fica vermelho e bravo.

— Elissa, sua vaca.

— Quê? O que tem lá? — Eu não tinha acreditado que eram pedaços humanos, mas agora não estou tão certa.

362 Leisa Rayven

— O que tem lá não é da conta de ninguém além de mim —, ele diz enquanto tira o resto das roupas da mala e joga na gaveta.

— Ethan...

— Pode esquecer, tá?

— Não vai mesmo me dizer?

— Não.

— Por que não?

— Porque é particular, tá bom? Só porque estamos saindo não significa que você precisa saber tudo sobre mim.

— Hum, na verdade eu meio que pensei que fosse a ideia. — Caminho até ele e coloco minhas mãos no peito dele. — Não deveríamos mostrar um ao outro todas nossas partes feias e ver se nos gostamos mesmo assim? — Ele fica tenso quando eu aperto embaixo de sua camisa para tocar sua pele quente.

— Taylor... — Seus olhos ficam pesados quando exploro seus músculos.

— Quero dizer, tirando você matar alguém e enterrar no quintal, não há nada que possa me contar que me faria não gostar de você. Sabe disso, certo?

Ele respira fundo. Eu movo minha mão para a lateral, então passo minhas palmas sobre suas costelas e omoplatas. Ele fecha os olhos e abaixa a cabeça.

— O que está fazendo?

— Convencendo você. — Corro os dedos pelas costas dele e isso o faz grunhir. — Ethan, por favor, me diga o que há na gaveta.

Ele suspira e eu posso ver que está tremendo.

— Se me disser, eu te beijo. Beijo bastante.

— Golpe baixo.

— Beijo embaixo também.

Ele aperta os olhos fechados.

— Se eu te disser, você tem de me prometer não zoar comigo.

— Eu já te zoei? — Eu paro e suspiro. *É, não posso nem fingir negar.* — Tá, prometo.

— E precisa cumprir a promessa de me beijar. Muito.

— Com certeza. Embaixo também?

O olhar que ele me dá me faz tremer.

— Não me tente. Minha mãe está lá embaixo.

— Tá. Legal. Fechado.

— Lembre-se, sem zoeira. — Ele suspira e então vai até as gavetas.

Faço uma cruz no peito.

Ele tira o chaveiro do bolso e usa uma chavinha de latão para abrir a última gaveta.

— Puta merda, não acredito que estou fazendo isso —, ele murmura enquanto abre.

Dou um passo à frente e espio dentro. Está cheio de livros cobertos de tecido.

— Hum... tá.

Ele espera minha reação. Só posso mostrar a ele que estou confusa.

— Desculpa, Holt, não entendi.

— Lembra quando li seu diário? Fui um babaca e gritei com você por ter escrito toda aquela merda que as pessoas podiam encontrar. Bem, esse é o motivo. Eu tinha medo de que alguém pudesse encontrar esses. Que você pudesse encontrar esses um dia e...

O que ele está dizendo fica claro.

— Ai, meu Deus.

Ele se abaixa e pega um dos livros.

— São todos...?

— Sim.

Ele abre a capa e passa para eu ver: *Diário de Ethan Holt. Cai fora.*

— Você guarda diários!

Ele joga de volta na gaveta e fecha com o pé.

— Memórias, Taylor, não diários. Tem uma diferença.

— Ai, por favor. Como memórias são diferentes de diários?

— Apenas são, tá? Homens não têm diários.

— Bem, obviamente têm.

— Puta merda, você disse que não ia zoar.

Levanto as mãos.

— Tá certo. Desculpa. — Ficamos em silêncio por um momento. Daí eu pergunto. — O que você escreve aí?

364 Leisa Rayven

— O mesmo tipo de coisa que você escreve nos seus, acho.

— Sério? Então você também é um virgem sexualmente frustrado obcecado com o pênis de um belo ator.

Ele suspira e abaixa a cabeça.

— Desculpa —, eu digo, rindo. — Mas você pegou tão pesado comigo depois que leu meu diário. Não posso me divertir um pouquinho?

— Um pouquinho —, ele diz emburrado.

— Então, estou no seu diário?

As orelhas dele ficam rosa e ele enfia as mãos nos bolsos.

— Talvez. Não nesses, mas no que tenho no meu apartamento.

— Vai me deixar ler alguma coisa? Olho por olho, e tudo o mais.

— Não nesta vida. Nem na próxima, se quer saber. — Ele olha para o chão e me sinto mal por fazer graça. Revelar isso para mim é um enorme passo para ele, e eu não deveria tratar com descaso.

Caminho até ele e toco seu rosto, então fico na pontinha do pé para beijá-lo suavemente.

— Obrigada. Por me mostrar. Significa muito.

Ele afasta o olhar.

— É. Claro.

Eu o beijo novamente, mais demorado desta vez, e depois de um momento de hesitação ele responde. Braços fortes me envolvem enquanto ele me beija mais apaixonadamente e quando registro que suas mãos gigantes estão pegando minha bunda eu escuto um pigarro atrás de nós.

Nós dois nos viramos para ver Maggie na porta, tentando não sorrir.

— Desculpe interromper, mas o jantar está pronto.

Sem mais uma palavra, ela desaparece.

Holt bufa e solta sua cabeça no meu ombro. Noto que suas mãos permanecem na minha bunda.

— Bem, acho que agora não temos de contar à mãe que estamos namorando.

— Não. Acho que não.

Quando descemos, Elissa e Maggie já estão sentadas. Tribble guarda uma cadeira que suponho ser a de Ethan. Juro que ela olha para mim com desprezo.

— Sente-se, por favor —, Maggie aponta para o lugar que resta. — Não sei quanto a todo mundo, mas eu estou morrendo de fome.

Tribble grunhe quando eu me sento ao lado de Holt, e ele a repreende baixinho.

Quando sua mãe passa uma travessa de massa, ele pigarreia e diz.

— Mãe... eu... hum... queria te contar antes sobre Cassie e eu, mas... bem...

— Tudo bem, querido —, Maggie diz e me oferece uma travessa de salada. — Eu já sabia.

Ele lança um olhar acusador para a irmã.

— Ei, não olhe para mim —, ela diz levantando a mão em defesa. — Eu não disse nada.

— Então como ela sabe?

— Querido —, Maggie diz, — quando você é mãe, é fácil ler as emoções de seus filhos. É óbvio para mim que você tinha sentimentos pela Cassie, e estou feliz que você finalmente tenha tomado uma iniciativa. Fico muito feliz por você.

Holt parece desconfiado quando ela passa a salada a ele.

— Ah, tudo bem —, ela diz. — Jack Avery ligou mais cedo para dizer que minha aposta estava ganha.

O rosto de Holt cai, junto com seu garfo.

— O quê?!

Maggie balança as mãos envergonhada.

— Bem, querido, Elissa me contou das apostas que Jack oferecia e depois que vi vocês dois em *Romeu e Julieta*, imaginei que fosse garantido.

— Mãe! Jesus!

— Querido, não fique bravo. A mamãe precisava de um novo par de sapatos.

Ele esfrega os olhos e geme.

Meu nervosismo se manisfeta como uma risada aguda demais e eu resfolego indelicadamente, três rostos surpresos se viram para mim. Quatro, contando o cachorro.

— Desculpe —, eu digo tentando sem sucesso parar. — Mas é meio inacreditável.

Maggie ri comigo, e Elissa se junta a nós.

Ethan balança a cabeça.

— Por que todas as mulheres na minha vida estão determinadas a me torturar?

Eu me inclino e o beijo na bochecha. Sou recompensada com uma pontinha de um sorriso.

O resto da refeição passa rapidamente e fico impressionada com o banquete incrível que Maggie preparou. Quando termino, mal posso me mexer. Minha pobre barriguinha inchada está ao mesmo tempo no céu e no inferno, e eu amaldiçoo os anos que passei comendo a comida da minha mãe, na qual o grão-de-bico era considerado sagrado e tudo que tinha gosto bom, como manteiga ou sal, era tratado como um veneno mortal a ser evitado a todo custo.

Quando serve a sobremesa, Maggie me pergunta sobre a relação com minha família, e mesmo que eu geralmente fique nervosa em ser examinada tão abertamente, não parece que ela está sendo intrometida. Ela só quer conhecer a namorada do filho.

Eu a flagro algumas vezes observando quando Holt e eu conversamos um com o outro, e ela tem o mesmo olhar otimista que minha mãe usa sempre que tenta me converter ao veganismo. Estou torcendo para que Holt e eu funcionemos melhor do que meu curto relacionamento com tofu e leite de arroz.

Quanto ao Holt, gosto de vê-lo interagir com sua mãe e irmã. Ele e Elissa brigam sem parar, mas é numa boa, apesar dos esforços dele de parecer fodão. E a forma como ele é com a mãe? Me deixa toda derretida.

Dizem que você pode dizer muito sobre como um homem vai te tratar pela forma como ele trata a mãe. Se isso é verdade, eu espero ser tratada como uma rainha.

capítulo vinte
DESESPERO

Quatro dias depois acaba o feriado de Ações de Graças e estamos de volta a Westchester. Holt mal abriu minha porta e já estou em cima dele, beijando-o com tudo o que eu tenho.

Ele solta minha mala surpreso, e quase tropeçamos nela.

— Cassie, pega leve...

— Não me diga para pegar leve —, eu digo empurrando-o pela curta distância até o sofá. — Quatro dias, Ethan. Quatro dias de carícias intermináveis, orgasmos interrompidos e drama familiar. O tempo de pegar leve passou. Agora por favor, cale a boca e me beija.

O que quer que ele fosse dizer em seguida é abafado pela minha boca e eu monto nele enquanto afundo meus dedos em seu cabelo.

Ele está incrível. Gosto incrível. Como um homem pode ter um gosto tão bom vai além do meu conhecimento.

Sei que estou fora de controle, mas ele me deixou assim. Nosso final de semana com sua família terminou sendo bem divertido, apesar de certa tensão quando seu pai estava por perto. Mas estar com ele vinte e quatro horas durante dias foi uma tortura sexual. Entre visitar a cidade com sua irmã e as refeições familiares, mal tínhamos tempo sozinhos. E quando tínhamos, ele parava antes de rolar o melhor. O final de semana todo foi uma rodada gigante de preliminares torturantes, e

368 Leisa Rayven

se ele não parar de enrolar e me der algum alívio agorinha mesmo, vai ter uma rebelião feminina do tipo que ele nunca viu antes. Estou mais mexida do que o rosto da Jane Fonda depois das plásticas, poxa vida.

— Tira a camiseta —, eu o beijo por todo o rosto, então desço para o pescoço enquanto acrescento umas mordidinhas, porque sei que isso o deixa louco.

— Espera... só... Ai, porra.

Eu mordo o ponto onde o pescoço encontra o ombro e chupo forte. Ele empurra a pélvis para cima tão repentinamente que quase me joga de seu colo.

— Jesus, Cassie!

— Tira a camiseta!

Eu puxo e tiro sobre sua cabeça. Seu cabelo parece que foi eletro-cutado. Do jeito que meus neurônios estão agora, eu provavelmente poderia ter feito isso.

Quando jogo sua camiseta fora, ela bate no abajur ao lado de nós e cai no chão numa explosão de porcelana.

Ele afasta a boca de mim o suficiente para avaliar os danos.

— Você matou o abajur.

Eu movimento meus quadris em círculos.

— Pare de falar. Abajur não é importante. Ficar pelado sim.

Eu o apalpo desabotoando minha blusa. Ele diz algo em protesto, mas eu a arranco mesmo assim. A blusa aterrissa no chão ao lado do abajur morto e me deixa apenas de sutiã. Eu pressiono meu peito no dele e solto o ar aliviada. Quero beijá-lo inteiro. Começo no pescoço e me deleito no salgado e doce da sua pele enquanto esfrego meus quadris contra ele.

Ohhh, ele é duro e perfeito. Todas suas outras partes têm um gosto bom, e eu me pergunto se isso também.

Só de pensar nisso fico ainda mais desesperada e algo tem de acon-tecer antes que eu exploda em chamas.

— Calça —, eu digo, e mal é uma palavra. É mais um latido áspero.

— Quê? — ele está fazendo algo incrível com meus peitos.

Eu mal posso formar palavras, mas tento.

MEU ROMEU **369**

— Holt, pelo amor de tudo que é sagrado, tire sua maldita calça.

Meu grito o paralisa, então faço com minhas próprias mãos. Ele faz protestos vagos enquanto remexo no seu cinto, pois nesse ponto todos seus argumentos são inválidos.

Seu cinto é do tipo mais idiota que só tem uma placa de metal sólido presa com alfinetes ou sei lá. Eu puxo, frustrada.

— Merda...

— Cassie...

— Como funciona esse negócio?! — Eu agarro com as duas mãos e puxo e empurro tentando fazer soltar com força bruta, mas não cede. — Droga, Ethan, me ajuda aqui!

Parece que estou num filme de catástrofe e aquele cinto é o iceberg que vai afundar o navio Orgasmo. O cinto deve ser destruído.

Finalmente o metal cede e eu dou um gritinho da vitória antes de desabotoar freneticamente o jeans dele.

— Eu te quero —, digo empurrando minha mão nas cuecas dele.

Ai, Deus, sim. Isso, aqui mesmo, é o que eu quero.

— Ahhh... Jesus —, seus olhos vidram quando fecho minha mão ao redor dele.

— Por favor, Ethan. — Estou resmungando tanto que quase tenho vergonha. — Ruby não vai voltar até amanhã. Temos o lugar todo para nós. Por favor.

O olhar em seu rosto me diz que ele está prestes a dizer algo que não quero ouvir, então eu o beijo para se calar e o toco lentamente. Ele geme e agarra minhas coxas. Nenhuma dessas coisas me deixa menos frenética.

Eu fico de pé e desabotoo meu jeans, então puxo para baixo nos joelhos em tempo recorde. Tento ficar sobre eles para tirá-los, mas são jeans skinny, e essa coisa idiota não passa sobre meus pés gigantes.

— Droga!

Puxo meu pé para cima e tento soltá-lo, mas acabo desequilibrando e caio de cara na virilha do Ethan. Meu queixo bate em algo macio e ele se retorce e se protege.

— Poooooorra, garota...

— Desculpe! Ai, meu Deus, desculpe mesmo!

Ele cai de lado no sofá. Tento ficar de pé, desesperada para ajudar de alguma forma, mas meus pés ainda estão presos no meu jeans, então eu caio de novo.

— Merda!

Holt grunhe, seu rosto enfiado na almofada do sofá.

— Taylor, se vai ser uma fodona que destrói as bolas do seu namorado, vai ter de começar a usar palavrões de verdade.

Eu me sento no chão e puxo meu jeans até que meus pés estejam livres, então me ajoelho na frente dele.

— Sinto muito. Você está bem?

A voz dele se esforça quando ele diz.

— Bem, não vou mais ter o problema de gozar em tempo recorde, isso é bem certo.

Eu me abaixo e acaricio o cabelo dele.

— Sinto muito.

— Você só fica dizendo isso. Não ajuda.

— Não sei o que mais fazer.

Ele olha para meu jeans, que é como um pretzel de brim ao meu lado.

— Você é a única pessoa que pode transformar tirar a roupa num esporte radical. Para que diabos a pressa?

— Eu só... te queria.

— Eu te quero também, mas isso não significa que precisamos fazer sexo neste segundo. Nem chegamos no terceiro passo ainda.

— Chegamos sim.

Ele bufa.

— Não chegamos não. Eu me lembraria de você indo aí embaixo ou eu indo em você.

Todo o sangue que não está indo no momento para minhas partes baixas agora corre para meu rosto.

— Você não... quero dizer, isso é o terceiro passo? — Tenho um flash com a visão dele cara a cara com a amiguinha lá embaixo. — Eu... hum... achei que isso era o quarto passo.

Ele se senta e franze a testa.

— Cassie, quarto passo é sexo. Quantos passos você acha que existem?

Sei lá, mas quero que ele me ensine todos.

Eu me inclino para beijá-lo, mas ele se afasta.

— Só... pare, por um segundo, tá? O que há com você?

— Sinto muito, eu só... — eu desmorono novamente, me sentindo frustrada e boba. — Você me deixa louquinha, e eu quero fazer coisas com você e que você faça comigo, mas você fica parando e eu... — Meus olhos lacrimejam. Não posso fingir que as rejeições contínuas dele não magoam.

— Venha cá. — Ele me puxa no sofá e deitamos lado a lado.

Eu suspiro enquanto ele roça as costas dos dedos na minha bochecha.

— Tenho a impressão que eu quero mais isso do que você, e isso é um saco, sabe?

Ele olha para mim como se eu o acusasse de gostar dos filmes do Adam Sandler.

— Você acha... — ele balança a cabeça. — Acha que eu não te quero? Está falando sério?

Ele corre a mão pela minha cintura e alcança a pele nua da minha coxa.

— Como pode pensar por um segundo que eu não... — Ele abaixa o olhar. — Porra, o que você está usando?

Minha calcinha e sutiã não combinam, mas ele não parece se importar. Corre a ponta dos dedos pelo canto da minha calcinha de renda. É o mais próximo que ele já chegou de se aprofundar abaixo do tecido, e meu coração acelera imediatamente.

— Gosta disso?

Ele fecha a mão na minha cintura.

— Gosto de *você*. Sua calcinha é só um bônus. Se você entendesse... se tivesse alguma ideia do quanto eu... — ele olha para mim, olhos pesados e escuros. — Cassie, quero você o *tempo todo*. Demais.

Ele se inclina à frente e cobre minha boca com a dele, e a leve sucção quase me distrai da forma como ele corre sua mão pela minha perna para agarrar o ponto pouco abaixo do meu joelho.

— Preciso tomar cuidado com você —, ele diz entre beijos lentos e suaves. — Porque se eu ferrar com isso... — Ele beija meu pescoço quase falando consigo mesmo. — Eu realmente não quero ferrar com isso.

— Não vai. — Pego seu rosto com as mãos para fazê-lo olhar para mim. — Além do mais, qual é a pior coisa que poderia acontecer?

Ele passa os dedos pela minha barriga, então lentamente sobe para meus seios. Ele me provoca ali enquanto beija meu pescoço, depois desce até o topo do meu sutiã. Quando eu acho que ele não pode me incendiar mais, ele move as mãos mais para baixo. E mais baixo. Então ele está *logo ali*, na minha calcinha, primeiro tocando gentilmente, então pressionando mais duro, tornando minha respiração mais superficial. Ele toma controle do meu prazer como se tivesse um manual de instruções, olhando para meu rosto o tempo todo para captar minhas reações.

Como isso é possível? Como ele pode saber o que fazer com meu corpo quando ainda estou tateando perdida?

Em sessenta segundos ele me deixa mais próxima do orgasmo do que consigo chegar em dez minutos sozinha. Inconscientemente eu me esfrego na mão dele, para tentar encontrar o momento mágico de sensação que vai me levar até o limite.

— Esse olhar —, ele diz enquanto aperto minha cabeça nas almofadas. — Pertence a mim. A forma como sua boca se abre. Suas pestanas tremem. Esse olhar é todo meu.

Então perco o ar, porque ele pressiona *dentro* da minha calcinha e a coloca pro lado. Ele nunca fez isso antes e... ohhhh, meu Deus, seus dedos... seus perfeitos dedos maravilhosos.

Eu aperto os olhos fechados enquanto ele toca partes de mim que nunca toquei antes.

Ele geme também, e pressiona sua testa contra a minha.

— Jesus... tão lisinha. E pelada. Que porra está tentando fazer comigo?

— Ruby. — Estou ofegante e quase incoerente.

— Não, sou o Ethan. Mas se tem alguma história incrível de lesbianismo que você queira me contar sobre sua colega de quarto, sou todo ouvidos. — Ele pressiona mais.

— Não —, eu digo, mal capaz de soltar as palavras. — Ruby me força a fazer depilação brasileira. Por isso que estou lisinha. Dói pra caramba.

Ele move as mãos mais rápido e não consigo manter os olhos abertos.

— Neste momento, Ruby é minha heroína. Nunca senti algo assim.

— Ai Deus... Nem eu.

Então parece que ele está me beijando e tocando todos os lugares ao mesmo tempo e tudo é uma respiração pesada e ruídos graves. Ele aperta e faz espirais, até que eu ache que possa desmaiar de intensidade.

— Adoro fazer você gozar —, ele sussurra, pouco antes de acontecer.

Minhas costas arqueiam e todas minhas amarras se arrebentam e soltam.

Ai meu Deus, ai meu Deus, ai meu Deus...

Ele murmura uma aprovação enquanto me vê girar por camadas de prazer, e sussurra encorajamentos até que estou ofegante e largada ao lado dele.

Uau.

Apenas... *uau*.

Os últimos tremores passam e eu derreto nos braços dele, mais do que relaxada. Infinitos dias de frustação e tensão sexual desaparecem, e estou tão pesadamente satisfeita que não consigo me mexer. Graças a Deus que um de nós sabe como me desligar.

Ele puxa minha calcinha de volta pro lugar. Eu respiro fundo, mas parece que leva uma eternidade para meu coração acelerado voltar ao normal.

Quando abro os olhos, eu o vejo olhando para mim com uma expressão que faz minha pulsação acelerar novamente. Mas logo que nossos olhos se encontram, algo muda, e suas cortinas emocionais se fecham.

Eu toco o rosto dele num esforço de mantê-lo comigo.

— Isso foi... fantástico.

— É?

— Nossa, sim. Então você está me dizendo que isso foi... o quê? Segundo passo?

— Hum hum.

— Uau. Segundo passo é foda.

— Sente-se menos... frenética agora?

— É. Me sinto como um bicho preguiça sob efeito de Valium. — Passo minha mão pela frente do jeans dele e sinto como ele ainda está duro. — Então, posso te ajudar a relaxar agora?

Ele se tensiona.

— Estou relaxado.

— Primeiro de tudo, você quase nunca está relaxado. Segundo, essa parte de você está definitivamente tensa. Creio que ele gostaria de um pezinho no terceiro passo. Ou talvez até o pé inteiro.

— Cassie... — Ele se afasta e se senta do outro lado do sofá. — Não vamos fazer sexo esta noite.

— Por que não?

Ele se vira para mim.

— Como você pode ser tão blasé sobre transar pela primeira vez?

— Não sou blasé, só não acho que seja grande coisa.

— Essa é a definição de blasé.

Eu suspiro.

— Tá. Ótimo, mas acho que estou pronta. E posso ver que você está também, então não entendo por que fica dizendo não. Quero dizer, não fica desconfortável? Não quer se aliviar?

Ele me dá um sorriso safado.

— Acha que todas essas idas ao banheiro durante nossa estadia com meus pais foram pra mijar? Você deve achar que tenho a menor bexiga do mundo.

— Quer dizer, quando você estava no banheiro, você estava...

— É. — Ele diz quase sem vergonha.

Só a ideia dele se satisfazendo faz meu rosto queimar.

— Na casa dos seus pais?!

— Eu cresci naquela casa. Tenho me masturbado lá desde a puberdade. Além do mais, era isso ou caminhar o final de semana todo com o pau duro e, acredite, isso seria pior.

— Mas se eu te excito tanto assim, por que não estamos pelados na cama neste instante?

Ele se ajeita e corre a mão pelo cabelo.

— Cassie, estou ciente de que você é virgem, e tirando a dor que vai sentir da primeira vez, também vai ser um marco na sua vida. Nunca vai ter essa primeira vez de novo e eu... só não quero estragar isso para você.

— Como diabos você poderia estragar? Não é que você não saiba o que está fazendo. Quero dizer, julgando pelo que você consegue atingir apenas com seus dedos, ter seu corpo todo vai balançar meu mundo.

— Não estou falando sobre o sexo em si.

— Então sobre o que está falando? Porque estou meio confusa aqui.

Ele olha para as mãos.

— E se fizermos e você descobrir que não posso ser o namorado que você precisa e terminar me odiando? A lembrança da sua primeira vez vai ser sempre ruim.

— Por que você acha isso?

Ele respira fundo.

— Porque é o que aconteceu comigo. — Ele aperta as mãos e os nós dos dedos até estalarem. Leva alguns momentos antes de a ficha cair.

— Oh! Vanessa? Ela foi sua...

— Sim.

Nos sentamos em silêncio por alguns segundos, e eu me sinto mal por duvidar que ele me queria. Nunca me ocorreu que ele estava tentando se certificar de que eu não caísse de cara numa relação sexual e acabasse me arrependendo.

— Só não quero que você cometa os erros que eu cometi —, ele diz.

Eu faço que sim.

— Tá. Posso ver de onde isso vem.

Seus olhos estão protegidos, mas com o tom do tesão que vi mais cedo.

— Pode?

— É. Meio que acho que... bem, é fofo da sua parte.

Ele franze a testa.

— Não me chame de fofo. Me chame de gostoso. Ou incrível. Ou bem-dotado. Gatinhos são fofos, eu não.

Tento não rir.

— Tá. Ótimo. Você é gostoso, incrível, bem-dotado e fodão.

Ele assente.

— Melhor.

Eu o cutuco com meu pé e ele agarra. Dá um leve aperto antes de levar para a boca para que possa beijar meu tornozelo.

Ai, minha nossa senhora...

— Então —, ele diz beijando minha canela — meu ponto é que eu posso ter um monte de questões, mas não desejar você não é uma delas. Tentar me controlar perto de você, por outro lado... — Ele olha direto para minha calcinha e pernas nuas. — É definitivamente um problema. Você me excita tanto todo o tempo que fico envergonhado de pensar quão curto meu pavio vai estar quando finalmente encerrarmos a questão.

— Mas vamos encerrar a questão?

Ele coloca as mãos nas minhas coxas e acaricia lentamente.

— Talvez. Se tentarmos essa coisa de namorado-namorada por um tempo, e você não quiser me matar.

— É, vou correr o risco de dizer que mesmo que eu queira te matar, eu ainda quero fazer sexo com você. Tem certeza de que não quer fazer esta noite? Ruby tem, tipo, um milhão de camisinhas no criado-mudo. Ela não sentiria falta de uma. Ou de quatro.

Ele joga a cabeça para trás e meio que grunhe, meio ri quando beijo seu pescoço. Sei o quanto ele gosta quando mordisco e chupo. Estou tentando fazê-lo esquecer todos os motivos nobres pelos quais deveríamos esperar? Talvez. Tudo o que eu sei é que quanto mais tempo eu passo beijando-o, mais faminto ele fica. Ele acha que eu poderia terminar me arrependendo de dormir com ele. Eu duvido. Mas sei que se ele sair daqui esta noite sem fazer amor comigo, eu definitivamente vou me arrepender.

Eu beijo ele todo, tentando destruir sua resistência. Seu peito é quente e uso lábios macios e dedos gentis. Quando levanto o olhar, eu o encontro me observando. Enquanto eu me movo mais para baixo para explorar seu abdômen definido, ele vira a cabeça para trás e solta o ar.

Cochicho coisas em sua pele. Digo o quanto ele é bonito, quão especial ele é, o quanto preciso dele. Ele responde franzindo a testa. Não creio que ele acredite em mim, mas estou determinada a fazê-lo.

Quando volto à sua boca, ele me deixa ver mais o quanto quer e me beija tão profundamente que me deixa tonta.

Quando busco o zíper de sua calça, ele se afasta, sem fôlego. — Achei que tínhamos concordado em não fazer sexo esta noite.

— Não. Você disse que deveríamos esperar. Eu não concordei.

— Mas você disse que entendia. Achou fofo.

— Eu entendo e sua preocupação é fofa. Eu só acho que é completamente desnecessária. — Passo meus dedos no peito dele e vejo arrepios se formando. — Se você realmente não quer levar isso adiante esta noite, sem problema. Só me diga para parar. — Eu beijo o pescoço dele. Sinto o gosto da pele. Salgada e quente apesar do frio lá fora. — Faço o que você quiser.

Ele agarra meus quadris enquanto me esfrego nele, mas ele não diz nada.

— Quer que eu pare, Ethan? — Eu beijo sua clavícula, seu peitoral, logo acima do mamilo. Ele aperta os olhos fechados. — Ou quer que eu continue te tocando?

Quando ele abre os olhos, há fogo lá. Profundo e faminto.

Ele envolve a mão no meu cabelo.

— Não acha que posso parar, acha?

— Sei que pode. Só espero que não pare.

Ele me encara por alguns segundos antes de me puxar num beijo abrasador.

Lábios. Língua. *Ai, Deus. A língua dele*.

Ele tem gosto de tesão. Cheiro também. Mesmo que possa senti-lo tentando resistir, conheço suas zonas erógenas tão bem quanto ele conhece as minhas, e eu uso isso contra ele.

Após mais alguns minutos de sedução, suas mãos estão por todo lado, empurrando sob o elástico e puxando as alças. Quando eu o sinto ficando ávido, eu me afasto. Seu olhar esquenta minha pele enquanto ele me observa tirando o sutiã. Então, do nada, ele não parece mais tão cauteloso. Ele faz um som e juro que é o fim de sua força de vontade se esgarçando. Ele fica de pé, me levando com ele, e é como se ele estivesse por cima de mim. Mãos e boca, e ruídos sombrios, necessitados.

Então tudo parece acontecer num borrão. Minhas costas são pressionadas contra paredes e portas enquanto ele nos leva em direção ao quarto. Eu puxo seu cabelo. Afundo dentes em seu ombro. Ele me carrega com um braço e usa o outro para puxar suas roupas.

Estamos os dois cheios de tesão. Mãos urgentes empurram e sondam, não satisfeitas com nada além da pele desimpedida. Para mim, cada peça que acerta o chão parece uma vitória. Cada ruído grave que ele faz se torna meu novo hino.

Cada vez que ele se aperta contra mim, posso sentir mais dele, e quanto mais eu sinto, mais eu preciso.

Quando estamos finalmente os dois nus na cama, o mero volume de sua pele contra a minha me faz parar na hora e buscar ar.

Quando olho para ele, meu receio está refletido em seus olhos.

— Cassie...

Eu o paro com um beijo.

— Diga que me quer.

— Você sabe que quero, mas...

— Então faça amor comigo.

Ele abaixa a cabeça e bufa.

— Você merece...

— Você. Eu mereço você. Pare de remoer isso e faça amor comigo. Você disse que queria que a primeira vez fosse especial. Então faça ser especial. Quero que seja com você. Não entende? É a coisa mais especial que pode me dar. Por favor.

Ele aperta os olhos fechados. Seu corpo está contido com tensão de tantas fontes diferentes. Não acho que ele possa imaginar como escapar. Eu o empurro de costas e monto em sua cintura antes de me inclinar para que meu cabelo roce seu peito. Acaricio seus braços e tento soltar suas amarras emocionais.

— Pare de pensar —, eu cochicho e beijo seu pescoço. Ele suspira quando eu desço por seu peito e levanta meu cabelo para poder olhar. — Por uma noite, apenas esteja comigo. Sem medo. Sem culpa. Apenas nós.

Eu me abaixo e beijo sua barriga. Pele quente. Pelos esparsos. Músculos tremem sob meus lábios enquanto ele aperta sua mão no meu cabelo.

— Não é fácil desligar meu cérebro —, ele diz, sua voz baixa.

— Então me deixe ajudar.

Eu me abaixo para onde ele é duro e roço meus dedos primeiro, então lábios e língua. Ele faz um longo ruído tenso que vibra por todos seus músculos.

Deus, o som dele. A sensação dele. Como cada toque o faz ir um pouquinho mais.

Levanto o olhar e vejo que ele está me assistindo, extasiado. Pela primeira vez, ele está totalmente aqui. Não perdido em sua cabeça em algum lugar. Sua expressão é de tirar o fôlego, vulnerável enquanto dou prazer a ele.

— Deus... Cassie...

Ele toca meu rosto gentilmente, a expressão em sua face reverente. Eu movo minha boca sobre ele, fazendo cada toque dizer algo. Quando ele xinga para si mesmo, sei que ele está próximo. Antes que ele possa terminar, me levanta e me afasta me deixando de costas. Ele me beija e então desce para o resto do meu corpo para explorar todas as partes que ele não viu antes.

O olhar de espanto em seu rosto quase me faz rir. Eu não tenho ilusão de ter o corpo perfeito ou de ser a menina mais bonita do mundo. Mas a forma como ele me olha me faz sentir assim.

Ele passa os dedos sobre meus mamilos e me faz estremecer. Sua boca segue.

Sim.

Cada fenda e ranhura de meu corpo é explorada. Tocada e beijada. Sugada e mordiscada. Ele venera minha pele e faz ruídos suaves que falam mais alto do que a maioria das palavras que ele já disse.

Assim, ele é meu. Completamente. É tão claro na forma como ele me observa. Como se estivesse prestando atenção em cada novo marco de prazer enquanto convence todas as minhas terminações nervosas a dançar para ele.

Estou desesperada para perguntar a ele se isso é normal, se as outras mulheres com quem ele esteve ficaram tão acabadas por ele. Mas decido acreditar que isso é extraordinário para nós dois. Essa erupção química bizarra que provocamos um no outro é única.

Enxergo turvo enquanto ele empurra sua mão entre minhas coxas. Dedos gentis. Círculos fechados. Eu me agarro a ele e aperto; cochicho seu nome para incitá-lo a continuar. Preciso, preciso, preciso.

Longos minutos se alongam e recuam. Ele me puxa, gentil mas determinado, e quando ele finalmente me deixa gozar, eu grito com todos os meus músculos tremendo em espasmos.

Agarro seus ombros durante meu clímax e ele beija minha testa. Ele parece estar respirando quase tão pesado quanto eu. Quando volto aos meus sentidos e abro os olhos, ele parece confuso. Quase como se não acreditasse no que acabou de testemunhar.

— Nunca vou me cansar de ver isso —, ele diz e balança a cabeça. — É ridículo para caralho como o órgão de outra pessoa pode me dar tanto prazer.

Ele cai de bruços, e eu o beijo no ombro, no peito, então pressiono meus lábios sobre seu coração para sentir quão rápido está batendo. Noto como acelera quando busco entre nós e o pego na minha mão.

— Ahhhh, Deus...

A sensação dele me faz querer mais ainda. Como segurar o formato exato da minha necessidade. Eu me pergunto se algum dia vou ver algo mais magnífico do que os espasmos de prazer do Ethan. Duvido muito.

— Você é tão lindo —, eu cochicho.

Ele abre os olhos, e por apenas um momento eu penso que ele se deixou acreditar.

Eu o beijo. Sua resposta é faminta e desesperada e eu nunca precisei de nada tanto quanto preciso dele dentro de mim. Ou ele precisa disso também ou finalmente entendeu minha determinação implacável, porque ele agarra seu jeans do chão, tira sua carteira e coloca uma camisinha.

Nunca tinha visto um homem colocar uma camisinha antes, e apesar de imaginar que não seria um ato inerentemente sexual, ver Ethan fazer isso é incrívelmente excitante. Ele se move rapidamente, mãos certas e confiantes e um arrepio corre por minha espinha.

Vamos fazer sexo.

Vou perder minha virgindade.

Pela primeira vez na vida, vou ter outra pessoa... um homem... *Ethan*... dentro do meu corpo.

Estou tomada por uma onda de nervos. Por tanto tempo jurei de pés juntos que minha virgindade não era nada além de um peso, mas enquanto Ethan me beija e aperta entre minhas pernas, a importância do que vai acontecer me ocorre.

Eu fico tensa. Ele está tão perto de onde eu o queria há meses. Ele para e franze a testa. — O que há de errado?

Eu balanço a cabeça. — Nada. Eu só...

— Podemos parar. Provavelmente deveríamos...

— Não! Deus, não, por favor —, eu toco seu rosto. — Eu só estou... este é meio um grande momento, sabe? Eu não sabia que seria, mas é. Depois disso... tudo vai ser diferente.

Sua expressão se torna sombria. — Vou te machucar.

— Eu sei. Mas tem de acontecer, certo?

Ele não responde. Já está arrependido.

— Quando chegar nessa parte, apenas faça, tá? Rápido. Eu prefiro que seja rápido e termine do que arrastar isso.

Ele pausa com o medo crescendo.

— Cassie...

Eu envolvo meus braços nele e o puxo para baixo. Ele me beija profundamente, mas o som que ele faz quase parece um protesto. Como se ele quisesse parar, mas não conseguisse.

— Vai ficar tudo bem —, eu sussurro e toco seu rosto. — Não se preocupe. — Envolvo meus braços neles e o puxo para baixo. Ele me beija pressionado contra mim e posso sentir quão duro ele está. Eu o beijo mais uma vez. — Ethan?

— Sim?

— Estou muito feliz que seja você.

Ele engole e assente, e quando me beija novamente eu o sinto buscar entre nós. Seguro o fôlego. Há pressão, muito mais do que com meus dedos, e aumenta enquanto ele empurra à frente. Ele não vai longe. Grunhimos contra o lábio um do outro antes de parar, testa com testa.

— Você está bem?

Faço que sim.

— Não pare.

Ele se move novamente, então a pressão começa a queimar. Quando fecho meus olhos contra a dor, ele para.

— Não. Continue, por favor.

— Olhe para mim.

Abro os olhos e vejo tensão e preocupação em seu rosto.

— Apenas continue olhando para mim, tá? Não pense na dor. Fique comigo. — Ele se move à frente novamente até não poder ir mais longe. Eu grunho em frustração. Ele se afasta antes de empurrar com mais força, e desta vez dói realmente. Eu gemo e ele tenta me distrair com sua boca.

— Você é incrível —, ele cochicha contra meus lábios. — Eu sabia que seria, mas... Deus —, ele força novamente e eu grito quando uma dor aguda passa por mim. Enfio as unhas em seus ombros. Ele para por um segundo, mas eu o incito a continuar.

Quando ele pressiona, machuca. Músculos e tecidos se estendem e doem. Uma pontada de pânico me atinge quando acho que ele não vai caber.

Deus, não. E se ele não couber?

Ele balança de um lado para o outro e consegue ir um pouco mais fundo cada vez. Sua testa se franze em concentração e ele alterna entre perguntar se estou bem e me beijar.

— Desculpa por doer —, ele cochicha. Eu ranjo os dentes quando ele se move mais fundo. — Nunca quis te ferir. Nunca.

Outra pressão. Então outra. Eu solto uma longa respiração e ele também, então seus quadris descansam contra minhas coxas e eu percebo que ele está totalmente dentro de mim.

Totalmente.

Seu corpo unido ao meu.

Finalmente.

Eu olho para ele surpresa. A dor foi substituída por uma queimação pulsante, mas não impede que eu fique impressionada. Tudo o que ele está sentido se reflete em seus olhos. Prazer, choque, tesão, amor, arrependimento, euforia.

Dessa forma ele é como um livro aberto. Nada escondido ou enterrado.

Apenas nós. Juntos em muito mais maneiras do que apenas a física. É a coisa mais incrível que já senti.

Transbordando com ele, mal posso respirar. É por isso que esperei. É o que ansiei por meses. Entendo por que ele tem se escondido desses sentimentos todo esse tempo. São poderosos demais e muito assustadores. Se você nunca viu o paraíso, não sabe o que está perdendo. Mas nós vemos agora. Nós dois. Ele foi cegado para não ver, e por mais que ele queira afastar o olhar, não pode.

Nem eu.

— Cassie...

— Estou bem.

Ele se move um pouco e então congela. Todos os seus músculos tensionam. — Deus... Não posso... Você é... inacreditável.

Ele abaixa a cabeça no meu pescoço e apenas respira. Eu o seguro e saboreio o momento. Acaricio suas costas. Absorvo toda a retidão dele.

Achei que eu não queria que fosse especial, mas aqui está. Seu rosto pressionado no meu pescoço e não sei dizer se ele está tentando se controlar. Ficar com ele assim é mais do que especial. É essencial. Não posso imaginar dar esta parte de mim para mais ninguém. Tento tirar um retrato mental porque sei que no álbum da minha vida este momento é insubstituível. Ele se empurra para cima nos cotovelos, e quando se move, faz lentamente. Observa com um olhar de concentração preocupada. Acho que está tentando esconder o quanto está curtindo. Como se fosse errado ele sentir prazer enquanto sinto dor.

Ele não precisa se preocupar. Com cada arremetida a queimação diminui e após alguns minutos estou sem fôlego e arqueando pela penetração profunda dele.

Suas arremetidas se tornam mais confiantes.

— Você está dentro de mim —, eu digo.

Ele beija meu ombro e pressiona a testa contra ele. Sua voz está falha quando diz — É justo. Você tem estado dentro de mim há meses. Está bem?

— Hmmm. Você é incrível.

Ele pressiona profundamente e grunhe.

— Eu sou incrível? Está brincando? Você é... — Ele fecha os olhos e balança a cabeça. — Cassie, não há palavras o suficiente para descrever quão incrível você é.

Ele continua balançando, e apesar de nenhum de nós poder falar mais, os ruídos no quarto falam horrores. Respiração grunhindo. Suspiros ásperos. Todo tipo de murmúrio enquanto nos beijamos e agarramos um ao outo.

Ele empurra com as mãos e não sei dizer se ele está tentando se segurar ou se liberar. Seu rosto é lindo. Cada nuance do que ele está sentindo se desenrola em detalhes intrincados. Está me mostrando todas as partes de si que eu sabia que estavam enterradas lá dentro. Claro, o medo ainda está ali, mas também está a força, a coragem, a vulnerabilidade nua e a emoção profunda. Quero contar a ele como ele me tira o fôlego, mas não tenho palavras. Estou magnetizada demais para tentar encontrá-las. Hesitante demais para afastar o olhar caso ele desapareça.

Logo não consigo manter meus olhos abertos, então os fecho e apenas sinto. Dedos seguram. Quadris se conectam. Músculos tremem e a pele esquenta. A tensão se guarda dentro de mim e eu abro os olhos para encontrá-lo olhando para mim, boquiaberto e com pestanas pesadas.

— Cassie...

Ele cochicha meu nome nos momentos quando sua boca não está em mim. Soa como se ele estivesse implorando. Pelo que eu não sei. O que quer que seja, ele pode levar. Tê-lo assim acabou comigo. Como posso querer qualquer outro depois de experimentar isso com ele? Ele está tão fundo em mim que se tatuou em cada terminação nervosa. Prazer e dor e perfeição ofegante.

— Cassie, não posso. Eu vou... Oh, Deus. Oh, Deus.

O rosto dele desmonta. Suas arremetidas se tornam erráticas e tudo o que ele solta soa mais como gemidos. Ele se enrola em mim e me segura tão perto que parece que dividimos a mesma batida tempestuosa. O prazer que queima dentro de mim desabrochou numa flor totalmente aberta. É tudo o que posso fazer para manter meus olhos abertos e olhá-lo.

Um som gutural vibra em seu peito, antes da arremetida parar. Ele cai à frente e murmura cochichos incoerentes no meu peito. Eu suspiro sob o peso dele, sentindo-me pesada e saciada. Não posso me mover e não quero. Respiramos um contra o outro e ainda posso senti-lo dentro. Por algum motivo, lágrimas caem nas minhas bochechas. Acho que parte de mim acreditou que nunca chegaríamos a esse ponto. Que ele nunca concordaria em ser parte de seu ato mais íntimo. E assim, aqui estamos, pelados e sem fôlego, dando um ao outro uma parte de nós mesmos que ninguém mais tem.

Tento engolir minhas emoções, mas não posso, então apenas deixo as lágrimas caírem.

É isso que é se apaixonar? Uma gratidão opressiva pela outra pessoa estar com você enquanto dividem algo impressionante? Sabendo que a coisa mais impressionante que elas podem dividir está nelas mesmas?

— Obrigada —, eu digo, tentando manter a voz firme.

Ele me aperta e fico surpresa de sentir umidade no meu ombro. Tento ver seu rosto, mas ele mantém enterrado no meu pescoço.

— Ethan?

Ele fica em silêncio e se segura a mim. Sua respiração está superficial. Posso sentir seu coração batendo entre as costelas, e acaricio suas costas para dar a ele um momento.

Finalmente ele solta o ar. É profundo e trêmulo. Ele levanta seus quadris para retirar lentamente. E quando está completamente fora, um vazio estranho expande dentro de mim. Sem querer, eu aperto mais meus braços ao redor dele. Ele me beija antes de empurrar de volta e tirar a camisinha.

— Venha —, ele diz. Ele sai da cama e estende sua mão para mim. — Vamos te dar um banho.

No banheiro, ele enche a banheira e deixa eu me molhar por um tempo. Fecho os olhos enquanto ele lava minhas costas. Estou dolorida, mas não mais do que quando exercito músculos que não estão acostumados a serem trabalhados.

Ethan fica em silêncio, mas mantém uma mão em mim o tempo todo. Certifica-se de que estou bem.

Quando voltamos para a cama, eu me aninho em seu peito. Suas batidas soam estranhas. Meio como se houvesse um eco a mais em suas costelas. Mas ele toca meu braço e logo é apenas um rumor debaixo de meus ouvidos.

Quando eu apago, sonho com ele.

O Ethan do sonho fica na frente de mim e se veste. Coloca camada após camada e cobre todas as partes que acabaram de fazer amor comigo. As partes corajosas, as partes amorosas. Tento pará-lo, mas ele está determinado. Finalmente, tudo está escondido. Coberto e protegido.

Não. Estamos além disso agora.

Ele balbucia algo. Estudo seus lábios quando eles se encontram e se afastam.

O que ele está dizendo?

Por um momento acho que ele está dizendo que me ama. Diz tão suave que mal consigo ouvir. Então escuto.

— Sinto muito.

Ele diz seguidamente. Quieto e arrependido.

Quando acordo, fico enjoada quando percebo que não foi um sonho.

capítulo vinte e um
EPIFANIA

Hoje
Nova York
Diário de Cassandra Taylor

Querido diário,

Boas novas! Ethan quer que reatemos, então estou magicamente cura-da e vamos viver felizes para sempre!

Caso não tenha percebido, estou sendo irônica.

A verdade é que, por mais que eu acredite que Ethan tenha mudado, não é o suficiente.

Se ao menos pudesse voltar no tempo e implorar para mim mesma para não me apaixonar tão perdidamente por ele. Não que minha versão jovem fosse me ouvir. Sabia que ele tinha problemas, mas imaginei que o que tínhamos era forte o bastante para amenizar todas as suas feridas.

Por um tempo, foi. Mas não passou de uma ilusão, como quando a neve cobre buracos gigantes, fazendo parecer que o chão é perfeito e sólido.

Holt e eu nunca fomos sólidos. Apenas tínhamos diferentes camadas de merdas mal resolvidas. Estávamos sempre oscilando no limite de nossas inúmeras inseguranças.

Agora, ele está pedindo que ande por esse caminho escorregadio novamente. Mas está cuidando tão bem de mim que fico tentada a acreditar que é seguro andar por ali.

O problema é que não importa quão cuidadoso ele seja, sempre vou me lembrar das outras quedas. E não importa o quanto ele repita que está diferente, sempre saberei que foi às minhas custas.

Ele precisou partir meu coração duas vezes para ter uma epifania forte o suficiente para fazê-lo mudar. Bom pra caralho para ele.

O que será preciso para eu ter a minha?

Permaneço no bar bebericando minha vodca. É a terceira, e finalmente estou começando a ficar menos sensível. Ou talvez mais sensível. É difícil de dizer.

Posso ouvi-los do outro lado do restaurante, rindo e conversando. Estão comemorando nossa mudança para o teatro na semana que vem. Ensaios técnicos. Pré-estreias. Deixar a peça o mais perfeita possível antes de o mundo nos julgar na grande noite.

Eu deveria estar com eles. Mas não estou no clima.

Marco levanta sua taça na minha direção e sorri. Tão feliz com o que ele criou. No palco, Ethan e eu somos impecáveis. O que o fez confiar mais em mim.

Sorrio para ele antes de olhar para minha bebida.

Ele não percebe que está confiando em alguém cujas emoções estão travando lentamente.

Risadas altas rugem pelo salão. Quando me viro, vejo Holt rindo enquanto Marco gesticula loucamente.

Ele parece tão feliz.

Quando termino minha bebida, peço outra. Talvez quatro seja meu número da sorte. Um homem senta-se na banqueta ao meu lado. Ele me dá um sorriso enquanto pede um uísque. Ele parece um pouco com o Ethan. Cabelo escuro, olhos azuis. Atraente. Terno caro. Gravata frouxa, camisa desabotoada.

Devo estar encarando porque ele me olha quando o barman lhe entrega sua bebida.

— Eu te ofereceria uma, mas parece que essa aí ainda é novinha.

Eu pisco e desvio o olhar.

— Hum... é. Tudo bem.

— Está sozinha aqui?

Não é isso que ele está perguntando. Mas respondo mesmo assim.

— Estou aqui com amigos. — E aponto para a mesa barulhenta no canto. Holt está imitando alguém. Possivelmente Jack Nicholson. O estranho assente.

— Ah. Descansando da futilidade?

— Algo assim.

Um calor percorre minha espinha. O olhar aguçado de Holt queima do outro lado do salão. Ele parou a imitação no meio. Senti seus olhares sutis a noite toda, mas agora é diferente. Não estou mais sozinha.

Isso me faz lembrar dele antes da mudança de personalidade. Sempre tão ciumento.

Eu me viro de volta para o bar e tento ignorá-lo.

O estranho se aproxima, e o uísque em seu hálito o faz ter o cheiro do Ethan.

— Você é linda demais para ficar sozinha — ele diz. — Há algo que eu possa fazer sobre isso?

Ouvi variações disso incontáveis vezes ao longo desses anos, e em incontáveis vezes deixei esses homens cuidarem do assunto. E eu trepava com eles desesperadamente. Usando-os e odiando-os depois por não serem Ethan. Odiando a mim mesma por ainda querê-lo tanto.

Odiando *Ethan*, principalmente.

O estranho ainda está esperando uma resposta, com esperanças de que minha vulnerabilidade lhe garanta uma trepada. No passado, provavelmente teria garantido.

— Só quero ficar bebendo um pouco — respondo e sorrio, ciente de que Holt está vigiando cada movimento meu. — Obrigada mesmo assim.

Toco o braço dele. Começo no tríceps e desço ao cotovelo. Minhas palavras dizem "não", mas meu toque diz "talvez". Não falo sério no "talvez", mas Holt não sabe disso, e talvez eu fique tentada. Talvez eu seja mesquinha o suficiente para testar sua nova serenidade e ver se ele realmente mudou tanto quanto diz.

Converso com o estranho. Dou a ele um sorriso tímido.

O olhar de Ethan me queimando mais a cada segundo. Experimento uma sensação doentia de conforto com isso.

Eu me pergunto até onde preciso ir para ele ceder.

Outra bebida. Mais conversa. Posso sentir a frustração de Ethan como uma onda no ar, vibrando contra mim, dizendo que o que estou fazendo é errado.

É ofensivo.

Vingativo.

Depois de cinco bebidas, não me importo mais. O estranho está com o braço ao redor de mim enquanto cochicha na minha orelha. Ele me diz como sou bonita. O quanto me deseja.

Solto uma risada, porque não me sinto bonita. Me sinto um lixo.

O homem finca um beijo suave no meu pescoço. Digo a ele para parar. Quando ele beija de novo, Holt aparece ao meu lado, carrancudo e com os músculos contraídos.

— Tá, Cassie. Hora de ir.

— Espere aí, camarada. — O estranho aperta o braço na minha cintura. — A moça e eu estamos conversando.

Ethan praticamente rosna para ele.

— Sua conversa acabou, *camarada*. Tira a porra da mão de cima dela.

Ah, o homem das cavernas. É meio que um alívio que ele não seja tão perfeito afinal. Diminui o tamanho das minhas imperfeições.

O estranho franze o cenho e abaixa a bebida.

— Quem é você para me dizer o que fazer?

Ethan se inclina sobre o rosto dele.

— Sou o cara que vai arremessar a merda da sua cabeça pelo bar se ficar com as mãos nela por mais um segundo. Alguma outra coisa que queira saber?

Com uma pontada de medo, o estranho me solta e Holt me coloca de pé. Eu me sinto culpada por levar o estranho a isso, mas não tão culpada quanto me sinto por ferrar com o Ethan. Não consigo nem olhar para ele quando ele me leva para fora.

Estamos na calçada, ele me deixa de pé. Cambaleio pela sarjeta e me apoio num carro estacionado enquanto tento chamar um táxi. Tudo está girando e ruim e eu sei que só ele pode melhorar as coisas. Isso me deixa puta de raiva.

— Cassie, que porra está havendo com você hoje?

Outro táxi passa e eu aceno desajeitada, quase caindo antes que braços fortes me envolvam e me segurem.

— Jesus, pode parar? Vai acabar sendo atropelada.

Agarro a camisa dele quando minhas pernas cedem, e eu sinto seu calor, seus braços, os lábios na minha testa enquanto respiro o cheiro tão bom dele.

— Volte para dentro.

— Preciso ir.

— Então vou com você.

— Não. Não aguento isso.

— O quê?

— Isso! — O rosto dele está próximo demais. A boca, provocativa demais. — Isso! — Eu empurro o peito dele, mão sobre o coração. — Você!

Estou agitada. Amarga com coisas que não posso mudar e assustada demais para pensar nas coisas que posso.

Ele me olha feio, com uma raiva mal reprimida.

— Seria mais fácil para você se eu fosse um imbecil num terninho que só quer uma foda? Você me aguentaria então?

Minhas pernas cedem novamente. Ele me puxa contra ele, me levanta do chão, e estamos face a face. Essa proximidade está me matando.

— Chega. Vou te levar para casa.

Balanço a cabeça, desejando que ele pudesse entender que se eu ficar mais tempo na sua presença minhas feridas vão se abrir, e realmente não posso desmontar agora. Amargura é a única coisa que me mantém inteira. Sem isso, fico em pedaços.

Perdida.

Minha respiração fraqueja e ele solta o abraço. Coloca sua mão no meu rosto.

— Merda. — Ele me puxa para ele. Cochicha na minha orelha. — Não chore. Por favor. Me desculpe. O que quer que esteja rolando esta noite, você vai ficar bem.

Não acredito nele.

Ele passa um dos braços pelas minhas costas enquanto chama um táxi com o outro. O táxi para e ele me coloca no banco traseiro e dá ao motorista dinheiro com instruções para me ajudar até minha porta, se necessário. Então, o rosto dele está diante do meu, preocupado e triste.

— Me liga quando chegar em casa, tá? — Eu estudo o banco traseiro.

— Cassie, estou falando sério. Olha para mim.

Minha cabeça está tão pesada.

É tudo difícil demais.

Ele pega meu queixo para levantar meu rosto.

Olhos sóbrios me observam.

— Promete que vai me ligar quando chegar em casa, senão vou com você.

Ele me encara até eu fazer que sim.

Um nó se aperta na minha garganta quando ele beija minha testa.

Por que ele insiste em fazer tudo parecer fácil quando isso é claramente impossível?

Ele desaparece e a porta bate. O carro entra em movimento, e sei que ele não está mais olhando. Eu desabo.

Quando cambaleio para o apartamento, Tristan está lá. Já me viu assim antes e sabe o que fazer. Ele me ajuda a ir até o banheiro e pede que eu tome uma ducha. Deixa a água gelada. Daí me ajuda a ir para a cama, tira meu cabelo do rosto, cochicha que tudo vai ficar bem.

Devo ter apagado em algum ponto, porque quando abro os olhos de novo ele já se foi, mas no criado-mudo há dois Tylenol e um pouco d'água. Pego os comprimidos e engulo com a água.

Me sinto seca por dentro.

Emocionalmente desolada.

Pego o laptop e abro os e-mails do Holt, necessitada de alguma parte dele. Me sentindo repleta e inconsolavelmente vazia ao mesmo tempo.

Eu me derramo sobre cada palavra. Estão tomadas por vagos devaneios de arrependimento, mas as que ele nunca disse ainda não estão entre as que releio agora. As palavras que eu precisava tanto ouvir naquela época para ter certeza de que o que senti por ele não foi totalmente unilateral.

Estou quase dormindo quando meu telefone toca e, sem olhar para a tela, sei que é ele.

— Oi. — Minha garganta está seca.

— Você disse que ia ligar. — A voz dele é dura. Preocupada.

— Desculpe.

— Droga, Cassie, o taxista podia ter te largado no Central Park. Que porra está rolando?

— Não sei. Desculpa. — E me desculpo por muitas coisas.

Ele suspira.

— Você... você não pode fazer isso comigo. Não tem ideia de quanto eu... quero dizer, eu quero...

Ele fica em silêncio por um segundo.

— Desculpe pela briga. — Ele parece tão cansado quanto eu. — Só estou preocupado com você. Tentei te dar espaço nas últimas semanas. Distância para você enxergar melhor as coisas, ou sei lá, mas você deixou aquele cara te tocar hoje e... Droga, você devia saber como eu ia reagir.

— Eu sei.

— Não me sinto assim há muito tempo. Eu queria acabar com ele.

— Mas não acabou.

— Queria quebrar a porra dos dedos dele. Era isso que você queria? Me deixar louco? Me magoar?

— Acho que sim.

— É, bom, missão cumprida.

Saber disso não me dá sossego. Na verdade, faz eu me sentir uma merda.

Estou tão cansada de me sentir assim, mas não sei como ser de outro jeito.

394 Leisa Rayven

Há muito tempo, eu achava que duas pessoas que se importassem uma com a outra resolviam seus problemas conversando, mas agora sei que não é tão simples. Conversar na verdade requer que as pessoas tenham coragem de dizer o que estão sentindo. E eu não tenho coragem.

— Você teria ido para casa com aquele cara se eu não estivesse lá?

Reflito sobre isso.

— Não.

— Por que não?

— Porque... — Luto para encontrar as palavras. — Se eu o tivesse levado para casa, eu... — suspiro, irritada e na defensiva. — Eu simplesmente teria fingido que ele era você, enfim... Então, pra quê?

Há uma longa pausa. Meu coração batendo descompassadamente esperando que ele responda.

— Você já fez isso antes?

— Sim.

— Com que frequência?

— Toda vez. Todas as vezes.

Ele inspira.

— O que isso quer dizer?

Ele está me pressionando, mas apesar do desconforto algumas partes minhas querem ser pressionadas. Não sou capaz de fazer isso sem ele.

— Cassie?

— Depois que você se foi... — engulo em seco —, senti tanto sua falta. Queria que eles fossem você, então eu fechava os olhos e tentava fazê-los ser você. Todos eles. Até o Connor. Especialmente o Connor. Não funcionou. Nenhum deles nem chegou perto.

Minha respiração parece obscenamente ruidosa no meu quarto silencioso, e o tique-taque do relógio preenche os segundos.

— Jesus... Cassie...

Então agora ele sabe. Para melhor ou pior, ele sabe.

— Achei... — Ele faz uma pausa para organizar os pensamentos. — Quando descobri sobre os homens com quem você esteve depois que fui embora, imaginei que tinha feito isso para me esquecer. Ou me punir.

— Era parte do plano. Mas não a parte principal.

— E hoje?

— Queria te provocar. Ver você voltar a ser o antigo Holt. E, como você disse, te magoar.

Verbalizar me faz perceber que foi um golpe baixo. Como me tornei baixa. Venenosa.

— Entendo isso. Sei que você acha que mereço uma certa dose de dor, considerando o que eu fiz, mas você não entende. — Ele respira. — Sei que você sofreu quando fui embora, mas eu sofri também. Aquela turnê europeia foi a época mais miserável da minha vida.

Meu ressentimento se aciona.

—Ah, sim. Tenho certeza de que desfilar por todos aqueles lugares exóticos com belas garotas te idolatrando foi bem duro. Decidir qual levar para casa a cada noite. Deve ter sido como um puta banquete.

— Sério que é isso que você acha que aconteceu? Que eu conseguiria fazer isso? Jesus, Cassie, quando estávamos juntos, eu nunca nem olhei para outra garota. Acha que eu ia conseguir te esquecer tão facilmente?

— Depois que você desistiu da gente, achei que você seria capaz de qualquer coisa.

Ele ri.

— É, bem, a realidade foi um pouquinho diferente.

— Quão diferente?

Queria ver o rosto dele. Mas só tenho sua voz, baixa e ressoante.

— Na Europa, mesmo cercado de gente, o tempo que passei longe de você foi o mais solitário que já tive. No começo, eu não aguentava. Eu bebia horrores, às vezes, durante os espetáculos. Ia para bares. Arrumava briga. Daí, eu ia para casa e pensava em você. Dava um Google. Sonhava com você. Sentia tanta saudade que caí doente. Às vezes pensei em levar alguém para casa comigo, para que pudesse acordar ao lado de outro corpo. Sem sexo. Só... companhia.

Eu sentia a dor dele. Tão similar à minha própria.

Pelo menos encontrei o Tristan.

— Então, pois é... eu não estava exatamente dando uma festa enquanto estava lá. Estava completamente miserável. E sozinho.

— Mas com certeza você teve outros... relacionamentos... depois...

— Não.

A resposta dele me confunde.

— Mas você... *transava*. Quer dizer, não sei por que estou perguntando, porque imaginar você com outra mulher é... — Estremeço. — Você transava, né?

Fecho os olhos e espero a resposta, tensa de ansiedade.

Diga "muito". Alimente meu fogo. Me deixe ser dura.

Por favor.

Ele fala com calma e baixinho, e cada palavra é tomada de uma sinceridade pesada.

— Cassie, você não tem ideia de quantas vezes eu quis transar por transar, só para te tirar da cabeça. Mas eu não conseguia. Toda vez que tentava era como se eu estivesse trapaceando. Até que eu parei de procurar outras mulheres. Era uma puta perda de tempo. Nenhuma delas podia chegar perto de substituir você, mesmo que eu quisesse. O que eu não queria.

Não acredito no que estou ouvindo.

— Está me dizendo que... a última vez que fez sexo foi...

— Com você.

A resposta sai abafada, como se ele estivesse confessando.

Não.

Não é possível.

— Mas isso foi... — *Naquela* noite. A noite. — Na noite antes de você ir embora?

— Sim.

Leva um momento para meu cérebro reagir.

— Mas... é... droga, Ethan, três anos?!

Ele ri.

— Acredite em mim, eu sei. Não digo isso para fazer você se sentir mal, mas entre minha autoimposta estiagem e esse espetáculo com você, minhas bolas estão mais azuis do que todo o elenco de *Avatar*.

Ainda não consigo compreender.

— Inacreditável.

— Você está fazendo eu me sentir como uma aberração.

— Sinto muito, é que não consigo entender.

— Olha, é simples. Eu não tinha você, e não queria mais ninguém. Fim da história.

— Então, se não voltarmos você vai continuar sendo celibatário?

Há um silêncio mortal por um segundo, então ele diz:

— Primeiro de tudo, nós não voltarmos não é nem uma possibilidade na minha cabeça. E segundo, eu nunca fui celibatário.

— Mas você disse...

— Eu disse que não transei com ninguém, mas ser celibatário significa se abster de todo prazer sexual. Tive muito prazer sexual, geralmente enquanto tinha pensamentos eróticos com você.

A ideia de Ethan se masturbando ao pensar em mim me excita instantaneamente.

— Na verdade, estou tendo alguns pensamentos eróticos sobre você agorinha mesmo.

Ele solta um gemido silencioso, e tenho de puxar os joelhos contra o peito para aguentar a queimação no meu corpo.

— Podemos, por favor, falar sobre outra coisa?

— Com certeza. — Sua voz baixa diz que ele está excitado. — Fale sobre algo que me distraia do quanto eu preciso fazer amor com você. Por favor.

— Ethan...

— Porra, isso, diz meu nome.

— ... só vou continuar falando com você se eu souber que suas duas mãos estão bem à vista.

— Posso ver minha mão perfeitamente bem. Está segurando meu latejante...

— Ethan!

Escuto tecido farfalhando seguido de um suspiro resignado.

— Ótimo. Minhas mãos estão sobre as cobertas. Sua empata foda.

Seu tom é tão petulante que me faz rir.

— Então — ele diz antes de bocejar —, você está na cama também?

— Estou.

— Fazendo algo de interessante?

398 Leisa Rayven

Percebo o que ele está insinuando, mas não mordo a isca.

— Na verdade, eu estava lendo seus e-mails antigos.

Há uma pausa.

— Por quê?

— Não sei. Acho que estou tentando descobrir como eu me sinto.

— Em relação a mim?

— Sim.

Outra pausa.

— Ajudou?

— Na verdade, não. Continuo procurando algo que não está lá.

Ele fica em silêncio por alguns segundos antes de dizer.

— Sabia que tenho uma pasta inteira de rascunhos de e-mails? Coisas que nunca tive coragem de mandar?

— Que tipo de coisa?

Escuto um farfalhar e dedos digitando um teclado.

— Peraí. Vou te mandar alguns dos menos vergonhosos.

Quase imediatamente minha caixa de entrada notifica que há duas novas mensagens.

De: EthanHolt<ERHolt@gmail.com>
Para: CassandraTaylor<CTaylor18@gmail.com>
Assunto: Covarde demais para mandar isso pra você
Data: Terça-feira, 9 de fevereiro de 2010 à 1:08

Cassie,

Estamos na França. Parei de beber e estou tendo ajuda há seis meses agora. Estou aprendendo a me responsabilizar por meus erros.

Eu me responsabilizo por te magoar. Se você nunca tivesse me conhecido, não estaria sofrendo agora. Odeio o que eu fiz.

De todas as pessoas na minha vida que magoei, você é a que mais fez eu me arrepender.

Penso muito em você. Sonho com você.

Queria ter colhão para mandar isso para você, mas provavelmente não vou mandar. Ainda assim, escrever me acalma. Estou me esforçando para me entregar e ser honesto com você, mas acho que ainda não estou preparado.

MEU ROMEU **399**

Quando estiver, pode ficar tranquila, você será a primeira a saber.

A França é linda. Fiquei embaixo da Torre Eiffel hoje e olhei para cima. Poucas vezes na minha vida me senti tão pequeno. O dia em que te deixei foi uma delas.

Saudade.

Ethan

Abro o segundo e-mail.

De: EthanHolt<ERHolt@gmail.com>
Para: CassandraTaylor<CTaylor18@gmail.com>
Assunto: Preciso de você
Data: Segunda-feira, 9 de junho de 2014 à 0:38

Cassie,

É meu aniversário. Não espero ter notícias suas, mas, porra, eu realmente precisava.

Quero você aqui, no meu apartamento. Na minha cama. Me beijando e fazendo amor comigo e dizendo que me perdoa.

Preciso disso como preciso de ar. Estou me afogando sem você. Por favor.

Por favor.

Mais cedo, eu estava sentado num banco às margens do Tibre, e havia toda essa gente, segurando as mãos e se beijando. Felizes e apaixonados.

Eles fazem parecer tão fácil. Como se dar o coração a alguém não fosse a coisa mais assustadora do mundo.

Ainda não entendo isso.

Eles não entendem o poder que estão dando à outra pessoa? A futura dominação absoluta se formando?

Não entendem o quanto vai doer quando tudo der errado? E, sejamos realistas, noventa por cento dos casais não vão estar juntos daqui a um ano. Nem daqui a seis meses.

E ainda assim estão se abraçando, beijando, completamente alheios à dor que está chegando.

Estão despreocupados e confiantes.

Sempre lutei para ser assim.

Foi quase impossível desligar a bomba-relógio que gritava dentro de mim diariamente sobre todas as formas com que você poderia me magoar. Porque a história já tinha provado que todo mundo me deixa um dia. Por que você seria diferente?

Agora que sei que você era.

É.

A coisa é que, por baixo de toda a merda que me fez afastar você, havia partes minhas que se prenderam a você quando fui embora. E agora, sem você, luto para continuar vivendo.

Passo as noites acordado, pensando que eu tive minha chance de me entregar e ser bom, e estraguei tudo.

Por favor, me diga que vou ter outra chance. Não me diga que vou ter de viver assim agora.

Não consigo. Viver sem você é difícil demais.

Sinto tanta saudade que dói.

Ethan

Parece um soco no peito.

Era exatamente isso que eu precisava ouvir, muitas vezes.

Me dou conta de que minha mão está tão agarrada no telefone que chega a doer.

— Eles... Deus, Ethan... são lindos. Por que não os enviou?

Ele suspira.

— Não sei. Achei que você me odiava.

— Odiava, mas... se tivesse lido esses e-mails, talvez tivesse te odiado menos.

— Eu queria ter tido colhão para ter mandado tudo lá naquela época, mas eu não estava preparado.

— E agora está?

— Pergunte qualquer coisa que você quiser, e vou te dar uma resposta direta.

— Qualquer coisa?

— Qualquer coisa.

Tomo fôlego e faço a ele a pergunta que me assombra há anos.

— Em todos os seus e-mails, por que você nunca me disse que me amava?

Quase posso ouvir o choque dele.

— O quê?

— Você nunca disse. Em nenhum deles.

— Cassie, eu disse. O tempo todo.

— Acabei de ler todos eles pela centésima vez e você não disse uma única vez. Disse que tinha saudade. Que queria ser meu amigo, mas não há nada sobre amor.

— Não tem como essa porra ser verdade. Eu... eu... — Ele respira, trêmulo. — Pensei nisso o tempo todo. Era para estar em cada palavra que escrevi a você, mas... Eu... Merda, Cassie.

Ele geme, frustrado.

— Ethan, tá tudo bem.

— Não tá, porra. De todas as coisas que eu deveria ter te dito, essa é o topo da maldita lista. Mas, estando nos e-mails ou não, você precisa saber que é realmente verdade.

— Ethan, pare.

— Cassie...

— Não, não quero que você diga só porque toquei no assunto.

— Não é por isso.

— Mesmo assim... não, tá? Não esta noite.

Ele inspira e felizmente ele não insiste.

Falamos um pouco sobre o espetáculo, e, quando abafo um bocejo, ele me diz para ir dormir. Eu não discuto.

De manhã, me sinto uma merda. Minha ressaca não está tão mal, mas tive sonhos terríveis nos quais Holt sempre me deixava. E, quando voltávamos, a irritação por aceitá-lo de novo ficava cada vez maior.

Mal saio do banho e meu telefone bipa com um texto dele.

E-mail novo.

Intrigada, abro o laptop e vejo um único e-mail. Quando clico sobre ele, minha tela explode:

TE AMO, TE AMO, TE AMO, TE AMO, TE AMO, TE AMO, TE AMO, TE AMO, TE AMO,
TE AMO, TE AMO, TE AMO, TE AMO, TE AMO, TE AMO, TE AMO, TE AMO, TE AMO,
TE AMO, TE AMO, TE AMO, TE AMO, TE AMO, TE AMO, TE AMO, TE AMO, TE AMO,
TE AMO, TE AMO, TE AMO, TE AMO, TE AMO, TE AMO, TE AMO, TE AMO, TE AMO,
TE AMO, TE AMO, TE AMO, TE AMO, TE AMO, TE AMO, TE AMO, TE AMO, TE AMO,
TE AMO, TE AMO, TE AMO, TE AMO, TE AMO, TE AMO, TE AMO, TE AMO, TE AMO,
TE AMO, TE AMO, TE AMO, TE AMO, TE AMO, TE AMO, TE AMO, TE AMO, TE AMO,
TE AMO, TE AMO, TE AMO, TE AMO, TE AMO, TE AMO, TE AMO, TE AMO, TE AMO,
TE AMO, TE AMO, TE AMO, TE AMO, TE AMO, TE AMO, TE AMO, MEU, TE AMO,
TE AMO, TE AMO, TE AMO, TE AMO, TE AMO, TE AMO, TE AMO, TE AMO, TE AMO,
TE AMO, TE AMO, TE AMO, TE AMO, TE AMO, TE AMO, TE AMO, TE AMO, TE AMO,
TE AMO, TE AMO, TE AMO, TE AMO, TE AMO, TE AMO, TE AMO, TE AMO, TE AMO,
TE AMO, TE AMO, TE AMO, TE AMO, TE AMO, TE AMO, TE AMO, TE AMO, TE AMO,
TE AMO, TE AMO, TE AMO, TE AMO, TE AMO, TE AMO, TE AMO, TE AMO, TE AMO,
TE AMO, TE AMO, TE AMO, TE AMO, TE AMO, TE AMO, TE AMO, TE AMO, TE AMO,
TE AMO, TE AMO, TE AMO, TE AMO, TE AMO, TE AMO, TE AMO, TE AMO, TE AMO,
TE AMO, TE AMO, TE AMO, TE AMO, TE AMO, TE AMO, TE AMO, TE AMO, TE AMO,
TE AMO, TE AMO, TE AMO, TE AMO, TE AMO, TE AMO, TE AMO, TE AMO, TE AMO,
TE AMO, TE AMO, TE AMO, TE AMO, TE AMO, TE AMO, TE AMO, TE AMO, TE AMO,
TE AMO, TE AMO, TE AMO, TE AMO, TE AMO, TE AMO, TE AMO, TE AMO, TE AMO,
TE AMO, TE AMO, TE AMO, TE AMO, TE AMO, TE AMO, TE AMO, TE AMO, TE AMO,
TE AMO, TE AMO, TE AMO, TE AMO, TE AMO, TE AMO, TE AMO, TE AMO, TE AMO,
TE AMO, TE AMO, TE AMO, TE AMO, TE AMO, TE AMO, TE AMO, TE AMO, TE AMO,
TE AMO, TE AMO, TE AMO, TE AMO, TE AMO, TE AMO, TE AMO, TE AMO, TE AMO,
TE AMO, TE AMO, TE AMO, TE AMO, TE AMO, TE AMO, TE AMO, TE AMO, TE AMO,
TE AMO, TE AMO, TE AMO, TE AMO, TE AMO, TE AMO, TE AMO, TE AMO, TE AMO,
TE AMO, TE AMO, TE AMO, TE AMO, TE AMO, TE AMO, TE AMO, TE AMO, TE AMO,
TE AMO, TE AMO, TE AMO, TE AMO, TE AMO, TE AMO, TE AMO, TE AMO, TE AMO,
TE AMO, TE AMO, TE AMO, TE AMO, TE AMO, TE AMO, TE AMO, TE AMO, TE AMO,
TE AMO, TE AMO, TE AMO, TE AMO, TE AMO, TE AMO, TE AMO, TE AMO, TE AMO,
TE AMO, TE AMO, TE AMO, TE AMO, TE AMO, TE AMO, TE AMO, TE AMO, TE AMO,
TE AMO, TE AMO, TE AMO, TE AMO, TE AMO, TE AMO, TE AMO, TE AMO, TE AMO,
TE AMO, TE AMO, TE AMO, TE AMO, TE AMO, TE AMO, TE AMO, TE AMO, TE AMO,
TE AMO, TE AMO, TE AMO, TE AMO, TE AMO, TE AMO, TE AMO, TE AMO, TE AMO,

MEU ROMEU 403

TE AMO, TE AMO.

Rolo as páginas para baixo, chocada, e finalmente chego até a continuação da mensagem.

Caso você não tenha entendido, escrevi "TE AMO" 1.162 vezes, uma para cada dia em que fiquei longe. E, por favor, não pense que essa foi uma rápida declaração copiar-e-colar. Digitei cada palavra, uma por uma, como penitência por ser otário demais para deixar bem claro o que sinto por você.

Sei que você acha que fui embora porque eu não te amava, mas você está errada. Eu sempre te amei, desde o momento em que coloquei os olhos em você. Critiquei e falei mal de amor à primeira vista porque a ideia é ridícula pra caralho para mim. Mas aconteceu comigo no instante em que te vi nos testes para a Grove. E você me nocauteou sem dizer uma única palavra. Eu te vi lá, tentando desesperadamente ser algo que você não era para que gostassem de você, e queria te pegar nos braços e dizer que ia ficar tudo bem.

Naquele momento, eu soube que você era a mulher da minha vida, mas fui cabeça-dura demais para aceitar.

Não faço ideia de como ou por que você foi capaz de me amar. Eu fui um cuzão, tão ocupado tentando fugir dos meus sentimentos que não percebi que você era um presente. A preciosa recompensa a que eu de certa forma tinha direito por todo meu sofrimento. Passei tanto tempo acreditando que tinha recebido o que merecia quando as pessoas me deixavam que não parei para pensar que recebi o que merecia quando te encontrei. Não consegui ver que, se eu parasse de ser um grande idiota inseguro por cinco minutos, daí talvez... só talvez... eu conseguisse ficar com você.

Quero ficar com você, Cassie.

Por isso voltei. Porque, por mais que eu achasse que você ficaria melhor sem mim, você não ficou. Você precisa de mim tanto quanto preciso de você. Estamos ambos vazios um sem o outro. E levei muito tempo para perceber isso.

Não seja idiota como eu fui deixando as inseguranças vencerem. Deixe a gente vencer. Porque sei que você pensa que me amar de novo é um tiro no escuro e que suas chances são sombrias, mas me deixa dizer uma coisa: eu sou a coisa real. Não consigo parar de te amar, mesmo que eu tente.

Ainda estou morrendo de medo de você me magoar? Claro. Provavelmente da mesma forma que você morre de medo de que eu te magoe.

Mas tenho coragem suficiente para acreditar que o risco vale a pena.

Me deixe ajudá-la a acreditar.

Eu te amo, e juro por Deus que não vou te magoar de novo.

Permita-se me amar de novo.

Por favor.

Ethan

Eu me sento lá e olho para a tela por um longo tempo, alternando entre rir e chorar.

Em algum ponto ali, o fogo da minha amargura soltou sua última faísca e morreu. A sensação é estranha, porque isso era o que me fazia seguir em frente quando nada mais fazia, e sem isso me sinto nua da pior forma. Suave e vulnerável, e mais frágil que vidro.

Ontem, me perguntei o que era preciso para eu ter minha epifania e mudar. Acho que era um e-mail de Ethan desnudando sua alma.

Ele quer que eu acredite que é possível amá-lo de novo, mas, mesmo que eu tenha alguma coragem para isso, ela está enferrujada e fora de uso. Não tenho certeza de que vou conseguir isso em vez de me fechar, mas está claro que ele não vai deixar que isso aconteça.

Mais importante, sei que ele mesmo não vai se permitir fracassar.

Uma das frases favoritas do Tristan é: "Seja a mudança que você quer ver". Acho que foi o que Holt fez. Ele se tornou forte o suficiente para nós dois.

Minhas mãos tremem quando mando um texto a ele.

Preciso te ver.

Mal clico em "enviar" e ouço uma batida na porta.

AGRADECIMENTOS

Tanta gente foi providencial em tornar realidade esse sonho de publicar que vai ser impossível mencionar todas, mas vou mandar brasa.

Meus inesgotáveis agradecimentos vão aos seguintes:

Primeiro, a autora best-seller Alice Clayton, que não apenas me encorajou desde o começo, mas me abençoou com sua incrível generosidade e apoio. Você é impressionante, Alice. Nada disso teria acontecido sem você. De verdade.

Para minha agente, Christina, que apostou numa australiana desconhecida e fez os sonhos dela se tornarem possíveis das formas mais grandiosas. Você e a equipe toda da Jane Rotrosen Agency foram impressionantes em suas recomendações e chicotadas. Vocês são todas rock stars, ao meu ver.

Para minha editora na St. Martin Press, Rose, que contaminou todo mundo ao redor com seu entusiasmo desenfreado e crença neste livro – moça, você é mara. Não posso agradecer a você e a sua equipe o suficiente. (Bem, poderia, mas ficaria vergonhoso depois de um tempo.)

Para minha Sprinkle Queen, Victoria Lawrence, que contribuiu tanto em ajudar a moldar essas palavras, e para minha adorável pré-leitora Heather Maven, que segurou minha mão quando eu estava surtando com o processo todo. Sem seu carinho, eu ainda estaria subindo pelas paredes, desprovida de palavras e sanidade. (P.S. Vocês duas são lindas.)

Para meus belos Filets – o grupo mais impressionante de mulheres solícitas, prestativas e hilárias que uma garota poderia desejar. Não sei o que teria feito sem vocês – especialmente você, Nina. (Dica: Provavelmente teria envolvido muito álcool e chororô.)

Para minha querida Catty-Wan, Caryn Stevens – você esteve lá desde o começo. Foi a primeira pessoa a dizer "Quer saber? Você tem talento" e desde então foi minha parceira no crime, minha líder de torcida mais empolgada, e meu ombro para chorar. Te amo.

Para meus maravilhosos amigos, especialmente Andrea – incansável e espetacular – que você ainda salte de empolgação com esses personagens depois de todo esse tempo ainda me faz querer sorrir cada santo dia. Você me completa.

Para meus pais, Bernard e Val, que sempre me apoiaram em tudo o que faço, não importa o quanto imprudente seja – eu amo vocês estupidamente. E para meus irmãos, Chris e John, que lidaram com uma irmãzinha caçula de imaginação hiperativa – acho que todos aqueles teatrinhos de criança finalmente recompensaram, hein?

Para meu maravilhoso marido (a melhor pessoa que conheço) – obrigada por me empurrar a fazer algo com minha escrita. Você é tão incrível que é meio irritante. E para meus filhos, que aguentaram a mamãe passando incontáveis horas trancada explorando os mundos dentro de sua cabeça – querido Dr. X e Special K – não importa quão orgulhosa eu esteja desses livros (e, vamos ser honesta, estou orgulhosa pra *danar*) vocês são, sem dúvida, minhas criações mais espetaculares. Para todo o sempre.

Por último, mas não menos importante, para todos os leitores que amaram essa história desde o começo e me encorajaram a publicar – vocês me deram tanta inspiração, apoio e amor que eu serei eternamente grata. Este livro é para vocês.

Obrigada a todos.

Este livro, composto na fonte Fairfield,
foi impresso em papel polen soft 70 g/m² na Edigráfica.
Rio de Janeiro, Brasil, outubro de 2020.